DOE ALSOF MET MIJ

EEN KANTOORROMANCE TUSSEN VRIENDEN DIE
GELIEFDEN WORDEN

SYNERGY
BOEK 2

MICHELLE MCCRAW

CONTENTWAARSCHUWING

Doe Alsof met Mij is een pikante romance met expliciete intieme scènes en grof taalgebruik. Dit verhaal bevat een nevenverhaallijn over dementie en de ziekte van Alzheimer die een ernstig ongeluk omvat (waarvan het personage herstelt, hoewel de ziekte van Alzheimer helaas geen genezing kent).

Als dit niet het juiste moment voor je is om een verhaal met deze elementen te lezen, overweeg dan om dit boek voorlopig over te slaan. Zorg goed voor jezelf.

1

IK HAD AL heel wat vrouwen zien komen en gaan bij het kantoor van Cooper Fallon, maar deze was de ergste. En ze vertrok niet bepaald stilletjes.

Toen haar gil – iets wat eindigde op 'klootzak' – door de gesloten deur van zijn kantoor ontsnapte en door de gang tot aan mijn bureau galmde, perste ik mijn lippen op elkaar om een grijns te onderdrukken en zocht ik de contactgegevens van het uitzendbureau op.

Sinds zijn vaste assistente vijf maanden geleden met pensioen was gegaan, had de Chief Operating Officer van Synergy Analytics al achttien tijdelijke assistenten versleten. Sommigen stormden woedend naar buiten, zoals deze op het punt stond te doen, sommigen slopen weg en sommigen namen de volgende dag gewoon niet de moeite om op te dagen.

Echt waar, het was volledig zijn eigen schuld. In het begin. Nadat uitzendkracht nummer vijf op weg naar buiten met haar sleutel een kras in zijn kersenhouten bureau had gemaakt, had hij me gevraagd de volgende te selecteren. Als een gunst. En ik maakte gewoon misbruik van zijn eigen hoge eisen – en zijn opvliegende karakter – om ervoor te zorgen dat geen van hen bleef hangen. Ik werd het Vrijheidsbeeld voor de uitzendkrachten van San Francisco: *Geef mij uw amateurs, uw leeglopers, uw roman-schrijvers en dichters die ernaar smachten om de kantjes ervan af te lopen…*

Dus misschien was ik niet de meest onpartijdige persoon om Coopers assistente in te huren.

Want ik had een plan. Een plan dat afhankelijk was van, nou ja, onbetrouwbare hulp.

Terwijl ik een e-mail opstelde voor het uitzendbureau – ik moest vaag genoeg blijven over waarom we deze ontsloegen zodat ze ons weer een even vreselijke zouden sturen – vroeg een stem achter me: 'Gaat het daarbinnen wel goed?'

Ik draaide me in mijn stoel om naar de bekende stem en stootte mijn blote knie tegen de poot van mijn bureau. Ik kneep mijn ogen samen tegen mijn werkmaatje, Tyler Young, die omhuld was door een aureool door het diffuse licht dat door het dakraam van de bovenste verdieping van de omgebouwde fabriek viel.

Ik wreef over mijn knie. Door het gebrul van Cooper vanuit het hoekkantoor had ik de zachte voetstappen van Tylers gympen niet gehoord. 'Ik stond net op het punt om de popcorn erbij te pakken.'

Hij liet zijn schattige kuiltjes zien en liep naar de voorkant van mijn bureau, zoals hij altijd deed, zodat ik niet tegen het licht van het dakraam in hoefde te kijken. Toen Coopers lage grom door de hogere stem van de uitzendkracht heen sneed, duwde Tyler zijn bril met zwart montuur omhoog en vroeg: 'Weet u het zeker? Moeten we niet…?'

Ik hield mijn hoofd schuin om te luisteren. De uitzendkracht gaf hem net zo goed van katoen, zo niet beter. Al het gescheld kwam van haar kant. 'Nee hoor, ze zijn redelijk aan elkaar gewaagd. Ze is tenminste geen huiltype.' Vorige week had ik mijn bureaulade geplunderd op zoek naar chocolade en tissues om degene te troosten die hij toen had ontslagen.

Toen het geschreeuw van de uitzendkracht overging in een schrille gil, kwam de andere oprichter van Synergy, Jackson Jones, zijn kantoor uit en slenterde naar mijn bureau. 'Hé, Marlee. Wie heeft', hij keek op zijn Omega, 'vier uur gekozen?' Mijn baas leunde met zijn grote hand op mijn bureau en pakte een snoepje uit de keramieken kom.

Ik proestte het uit. 'Iemand op de salarisadministratie. Ik gok dat zij het gaat winnen.'

'Arme Cooper.' Hij verfrommelde zijn snoeppapiertje en gaf het aan mij om in de prullenbak te gooien. 'Niet iedereen kan de beste assistente van San Francisco hebben. Hij is jaloers dat ik u het eerst heb gevonden.'

Mijn wangen werden warm en ik streek mijn rozenknoproze rok glad.

Cooper, de COO van een van de populairste techbedrijven ter wereld, eiste veel van zijn werknemers. Hij was een alfamiljardair, net als in mijn favoriete romans.

Totaal materiaal voor een romantische held. Ik wou alleen dat hij de mijne was.

De eerste dag dat ik hem ontmoette, toen ik nog een part-timer was die probeerde te begrijpen wat analysesoftware precies deed en hoe het gebouw vol met sjofele jonge programmeurs op de Fortune 1000-lijst was beland, was mijn mond opengevallen en waren mijn knieën week geworden. Hij was meer dan knap; hij leek op het model van de cover van de roman die ik aan het lezen was. Blond haar, blauwe ogen, de perfecte hoeveelheid stoppels, onberispelijke kleding – hoewel zonder zwaard – en zo hoog als een sequoia. De eerste drie dagen bij Synergy had ik alleen maar naar hem gestaard. Tegen het einde van de tweede week was ik tot over mijn oren verliefd.

Hij was niet alleen een van de meest begeerde vrijgezellen van Noord-Californië, maar hij was ook een attente, zorgzame, eerlijke man. Hij kende de namen van al zijn medewerkers, van de directieverdieping tot de postkamer. Hij had een stichting opgericht om kinderen uit gezinnen met lagere inkomens te helpen naar programmeerkampen te gaan. En het allerbelangrijkste—

'Gaat u die opnemen?' vroeg Jackson, die met een heup tegen de spekstenen labtafel leunde die ik als bureau gebruikte.

Coopers lijn lichtte op op mijn bureautelefoon, en hij ging over, maar aangezien de twee mensen die hem hadden moeten opnemen tegen elkaar schreeuwden, was het aan mij.

'Met het kantoor van Cooper Fallon. U spreekt met Marlee Rice.'

'Hoi', zei een hese vrouwenstem. 'U spreekt met Jamila Jallow. Is Cooper beschikbaar? Hij verwacht mijn telefoontje.'

Echt? Mijn hart bonkte. Waarom belde Jamila Jallow – de beste van haar lichting op Stanford, had een model kunnen zijn, stond op alle veertig-onder-de-veertig-lijsten, Coopers beste vriendin – hem vandaag?

'Nee, sorry. Hij is op dit moment bezet. Kan ik u helpen?'

'Graag. Kunt u hem laten weten dat mijn plannen zijn gewijzigd en dat ik *wel* met hem mee kan naar Jacksons bruiloft?'

Jeetjemina.

'U kunt mee?' Hoewel Jamila en Cooper samen meer dan één branche-evenement hadden bijgewoond, nam hij nooit een date mee naar Synergy-evenementen. En hoewel de bruiloft van mijn baas volgend weekend geen officiële bedrijfsgelegenheid was, was ik er zeker van geweest dat hij alleen zou gaan.

'Ik kan mee. Maar weet u, ik stuur hem wel een berichtje. Bedankt, Marlee.'

Mijn oren suisden. Ik had wel verwacht dat Jamila naar Jacksons bruiloft zou gaan. Ze waren al vrienden sinds de universiteit. Wat betekende het dat ze met Cooper zou gaan? Was het een vriendschappelijke date of een échte date?

Het zou typisch mijn geluk zijn als zij Cooper voor mijn neus wegkaapte, net nu ik eindelijk de moed had gevonden om iets aan mijn drie jaar oude verliefdheid te doen.

'Eh, Marlee?' vroeg Tyler, terwijl hij zijn bril rechtzette. 'Gaat het?'

Ik knipperde met mijn ogen om me te concentreren. 'Prima.' Ik draaide me naar Jackson. 'Dat was Jamila Jallow. Ze zegt dat ze met Cooper meekomt. Naar uw bruiloft.'

Zijn wenkbrauwen schoten omhoog. 'Hij neemt nooit iemand mee naar mijn feestjes.'

'Precies, hè? Wat is er aan de hand?'

Coopers deur zwaaide open, knalde tegen de muur, en de uitzendkracht stormde naar buiten, haar gezicht zo rood als haar zijden blouse. Ik was een beetje bang geweest toen de prachtige vrouw maandag binnenkwam met haar merkkleding en schoenen die meer kostten dan mijn weeksalaris, maar ze was te druk bezig geweest met het fladderen van haar nepwimpers naar Cooper om zijn telefoontjes te beantwoorden. Ze griste haar boterzachte leren handtas van het bureau en beende langs ons heen richting de liften.

'Dag, Lynley', zei ik.

'Rot op.' Ze week uit naar rechts, trok de deur open en verdween in het trappenhuis.

Ik wisselde een blik uit met Jackson.

'Ja', zei hij. 'Cooper heeft dat effect soms ook op mij.'

Tyler zei niets. Hij was nog niet lang genoeg hier op de zesde verdieping geweest om te weten dat Coopers buien als een zomerse onweersbui waren: luid, maar snel voorbij.

De man zelf stapte uit zijn kantoor met glazen wanden, zijn neusvleugels trilden, zijn kaak als marmer. Hij stak zijn handen in de zakken van zijn op maat gemaakte zwarte pantalon en liep, met zijn blik op de gerecyclede houten vloer, op ons af. Ik streek met een hand over mijn hanger en ging rechter in mijn stoel zitten.

Hij wreef in zijn nek en richtte zijn kristalheldere blauwe ogen op mij.

'Marlee?' Hij verplaatste zijn gewicht van de ene voet op de andere. 'Het lijkt erop dat Lindsey—'

'Lynley', corrigeerde ik hem.

Hij trok een grimas en toonde zijn rechte witte tanden. 'Zij en ik zijn overeengekomen dat ze niet goed bij Synergy past.'

'Dat kun je wel zeggen', zei Jackson.

Coopers blik doorboorde zijn vriend. 'Als u nou zou heroverwegen om Marlee met me te delen...'

'Dat zou ik graag doen...' begon ik.

'Geen sprake van', onderbrak Jackson me. Hij keek me strak aan. 'Marlee heeft al meer dan genoeg werk. En u kunt net zo goed vragen of u mijn rechterarm mag lenen. Zoek uw eigen Marlee.' Hij haalde zijn schouders op. 'Of houd een van de uitzendkrachten die ze voor u vindt.'

Voordat hij sprak, nam Cooper even de tijd om zijn handen, die tot vuisten gebald waren, te ontspannen. Toen keek hij me aan. 'Denkt u dat u...'

'Al gedaan.' Ik klikte om mijn e-mail naar het uitzendbureau te sturen.

'Bedankt. U weet dat ik dol op u ben, Marlee.' En daar was hij, die hartverscheurende glimlach waar ik elke keer weer van smolt. Ik wilde met mijn vingertoppen over zijn sterke, stoppelige kaak en door zijn korte, zandkleurige haar dansen. Mijn handen over zijn grijsgestreepte overhemd laten glijden om de gespierde schouders eronder aan te raken. Mijn nagels over zijn rug halen en in zijn...

'Hoe dan ook, Jay...' Hij draaide zich naar Jackson en toen besefte ik dat ik Cooper weer met mijn ogen aan het uitkleden was. 'Kunnen we wat eerder gaan fietsen? Ik heb vanavond een evenement van de stichting.'

'Ik ga me omkleden.' Jackson wierp me een blik toe – mijn afdwalende ogen waren hem niet ontgaan – en legde toen zijn hand op Tylers schouder. 'Laten we het morgen hebben over uw ideeën voor de brandstofverbruikmodule.' Omdat ik naar Cooper keek, zag ik zijn blik de hand van zijn vriend volgen en zich vervolgens vernauwen op Tyler. Cooper was meestal de jaloerse partner in zijn bromance met Jackson.

'Zeker.' Tyler grijnsde naar onze baas en leek precies op een labrador die te horen had gekregen dat hij braaf was.

Jackson had tien jaar geleden in de studentenkamer die hij op

Stanford met Cooper deelde het paradepaardje van het bedrijf gecreëerd: een automotive-analysepakket dat auto's beter en veiliger liet presteren. Hij was een programmeerlegende en wekte bewondering op bij de ontwikkelaars, en Tyler was de voorzitter van de fanclub. Hoewel Tyler zelf ook een echte programmeur was. Jackson had niet het geduld om veel programmeurs te begeleiden, maar voor Tyler maakte hij tijd.

Toen de twee directieleden terugkeerden naar hun respectievelijke kantoren, wenkte ik Tyler dichterbij en controleerde ik of er niemand anders in de buurt was. 'Ik hoorde dat Sanjay weggaat.'

'Oh ja?' Zijn onderlip vormde bijna een pruillipje. 'Hij is een goede baas. Ik zal hem missen.'

'Zeker, maar...' Ik wachtte even voor het effect. 'Daardoor komt er een managerspositie vrij. En ik ken een getalenteerde programmeur die klaar is voor een promotie.'

'Wie, Grant?'

Ik proestte het uit. 'Nee, sufferd. Jij.'

Hij deinsde achterover. 'Ik ben er niet klaar voor. Ik werk hier nog geen jaar.'

'Het maakt niet uit hoelang je hier al bent. Het gaat erom hoeveel je weet over programmeren en hoe goed je met mensen bent.' En Tyler was goed met mensen. In tegenstelling tot de meeste van zijn collega's keek hij niet op me neer omdat ik een secretaresse was.

Zijn ogen vernauwden zich, onzeker.

'Denk erover na. HR zet de vacature volgende week online.'

Hij maakte een onbestemd grommend geluid. Hij pakte een pepermuntje uit mijn snoeppot en draaide de uiteinden van het papiertje strakker. Hij opende zijn mond, haalde adem en liet die toen langzaam ontsnappen.

'O, ja. De brandstofverbruikmodule. Wil je dat ik morgen een vergadering met hem inplan?' Ik klikte door naar Jacksons agenda en zocht een vrij tijdslot. 'Wat dacht je van half drie?'

Een zacht getrommel was mijn enige antwoord. Zijn lange vingers tikten een ritme tegen de zijkant van zijn spijkerbroek.

'Tyler?' spoorde ik hem opnieuw aan.

'Ja. Zeker.' Hij haalde zijn blik van mijn bureau en keek me aan. 'Een paar van ons... ik dacht dat je misschien, eh, mee zou willen—'

'Ja?' Ik typte de uitnodiging voor de vergadering en verstuurde hem terwijl hij aarzelde. Ik wierp een blik op de klok in de hoek van mijn scherm. Als Jackson nu vertrok, kon ik net de vroege trein halen. Absoluut een goed idee, gezien de problemen die we de laatste tijd hadden gehad. Een paar weken geleden had pa geprobeerd te helpen door te koken, maar hij had een pan op het fornuis laten aanbranden en het rookalarm doen afgaan.

'Het is drie-dollar-pint-avond, en...'

We schrokken allebei op toen Jackson zijn kantoordeur dicht-sloeg en door de gang riep: 'Coop, schiet op!'

Cooper kwam met een sporttas over zijn schouder zijn kantoor uit. Net als Jackson droeg hij een T-shirt dat strak over zijn borst spande en net onder de heup van een strakke fietsbroek eindigde. Mijn ogen gleden langs zijn gespierde been omhoog naar de contouren van een bobbel net onder de zoom van dat shirt. Ik slikte.

'Tot morgen.' Jackson wuifde lui in onze richting voordat hij naar de trap jogde en de deur voor Cooper openhield. 'Laten we na het fietsen...' De deur sloot zich achter hen, waardoor Jacksons woorden werden afgesneden.

Ik knipperde hard met mijn ogen en keerde me weer tot Tyler. 'Sorry, wat zei je?'

Hij zette zijn bril af en poetste hem aan zijn T-shirt. Zonder bril waren zijn ogen gespikkeld met vlekjes bruin, blauw, groen en goud, als de aarde gezien vanuit de ruimte.

'Ik dacht eraan om na het werk naar de kroeg op de hoek te gaan. Wil je mee?'

'Sorry, vanavond kan ik niet. Met wie ga je?' Als we samen op de kwartaalfeestjes van Synergy rondhingen, cirkelden de andere programmeurs als satellieten om Tyler heen. De meesten van hen waren oké, maar een paar zouden niet eens met iemand praten zonder de functietitel 'ontwikkelaar'. Ze keken langs me heen alsof ik een soort exotisch roze insect was, volkomen beneden hun stand.

'O, eh. Ik had nog niemand anders uitgenodigd.'

Ik stopte even met inpakken. Het was typisch Tyler om de bijeenkomst rondom mij en mijn voorkeuren te organiseren. Wat een lieve jongen. Als ik iemand anders was geweest, had ik de kans om na het werk tijd met hem door te brengen met beide handen aangegrepen.

Maar ik had verantwoordelijkheden. En plannen. 'Misschien een andere keer?'

Zodra hij knikte, liep ik naar de lift en drukte op de knop.

De deuren gleden meteen open, en toen ik me omdraaide om op de knop te drukken, ving ik een glimp op van Tylers neergetrokken mond terwijl hij me nakeek. Ik gaf hem een verontschuldigende glimlach en een knikje.

Hij zou zich wel redden. Hij zou vanavond wel met zijn andere vrienden uitgaan. Hij was zoals de meeste mensen van onze leeftijd die bij Synergy werkten – toegewijd en hardwerkend met weinig verantwoordelijkheden buiten kantoor, en met genoeg geld om te feesten als het werk klaar was.

Ook al waren we al bijna een jaar vrienden en al meer dan zes maanden beste maatjes, Tyler wist niet dat ik niet zoals hij was. Ik hoopte dat hij niet dacht dat ik een smoesje verzon, zoals al mijn vrienden van de universiteit hadden gedaan. Die waren langzaam uit mijn leven verdwenen na te veel afgewezen uitnodigingen, te veel afzeggingen op het laatste moment.

Maar vanaf het moment dat hij me had gered van die vervloekte biertap, was Tyler anders geweest. Hij was me blijven uitnodigen, ook al wees ik het meestal af. Hij was een goede vriend. Eentje die het waard was om te houden.

Ik zou hem de volgende dag meenemen voor de lunch. Maar op dat moment moest ik mezelf vermannen voor mijn tweede baan.

2

TOEN DE TREIN mijn station in Oakland binnenreed, schoof ik mijn boekenlegger in mijn bibliotheekboek en aaide ik de glanzende kaft. Ooit zou iemand me in zijn armen nemen en me kussen zoals de held in kilt uit de roman zojuist de heldin had gekust, vol opgekropt verlangen en een wirwar van tongen. Zou het Cooper zijn?

Niet als hij verliefd was op Jamila Jallow.

Ik keek op van de onwaarschijnlijk gladde borstkas op de kaft en zag een man schuin tegenover me zitten, die grijnsde. Ik rolde met mijn ogen, stond op en propte het boek in mijn tas. Als ik een vent was geweest die naar *Playboy* zat te gluren, had hij me vast een boks gegeven. Maar omdat ik een vrouw was die een liefdesroman las met een suggestieve kaft, dacht hij dat hij op me neer kon kijken. Op weg naar buiten zorgde ik ervoor dat ik hem een harde stoot tegen zijn elleboog gaf met mijn fuchsia kunstleren handtas.

Ik baande me een weg door de menigte in de stationshal en liep naar buiten. De lucht was nog warm op deze septemberavond en de zon was nog net zichtbaar boven de lage gebouwen. Ik liep stevig door over de brede, open straten, die zo anders waren dan de door wolkenkrabbers overschaduwde kloven van het centrum van San Francisco. Ik groette de bekende gezichten die ik passeerde: de oude mevrouw Lukas die haar bowlingtas vasthield bij de bushalte, de potige meneer Oliveras die in de deuropening van zijn kruidenierswinkel leunde, de kleine kinderen van de familie Park die met hun speelgoedautootjes raceten op de trap voor hun gebouw. Ik had mijn hele leven in Oakland gewoond en hoewel ik in San Francisco naar de universiteit was gegaan en er nu werkte, was de East Bay mijn thuis.

Net toen ik onze gestucte bungalow wilde binnengaan, klonk er gerinkel aan de zijkant van het huis. Mijn hart bonsde in mijn keel. Onze buurt voelde meestal veilig, maar het zou niet de eerste keer zijn dat iemand probeerde in te breken. Dit was een perfect moment geweest voor mijn Hooglandse held om me te hulp te schieten met zijn claymore en me te redden van de inbreker, maar ik had alleen mijn vader, en hij gebruikte een wandelstok, geen zwaard.

Met een trillende hand zocht ik in mijn tas naar mijn taser – ik hoopte dat de batterijen het nog deden – en nadat ik mijn tas had neergezet en mijn hakken had uitgeschopt, sloop ik op mijn tenen de trap af en langs de voorkant van het huis.

Net om de hoek schraapte metaal tegen metaal. Was de insluiper van plan om op het dak te klimmen en via het raam binnen te komen? Ik huiverde. Mijn slaapkamerraam.

Ik klemde de taser in mijn vuist en rechtte mijn rug. Nee. Ik was geen hulpeloze jonkvrouw in nood. Ik had twee zelfverdedigingscursussen gevolgd bij de YMCA, ik was gewapend en ik was niet bang om mezelf en mijn huis te beschermen. Ik sprong de hoek om en zwaaide de taser in een hoge boog om de insluiper in het gezicht of de nek te raken, zoals me was geleerd.

Ik liet het vallen als een hete aardappel en het stuiterde het gras in.

'Pap! Wat doe je in vredesnaam?'

Hij keek op me neer, met één voet op de onderste sport van de ladder, zijn handen om de zijkanten geklemd, en een oeroud snoer met veelkleurige kerstlichtjes over zijn schouder.

Er verschenen rimpels rond zijn leiblauwe ogen. 'Marlee! Je bent thuis! Ik wilde net de lichtjes ophangen.'

'Lichtjes voor wat?' Ik wreef over mijn borst om te voorkomen dat mijn hart door mijn borstbeen zou slaan.

Hij haalde één hand van de ladder om de draden aan te raken die over zijn schouder hingen. 'Kerstlichtjes natuurlijk.'

'Het is half september. Vind je niet dat het daar een beetje vroeg voor is?' Ik kwam dichterbij, klaar om hem te ondersteunen voor het geval hij zijn andere hand van de ladder zou halen.

Zijn glimlach vervaagde en hij keek me wezenloos aan. Toen werden zijn oortoppen en zijn verweerde wangen rood. 'Ik dacht, ik begin maar vast op tijd?' De onzekere manier waarop zijn stem aan het eind omhoogging, raakte me diep.

'Je weet dat je de ladder niet mag gebruiken.' Ik raapte mijn taser op en stopte hem in mijn jaszak voordat ik mijn arm om zijn middel sloeg. 'Houd je vast en zet je voet neer.'

Hij liet zijn schouders hangen, maar gehoorzaamde. 'Mijn stok staat daar.' Hij wees met zijn kin naar de zijkant van het huis, waar de stok nog tegen de gestucte muur leunde. Ik controleerde of hij met twee voeten op de grond stond en beide handen de ladder vasthielden voordat ik hem lang genoeg losliet om de stok te pakken en in zijn hand te stoppen.

'Laten we naar binnen gaan.' Ik sloeg mijn arm om zijn middel en ondersteunde hem terwijl hij de ladder losliet en naar de voorkant van het huis draaide.

'Ik had het wel gekund. Ik klim al op die ladder sinds voor jij geboren was.'

Een val van diezelfde ladder had zijn been verbrijzeld en hem permanent invalide gemaakt. Ik deed mijn ogen dicht en perste mijn lippen op elkaar om hem er niet aan te herinneren dat we ons zo'n incident niet nog eens konden veroorloven.

In plaats daarvan zei ik: 'Het is bijna etenstijd, en bovendien hebben we nog twee maanden voordat we de lichtjes hoeven op te hangen.'

Hij strompelde naast me naar de trap voor het huis, waar hij even stopte. 'Maar het positieve is,' zei hij met twinkelende ogen, 'dat ik je kerstcadeau al besteld heb. Dit jaar is het niet te laat.'

———

VANAF DE VOORDEUR waren het slechts zes normale stappen – twaalf in het schuifelende tempo van pap – naar de keuken, die ons verwelkomde met de kruidige geur van chili uit de slowcooker. Ik liet pap bij het aanrecht leunen om zijn handen te wassen terwijl ik mijn spullen bij de achterdeur zette.

Hij droogde zijn handen af en pakte de doos met maïsbroodmix die ik op het aanrecht had laten staan. 'Ik was blijkbaar afgeleid.'

'Maak je geen zorgen.' Waarom had hij besloten de lichtjes op te hangen? Had hij een van die vroege kerstreclames op tv gezien en was hij de datum vergeten?

Ik zette mijn hakken netjes tegen de muur voordat ik mijn laptoptas in het magenta vakje zette dat pap naast de achterdeur had gebouwd toen ik naar de kleuterschool ging. In de loop der jaren had hij het vaak overgeschilderd, altijd in mijn favoriete rozetinten.

Ik wrong me langs hem heen om mijn handen te wassen en dekte toen de tafel. We hadden tijdens het eten geen woorden meer nodig; we hadden in de loop der jaren zo vaak samen maaltijden bereid dat we anticipeerden op wat de ander zou doen. Ik gaf hem een kom en hij schepte de chili op. Herhaal met een tweede kom, die ik naar de ronde houten tafel droeg.

Mijn studievrienden hadden het raar gevonden dat ik thuis wilde blijven wonen, maar pap was de enige familie die ik had. Ik had hem nodig. Nu had hij mij ook nodig.

'Hoe was het vandaag op school?' vroeg hij, terwijl hij in zijn krakende stoel ging zitten.

'Op mijn werk, pap. Werk was prima. Cooper is weer een secretaresse kwijt, dus ik moest een nieuwe voor hem zoeken voor morgen.'

'Nog een? Hij moet wel veeleisend zijn.'

'Dat is hij. Hij heeft hoge verwachtingen.' Het feit dat Cooper sneller door uitzendkrachten heen ging dan de Oakland A's door honkballen was een belangrijk onderdeel van mijn plan om hem te veroveren. Als mijn baas op huwelijksreis zou vertrekken, waren we met z'n tweeën. Ik zou Cooper verleiden tijdens gezellige lunches.

'Jij geeft hem onrealistische verwachtingen. Die uitzendkrachten zullen nooit aan jou kunnen tippen.' Ik had maar een seconde om te glunderen om zijn compliment voordat hij me de genadeklap gaf: 'Je zou zoveel meer kunnen doen met je diploma informatica.'

Mijn maag kromp ineen. Ik vond het heerlijk om bij pap te wonen, maar dit, precies dit, had ik kunnen missen als kiespijn. De meeste vijfentwintigjarigen hadden tenminste nog de afstand van een telefoongesprek; ik moest mijn vader in de ogen kijken terwijl hij me de les las over mijn onderpresteren.

'Het is een vast salaris en ik kan speciale projecten uitkiezen als ik tijd heb.'

'Maar je hebt nooit tijd, hè?' Paps strenge lerarenblik doorboorde me.

'Jackson houdt me bezig.' Ik voegde er niet aan toe dat ik door me naar huis te haasten om er zeker van te zijn dat pap het huis niet in brand had gestoken of – alweer – was gevallen, geen tijd had voor speciale projecten.

'Wanneer gaat hij trouwen?'

Ik knipperde met mijn ogen door de abrupte verandering van onderwerp. 'Volgend weekend.'

'Neem je iemand mee?'

Ik kon de vuurrode blos die zich van mijn wangen naar mijn voorhoofd verspreidde niet verbergen. 'Ik weet het niet.' Voor de tienduizendste keer wenste ik dat mijn moeder er nog was om over dit soort dingen te praten. Of als buffer tussen pap en mij. Hij probeerde het wel, maar...

'Dat zou je moeten doen. Bruiloften zijn magisch.' Een herinnering lichtte op in zijn ogen. 'Die van ons was dat.'

Hoe vaak ik het verhaal ook had gehoord, ik hield hem niet tegen. Ik genoot er elke keer weer van.

'We hadden geen geld, maar ik wist dat het speciaal moest zijn voor mijn Maggie. Dus leende ik planten van een bevriende hovenier – potten met rozen in alle kleuren – en vulde de achtertuin van Santos ermee. Telkens als ik rozen ruik, denk ik aan onze bruiloft. Zal Alicia rozen hebben?'

'Nee. Hortensia's.'

'Totaal geen geur.' Hij schudde zijn hoofd, maar in plaats van nog meer chili op te scheppen, legde hij zijn lepel neer. 'Jij zult je magie vinden op de bruiloft.'

Dat had ik gehoopt, maar door de ontwikkeling met Jamila was mijn moed me in de schoenen gezonken. 'Heeft ze… was je in het begin bang dat ze niet hetzelfde voelde als jij?'

Hij grinnikte. 'Natuurlijk. Ik was de ingehuurde hulp. Elke dag dat ik dat poolhouse bouwde, kwam ze in haar badpak naar buiten. Soms alleen, met een boek en haar koptelefoon. Soms met een vriendin of zelfs een kerel. Ik ben een duimnagel verloren aan een bandschuurmachine terwijl ik toekeek hoe ze met een andere vent zwom.' Hij glimlachte bij het beeld dat alleen hij kon zien. 'Ze was zo mooi. Ze zag er precies zo uit als jij nu.' Hij staarde naar de foto van mijn moeder aan de muur, boven wat haar plek aan tafel had moeten zijn.

Hij had grotendeels gelijk. We hadden hetzelfde dikke, donkerblonde haar – hoewel het mijne niet was getoupeerd in een jaren 90-stijl – en bruine ogen. Terwijl haar kin rond was, had ik paps vierkante kaak en brede grijns geërfd. In haar halskuiltje rustte een hanger in de vorm van een ster, gevormd uit kleine diamantsplinters. Ik streek erover, waar hij nu aan de basis van mijn keel lag.

'Hoe wist je dat zij de ware was? En hoe wist zij dat jij de ware was?'

Hij leunde achterover in zijn stoel. 'Op een dag waren we

vroeg klaar. Ik bleef nog wat hangen om op te ruimen, nadat de andere jongens waren vertrokken. Ik liep langs het zwembad op weg naar buiten, en ze vroeg me of ik haar een handdoek wilde aangeven. Ik was bezweet, bedekt met zaagsel, maar toen ik haar hand aanraakte, wist ik het. Ik wist dat ik haar hand voor de rest van ons leven wilde vasthouden.' Hij glimlachte, maar hij keek me niet aan. In plaats daarvan keek hij weer naar haar foto.

Waarom hadden we hier niet eerder over gepraat? Het verhaal was perfect zwijmelwaardig. 'En heeft zij… wist zij het toen ook?'

Zijn trieste glimlach veranderde in een grijns. 'Ze vertelde me dat ze het wist op het moment dat ik mijn shirt uittrok.'

'Pap!'

'Ik denk het wel. Ze zag eindelijk in dat wat ze wilde niet die societyjongens waren met hun slappe haar en opstaande kragen. Het was ik. Hoewel ik een beetje ruw was, hield ik van haar zoals die andere jongens dat niet konden. Een paar dagen later gaf ze me aan het eind van de dag een biertje, en we praatten. En uiteindelijk verzamelde ik de moed om haar mee uit te vragen.' Hij staarde naar zijn kom, verdiept in de herinneringen aan een huwelijk dat te vroeg was afgebroken.

Toen ik wegkeek van zijn terneergeslagen gezicht, ving de glinstering van metaal mijn ooghoeken.

'Hé, pap,' zei ik, 'wat dacht je ervan om vanavond de telescoop erbij te pakken? De lucht lijkt helder.'

Hij haalde zijn telefoon uit zijn zak en tikte een paar keer. 'We zullen Saturnus kunnen zien. En de doorkomst van het ISS is om 20.45 uur.' Een brede grijns verspreidde zich over zijn gezicht terwijl hij de kaarten controleerde.

De benauwdheid in mijn borst nam af. De kerstverlichting was eenmalig. Pap was nog steeds zo scherp als altijd. 'Weet je wat,' zei ik. 'Jij doet de afwas, en ik zet de telescoop klaar.'

Hij stond sneller op dan zou moeten, wankelde even, maar pakte toen zijn kom. Zwaar leunend op zijn stok schuifelde hij naar het aanrecht. De telescoop was nu te zwaar voor hem om te hanteren, maar de fijne afstelling zou ik aan hem overlaten.

Toen ik mijn kom naar het aanrecht bracht, kuste ik zijn stoppelige wang. 'Ik hou van je, pap.'

'Ik hou ook van jou, Zonnestraaltje. Maar we können vanavond niet laat opblijven; je moet morgen naar school.'

Ik sloot mijn ogen en zuchtte diep uit door mijn neus. Ik tilde de telescoopkoffer van de plank en liep de achtertrap af, het lavendelkleurige licht van de zonsondergang in. In de kleine achtertuin met zijn rozenstruiken en vetplanten, waar we de Japanse esdoorn voor mijn moeder hadden geplant, waar pap me had geleerd een honkbal te gooien en te vangen, en waar we op ontelbare heldere nachten onze blik op de sterren hadden gericht, ademde ik de geuren van thuis in, het thuis dat hij voor mijn moeder en mij had gebouwd.

Mijn moeder was voor hun derde trouwdag overleden, maar ze had tenminste kortstondig een perfecte, sprookjesachtige liefde gekend. Ooit zou ik die ook hebben, en dat zou alles goedmaken: dat ik geen moeder had om me 's nachts in te stoppen, om me voorlichting te geven, om honderd foto's van mijn galadate en mij te maken. Dat ik geen enkele herinnering aan haar had.

Cooper had niet eens zijn shirt hoeven uittrekken om me voor hem te laten vallen. En ja, ik had hem vaak genoeg aangeraakt, zijn hand geschud op mijn eerste dag, hem papieren of zijn telefoon aangegeven op vele dagen daarna, en er was nog geen vonk overgesprongen, maar een dans, een magische bruiloftsdans, zou ons samenbrengen. Zoals Assepoester en haar droomprins.

3

EÉN ENKEL ZINNETJE van mijn beste vriendin verpestte mijn ochtend.

Ik was net klaar met mijn woensdagochtend-codebeoordeling – Jackson liet mij er graag als eerste doorheen gaan omdat ik de meeste fouten opmerkte die hij met zijn blik op het grote geheel miste – toen er een sms'je op mijn telefoon verscheen. Toen ik Alicia's naam zag, dacht ik dat ze misschien wilde gaan lunchen of een vraag had over Jacksons schema. Onschuldige dingen.

Mis.

ALICIA

Ik ben vast je antwoordkaartje kwijtgeraakt.
Neem je iemand mee naar de bruiloft?

Het had makkelijk moeten zijn om te antwoorden. Tien dagen voor de bruiloft had ik mijn kaartje al aan Alicia moeten geven. Ik had zeker moeten weten wie – als er al iemand meeging – ik zou meenemen.

Ik had een plan gehad. Ik was ervan uitgegaan dat Cooper en ik allebei alleen zouden gaan en dat ik eindelijk de stoute schoenen zou aantrekken en hem zou vertellen wat ik voelde. Ik had zelfs gehoopt met hem mee te kunnen rijden naar de wijngaard. Dicht tegen elkaar in de knusse voorstoel van zijn elektrische Porsche zouden we eindelijk de tijd met z'n tweeën hebben die onze relatie van collega's naar iets meer zou brengen.

Maar dat was vóór Jamila.

Nu had ik twee keuzes: alleen komen of mijn eigen date meenemen. Hoe dan ook was het een dilemma zonder goede uitkomst, waarbij ik uiteindelijk treurig naar hem en Jamila zou staren in plaats van mijn plan in actie om te zetten.

En nu had mijn beste vriendin me eraan herinnerd hoe erg mijn plan in de soep was gelopen.

Ik staarde de gang in naar de glazen wand van Coopers kantoor. Na een seconde kwam hij al ijsberend in beeld, headset op, een hand in de zak van zijn zwarte pantalon. Hij hield even stil en wreef over een donkerblonde wenkbrauw alsof hij hoofdpijn had. Toen draaide hij zich om en liep weer weg, uit mijn gezichtsveld verdwijnend.

Arme Cooper. Hij werkte te hard, droeg te veel verantwoordelijkheden. Hij ving alles op wat Jackson liet liggen. En Jackson liet heel wat liggen. Hij had thuis iemand nodig om zijn lasten te verlichten, om hem te helpen ontspannen. Zou Jamila dat kunnen? Zij had haar eigen bedrijf, haar eigen zorgen. Misschien vonden ze daarin wel een gemeenschappelijke band.

Er verscheen weer een sms'je op mijn telefoon.

> Ben je daar?

> Mag ik nog een paar dagen om wat dingen uit te zoeken?

> Geen probleem. Ik moet vrijdag het aantal doorgeven aan de wijngaard.

Twee dagen. Ik had twee dagen om een strategie te bedenken als reactie op de Jamila-ontwikkeling.

Ik keek weer naar Coopers kantoor en ving nog net een glimp op van zijn broekspijp toen hij wegliep.

Misschien was het niet zo erg als ik dacht. Ze konden als vrienden gaan, net als bij de vele gala's die ze eerder samen hadden bezocht. Ze waren alle drie hecht geweest op de universiteit – Jackson, Cooper en Jamila – dus Jamila had haar eigen uitnodiging voor de bruiloft. Misschien reden Cooper en Jamila samen naar de wijngaard om benzine te besparen.

De deur van het trappenhuis viel met een dreun achter me dicht, net voordat ik het onmiskenbare gesleep van een sneaker over het hout hoorde. Al glimlachend keek ik over mijn schouder. 'Wat brengt jou hierboven?'

'Hé.' Omlijst door de middagzon die door het dakraam stroomde, stopte Tyler voor mijn bureau en staarde naar het prikbord links van me. Toen hij niets meer zei, volgde ik zijn blik naar de plek waar die eindigde: op het boterbloemgele antwoordkaartje dat op het bord was geprikt.

'Ze heeft je toch niet gesms't om naar boven te komen en me over de bruiloft lastig te vallen, hè? Ik heb gezegd dat ik het haar vrijdag zou laten weten.'

'Niet… niet echt.' Hij verplaatste zijn gewicht naar één voet en boog zijn hoofd.

Mijn maag knorde en ik sloeg er mijn hand overheen. Pap sliep nog toen ik vanmorgen van huis ging. Omdat ik geen ontbijt voor hem had gemaakt, was ik vergeten zelf iets te eten.

'Zin om te gaan lunchen?' vroeg Tyler grijnzend.

Ik was ook vergeten mijn lunchpakket mee te nemen. 'Geniaal idee.' Ik keek naar Jacksons gesloten deur en stuurde hem een snel berichtje dat ik wegging. Hij reageerde niet, dus hij zat vast in zijn 'codeerzone'. Ik pakte mijn tas en stond op. 'Laten we gaan.'

Toen de liftdeur in de lobby openging, stond Alicia te praten met José bij de beveiligingsbalie. 'O, mooi, jullie zijn klaar om te gaan.'

'Gaan?' Wat was ik vergeten?

Mijn telefoon piepte met een herinnering. *Alicia's laatste pasbeurt.* Ik kneep mijn ogen dicht. Vergeetachtige, hongerige hersenen. 'Planwijziging, Tyler. We gaan met Alicia mee voor het passen van haar jurk.'

'O, nee. Hadden jullie plannen?' vroeg Alicia. 'Maak je geen zorgen. Ik kan wel alleen gaan.'

'Echt niet. Je gaat die Helleveeg echt niet in je eentje te lijf.'

'Helleveeg?' vroeg Tyler.

'Ze is een geval apart. Maar dat kan ze zich veroorloven. Ze is de beste.' Ik haalde mijn schouders op.

'En een persoonlijke vriendin van Jacksons moeder,' zei Alicia.

Samen liepen we naar de draaideur en Tyler gebaarde dat we voor mochten gaan. 'Ik kan niet wachten om haar te ontmoeten.'

De bruidswinkel was niet ver van het kantoor van Synergy in het centrum. Terwijl we liepen, praatten Alicia en Tyler over een project waar hij aan werkte. Ik liet mijn zorgen over Cooper en de bruiloft achter in het Synergy-gebouw en liet de septemberzon mijn gezicht verwarmen.

Toen we bij de winkel aankwamen, verdween Alicia met de Helleveeg in de paskamer.

'Vergeet niet, ik heb beloofd dat ik een foto voor Tiannah zou maken,' riep ik haar na. Tiannah, Alicia's beste vriendin van thuis, was Alicia's officiële getuige. Aangezien zij in Texas woonde, had ik de meeste lokale taken op me genomen, zoals het passen van de jurk.

Een assistente bracht ons iets te drinken – een blikje Mountain Dew voor Tyler en een chique flûte met bruiswater voor mij – en we namen plaats op een canapé voor een platform omringd door drie spiegels.

Tyler keek rond in de winkel. 'Dit is de eerste keer voor mij.'

'Je hebt al die broers. En je zus. Is er niemand van hen getrouwd?'

'Nee. Eén is wel verloofd.' Hij nam een slokje van zijn drankje en slikte alsof het bitter was in plaats van zoet.

Ik schopte mijn schoenen uit en trok mijn knieën onder me. 'Wanneer is de bruiloft?'

'Volgende zomer, geloof ik?' Hij keek weg en trommelde met zijn vingers op zijn spijkerbroek. Zijn kuiltje was verdwenen.

Ik kon de duidelijke 'ik-wil-het-er-niet-over-hebben'-uitstraling die van hem afkwam niet negeren, maar ik kon wel proberen hem op te vrolijken. Ik zette mijn glas op tafel en kneep in zijn schouder. 'Ben zo terug.'

Ik liep naar het hoedenrek in de hoek, pakte een arm vol hoeden en bracht ze terug naar de canapé. Ik legde ze voorzichtig op het lage tafeltje en pakte een blauwgroene fascinator met pauwenveren en een wolk van gaas. Ik zette hem op mijn hoofd en trok mijn wenkbrauwen op naar Tyler. 'Wat vind je ervan?'

Een hoek van zijn mond krulde omhoog. 'Niet jouw kleur.'

'Dan moet het de jouwe zijn.' Ik zette hem op zijn hoofd en pofte het gaas op. Het maakte zijn hazelnootkleurige ogen blauw.

Hij keek in de spiegel en draaide zijn hoofd van links naar rechts. 'Verdomme, wat zie ik er goed uit.'

'Bescheiden en ook nog knap.' Ik pakte een rode met pluizige veren die er als vuurwerk vanaf schoten.

'Die daar,' zei Tyler, terwijl hij wees.

Ik legde de rode neer en pakte degene die hij had aangewezen. Die was eenvoudiger dan de andere, een drietal zachtroze zijden rozen genesteld in een vleugje lichtroze gaas bezaaid met parelachtige kralen. Ik zette hem op mijn hoofd en keek in de spiegel. Ik knikte. 'Je hebt gelijk. Hij is prachtig.'

Zijn ogen waren donker geworden onder zijn belachelijke hoed. 'Prachtig.'

De stem van de assistente deed me opschrikken. 'Nog iets te drinken?'

Tyler griste zijn hoed van zijn hoofd. 'Nee, het is goed zo.'

Ze glimlachte naar hem en toen naar mij. 'Dus wanneer is de grote dag?'

'Alicia, bedoel je?' Ik knikte naar de paskamer. Was het niet haar taak om dat te weten? 'Het is…'

'Nee, ik bedoelde jullie twee. Jullie zullen er samen prachtig uitzien.'

'O, nee. Nee.' Mijn lach was te hoog, op het hysterische af. 'We zijn gewoon vrienden. Collega's.'

'Gewoon vrienden.' Tyler verzamelde de hoeden en bracht ze naar het rek.

'Zonde,' zei de assistente. Staarde ze naar zijn kont?

Oké. Het was een lekkere kont, slank en strak onder zijn spijkerbroek. Ik schraapte mijn keel. 'Vrienden.'

Verheven stemmen uit de paskamer trokken mijn aandacht. 'Ben zo terug, Tyler.' Ik dook achter het roze fluwelen gordijn.

Alicia zag bleek, zoals ze eruitzag voordat haar ochtendmisselijkheid een paar weken geleden afnam, en ze kreeg de tranen in haar ogen niet weggeknipperd. De Helleveeg trok aan de rits, fronsend naar de onder spanning staande, met kant bedekte zijde.

'Wat is er aan de hand?' vroeg ik, terwijl ik het zware gordijn achter me dichttrok.

'Hij… hij gaat niet dicht. Ik ben denk ik aangekomen.' Alicia snoof.

'Niet huilen op de jurk,' snauwde de Helleveeg. Haar neusvleugels trilden, wat me eraan herinnerde waarom ik haar de Helleveeg had genoemd. Afgezien van haar sprankelende persoonlijkheid, zag ze er altijd uit alsof ze op het punt stond vlammen uit haar neus te schieten. Ze griste een tissue uit een doos in de buurt en duwde die in Alicia's hand voordat ze haar aandacht weer op de rits richtte, die was vastgelopen in het kuiltje in Alicia's rug.

Nu wenste ik dat ik de champagne die haar assistente had aangeboden, had aangenomen.

'Natuurlijk ben je aangekomen,' zei ik, terwijl ik mijn handen samenklemde om te voorkomen dat ik aan het stijve, blonde suikerspinkapsel van de Helleveeg zou gaan krabben. 'Je bent vier maanden zwanger. Had de naaister daar geen rekening mee moeten houden?'

'Dat hebben we gedaan. Dit is meer gewicht dan we hadden verwacht,' snauwde de vrouw.

Alicia had het kleinste, schattigste babybuikje. Als het de mijne

en die van mijn ware liefde was geweest, had ik het met neon-
lichten verlicht.

'Wat kunnen we aan de jurk doen?' vroeg ik. Mijn normaal
gesproken onverstoorbare vriendin, die dit probleem normaal
gesproken had kunnen oplossen, was… van haar stuk gebracht.

'Laat me eens kijken naar wat' – de Helleveeg keek neerbui-
gend – 'opties.' Nadat ze door het gordijn was gezwierd, drukte
Alicia de voorkant van de jurk tegen haar borst. Ik kon nu al zien
dat de stof daar ook niet zou passen. Haar zwangere buikje was
niet het enige deel van Alicia dat was gegroeid.

'Zie je? Het komt goed,' zei ik, terwijl ik nog een tissue uit de
doos pakte. 'Ze zei dat ze opties had.'

Een traan rolde over Alicia's wang en loste een deel van haar
mascara op. Ik depte hem weg.

'Ze zeiden dat je met vier maanden nauwelijks iets zou zien. Ik
had meer salades moeten eten.'

'Nee, schat, je lichaam is prachtig. Je laat een nieuw leven in je
groeien. Dan zijn de dingen een beetje raar. Maar het komt goed.'
Daar zou ik wel voor zorgen.

'Hé, gaat het goed met jullie daarbinnen?' Tylers lage stem
klonk door het gordijn.

'Ja,' zei Alicia.

'Nee,' zei ik tegelijkertijd, wat Alicia deed glimlachen. 'We zijn
over een paar minuten weer buiten. Misschien kun jij wat
broodjes halen… en chocolade?'

'Regel ik,' zei hij.

Alicia was net klaar met haar neus snuiten toen de Helleveeg
terugkwam. In de ene hand hield ze een stuk industrieel sterk wit
spandex vast. In de andere hand klemde ze een hanger met een
slap uitziende zeemeerminjurk van stretchkant.

Ze schudde met de spandex naar Alicia. 'Buikcorrigerende
body shaper.'

Zowel Alicia als ik staarden er vol afschuw naar. Als we haar
er ooit in zouden krijgen, moest ze er met een reddingsschaar uit
geknipt worden, wat alle seksappeal uit haar huwelijksnacht zou

zuigen. Aangenomen dat ze bij de ceremonie niet flauwviel door zuurstofgebrek.

'Is dat niet schadelijk voor de baby?' vroeg Alicia.

'We doen dit de hele tijd bij bruiden,' zei de Helleveeg. Ze had de vraag niet beantwoord, maar ik was sowieso niet van plan om van haar advies aan te nemen over de zwangerschap.

'Wat is de andere optie?' vroeg ik, terwijl ik de jurk op de hanger bekeek.

'Dit is onze noodjurk. Hij is heel verhullend.'

Ik liet mijn kin zakken en staarde ernaar. Verhullend, misschien. Onflatteus, zeker. Dat stretchkant zou niets verbergen. Het was één ding om Alicia's zwangere lichaam te vieren en iets anders om alleen haar babybuik en enorme borsten te benadrukken. Jackson zou het waarschijnlijk geweldig vinden. Zijn conservatieve moeder zou minder enthousiast zijn.

Alicia's vingers klemden zich even om het lijfje van haar jurk voordat ze haar armen uit de mouwen begon te trekken.

Ik legde een hand op haar arm en stopte haar. 'Nee. Er moet een derde optie zijn.' Ik gaf de Helleveeg de staalharde blik die ik gebruikte als ik Jackson vertelde dat hij een afspraak had met de CEO. 'Kunt u de stof in Alicia's jurk niet uitleggen?' Ze had afgelopen voorjaar, toen ze zich verloofden, tientallen jurken gepast, en dit was degene waar ze dol op was. Ik wist niets van naaien, maar… 'Ik weet zeker dat we het voor elkaar kunnen krijgen.'

De Helleveeg trok de jurk van Alicia's zij weg om me de binnennaden te laten zien. 'Er is geen extra stof om mee te werken. En de volgende maat bestellen duurt twee maanden.'

In de spiegel werden Alicia's ogen weer roodomrand en glazig.

'Doe dan een… een transplantaat. Weet je, neem wat stof van een andere plek en voeg het toe.' Ze deden het met huid; er was vast een vergelijkbaar concept in de kledingmakerij.

Ze krulde haar lip. 'Ik veronderstel dat we een paar panelen aan de zijkanten kunnen toevoegen. Zolang u uw armen omlaag houdt, zal het niet al te opvallend zijn.'

'Jullie zijn de beste bruidswinkel in San Francisco. Ik weet zeker dat jullie het zo kunnen maken dat het helemaal niet opvalt,' zei ik op een honingzoete toon. 'Audrey zal zo tevreden zijn.'

De Helleveeg tuitte haar rode lippen, fronste even naar Alicia's romp en haalde toen het meetlint van haar nek. 'We kunnen Audrey niet teleurstellen,' mompelde ze.

Het belletje bij de buitendeur rinkelde. 'Ik laat jullie twee het uitwerken. We maken de foto de volgende keer wel.' Ik kneep in Alicia's hand en glipte door het gordijn.

Tyler kwam me tegemoet bij de canapé, met een papieren zak in zijn hand.

Ik stak mijn handen uit en wiebelde met mijn vingers. 'Geef me mijn broodje.'

'Hoef je niet op Alicia te wachten?'

'Ze is nog wel even bezig.'

'Ik heb je favoriet, kalkoen en avocado.'

Mijn maag knorde. 'Dank je. Je bent geweldig.'

De eerste paar happen van mijn broodje waren hemels. Hij had zelfs de pittige mosterd onthouden die ik verkoos boven de walgelijke mayonaise die er meestal op zat. Ik kwam pas weer op adem toen Tyler sprak.

'Ik denk dat we niet veel meer van dit soort dagen zullen hebben.'

Ik keek uit het raam naar de septemberzon. 'Ik denk het niet. Het wordt snel herfst.'

'Nee.' Hij legde zijn broodje op zijn schoot. 'Ik bedoel, wij drieën.'

'Waarom niet? We zijn vrienden sinds jullie hierheen zijn verhuisd.' In tegenstelling tot de andere programmeurs was Tyler vriendelijk geweest – en niet op een enge, me-uitvragende manier, maar op een manier waarop hij me als een gelijke behandelde – sinds ik hem had ontmoet. Hij en Alicia hadden samengewerkt aan een groot project op het kantoor van Synergy in Austin, waar ze Jackson hadden ontmoet. In Austin was Tyler Jacksons protegé geworden en Alicia zijn vriendin.

Tyler was aan het begin van het jaar overgeplaatst en we hadden een band gekregen op een van Synergy's kwartaalfeestjes. Nadat Alicia een paar maanden later permanent hierheen verhuisde, waren we onmiddellijk vrienden geworden. Sindsdien waren we een driemanschap, vooral als Jackson op reis was.

Het was moeilijk voor mij om vrienden te houden, omdat pap zoveel van mijn vrije tijd in beslag nam, maar deze twee waren al meer dan zes maanden blijven hangen. Hoeveel ik ook van mijn vader hield, ik had ook vrienden nodig.

Tyler keek naar zijn broodje. 'Ik dacht gewoon, nu Alicia meer tijd met Jackson doorbrengt, zullen wij drieën misschien niet meer zo vaak samen zijn.' Hij pulkte een augurk van het broodje.

Ik slikte de laatste hap van mijn broodje door. Hij had gelijk: als ze eenmaal getrouwd waren, zouden Alicia en Jackson meer tijd als gezin doorbrengen. Ik zou mijn vriendin toch niet helemaal kwijtraken? We zouden nog steeds afspreken als ze geen 'stelletjesdingen' met haar man deed.

Toch?

Ik keek naar het gordijn. Ernaast trok een portret van een dubbele bruiloft mijn aandacht. Net als de zussen in de Colin Firth-*Pride and Prejudice*.

Het was te laat voor een dubbele bruiloft, maar dubbeldaten was altijd een mogelijkheid. Het zou perfect zijn: Jackson en zijn beste vriend, Cooper, en Alicia en ik. Misschien zouden zij ooit getuige en ceremoniemeester zijn op *onze* bruiloft. Cooper zou er fantastisch uitzien in een grijs jacquet, net als de bruidegoms op het portret.

'Marlee?' Tylers stem onderbrak mijn dagdroom.

'Wat zeg je?'

'We blijven altijd vrienden, toch?' Hij glimlachte naar me, maar zijn kuiltje ontbrak.

'Natuurlijk. Ik zou me zo vervelen als jij niet naar boven kwam om me op te zoeken. En' – ik kneep mijn ogen samen – 'als je die managerspositie krijgt, moet je vaker naar boven komen.'

'Ik ben niet klaar voor...'

'Natuurlijk wel. Je moet je gewoon vermannen en vragen wat je wilt.'

Net als ik.

Het was tijd om serieus werk te maken van het 'Plan Stoute-Schoenen-voor-Cooper'.

4

IK HAD IN de afgelopen drie jaar dat ik bij Synergy werkte het een en ander over onze directieleden geleerd.

Harris Weston, onze CEO, had zo'n ernstige pinda-allergie dat hij niet in een commercieel vliegtuig kon vliegen.

Jackson, mijn baas, kon niet langer dan twintig minuten stilzitten, tenzij hij aan het programmeren was.

En Cooper Fallon ging elke ochtend om halfzeven naar de sportschool.

Ik duwde de glazen deur van de fitnessruimte op de eerste verdieping van Synergy open en moest bijna op mijn tong bijten toen ik hem op de chestpress zag. Zijn tanktop onthulde de resultaten van zijn dagelijkse gebruik van het apparaat: brede, gespierde schouders, stevige borstspieren en strakke bovenarmen die zo uit een fitnessmagazine konden komen.

Mijn gezicht was niet het enige dat ik met mijn moeder gemeen had.

''s Morgens, Cooper,' riep ik door de ruimte.

'Marlee,' zei hij terwijl hij uitademde.

Wauw. Het was te vroeg op de dag om al zo opgewonden te zijn. Ik rukte mijn blik los van zijn deltaspieren en rolde mijn yogamat uit. Toen ik zijn fitnessgewoonte voor het eerst ontdekte, had ik geprobeerd om de gewichtsapparatuur met hem te delen. Oké, ik hield me van de domme en vroeg hem me te leren hoe ik ze moest gebruiken, totdat het hem leek te irriteren. Ik was er niet trots op. Maar met yoga kwam ik beter tot mijn recht. Geen gezweet of gekreun, en mijn yogabroek liet mijn billen er leuk uitzien. Ik begon met een paar rekoefeningen waarbij ik hem kon bekijken terwijl hij de handvatten heen en weer duwde.

Sjees.

Ik sloot mijn ogen om zijn afleidende lichaam te negeren. Jammer dat het op de binnenkant van mijn oogleden gegrift stond. Ik haalde diep, reinigend adem en formuleerde de intentie voor mijn training: *Wees sterk voor papa... en gracieus voor Cooper, zodat hij me echt zal zien staan.*

Niet bepaald wat mijn yoga-instructrice in gedachten had.

Ik begon aan mijn zonnegroeten, reikend naar de tl-lampen en omlaag naar het roze oppervlak van mijn mat. Ik deed krachtige houdingen: de Krijger, de Halvemaan, de Berghouding. Ik trok mijn buik in, zette mijn borstkas uit en stond rechtop.

Ondertussen blies Cooper zijn wangen op terwijl hij de handvatten omhoog drukte om de hoge stapel gewichten op te tillen. Een zweetdruppel rolde langs zijn jukbeen en bleef aan zijn strakke kaaklijn hangen. Hij fronste zijn wenkbrauwen, gefocust op zijn herhalingen.

Zijn gezicht had diezelfde geconcentreerde, woedende blik op de dag dat ik voor hem was gevallen.

In mijn tweede werkweek, op de dag dat hij een vergadering had met Weston, de CEO, was Jackson spoorloos verdwenen. Niet zomaar verslapen, maar echt weg. Ik zou de donderse blik op Coopers gezicht nooit vergeten toen hij gromde: 'We gaan hem vinden.'

Ik was doodsbang. Bang dat er iets met mijn baas was gebeurd, bezorgd dat ik mijn baan zou verliezen en wanhopig bij de gedachte dat ik nooit meer naar Cooper zou kunnen gluren.

Maar we vonden hem. Achter het meest louche pakhuis dat ik ooit had gezien. Een schurftige, bruine rat was zowaar langs de muur achter Jackson gerend toen een verhoogde, opzichtige Escalade wegscheurde.

Ik was net buiten gehoorsafstand van hun gefluisterde gesprek blijven hangen. Toen Cooper zijn hand op de schouder van zijn vriend legde en Jackson een zwakke glimlach teruggaf, beiden met glazige ogen, hield ik het bijna niet meer, daar achter dat weerzinwekkende pakhuis. Ik had nog nooit zo'n vriendschap gehad. Ik had nog nooit een vriend gehad die me in het meest groezelige deel van de stad dat ik ooit had gezien, was komen zoeken en me, zonder te oordelen, had teruggebracht naar waar ik thuishoorde.

Nadat we Jackson terug naar zijn kantoor hadden gebracht, richtte Cooper zijn aandacht op mij.

'Kan ik op je discretie rekenen, Marlee?'

'N-natuurlijk.' Ik had een geheimhoudingsverklaring getekend toen ze me aannamen, maar meer nog dan dat, vond ik het heerlijk om voor Jackson te werken. Hij was grappig, aardig en energiek. En zorgen voor anderen was mijn tweede natuur.

'Dank je. Daarvoor en voor je hulp vandaag.' Cooper staarde naar zijn glimmende lakschoenen. 'Jackson heeft wat... zelfdestructieve neigingen. Autoriteit, en Weston in het bijzonder, triggert die soms.'

Wat hij daarna zei, brandde zich in mijn geheugen.

'Jij en ik,' hij hypnotiseerde me met zijn ijsblauwe blik, 'we zijn nu partners in hem veilig houden.'

Partners. Dat deed de deur dicht. Ik zou alles hebben gedaan wat hij zei, elke misdaad hebben begaan, al mijn geld aan hem hebben gegeven – niet dat hij dat nodig had – om zijn partner te zijn. Om hem op een dag naar mij te zien kijken zoals hij naar Jackson had gekeken, met liefde die uit zijn ogen straalde.

Want een man die zo toegewijd was aan een vriend, zou zijn geliefde precies bieden waar ik naar smachtte: een epische romance. Eentje waarin hij me te hulp zou schieten wanneer ik dat nodig had. Waar elke dag zou bestaan uit chocola en bloemen. Een sprookje dat werkelijkheid wordt.

Partners. Daar droomde ik al sinds die dag van. Dat we meer zouden worden dan partners in zorg. Dat hij mij zou zien zoals ik hem zag. Als een zielsverwant.

Ik keek naar hem aan de andere kant van de fitnessruimte. Hij was naar de legpress gegaan, waardoor ik precies in zijn gezichtsveld zat. De katrollen zoemden.

Ik zette één voet stevig in de mat, tilde mijn achterste voet op, pakte die vast en leunde voorover in de Danserhouding, me inbeeldend hoe gracieus onze instructrice eruitzag als ze het deed. Ik spande mijn buik aan en maakte een hoek van negentig graden tussen mijn been en mijn romp, die zich helemaal uitstrekte tot in mijn uitgestoken arm. Ik keek langs mijn gestrekte vingers. Mijn bovenlichaam zweefde boven de mat. Ik was gratie, zelfvertrouwen, evenwicht.

Tot ik mijn blik naar Cooper richtte om er zeker van te zijn dat hij me aan het bekijken was.

De lichte beweging van mijn hoofd bracht me uit balans. Ik spartelde een seconde, maaide wanhopig met mijn armen om mijn evenwicht terug te vinden, maar het mocht niet baten. Ik viel voorover en slaagde er nog net in om met mijn schouder op de mat te landen in plaats van met mijn kin. Er ontsnapte een 'oef' aan mijn lippen. *Lekker bezig, Marlee.*

Zonder het ritmische gezoem van het apparaat te onderbreken, riep hij: 'Alles goed, Marlee?'

In een poging me te herstellen van mijn yogablunder, strekte ik mijn armen en tilde mijn bovenlichaam op in de Cobrahouding. 'Prima,' piepte ik.

———

LATER DIE OCHTEND onthulde de glazen wand van Jacksons kantoor de waarschuwingssignalen: het trillende been, de draaiende pen, de afwezige blik. Tijd om hem in beweging te krijgen. Nadat zijn afspraak van half elf was vertrokken, duwde ik de deur open en stak mijn hoofd zijn kantoor in.

'Laten we een stukje gaan lopen,' zei ik.

Jackson keek me aan alsof ik net had verteld dat de zomervakantie was begonnen. 'Je bent de beste, Marlee.'

'Dat weet ik. Kom, we gaan.' Hij moest wat van zijn energie kwijt voor zijn lunchafspraak. Hij trok een fleecetrui aan over zijn Ramones T-shirt en liep naast me naar de liften. Buiten sloegen we af richting het park. Terwijl het beton overging in klaver en gras, verdween de spanning uit zijn schouders en werd de frons tussen zijn wenkbrauwen gladgestreken.

'Iets waar je over wilt praten, baas?' vroeg ik. Ik hield mijn blik op het verharde pad gericht om te voorkomen dat ik met mijn zwarte hakjes in de naden zou blijven haken – het kunstleer zou er zo afpellen – maar hij spande zich aan.

'Niet echt.'

Dat was zijn goed recht. Ik was zijn assistente, niet zijn therapeut, en als hij niet wilde praten over de stress waardoor zijn ADHD opspeelde, vond ik dat prima.

Hij stak zijn handen in zijn zakken en liep van het pad af, richting een beeld van een man en twee beren – of honden, ik wist nooit precies wat het waren. Daar mediteerde hij altijd op een rotsblok met een platte bovenkant.

Terwijl hij zijn zenmoment pakte, ging ik op een bankje zitten en dacht na over mijn eigen probleem: Cooper. En wat er ook gaande was met Jamila. Ik had een exemplaar van een lokaal roddelblad geleend van Coopers nieuwe uitzendkracht, en nu haalde ik het uit mijn tas. Het ging over een gala waar Cooper met Jamila was geweest, en een grote foto in de reportage toonde hen op de rode loper. Op haar hakken was ze even lang als Cooper, en haar donkere huid straalde tegen haar witte jurk. Hij had zijn hand op de onderkant van haar rug – iets wat ik me de afgelopen drie jaar minstens één keer per dag had voorgesteld dat hij bij mij deed – en hun natuurlijke glimlach suggereerde dat een van hen de ander net een geheim grapje had verteld.

Maar wat mijn aandacht trok was het onderschrift eronder: *Nu de huwelijksklokken luiden voor **Jackson Jones** (links), zal de meest* *begeerde vrijgezel van San Francisco,* **Cooper Fallon,** *zijn partner dan binnenkort volgen naar het altaar met techkoningin* **Jamila Jallow?**

Ik wierp nauwelijks een blik op de kleinere foto van Jackson en Alicia en de speculatie in het onderschrift over haar babybuikje.

Huwelijksklokken? Wat de hel?

Ik hoorde geschuifel op het grind en Jackson kwam weer bij me, een jongensachtige glimlach op zijn gezicht en zijn handen losjes langs zijn zij zwaaiend. Hij wees naar het roddelblad dat ik vastklemde. 'Alicia ziet er fantastisch uit.'

Ik veegde de verontwaardiging van mijn gezicht en glimlachte naar hem op. 'Ze ziet er altijd fantastisch uit, maar jullie zien er allebei geweldig uit op deze foto. Wil je dat ik een kopie bij de krant haal?'

Hij keek over de bovenkant van de pagina mee. 'Ja. Maar wat zeggen ze over Cooper en Jamila?'

Ik slikte. 'Dat je ze op ideeën brengt met je bruiloft. Verlovingsideeën.'

Hij snoof. 'Ze zijn vrienden. Niets meer. Geen vonk.'

Zijn woorden stelden me niet zo gerust als ze zouden moeten. Wanneer Jamila Cooper vergezelde naar evenementen, was ze altijd prachtig in een maatje 34 avondjurk met een zelfverzekerd, kort kapsel en een slanke nek die haar glinsterende, met juwelen bezette, opvallende kettingen accentueerde. Zo anders dan ik, met mijn gemiddelde postuur, lange bruine haar en die ene ketting. Ik streelde mijn hanger en volgde de scherpe randen. Zij was de perfecte partner voor Coopers levensstijl. Ik kon op geen enkele manier met haar wedijveren als dat was wat hij wilde. Ik frommelde het roddelblad dicht.

'Kijk, Marlee.' Jackson ging naast me op het bankje zitten. 'Ik weet dat je... gevoelens voor hem hebt. Ik denk dat jullie een geweldig stel zouden zijn.'

Ik stopte met ademen. We hadden altijd om het onderwerp heen gedanst, het ontwijkend alsof ik zou vermijden rechtstreeks naar de zon te kijken door papa's telescoop. Ik had het kunnen ontkennen, en dan had hij zich teruggetrokken. Maar hij was zowel mijn vriend als mijn baas. 'Dank je.'

'Aangezien hij een date meeneemt naar de bruiloft, moet jij dat misschien ook doen? Een beetje dansen? Hem laten zien wat hij mist?' Hij stootte me aan met zijn elleboog.

Het beeld van Cooper en mij die apart naar de bruiloft gaan maar samen eindigen, net als Assepoester en haar prins, had me in beslag genomen. Maar misschien had hij gelijk. Naar het bal gaan met een andere date had gewerkt voor Amy Adams in *Enchanted*. En ik had al met een heks gevochten.

Maar wie zou er met mij meegaan? De bruiloft was over negen dagen. Sinds ik Cooper had ontmoet, had ik met niemand een serieuze relatie gehad. Niemand kon aan hem tippen.

'Denk erover na, oké?' Hij stond op. 'Andrew neemt geen date mee. Hij zou wel met je meegaan.'

Een date met Jacksons broer voelde een beetje incestueus. Maar welke andere optie had ik?

'Ik zal erover nadenken.' Ik haakte mijn arm door de zijne terwijl we terugliepen naar kantoor. 'En nu over jou? Voel je je beter?'

Jackson legde zijn hand op de mijne. 'Veel beter. Ik weet niet wat ik zonder jou zou moeten.'

'O, dat weet ik wel,' zei ik op een plagende toon. Ik somde de dingen op mijn vingers op. 'Je zou elke vergadering missen en ze zouden de tent zonder jou de grond in boren. Je zou verhongeren omdat je zou vergeten te eten. Je zou de gevangenis ingaan wegens het niet betalen van je belastingen. O, en je zou niet met Alicia zijn.'

Zoals gewoonlijk protesteerde hij. 'Ik was degene die daadwerkelijk door het stof ging.'

'Maar ik gaf je het idee. Zonder mijn geweldige tips had je haar nooit teruggewonnen.' Ik wou dat ik al mijn beste tips voor door het stof gaan uit de romantische boeken in actie had kunnen zien, maar hij was in Austin door het stof gegaan.

Ik liep door de draaideur en hij kwam me aan de andere kant

tegemoet. 'Oké, je hebt een punt.' Hij wierp een hoopvolle blik op de bezorger bij de beveiligingsbalie. 'Is er eten?'

'Natuurlijk is er eten,' zei ik. 'Je hebt een lunchafspraak met meneer Weston.'

Zijn glimlach zakte in. 'Weston.' De relatie tussen Synergy's CEO en Jackson was er een die ik in het openbaar als uitdagend omschreef. In werkelijkheid waren ze als twee katten in een zak.

'Maar ik heb je favoriete chipotle-kip sandwich besteld. Met friet. Draag je het voor me naar boven?' Ik tekende voor het eten en Jackson nam de tassen van de bezorger aan.

Toen de liftdeuren achter ons sloten, keek Jackson op van de vloer. 'Zou je misschien niet—'

'Nee.'

'Maar je weet niet wat ik—'

'Nee.' Hij had het mis. Dat wist ik wel.

'Maar wat als—?'

'Geen schijn van kans. Je gaat over tien dagen op huwelijks-reis. Je moet met hem afspreken voordat je gaat. En ik heb hem tijdens de lunch ingepland zodat jullie allebei in een beter humeur zouden zijn. Ik heb koekjes besteld.'

Jacksons schouders zakten in. Maar toen klaarde zijn gezicht op. 'Dubbele chocolate-chip?'

'Natuurlijk.'

'Ik ben gek op je, Marlee.'

Als zijn partner er maar net zo over dacht.

5

NADAT IK JACKSON en meneer Weston in zijn kantoor had geïnstalleerd, nam ik mijn lunch en mijn roman mee naar de pauzeruimte op de zesde verdieping. Ik porde in een stuk van mijn boterham met pindakaas en jam in het gehavende plastic bakje, hetzelfde dat ik als kind al gebruikte. En net als toen had ik voor papa eenzelfde boterham achtergelaten. Ik hoopte dat hij eraan zou denken hem op te eten.

'Daar ben je.'

Gelukkig maar dat het Alicia was en niet Cooper die me met mijn droevige lunch betrapte. Ik glunderde naar mijn vriendin. 'Hé. Had je hem nodig? Hij heeft een bespreking met Weston.'

'Nee, ik kwam voor jou.' Hoewel ze een bezoekerspas droeg, hoefde ze als de verloofde van Jackson nooit door de beveiliging te worden begeleid.

Mijn maag kromp ineen. 'Ik beloof dat ik je de antwoordkaart uiterlijk morgen geef.' Als ik maar de moed had gehad om Cooper te vragen met me mee te gaan, hoefde ik nu misschien geen verdrietige *1* in te vullen op de regel *Aantal gasten*. Nog verdrietiger dan alleen lunchen zou het zijn om verlaten aan de hoofdtafel te zitten en de hele avond toe te kijken hoe Cooper met Jamila Jallow danst.

'Nee, ik kwam je daar niet over lastigvallen. Hoewel je normaal gesproken niet zo… spontaan bent.' Alicia zei het alsof het woord vies smaakte. Afgezien van het feit dat ze verliefd werd op Jackson, had Alicia, een planner in hart en nieren, nog nooit van haar leven iets spontaans gedaan. 'Ik kwam je bedanken voor gisteren. Ik weet niet wat ik zonder jou had moeten doen.'

'Je hebt een bitch nodig om een andere bitch te bestrijden.' Ik porde in mijn boterham, en er sijpelde een beetje jam uit.

'Marlee.' Ze sprak mijn naam zo scherp uit dat ik opkeek. 'Je bent geen bitch. Je weet wat je wilt en je doet wat nodig is om het te krijgen.'

Ik zakte onderuit in mijn stoel. Was ik maar dapper genoeg om achter Cooper aan te gaan.

Haar blauwe ogen waren vochtig toen ze zei: 'Maar onder die gedrevenheid ben je de meest goedhartige, veerkrachtige persoon die ik ken.'

Ik glimlachte naar mijn beste vriendin. Dat hadden we gemeen. Ze had haar neefje in huis genomen toen ze haar zus verloor. Alicia kwam op voor Noah, die ook ADHD had, met een vastberadenheid waarvan ik hoopte die ooit ook te kunnen opbrengen voor iemand van wie ik hield. Ze zag er aan de buitenkant misschien zacht uit, maar vanbinnen was Alicia van staal.

'Neemt u me niet kwalijk, Alicia.' Cooper was achter haar verschenen waar ze in de deuropening stond. Ze stapte opzij en alle warmte in haar glimlach bevroor.

'Hoe vordert uw werk voor Jamila?' vroeg hij haar. Ik verstijfde bij het horen van die naam.

'Bijna klaar. We ronden het project voor de bruiloft af.'

'Goed.' Coopers blauwe ogen waren zo koel en spiegelend geweest als Millennium Tower, maar ze werden warmer toen hij me opmerkte. 'Goedemiddag, Marlee.' Hij pakte een van zijn smerige groene smoothies uit de koelkast.

Ik klikte het deksel op mijn boterhamtrommel en leunde er met een elleboog op. 'Hé, Cooper. Hoe bevalt Kim je?'

'Oh.' Zijn glimlach wankelde. 'Ze is prima.'

Ze was niet prima. In tegenstelling tot haar voorganger, die wimperfladderende, bijdehante nietsnut, had de tijdelijke administratief medewerkster van vandaag de hele ochtend stilletjes aan haar bureau gezeten. Maar na vier uur kon ze Coopers naam nog steeds niet correct spellen en was ze er op de een of andere manier in geslaagd hem in te plannen voor een vergadering met een belangrijke partner in Boston, terwijl hij op een conferentie in Los Angeles hoorde te zijn. Ze zou het waarschijnlijk nog een paar dagen uithouden, en dat was alles wat ik nodig had.

'Fijn.' Ik schonk hem mijn meest stralende glimlach. 'Goede training vanochtend?'

'Niet slecht.'

Waarom kon ik nooit iets slims bedenken om te zeggen in zijn buurt? In mijn hoofd was ik Katharine Hepburn voor zijn Spencer Tracy en zou iedereen om ons heen versteld staan van onze gevatte opmerkingen. Of we zouden op z'n minst één betekenisvol gesprek hebben. Ooit. In werkelijkheid waren we finalisten in de competitie voor Meest Onhandige Collega's.

'Nou.' Hij wierp een schuinse blik op Alicia voordat hij zijn smoothie naar me hief om te proosten. 'Tot later.'

Toen hij zich omdraaide, keek ik hoe die in kaki gehulde benen en strakke kont door de gang liepen tot hij achter zijn bureau ging zitten. Nadat ik hem vanochtend in zijn sportkleding had gezien, was het makkelijk voor te stellen wat er onder die zakelijke, casual kleding zat.

Ik pakte mijn boek en wapperde mezelf koelte toe, terwijl ik me overgaf aan een paar seconden fantasie: ik die zijn kantoor binnenliep, Cooper die op de knop aan de muur drukte om de jaloezieën te laten zakken. Ik die naar zijn stoel liep, hij die me op zijn schoot trok. De stevige druk van—

Alicia schraapte haar keel. 'Marlee, deze verliefdheid is niet gezond. Ik denk dat je je vasthoudt aan iets waar je zelf niet eens meer in gelooft.'

Ik keek om me heen om er zeker van te zijn dat we nog steeds alleen waren. 'Ik voelde het vanaf de eerste dag dat ik hem zag.

Ware liefde. En daar geloof ik nog steeds in. Jij en Jackson zijn het bewijs.'

Ze grinnikte. 'Het was zeker geen ware liefde toen ik Jackson Jones voor het eerst ontmoette. Hij haatte alles waar ik voor stond, en ik vond hem een lul.'

'Jackson is niet bepaald materiaal voor liefde op het eerste gezicht. Hij kan een beetje...' Ik zocht naar het juiste woord om mijn baas te omschrijven. Ik was dol op hem, maar anderen, vooral Weston, vonden hem een lastpak.

'Arrogant? Bazig? Prikkelbaar?'

'En ondanks dat alles hou je van hem. Cooper, daarentegen, is foutloos.' Ik streek over mijn hanger.

'Ik denk dat je hem een beetje romantiseert. Hij is een ijsblok totdat hij ontploft met dat temperament van hem.'

'Dat zou hij nooit op mij afreageren.' Ze deelde mijn bewondering voor Cooper niet. Ze respecteerde hem professioneel en was hartelijk tegen hem. Ook al had ze me verteld dat ze dacht dat Cooper haar kwalijk nam dat ze zijn beste vriend van hem had afgepakt. Ik vond dat ze onzin praatte. Cooper Fallon was perfect. Mijn fantasie die tot leven was gekomen.

'Bovendien neemt hij Jamila mee naar de bruiloft.'

Ik klemde mijn kaken op elkaar. 'Dat weet ik.' Ik duwde mijn boterham terug in mijn vintage Barbie-lunchtrommel en leidde Alicia weg uit de pauzeruimte naar mijn bureau.

Jacksons deur ging open. Nadat we hadden toegekeken hoe meneer Weston naar buiten slenterde en de vloer overstak naar zijn eigen hoekkantoor, leunden we beiden tegen de rand van mijn bureau. Ik kon de hitte die door hun woordenwisseling uit Jacksons kantoor opsteeg bijna voelen.

'Ik denk dat ik terugga naar Jamila's kantoor,' zei Alicia. 'Ik bel hem later wel even.'

'Goed idee. Ik zal proberen vanmiddag een uurtje voor hem vrij te maken, zodat hij wat een-op-eentijd kan doorbrengen met de boksbal in de sportschool.'

'Je bent een reddende engel, Marlee.'

'Dat is wat ik doe. Zie ik je morgen voor de lunch?'

'Oh.' Alicia's glimlach wankelde. 'Jamila krijgt morgen een innovatieprijs tijdens een lunch. Ik heb Jackson beloofd met hem mee te gaan.'

'Gaat… gaat Cooper ook?'

'Ja.' Haar lippen verstrakten even. 'Het spijt me zo dat ik onze laatste vrijdaglunch voor de bruiloft moet missen.'

Ik maakte een wegwerpgebaar alsof het niets uitmaakte. 'Maak je geen zorgen. Natuurlijk moet je met Jackson meegaan. Bel me als je dit weekend nog diensten van je bruidsmeisje nodig hebt.'

'Er is altijd wel iets. Ik kan niet wachten tot het allemaal voorbij is.' Ze duwde zich van mijn bureau af en liep naar de trap.

Ik keek haar na, het lichte gevoel dat ik eerder had, doofde als een bruine dwergster. Hoewel ze geen uitbundige societybruiloft wilde zoals Jacksons moeder die had gepland, trouwde ze wel met haar ware liefde. En Tyler had gelijk: de getrouwde Alicia zou steeds minder tijd voor mij hebben naarmate haar leven meer verweven raakte met dat van Jackson. En Jacksons beste vriend.

Als Cooper en ik een stel werden, zou het zo makkelijk zijn om tijd met Alicia door te brengen. Ik zou met hem meegaan naar de lunches voor de innovatieprijzen. We zouden op dubbeldates gaan. Koppelweekenden aan zee. Misschien zouden onze kinderen ooit samen spelen.

Maar niet als hij in plaats daarvan Jamila wilde.

Ik zakte weg in mijn stoel en duwde mijn lunchtrommel in de la bij mijn handtas.

Bij een opzettelijk klinkend gekraak van de vloer achter me, draaide ik me om en zag Tyler met een wit papieren zakje staan.

'Wat doe jij hier boven?'

Hij hield het zakje omhoog. 'Ik… ik had nog een koekje over van de lunch.'

'Voor mij?'

'Het is een dubbele chocolade-kokos-macadamia.'

'Dat is mijn favoriet!' Hij grijnsde toen ik het zakje griste en erin gluurde. 'Wil je de helft? Wacht. Je bent allergisch.' Ik was voorzichtig geweest om mijn snoeppot alleen te vullen met snoepjes die in notenvrije faciliteiten waren verwerkt sinds ik dat had ontdekt. Ik brak een stuk af en stopte het in mijn mond. Een boterachtige, romige noot smolt op mijn tong. Hemels. 'Waarom heb je deze soort gehaald?'

Hij duwde zijn bril op zijn neus. 'Eh…' Zijn blik schoot naar de kenmerkende gele antwoordkaart op mijn bord en toen weer terug naar mij. De volgende paar woorden kwamen er in een stroom uit. 'Alicia zei dat je nog geen date had voor de bruiloft. Ik ga ook, en ik dacht, misschien… misschien wil je wel met mij meerijden. We zouden, eh, kunnen rondhangen. Op de bruiloft.' Hij tikte met zijn middelvinger tegen zijn dij.

Rondhangen? Op de bruiloft? Oftewel, met mijn beste werkmaatje als mijn date gaan?

Ik zuchtte. Het was mijn eigen schuld dat mijn leven hierop was uitgelopen.

Maar toen hield ik mijn hoofd schuin en dacht na. Wat was triester: alleen gaan of met mijn vriend gaan?

In tegenstelling tot de rest van de ontwikkelaars, zag hij mij. Luisterde hij naar mij. Hij was attent. Zorgzaam. Haalde biertjes voor me op bedrijfsfeestjes als ik het druk had. Bracht koekjes voor me mee. Ik slikte het laatste heerlijke, nootachtige hapje door.

Mijn ogen brandden om naar Cooper te kijken om te weten of hij me – ons – observeerde, maar ik kon het niet. Er kwam geen geluid uit zijn kantoor. Toen er hoop flikkerde in Tylers hazelnootkleurige ogen, verstrakte ik mijn blik. 'Als vrienden, toch?' Ik kon niet toestaan dat meer-dan-vrienden-gevoelens mijn Cowgirl-Up-voor-Cooper-plan in de weg stonden.

'Oh, eh, ja. Vrienden.'

Misschien had Jackson gelijk, en was het zien van mij met een date de duw die Cooper nodig had om over mij te gaan denken als iets anders dan een onbereikbare collega. Zou hij jaloers zijn als ik de kamer binnenkwam met Tyler, lachend om iets wat hij had gezegd? Nee, *Tyler* zou lachen om iets wat *ik* had gezegd. En ik zou naar Cooper kijken, en hij zou zich afvragen wat ik had gezegd dat grappig was, en hij zou het willen horen, en hij zou me ten dans vragen. Coopers hand in de mijne. Magie.

'Dan, ja, oké.'

Hij gaf me een glimlach die een kuiltje in zijn wang veroorzaakte. 'Geweldig.' Hij ademde een zucht van verlichting uit. 'Mag ik...?' Hij wees naar de antwoordkaart. Ik gaf hem die. Hij trok een pen uit de beker op mijn bureau. 'Biefstuk, kreeft of vegetarisch?'

'Kreeft.' Alicia's bruiloft met de telg van de Jones-familie uit San Francisco was geen buurtbarbecue.

Hij liet het me zien. Hij had het vakje aangekruist en onderaan gekrabbeld: *Plaatsen bij Tyler Young.* Hij stopte het in zijn spijkerbroekzak en zei: 'Ik geef het wel aan Alicia.'

Ik knikte net toen Jackson uit zijn kantoor kwam.

'Daar ben je, Tyler. Stop met flirten met Marlee en kom hier.' Blijkbaar nog steeds chagrijnig van Weston. Jackson draaide zich op zijn hielen om en ging terug zijn kantoor in.

Met een rood hoofd haalde Tyler zijn schouders op en haastte zich achter hem aan.

Ik maakte mijn ketting recht. Mijn plan om Cooper te veroveren was toch niet mislukt. Sterker nog, het was nog maar net begonnen.

6

TERWIJL DE UREN voor het huwelijksweekend wegtikten, leek Cooper... van slag.

Door de open deur van zijn kantoor zag ik hem naar zijn computerscherm fronsen zonder het toetsenbord of de muis aan te raken. Zijn telefoon was al een paar keer overgegaan, maar hij had niet opgenomen. Kim, de onnozele uitzendkracht, bleef de telefoontjes toch doorverbinden.

Er hing een afwachtende stilte op de zesde verdieping. De dag ervoor waren Alicia en Jackson naar de wijngaard vertrokken om de voorbereidingen ter plekke af te ronden. Geen van de andere leidinggevenden was naar kantoor gekomen; ze maakten van de huwelijksfestiviteiten een lang weekend. En het ondersteunend personeel wachtte tot de klok twaalf uur sloeg om het voor gezien te houden.

Ik had mijn eigen plan gemaakt, opgeschreven met een watervaste stift op een stuk gelinieerd stenopapier. Ik deed niet de moeite om mijn la te openen om het te herlezen, aangezien ik het simpele lijstje uit mijn hoofd had geleerd.

1. *Dansen met Cooper op de bruiloft.*

2. *Tijdens Jacksons huwelijksreis optreden als Coopers assistent.*
   Laat doorwerken. Een band opbouwen met afhaaleten.
3. *Cooper Fallon kussen.*

Kleine, simpele mijlpalen, precies zoals Alicia, de meest georganiseerde persoon die ik kende, had aangeraden. Het begon met een aanraking – dat had ik geleend uit het verhaal van mijn ouders – en het eindigde met een kus. De focus van de camera zou zacht worden, de violen zouden aanzwellen, bosdiertjes zouden samenkomen om ons een serenade te brengen. Oké, dat misschien niet, maar het zou een Ware Liefdeskus worden. Compleet met vonken.

En dan zouden we nog lang en gelukkig leven.

Zijn lijn ging over. Alweer. Voordat de uitzendkracht kon opnemen en het doorverbinden naar Cooper, die nog steeds verstijfd achter zijn bureau zat, nam ik op.

'Met het kantoor van Cooper Fallon. Marlee Rice.'

'O, Marlee, godzijdank. Ik dacht al dat ik er nooit meer doorheen zou komen. Het is Jamila. Kun je hem vragen me terug te bellen als hij een minuutje heeft? Ik heb hier een kleine crisis.' Ze grinnikte, alsof ze crisissen als ontbijt at.

Ik wou dat ik niet had opgenomen.

Maar aan de andere kant, misschien was de crisis wel dat ze toch niet naar de bruiloft kon komen. Waardoor Cooper geen date had.

'Natuurlijk.' Nadat ik had opgehangen, liep ik naar Coopers deur. 'Hé. Gaat het?'

Hij schrok en sprong zowaar op uit zijn stoel. 'Shit, hoe laat is het?'

'Maak je geen zorgen, het is nog niet eens twaalf uur. Maar gaat alles wel goed met je? Je lijkt… afgeleid.'

Hij knipperde met zijn ogen. 'Het gaat prima.'

'Niks waar je over wilt praten?'

'Het gaat goed.' De strenge trekken om zijn gezicht werden zachter. 'Echt waar.'

Ik beet op mijn lip. *Iets* zat hem dwars. Had hij het me maar verteld. Ik wou dat ik hem over Jamila kon vragen. Maar de vraag bleef in mijn keel steken.

'Hoe gaat het met jou?' vroeg hij. 'Klaar voor dit weekend?'

Reken maar. 'Ik hoef niks moeilijks te doen. Alleen de achterkant van haar jurk gladstrijken aan het begin van de ceremonie.'

'En ervoor zorgen dat ze komt opdagen.' Hij keek grinnikend uit het raam.

'Ik denk niet dat er gevaar is voor een weggelopen bruid. Of bruidegom. Ze zijn zielsverwanten.' Ik zuchtte. 'Net als mijn moeder en vader.'

'Hoe gaat het met Will? Komt hij ook?'

'Nee, ik dacht dat een heel weekend te veel zou zijn voor pa.' Hoewel het de laatste tijd beter met hem ging. Misschien had hij die dag dat hij de ladder probeerde te beklimmen gewoon geknoeid met zijn medicijnen.

'Jammer. Ik vind het altijd leuk om met hem over natuurkunde te praten.'

'En hij vindt het geweldig om met jou te praten.' Twee weken geleden, toen ik pa had meegenomen naar het huwelijksfeest van Jackson en Alicia, had ik pa en Cooper aangetroffen terwijl ze over kwantummechanica praatten. Cooper had met geen spier vertrokken toen pa niet op het woord *Feynmandiagram* kon komen; hij had het gewoon aangevuld en was blijven kletsen over bosonen. En toen wist ik dat het tijd was om eindelijk iets met mijn gevoelens te doen. Niet veel mannen zouden een partner accepteren die als totaalpakket kwam met pa en zijn gezondheidsproblemen. Maar ik wist dat Cooper dat wel zou doen.

Zijn telefoon trilde op zijn bureau. Maar hij pakte hem niet meteen. 'Had je iets nodig, Marlee?'

O. Juist. 'Jamila belde. Ze vroeg of je haar wilde terugbellen. Iets met een crisis. Een kleine,' haastte ik me toe te voegen toen zijn wenkbrauwen samentrokken.

'Bedankt.'

Ik had me al omgedraaid om weg te lopen toen zijn stem me

tegenhield. 'Bewaar je een dans voor me op de bruiloft? De eerste na onze toost?'

Een blije vonk schoot door me heen. *Doe normaal.* Zonder me ook maar om te draaien, zei ik zo luchtig als ik kon: 'Natuurlijk.'

Misschien liep ik met een extra zwier in mijn heupen terug naar mijn bureau. Het kon me niet eens schelen toen zijn lijn oplichtte en ik wist dat hij Jamila belde. Hij had me ten dans gevraagd. Stap één stond klaar.

Ik las vluchtig de e-mails in Jacksons inbox, markeerde er een paar voor zijn antwoord en liet de afzenders weten dat hij de komende drie weken weg zou zijn. Fiji. Alicia had me foto's laten zien van turquoise water en suikerwitte stranden. Misschien zou Cooper me ooit meenemen naar dat Caribische toevluchtsoord waar hij naartoe vluchtte wanneer hij tijd had.

Zijn deur ging open en hij kwam tevoorschijn, de kleur was terug op zijn wangen en een geheimzinnige glimlach speelde om zijn mondhoeken. Zijn laptoptas hing aan zijn schouder.

'Ga je ervandoor?' vroeg ik onnodig.

'Jamila vroeg me om even bij haar langs te gaan om iets op te halen, maar we vertrekken snel.' Hij knikte naar mijn koffer en kledingzak. 'Lift nodig?'

Mijn opgeplakte glimlach dreigde te vervagen. Hij had een sleutel van Jamila's huis. Hij kende het er goed genoeg om haar vergeten spulletje te kunnen vinden. En hij had me net gevraagd om hun derde wiel aan de wagen te zijn. Er flitste een beeld door mijn hoofd van mij, niet op de voorstoel, maar achterin Coopers Porsche, terwijl zij praatten en lachten tot ze zich mij herinnerden en Jamila zich omdraaide, met medelijden in haar ogen, om me bij het gesprek te betrekken.

De deur van het trappenhuis viel met een doffe klap dicht, net voordat ik achter me het weloverwogen gesleep van een sport-schoen over het hardhout hoorde.

'Hé, Marlee. Cooper.' Tyler wachtte tot ik mijn aandacht op hem richtte. 'Klaar om te gaan?' In plaats van zijn gebruikelijke T-shirt droeg hij een wit overhemd met opgerolde mouwen bij zijn spijkerbroek. De mouwen, opgerold tot zijn elleboog, lieten een gebruinde huid en een waas van goudkleurig haar zien.

Mijn hart maakte een sprongetje bij het zien van mijn redder.

'Jep.' Ik keek Cooper aan, mijn glimlach was niet langer opgeplakt maar echt. 'Tyler is mijn lift.'

'O?' Zijn wenkbrauwen schoten omhoog en hij keek van de een naar de ander.

Ik stond op en pakte de kledingzak van het haakje achter mijn bureau. Tyler trok de handgreep van mijn rolkoffer omhoog.

'Wacht!' Ik haastte me naar de keuken en kwam terug met een koud blikje Mountain Dew dat ik in de koelkast had verstopt. Ik gaf het aan Tyler. 'Voor onderweg.'

Zijn glimlach werd breder. 'Bedankt.'

Tyler trok mijn ontmannelijkend roze koffer achter zich aan naar de lift. De liftdeuren gingen open en we stapten naar binnen. Tyler hield zijn hand voor de deur. 'Naar beneden?'

Cooper fronste. 'Ik pak de volgende wel.'

Vanuit de lift zag ik Cooper ons nakijken, zijn voorhoofd gerimpeld en zijn onderlip tussen zijn tanden geklemd. Terwijl de deur dichtging, riep hij: 'Vergeet onze dans niet.'

Een opgetogen rilling liep over mijn huid.

Toen keek ik vanuit mijn ooghoek naar Tyler. Een frons, net als die van Cooper, overschaduwde zijn gezicht voor een seconde voordat hij zich naar mij omdraaide. Zijn houding was ontspannen, maar zijn knokkels om mijn koffer waren wit. 'Ben je er klaar voor?'

'En of ik dat ben.' Het aftellen was voltooid en mijn plan was klaar voor de lancering.

7

TYLER STAARDE RECHT voor zich uit naar de gesloten liftdeuren. 'Je vindt Cooper leuk, hè?'

Mijn gezicht voelde warm aan. 'Wat? Nee. We zijn gewoon collega's, dat is alles.' Alleen Alicia en Jackson wisten dat ik een oogje op hem had. Als Jacksons rechterhand moest ik een bepaald imago hooghouden, en ik had liever niet dat mijn collega's op de hoogte waren van mijn niet-zo-professionele gevoelens.

Maar, verdorie, Tyler wist het. 'Nee, je *vindt* hem leuk.' Hij trok een vies gezicht. 'Ik zie hoe je... hoe je naar hem kijkt. Zoals je net deed.'

'Het is maar een crush.' Ik frunnikte aan de rits van mijn handtas. 'Hij weet het niet eens. Of hij doet alsof.'

Zijn stem was zacht toen hij weer sprak. 'Hé, we zijn vrienden, toch?'

Ik draaide me naar hem toe. Hij glimlachte toen mijn blik de zijne kruiste, maar ik kon niet zeggen of het verdriet of medelijden was dat zijn ooghoeken omlaag trok. 'Ja. Vrienden.'

Hij knikte. 'Vrienden helpen elkaar. Wil je dat ik je help?'

'Mij helpen?'

'Je weet wel, doen alsof we... meer dan vrienden zijn. Coopers aandacht op jou vestigen. Zorgen dat hij je ziet zoals ik... zoals iedereen je ziet.' Een vinger tikte tegen het handvat van mijn roze koffer.

'Je bedoelt dat we doen alsof we *echt* een setje zijn en proberen hem jaloers te maken?' Was dat het duwtje in de rug dat Cooper nodig had? Hij was competitief, dat wist ik. Ik kon niets van zijn gezichtsuitdrukking aflezen. Meende hij dit echt?

'Ja.'

'Echt? Zou je dat voor mij doen?'

Zijn stem klonk gespannen. 'Ik zei toch van wel.'

Als hij het niet erg vond om dit weekend te doen alsof, hoe kon ik zijn aanbod dan afslaan? 'Oké.'

Nog een snelle blik mijn kant op. 'Oké?'

'Laten we het doen,' zei ik. Misschien konden hij en ik dansen op 'With a Little Help from My Friends' van de Beatles.

'We moeten een codenaam hebben.'

'Een codenaam?'

'Je weet wel, voor als we iets moeten zeggen terwijl er andere mensen bij zijn. Net als bij softwareprojecten.'

'O. Ik had het zelf het Cooper-verover-plan genoemd.'

Hij rimpelde zijn neus. 'Wat dacht je van Operatie... Operatie Droomprins?'

Ik gilde het uit van plezier en sloeg mijn armen om me heen. Als er geen camera in de lift had gehangen, had ik hem een kus op zijn wang gegeven. 'Dat is perfect! En bedankt, echt. Ik hoop dat het niet te ongemakkelijk voor je is. Je weet wel, doen alsof je mijn vriendje bent.'

Een mondhoek van hem trok omhoog. 'Dat lukt me wel.'

———

DE HERBERG, met op de achtergrond hectaren aan keurige rijen wijnstokken, zag er precies zo uit als in de brochure die Alicia en ik samen hadden doorgeplozen.

'Wauw.' Tyler leunde tegen de zijkant van zijn Mustang en nam alles in zich op. Ze had hem de brochures vast niet laten zien.

De twee uur durende rit naar de wijngaard was voorbijgevlogen met spelletjes voor onderweg. We hadden het liedjesspel gespeeld – Tyler kende *veel* te veel songteksten van emomuziek; het filmspel – ik had hem ingemaakt, aangezien ik elke romantische komedie ooit gemaakt kende; en het klassieke alfabetspel. Ik was bijna teleurgesteld toen we de afslag naar de trouwlocatie namen. Maar we waren er nu, en Operatie Droomprins ging van start.

'Ik weet het, elegant, hè?' Ik liep om de motorkap heen om naast hem te gaan staan.

De witte gestucte muren van het twee verdiepingen tellende gebouw werden onderbroken door boogvormige deuropeningen en ramen die uitzicht boden op een veranda die helemaal rondom liep, met glanzend rode Adirondack-stoelen. Gasten ontspanden met een glas wijn, en een paar obers liepen tussen hen door. Nazomerbloemen in scharlakenrood, citroengeel en zonsondergang-oranje puilden uit potten die in de raamkozijnen en deuropeningen stonden.

'Jay betaalt toch voor iedereen, niet alleen voor mij?' Hij deed de kofferbak open.

'Jazeker.' Jackson had een nabijgelegen hotel geboekt voor gewone gasten zoals Tyler, en het bruidsgezelschap verbleef in de herberg op het terrein van de wijngaard. Ik haalde mijn kledingzak van de stapel koffers.

Hij liep de trap op en hield de deur voor me open. Dat was Tyler, mijn ouderwetse gentleman. Hij hield deuren open, zelfs als hij niet deed alsof hij mijn date was.

Toen mijn ogen gewend waren geraakt aan het verblindende zonlicht buiten en het donkerdere interieur zagen, zag ik iets waardoor ik extra dankbaar was dat Tyler achter me stond.

Jamila Jallow draaide zich naar ons toe bij het gerommel van de wieltjes van mijn koffer op de tegelvloer. 'Marlee Rice,' zei ze glimlachend, 'goed je weer te zien. Je stijl is om voor te sterven. Ik vind je schoenen geweldig.'

'Dank je.' Het waren gewoon namaak Manolo Blahnik-pumps

in zachtroze. Niets zo fantastisch als haar met pailletten bezette Jimmy Choos.

Cooper kwam naast haar staan. Ik wou dat ik wist of de sleutel die hij aan Jamila gaf bij de zijne hoorde of dat ze aparte kamers hadden.

'Hoi, Marlee. Tyler.' Hij schudde onze handen. 'Mila, dit is Tyler Young, een van onze ontwikkelaars. Ik zal je niet vertellen hoe getalenteerd hij is. Ik wil niet dat je hem bij ons probeert weg te kapen.'

Haar lach was luid en brutaal. 'Zelfs ik zou niet proberen een van Jacksons favoriete programmeurs te stelen op zijn bruiloft.' Ze greep Coopers arm vast. Ik wou dat ik dat had kunnen doen.

Tyler schudde Jamila's hand. 'Het is een eer u te ontmoeten, mevrouw Jallow. Ik heb vorige week uw blogpost gelezen. Uw ideeën over machine learning zijn inspirerend. Ik zou er graag een keer met u over praten.'

'Zeg alsjeblieft Jamila of Mila. Cooper, kijk de andere kant op.' Ze haalde een kaartje uit haar kleine designer schoudertas en gaf het aan Tyler. 'Voor het geval we dit weekend niet de kans krijgen om te praten, bel me dan, dan plannen we iets.'

Tyler had dezelfde fanboy-uitdrukking als in Jacksons aanwezigheid. En waarom ook niet? Ze was briljant, elegant, zelfverzekerd, grappig en veel te aardig. Ik wilde haar haten, maar ik kon het niet.

Cooper raakte haar arm aan, wat een vlam van jaloezie in mijn hart ontstak. 'Handen af van Jacksons protegé. Kom op, we gaan wat drinken voor de repetitie.'

Ze wisselden een blik uit, en toen glimlachte ze naar ons. 'Tot later.' Ze liepen richting de trap. Geen enkel stel kon uiterlijk meer van elkaar verschillen: Coopers blonde highlights, lichtgebruinde huid en ijsblauwe ogen staken af tegen Jamila's gitzwarte haar, donkere huid en diepe, bijna zwarte ogen. Maar ze pasten bij elkaar, hun koninklijke zelfverzekerdheid, hun jarenlange vriendschap verbond hen op manieren die ik nooit had ervaren. Ze waren perfect voor elkaar. En ik bleef buiten hun bubbel van gedeelde geschiedenis, van langdurige vriendschap, van privileges verdiend door intelligentie en succes. Waarom zou Cooper mij kiezen, de arme 'voor'-versie van Assepoester, boven de glamour van Jamila?

Tyler gaf me een porretje. Zijn glimlach leek geforceerd. 'Laten we je inchecken.'

'O. Juist.' Ik was hier voor Alicia, en ik moest me omkleden voor de repetitie. Zelfs als het zien van Cooper met Jamila ervoor zorgde dat ik me het hele weekend in mijn kamer wilde verstoppen.

Nadat ik had ingecheckt, droeg Tyler mijn tassen naar mijn kamer. Hij zette mijn koffer net binnen de deur neer voordat hij zich omdraaide om te gaan. De gedachte om bij de repetitie Jamila met Cooper te zien – of erger nog, alleen aan het diner te zitten – joeg een rilling door me heen.

'Ik zie je bij het repetitiediner, toch?' Mijn stem was hoger dan ik had gewild.

'Natuurlijk.' Zijn gezicht was voorzichtig onbewogen. 'Tenzij je niet wilt dat—'

'Nee!' Ik stak een hand uit. 'We zijn vrienden, toch?'

Hij pakte mijn hand in zijn grotere hand, zijn lange vingers sloten zich om de rug van mijn hand. Zijn warme, troostende greep verlichtte de spanning die mijn ribbenkast had samengeknepen sinds onze ontmoeting met Cooper en Jamila.

Zijn kuiltjes verschenen. 'Vrienden. En dates voor de bruiloft. En drinkmaatjes, toch?'

'Het *is* een wijngaard.'

'Ik denk dat we een hoop wijn nodig zullen hebben om ons hier doorheen te helpen.'

'Wat, bedoel je het doen alsof?'

Die uitdrukking die hij soms had, verscheen op zijn gezicht. Ik was er nog niet achter wat het betekende. Een verstrakking rond zijn ogen en mond, bijna als pijn. Maar het was in een seconde weer weg en zijn woorden pasten er niet bij. 'Nee joh, dat wordt makkelijk. Ik maak me gewoon zorgen om Jays familie. Alicia zegt dat ze nogal een handvol kunnen zijn.'

'Ah. Wat lief van je dat je je zorgen maakt om Alicia. Met haar komt het wel goed. En met ons ook. Zoals je zei, de wijn sleept ons er wel doorheen.'

'Is dat niet uit "You and Me Against the World" van Helen Reddy?'

'Dat is een van de favorieten van mijn vader. Ik dacht dat je alleen emo alt-rockmuziek kende. Maar ik geloof dat ze zei dat het de herinneringen waren die ons erdoorheen zouden helpen.'

'Herinneringen, wijn, vrienden. Het is allemaal prima.'

Die grijns. Die kuiltjes. Ja, we zouden het wel redden. Zelfs als Cooper met Jamila was, zou een weekend met mijn maatje Tyler geweldig worden.

8

MIJN ZICHT WERD WAZIG. Omdat ik tijdens mijn studie bij pap woonde, had ik niet veel drankspelletjes gespeeld. Het enige wat ik wist, was dat ik dit spelletje niet snapte en dat ik al had verloren.

'Jasmijn.'

'Nectarines.'

'Petroleum,' zei Tyler met een zelfverzekerde glimlach.

'Opschepper,' zei Jamila.

Ik rook aan mijn glas. Wijn. Ik wist dat als ik ervan zou proeven, het zou smaken naar... wijn. Hoewel ik mijn smaakpapillen misschien al had verbrand met alles wat ik al gedronken had. Ik schoof het glas naar de andere kant van mijn dessertbordje. Shit, hoorde het daar wel? Ik wierp een snelle blik op Jamila's plek. Zij had haar wijnglas aan de andere kant van haar waterglas gezet. Ik corrigeerde mijn fout. Het repetitiediner met al die chique vorken en glazen was veel te hoog gegrepen voor mij.

'Hoe heb je dat geleerd over wijn?' vroeg Jamila hem. 'Van je ouders?'

'Nee.' Hij grinnikte. 'Mijn familie is meer van de Shiner Bock dan van de riesling.'

Ze zette haar glas neer en leunde naar voren. 'Texas?'

'Dallas, geboren en getogen.'

'Je bent ver van huis, cowboy. Mis je het?'

'Nee joh. Ik vind het hier geweldig. De mogelijkheden. Bovendien was het thuis altijd een beetje druk.'

'Tyler komt uit een groot gezin. Vier broers en een zus,' zei Cooper. 'De meesten van hen waren universiteitsatleten, en een van hen is een professionele honkbalspeler.' Cooper kon dat, interessante feitjes over bijna iedereen bij Synergy ophoesten. Hij gaf zoveel om het bedrijf. Zo bedachtzaam en vrijgevig.

Maar toen ik me naar Tyler omdraaide, glom hij niet van bewondering zoals ik. Hij zette zijn bril af en inspecteerde die, met zijn lippen stijf op elkaar.

'Welk team?' Jamila had blijkbaar niet gemerkt dat Tylers goede humeur was verdwenen.

'Minnesota,' zei hij.

'Je pa en ma moeten zo trots zijn.'

Zijn kaken spanden zich nog meer aan. 'Dat zijn ze. Hoewel ze blijer zouden zijn als hij dichter bij huis speelde.'

'Ze hebben net de play-offs gemist dit jaar,' was de bijdrage van Jacksons broer Andrew aan het gesprek.

Jacksons zus Sam sleepte een stoel erbij en plofte erin neer. 'Sammy!' Andrew draaide zich naar haar toe. 'Ben je ontsnapt aan vrijgezel nummer tweeëntwintig?'

'Waarom zou ze denken dat ik een klik zou hebben met een bankier?' Ze trok haar rok omlaag om haar knieën te bedekken.

'Omdat ze ondernemers, CEO's, CIO's, CTO's en zelfs een paar rijkeluiskindjes heeft geprobeerd. Ze wordt wanhopig.'

'Ik ben pas vierentwintig. En misschien heb ik wel geen interesse om me te binden. Nu niet en nooit niet. Ik heb hem voorgesteld aan Nat en ben ertussenuit gepiept.' Ze wuifde met haar hand naar de andere kant van de kamer waar, jawel, de jongste Jones aan het kletsen was met een leuke man in een duur uitziend pak.

Huh. Ik wist dat er zulke vrouwen bestonden - Alicia zei dat zij er ook een van was geweest voordat ze Jackson ontmoette -

maar ik kon me moeilijk voorstellen dat je geen ware liefde wilde, het soort waardoor je vonken voelt als je elkaar aanraakt, het soort dat je tenen doet krullen als je kust.

'Je kent ma. Ze is altijd op zoek om het Jones-imperium uit te breiden, hetzij organisch' - Andrew knikte naar Alicia aan de volgende tafel, die een hand op haar buik liet rusten - 'of door overname. Bovendien, wat is de schade? Misschien is een van hen wel een verborgen parel.'

Ze rolde met haar ogen. 'De enige gem waar ik in geïnteresseerd ben, is de programmeertaal Ruby. Onze moeder kan haar ridders op het witte paard en Prinsen op het witte paard houden.'

Ik sprong op toen Tyler in mijn oor fluisterde. 'Ik denk dat dat ons signaal is.'

'Ons signaal?'

Hij stond op en trok me aan onze ineengestrengelde handen omhoog. Ik wankelde en zakte tegen zijn zij. Oei. Ik was wankeler dan ik had gedacht. *Stomme wijn.*

'Ik moet Marlee naar bed brengen.' En hij trok zowaar plagend zijn wenkbrauwen op in de richting van Cooper. 'Morgen een grote dag.'

Ik wierp een blik op Cooper. Zijn eigen zware wenkbrauwen gingen omhoog. 'Goedenacht. Tot morgen.'

Verdomme. Afgezien van die opgetrokken wenkbrauw was hij onverstoorbaar.

Toen we ons omdraaiden, fluisterde Tyler in mijn oor: 'Vind je het goed als ik je heup aanraak?'

Was dit een onderdeel van de nepdate? Of was hij mijn vriend en zorgde hij ervoor dat ik niet zou vallen? De randen van mijn zicht waren vaag geworden. 'Uhm... oké.'

Zijn hand gleed van mijn schouder naar de holte van mijn rug, waar hij even pauzeerde. De alcohol moet mijn zenuwuiteinden in de war hebben gestuurd, want een tintelend spoor van vonkjes volgde zijn hand naar waar die tot stilstand kwam op de bovenste welving van mijn bil. Hij leidde me tussen de tafels door naar de deur alsof hij me elke dag zo aanraakte.

'Gaat het?' mompelde hij in mijn oor, zijn warme adem zorgde voor kippenvel in mijn nek.

'Dat is niet mijn heup,' fluisterde ik.

Hij keek over zijn schouder. 'Ik denk dat het wel gewerkt heeft. Hij staart naar je kont.'

Waarschijnlijk omdat die gloeide van de tintelingen die Tylers aanraking had veroorzaakt. Het was te lang geleden - drie jaar - dat ik iemand zo dichtbij had laten komen.

De hele situatie was vreemd. Ik was eerder met vrienden uitgegaan, inclusief Tyler. Honkbalwedstrijden, cafés, zelfs een keer met Jackson naar een chique inzamelingsactie. Maar ik had nog nooit met iemand een nepdate gehad. Deden we het goed? Het voelde goed - fysiek - aangezien mijn huid een vreugdedansje maakte telkens als Tyler me aanraakte. Maar dieper vanbinnen, voorbij mijn tintelende zenuwuiteinden, voelde het verkeerd. Zelfs als het zou werken en Cooper me zou vertellen dat hij en Jamila alleen vrienden waren en dat hij van me kon houden, zou ik dan spijt krijgen van de leugen die ik had verteld om hem een duwtje te geven?

Toen de restaurantdeur achter ons dichtsloeg, deed ik een stap opzij. Of probeerde dat. Toen ik de veiligheid van Tylers steun verliet, botste ik tegen de muur. Hij reikte naar me, maar stopte toen ik een hand ophief en bleef staan, overeind gehouden door de muur.

'Bedankt,' zei ik. 'Het gaat wel.' Ik hield de leuning vast, klemde mijn tong tussen mijn tanden en zocht voorzichtig mijn weg de trap op. *Stomme wijn. Stomme hakken.*

Het lukte me om overeind te blijven en ik stak het proeflokaal over naar de deur, die hij met een zwierig gebaar voor me opendeed. Buiten nam ik een diepe teug frisse nachtlucht om nuchter te worden. Het werkte niet. Zonder Tylers steun of mijn nieuwe beste vriend, de muur, kantelde de horizon en wankelde ik op mijn hakken.

'Ik moet even zitten.' Zonder me zorgen te maken over vuil op mijn tweedehandsjurk, liet ik me op de bovenste trede van de veranda zakken.

'Gaat het met je?' De trede schudde toen Tyler erop neerstreek.

'Ik ben meer een biermeisje. Die wijn is me rechtstreeks naar het hoofd gestegen.' Ik keek omhoog naar de sterren om mezelf te aarden en zag Pegasus. De ruitvorm deed me denken aan iets waar we het eerder over hadden gehad.

'Dus je broer is een professionele honkbalspeler? Waarom wist ik dat niet?'

Ik wendde mijn blik van de lucht af, net op tijd om zijn kaken te zien verharden. 'Ik praat niet veel over mijn familie.'

'O.' Ik wreef over zijn arm. 'Sorry dat ik erover begon. Deed jij ook aan sport?'

Hij leunde in mijn aanraking. 'Nee joh. Ik bedoel, ik vond het leuk om met mijn broers te spelen. En in mijn schoolteams. Maar toen ik eenmaal begon met programmeren, wist ik dat dat het voor mij was. Een baan krijgen bij Synergy, met Jay werken, dat was een droom die uitkwam. Mijn versie van de Olympische Spelen.'

'Ik weet zeker dat je familie ook trots op je is. Je bent een ster-programmeur bij een snelgroeiend bedrijf. Je hebt het goed voor elkaar.'

Een mondhoek trok strak. 'Het is niet makkelijk om de nerd te zijn in een familie van atleten. Sport is een stuk makkelijker te begrijpen dan software.' Hij nam een slok van zijn wijn. 'Het hielp niet dat ik mijn broer adviseerde om zijn diploma te halen voordat hij de draft inging.'

O.

Natuurlijk, pap zeurde tegen me dat ik mijn potentieel niet benutte, maar hij had me nooit met iemand anders vergeleken. Hij zou me zelfs gesteund hebben als ik een superster van een broer of zus had gehad. En hij had me aangespoord om mijn studie af te maken, zelfs nadat Jackson me had aangenomen.

'*Ik* begrijp software wel. En ik weet dat je het geweldig doet bij Synergy. Denk je dat je er een tijdje zult blijven?' Programmeurs in de Bay Area waren vaak geneigd van baan te wisselen om de salarisladder te beklimmen.

'Ja. Ik kan me niet voorstellen dat ik weg zou willen.'

'Goed. Ik vind nog steeds dat je moet solliciteren op die managersfunctie.'

Hij boog zijn hoofd. 'Ik weet het niet. Ik heb nog veel meer te leren over software voordat ik andere mensen ga vertellen wat ze moeten doen. Maar hoe zit het met jou? Ooit overwogen om bij ons op de vierde verdieping te komen werken?'

Natuurlijk had ik dat. Maar officieel programmeren betekende minder flexibele uren. 'Kan niet. Ik moet naar huis voor pap.'

'Hoezo dan?'

Shit. Ik zoog de koele nachtlucht naar binnen om mijn hersenen beter te laten werken. Het was niet mijn bedoeling geweest om Tyler over paps problemen te vertellen. Als ik vrienden vertelde dat ik voor hem moest zorgen, geloofden ze me nooit. Zelfs als ze hem op een van zijn slechte dagen ontmoetten, vroegen ze me waarom hij mijn probleem was, waarom hij niet in een verpleeghuis kon wonen. Wat er ook gebeurde, ze dachten dat ik smoesjes verzon en stopten met me uit te nodigen. Niemand begreep het. Behalve Alicia, die voor haar eigen neefje moest zorgen. Tot nu toe was Tyler volhardend geweest. Hij bleef me vragen voor borrels, softbalwedstrijden en feestjes. Maar misschien zou hij me ook opgeven als ik hem over mijn thuissituatie zou vertellen. En ik wilde Tyler behouden. Zeker nu Alicia's leven aan het veranderen was.

'O, je weet wel, hij voelt zich de hele dag eenzaam thuis. Als ik niet op tijd thuiskom, begint hij misschien het kabelnieuws te kijken. En dan zou ik me zorgen moeten gaan maken over politiek.'

Tyler grinnikte. 'Dat moeten we niet hebben.'

Crisis afgewend. Ik stond op. 'Breng je me terug naar de herberg?'

Hij wierp een onderzoekende blik over me die rillingen over mijn nek stuurde.

Ik gaf hem een tik op zijn arm. 'Zo bedoelde ik het niet, *jij* - jij. Ik weet niet zeker of ik het terug red zonder een enkel te verzwikken.'

'Vanzelfsprekend, Lady Rice.' Hij stond op, maakte een quasi-buiging en nog een zwierig gebaar met zijn arm terwijl hij zijn elleboog voor me boog. Ik haakte mijn hand door de zijne en kneep in zijn biceps. Zijn keiharde biceps.

De nacht was helder met een afnemende bolle maan om het pad terug naar de herberg te verlichten. Een koele bries zuchtte door de wijngaard rechts van ons en bracht het zoete aroma van gevallen druiven die de oogst hadden gemist met zich mee. Tylers massa en warmte beschermden me tegen de kou die ik niet had voorzien toen ik eerder in mijn dunne jurkje de herberg had verlaten.

De lichten van de herberg gloeiden voor ons. Hoe beëindig je een nepdate? Met een nepkus? Of een echte? Mijn brein, beneveld door de wijn, liep vast bij die vraag. Hoe zouden zijn lippen op de mijne voelen? Zou er een vonk zijn zoals toen hij mijn bil had aangeraakt?

Ik beet op de binnenkant van mijn wang om me te concentre-ren. Nee, dit was Tyler. Er zou niet gekust worden. Of nog meer wijn om mijn gedachten in de war te brengen.

Eindelijk bereikten we de veranda van de herberg.

'Nou, hier ben ik dan,' zei ik, terwijl ik zijn arm losliet en voor steun tegen de trapleuning leunde.

Hij stak zijn handen in zijn zakken. 'Moet ik je naar je kamer begeleiden?'

'Nee.' Ik stak mijn kin vooruit en liet, als bewijs, de leuning los. Tot mijn eigen verbazing bleef ik overeind. 'Dank je.'

'Ik vraag het maar.' In het lamplicht hadden Tylers pupillen de hazelnootkleurige irissen bijna helemaal opgeslokt.

'Je gaat toch niet proberen terug te rijden naar je hotel?'

'Nee joh, ik rijd wel met iemand mee. Maak je geen zorgen om mij.' Hij keek naar zijn Vans.

Nu had ik spijt dat ik zo kortaf was geweest. We hadden

plezier gehad, en het was niet ongemakkelijk geweest... tot nu. En dat was mijn schuld. 'Vrienden maken zich zorgen om elkaar. Dus wees vanavond voorzichtig. Ik zou niet willen dat er iets gebeurt met mijn date voor de bruiloft.'

Dat deed hem opkijken en grijnzen. 'Tot morgen, date voor de bruiloft.'

Ik kon een glimlach niet onderdrukken. 'Goedenacht, date voor de bruiloft.'

'Drink wat water,' was het laatste wat ik hoorde terwijl ik de trap op klom, me vastklampend aan de leuning.

9

VIERHONDERD PAAR OGEN keken naar ons waar we op het podium van de feestzaal stonden, ik in mijn strobloemgele bruidsmeisjesjurk en Cooper die er in zijn smoking uitzag om op te vreten. Ondanks zijn jarenlange ervaring met spreken voor publiek zag Coopers glimlach er geforceerd, stijf uit. Misschien had hij ook last van de naweeën van de wijn van gisteravond.

Ik glimlachte hem bemoedigend toe en mompelde: 'Dit kunnen we.'

Tiannah, die naast Alicia aan de hoofdtafel zat, en Andrew, aan de andere kant van Jackson, hadden hun speeches al gegeven. Nu was het onze beurt, het moment dat ik al weken had gepland.

Ik hief mijn glas ginger ale en boog voorover naar de microfoon. 'We zijn hier vanavond om het huwelijk van Alicia en Jackson te vieren met de hulp van zo veel familie en vrienden, inclusief de voltallige raad van bestuur van Synergy.' Ik gebaarde naar de tafel met vips links van me en wachtte op het beleefde applaus.

'En *wij* zijn' – Cooper legde terloops een arm om mijn schouders, waardoor mijn maag een sprongetje maakte – 'hier als Jays oudste vriend –'

'– en Alicia's nieuwste vriendin.' Ik grijnsde naar haar. Het arme ding was omringd door Jacksons intimiderend rijke familie en de tech-elite van San Francisco, en ze kon zich niet eens ontspannen met champagne. Maar de stress van een onverwachte zwangerschap, een nieuwe stad en een nieuwe familie die hun leven in de zakentijdschriften leidden, wogen vanavond niet zwaar. Ze zweefde praktisch van gelukzaligheid omdat ze was verenigd met haar zielsverwant.

'Ik ken Jay al sinds we kamergenoten waren op de universiteit. Dankzij Jay heb ik een voorliefde voor Europese sportwagens ontwikkeld' – Cooper pauzeerde voor de lachsalvo's uit het publiek – 'en dankzij mij kent Jay elk woord van *Casablanca*. Samen hebben we Jays idee uitgebouwd tot een Fortune 1.000-bedrijf met kantoren over de hele wereld. En van alle softwarebe-drijven in alle steden in de hele wereld, loopt Alicia net die van Jay binnen.' Hij pauzeerde weer voor het waarderende gegrinnik van de gasten. 'Hoewel het uiterst ongepast was dat hij voor een consultant viel –'

'– was het ook ontzettend romantisch,' zei ik. 'Toen ik ze voor het eerst samen zag, wist ik dat ze smoorverliefd waren.'

'Jay staat niet bekend om zijn concentratievermogen,' zei Cooper. 'Ik denk dat het enige wat hem door zijn eerstejaars Engels heeft geholpen mijn pantomime-samenvattingen waren van de boeken die hij niet wilde lezen.'

Jackson riep: 'Je had hem *De vliegeraar* moeten zien doen.'

Coopers glimlach was teder toen hij zich weer tot het publiek wendde. 'Maar sinds hij Alicia heeft ontmoet, heeft hij een nieuwe toewijding getoond. Vorig jaar hebben hij en Alicia ons team geleid naar de meest succesvolle productlancering in de geschie-denis van Synergy.' Er barstte gejuich los van de tafels met Synergy-medewerkers en van de raad van bestuur. De aandelen-koers was de afgelopen negen maanden met vijfentwintig procent gestegen. 'Alicia is de enige persoon die ik ooit heb ontmoet die Jay in het gareel kan houden. Ik weet dat het mij nooit is gelukt.'

'Zoals elk stel hebben ze hun hoogte- en dieptepunten gehad,' zei ik, 'maar ik heb nog nooit twee mensen gezien die zo verliefd waren, niet sinds mijn eigen moeder en vader. Dus ik kan niet gelukkiger zijn dat mijn baas zo'n uitstekende partner heeft ontmoet, en dat mijn vriendin de liefde van haar leven heeft gevonden. Laten we allemaal ons glas heffen op nog vele jaren van geluk.'

Cooper zei: 'Op jullie, kids.'

Alle gasten hieven hun glas voor de toost, Jackson en Alicia kusten elkaar, en het geroezemoes van gesprekken zwol weer aan.

Toen we van het podium af stapten, draaide ik me om naar Cooper, ging op mijn tenen staan en omhelsde hem, waarbij ik probeerde het spontaan te laten lijken, ook al had ik het al dagen gepland. 'Heel erg bedankt, Cooper. Zonder jou had ik het niet gekund,' fluisterde ik in zijn oor. Lieve Ada Lovelace, wat rook hij lekker. Groene munt en champagne en de perfectie van een romanheld. Na een te lange knuffel zakte ik met tegenzin terug op mijn hielen en deed een stap bij hem vandaan.

De zanger stapte naar de microfoon, de band begon te spelen en Jackson zwierde Alicia de dansvloer op.

'Ze zien er zo gelukkig uit.' Ik had Jackson nog nooit zo ontspannen, zo tevreden gezien. Alicia was als de muziek in zijn koptelefoon, die hem kalmeerde en hem hielp te concentreren. Kon ik dat voor Cooper zijn? Zou de kleine fronsrimpel tussen zijn wenkbrauwen op een dag verdwijnen als ik in de buurt was?

Niet vanavond. De groef was diep toen hij zei: 'Vind je? Ik vind dat hij er… moe uitziet.'

'Nee! Nou ja, misschien een beetje.' Alicia was degene die er moe uitzag. Ik had haar gezien voordat de styliste de donkere schaduwen onder haar ogen had weggewerkt. 'Ze hebben hard gewerkt om dit allemaal op te zetten en om het werk af te ronden zodat ze naar Fiji kunnen.'

'En ik ben degene die het werk moet overnemen terwijl hij weg is,' mopperde hij.

Ah. *Dat* was dus wat hem zo chagrijnig maakte.

'Ik help je wel als hij weg is.' Allemaal onderdeel van het plan. 'Is het het niet waard om ze zo gelukkig te zien?'

Tyler kwam naar ons toe lopen en ik pakte zijn arm om hem dichterbij te trekken. 'Tyler, vind jij ook niet dat ze er gelukkig uitzien?'

'Ik heb ze nog nooit zo gelukkig gezien.' Hij hief zijn glas champagne. 'Mogen we allemaal trouwen met de liefde van ons leven.' In het licht boven de dansvloer verdrong het groen de andere kleuren in zijn hazelnootkleurige ogen.

'Hoor, hoor.' Ik wierp een steelse blik op Cooper. Zijn glas bungelde aan zijn vingers langs zijn zij en hij fronste naar het stel.

Het liedje eindigde, en terwijl iedereen om ons heen klapte, wenkten Alicia en Jackson ons om met hen mee te doen op de dansvloer.

Tyler raakte mijn arm aan. 'Zullen we, date voor de bruiloft?'

'O. Ik, ehm.' De spijt op mijn gezicht was echt. Ik was veel liever gebleven om met Tyler te praten, die het echt naar zijn zin leek te hebben, dan met de chagrijnige Cooper. Maar het was stap twee van het plan. 'Deze dans is voor mij en Cooper.'

Even trokken Tylers mondhoeken strak, maar toen klaarde zijn uitdrukking op tot zijn gebruikelijke, vriendelijke gezicht. 'Prima. Maar onthoud, Fallon, Marlee is vanavond mijn date.'

Mijn vingertoppen tintelden. Tyler was *goed* in dat fakedate-gedoe.

Ik blijkbaar niet. Ik schudde met mijn vingers.

Toen Cooper zijn hand uitstak, pakte ik die aan en volgde hem naar het midden van de vloer. Hij hief onze ineengestrengelde handen op en legde zijn andere hand op mijn rug. Op mijn blote rug boven mijn laag uitgesneden satijnen jurk. Zijn ogen werden groot toen hij zijn hand lager liet glijden en uiteindelijk stof vond in de holte van mijn rug, net boven de plek waar Tylers hand gisteravond mijn kont had gestreeld. Onder het gewicht van zijn hand kleefde de dunne stof aan mijn van het zweet vochtige huid. Dat verklaarde waarschijnlijk waarom ik niet uitbarstte in dezelfde rillingen die ik gisteravond had toen Tyler me daar aanraakte.

'We willen je date niet jaloers maken, hè?'

Ik dwong mezelf te lachen. Ugh. De ironie.

'Ik veronderstel dat dit niet het moment is om je te waarschuwen voor de uitdagingen van het daten met een collega.' Zijn ogen waren gericht op Alicia en Jackson.

Ik stak mijn kin op. 'Voor hen heeft het prima uitgepakt. Ze zijn gelukkiger dan twee heliofysici tijdens een zonsverduistering.'

'Juist.' Hij keek naar me neer. 'Ik vertel je dit omdat ik om je geef, Marlee.'

'Je… je geeft om me?' Ik hield mijn adem in en wachtte. Zou hij op het punt staan me te vertellen dat hij gevoelens voor me had?

'Als een oudere broer.'

Shit. Nou ja, daar kon ik wel wat mee. 'Jackson is als een broer voor me. Jij bent als de beste vriend van mijn broer.' Een van mijn favoriete romantische clichés. En als de heldin volhardend was, werd de vriend van haar broer aan het eind altijd verliefd op haar.

Het was duidelijk dat Cooper geen enkele roman had gelezen over "de beste vriend van haar broer". 'Hoe dan ook, als er iets zou… zou gebeuren tussen jou en Tyler, zou het moeilijk – ongemakkelijk – voor je zijn om hem elke dag op het werk te zien. Het zou pijn doen om zo dicht bij hem te zijn en te weten dat je nooit met hem samen kunt zijn.'

Mijn voeten stopten met bewegen. Waarschuwde hij me voor relaties met collega's omdat dat was wat *hem* tegenhield? Had hij vermeden om iets met mij te beginnen omdat hij bang was voor de gevolgen op het werk? Was Jamila alleen maar een afleiding voor hem? Mijn hart – elk orgaan in mijn lichaam – vulde zich met belofte. 'Ik zou de hoop niet opgeven. Dat we het konden oplossen en samen konden zijn. Ooit.'

Zijn ijsblauwe ogen smolten daar een beetje van. 'Dat is wat ik zo geweldig aan je vind, Marlee. Je bent een zonnestraaltje in donkere tijden. Dank je.' Hij boog voorover om me een kus op mijn wang te geven. Ik hield een gilletje in. Hij had 'geweldig' gezegd en me gekust, ook al waren zijn lippen koud en houterig.

Het liedje was afgelopen en ik maakte me van hem los om

voor de band te klappen. Mijn hoofd duizelde en ik kon mijn voeten niet voelen. Ik zweefde terug naar Tyler aan de rand van de dansvloer.

'Bedankt, Tyler, dat je me mijn zin hebt gegeven. En bedankt, Marlee.' Cooper knikte, bijna een prinselijke buiging.

Tyler legde een bezitterige hand op de blote huid van mijn onderrug – *kippenvel!* – en kuste mijn wang. De andere, niet die Cooper net had gekust, en dichter bij mijn mond, zodat mijn eigen lippen van verwachting gonsden. De tederheid in die korte aanraking deed me smelten. Cooper kon er nog wat van leren.

'Goed gedaan met die speech, trouwens. Iedereen heeft het erover,' zei Tyler. Hij trok me tegen zich aan en keek met opgetrokken wenkbrauwen terug naar Cooper, in precies de juiste balans van vriendelijk en *blijf-van-mijn-meisje-af.*

'Dank je,' zei ik. 'We werken goed samen, vind je niet, Cooper?'

Coopers ogen bleven hangen op Tylers hand op mijn heup. 'Hmm. Ik moet Jamila zoeken. En een drankje. Veel plezier.' Hij draaide zich om en beende naar de bar.

Dat was niet zo goed afgelopen.

Tyler masseerde een cirkel op mijn onderrug. 'Jullie leken daar een momentje te hebben.' Hij knikte naar de dansvloer.

Mijn dansroes vervaagde. 'Ik weet het niet. Hij noemde me een "zonnestraaltje." Wat denk je dat dat betekent?'

Tyler ontspande zijn stijve houding. 'Ik denk dat het betekent dat je er fantastisch uitziet in die jurk. Met je haar opgestoken lijk je op, eh… die prinses – mijn zus had een pop die een grote gele jurk droeg.'

'Belle? Uit *Belle en het Beest?'*

'Dat is 'm.'

'Aah. Je bent de liefste date voor een bruiloft ooit.' Ik knuffelde hem.

Hij trok zich terug. 'Lief?'

'Zeker weten.'

'Geen enkele kerel wil lief worden genoemd. Of aardig.'

'Maar je bent het allebei.'

Hij rolde met zijn ogen naar de spotlights boven het podium. 'Dansen met mij?'

'Tuurlijk.'

Net voordat we de dansvloer op stapten, zag ik de slungelige, elfjarige Noah alleen aan een tafel zitten. Zijn oma's waren gaan dansen: Alicia's moeder met Jackson, en haar stiefmoeder met Alicia. Er waren genoeg andere kinderen op de bruiloft – een stel jonge neven en nichten van Jones – maar die dromden samen rond de taarttafel, waardoor Noah alleen achterbleef. De avond moet vreemd zijn geweest voor Noah, omdat het de officiële overgang voor hem en Alicia in de familie Jones markeerde, en mijn hart brak voor het jochie dat het afgelopen jaar zo veel verandering had ondergaan. En die zijn moeder had verloren, net als ik. Ik stopte naast Noah en trok Tyler tot stilstand.

'Hé, Noah,' zei ik. 'Tyler en ik gaan dansen. Wil je meekomen?'

Zijn oren werden roze en hij schudde zijn hoofd, waardoor de lange donkerblonde lokken over zijn gezicht vlogen. 'Nee, bedankt.' Noah, had Alicia me verteld, had een klein oogje op me sinds ik een paar maanden geleden zijn oppas was geweest.

Tyler hurkte voor hem neer. Hij sprak zacht, maar ik hoorde hem zeggen: 'Kijk, mijn vriend, als een mooi meisje je ten dans vraagt, zeg je ja. Het kan zijn dat ze het niet nog eens vraagt.'

Noah slikte en knikte met grote ogen. Ik stak mijn hand naar hem uit, en hij pakte hem en volgde ons de dansvloer op, waar de band een vrolijk jaren 60-nummer speelde. Tyler begon met een belachelijk studentikoos dansje, en Noah en ik giechelden en dansten mee.

Terwijl we dansten, viel mijn oog op Alicia en Jackson, die weer een paar vormden en langzaam uit de maat van het snelle nummer wiegden. Ze deden me denken aan de trouwfoto van mijn ouders. Hun bruiloft was helemaal niet uitbundig geweest, maar de uitdrukking op hun gezichten was zo vergelijkbaar met die van mijn vrienden. Pure liefde straalde uit Alicia's blauwe ogen terwijl ze naar haar man keek. Ik zuchtte met heel mijn lichaam.

Een paar nummers later was ik bezweet en begon mijn haar uit zijn stijf gespoten opgestoken kapsel te ontsnappen toen de band overging op "Something" van de Beatles. Alicia kwam dichterbij en vroeg Noah: 'Hé, maatje. Dansen met mij?'

'Tuurlijk.' Alicia grijnsde me dankbaar toe over zijn hoofd toen ze wegdraaiden.

Tyler kwam dichterbij en pakte mijn rechterhand. Hij aarzelde even en liet toen zijn arm over mijn rug glijden, me naar zich toe trekkend tot er nog maar een paar centimeter tussen ons in zat. 'Oké?' vroeg hij.

'Prima.' Maar het was meer dan prima. Tyler was net zo warm als ik, en zijn witte overhemd, met de bovenste knoopjes open, plakte aan zijn huid. De geur van zijn eau de cologne – ceder en citrus – bloeide op van dichtbij. Ik keek op in zijn ogen, een caleidoscoop van smaragd, amber en saffier. Een lichte stoppelbaard verzachtte zijn sterke kaaklijn. Toen de lichten van het podium zijn gezicht raakten, trof zijn knappe uiterlijk me als een stomp in mijn maag. Ik had nog nooit echt naar hem *gekeken*. Zeker niet van zo dichtbij.

'Mmm-hmm.'

'Wat zei je?' vroeg hij.

'Ik was het gewoon met je eens.'

'Ik heb niks gezegd.'

'O.' Als ik gedronken had, had ik de wijn de schuld kunnen geven. Toen merkte ik dat we de paar centimeter tussen onze lichamen hadden overbrugd, en de gele zijde die mijn borsten bedekte, drukte recht tegen het dunne katoen van zijn shirt.

Tyler keek over mijn schouder. 'Maak je klaar voor fase twee.'

'Wat?'

'Operatie Droomprins. Fase één was dansen.' Hij leidde ons in een kwartdraai en haalde diep adem. 'Klaar?'

'Waarvoor...'

Hij kuste me.

En de wereld stond stil.

Ik bedoel, de wereld om ons heen draaide door, en de zanger

zong zachtjes, "Don'wil haar nu niet verlaten," en de andere stelletjes bleven wiegen, en de gekleurde lichten flitsten. Maar voor mij vervaagde alles, behalve de zachte aanraking van Tylers lippen op de mijne en zijn armen die me overeind hielden op die dansvloer. Het had vijf seconden of vijf minuten of vijf uur kunnen duren, want de tijd stopte terwijl mijn ogen sloten en onze lippen elkaar ontmoetten.

Eindelijk liet hij me langzaam los en opende ik mijn ogen. Mijn rechterhand was verstrengeld in het haar op zijn achterhoofd en hij staarde naar mijn gezicht. Zijn borstkas ging op en neer alsof hij een trap was opgerend. Of misschien was het mijn borstkas die op en neer ging.

Toen schoot zijn blik naar mijn rechterkant, waar Cooper ons over Jamila's schouder gadesloeg.

10

TERWIJL TYLER EN ik over het midden van de dansvloer draaiden, werd mijn voorhoofd klam van het zweet en deden mijn voeten pijn, maar ik kon me niet herinneren wanneer ik me voor het laatst zo de ster van een Rodgers en Hammerstein-musical had gevoeld. Als ik een beetje kon zingen, was ik in gezang uitgebarsten.

Mijn vader had nooit het geld of de tijd gehad om me op dansles te sturen, maar hij had het vloerkleed in de woonkamer opgerold en me de basis geleerd op 'Could I Have this Dance' van Anne Murray. Hoewel ik erover fantaseerde een prinses op een bal te zijn, had ik lessen van Julie Andrews zelf nodig gehad, net als Mia Thermopolis, om dat te bereiken. Maar die avond was Tyler mijn eigen Fred Astaire die me in het rond zwiepte alsof ik Ginger Rogers was.

De band zette 'Can't Help Falling in Love' van Elvis Presley in, en Tyler liet me wegdraaien en trok me weer tegen zich aan. Mijn doorschijnende gele rok wapperde om mijn enkels en raakte verstrikt in zijn broekspijpen.

'SBen jij een soort bruiloftsgigolo?' vroeg ik hem.

'Wat?' Hij wierp me een verbaasde glimlach toe terwijl hij behendig een wervelend paar bloemenmeisjes ontweek.

'Huren ze jou in om met de bruidsmeisjes en vrijgezelle tantes te dansen?'

Tyler neuriede en leidde me naar de schijnwerpers in het midden van de dansvloer.

'Je bent een fantastische danser. Ik ben een verschrikkelijke danser, en jij hebt me er de hele avond goed uit laten zien.'

'Je zag er al goed uit.' Hij liet ons een snelle draai maken. 'Ik heb je er alleen maar gracieus uit laten zien.'

Ik proestte. Gracieus.

'Mijn moeder,' zei hij.

'Wat?'

'Mijn moeder heeft ons jongens allemaal leren dansen. Ze zei dat ze niet wilde dat we haar voor schut zouden zetten op het moeder-zoon-dansfeest van school.'

Ik stelde me Tyler en vier broers die als twee druppels water op hem leken in pak voor, op een rijtje als een buffet. Lekker. Maar toch... 'Je arme moeder.'

'We waren beter in blocken en tackelen dan in de foxtrot, maar we deden het redelijk.'

Toen het nummer eindigde en de zanger een pauze van een kwartier aankondigde, verdween mijn dansroes, waardoor mijn voeten in mijn ranke sandaaltjes begonnen te kloppen.

'Ik moet even zitten,' kreunde ik.

'Oh. Juist. Sorry.' Tyler bood me een arm aan om op te leunen en leidde me naar een tafel.

'Geen reden om je te verontschuldigen.' Ik liet me in een stoel zakken. 'Ik kan me niet herinneren dat ik me ooit zo heb vermaakt op een bruiloft.'

Hij grijnsde. 'Water of champagne?'

'Water, alsjeblieft.'

'Ben zo terug.'

Ik keek hoe hij naar de bar liep. Zijn overhemd plakte aan zijn huid, gekreukt waar mijn bezwete handpalm zijn schouder had vastgegrepen. Zijn gezicht had een blos, maar hij glimlachte, zijn houding ontspannen en gemakkelijk. Totdat Cooper achter hem kwam staan en iets zei. Tyler draaide zich om.

Mijn telefoon trilde in de zak van mijn jurk, en ik haalde hem tevoorschijn en opende mijn berichtenapp.

PAPA

Ik ga naar bed. Hoop dat je een leuke tijd hebt op het feest.

Jazeker. Welterusten. Ik bel je morgenochtend.

Zelfs het geklop in mijn voeten nam af. Papa had het geweldig gedaan dit weekend. Al die kleine foutjes die hij de afgelopen weken had gemaakt, waren volkomen normale onderdelen van het verouderingsproces. En hier was ik, op de bruiloft van mijn vrienden, dansend als elke andere 25-jarige, niet thuiszittend als een vriendenloze kluizenaar.

'Fantastisch feest.' Jamila Jallow liet zich in de stoel tegenover me zakken, waardoor mijn aandacht van mijn telefoon werd weggetrokken. Haar nauwsluitende magenta jurk vertoonde geen kreukels, en alleen de glans van haar huid verraadde dat ze bijna evenveel had gedanst als ik.

'Het is net een sprookjesbal.' Met mijn voeten zocht ik onder mijn stoel naar mijn sandalen. Ik vond ze en stak mijn tenen erin. Ik kon niet op blote voeten met de elegante Jamila praten.

Ze leunde achterover in de stoel en haakte haar arm over de rugleuning. 'Ik mag je wel, Marlee. En als ik Cooper moet geloven, ben je zo scherp als een mes.'

'Dank u wel.' Ik ging rechterop zitten.

'Mag ik eerlijk tegen je zijn? Van de ene professionele vrouw tot de andere?'

Ik knipperde met mijn ogen. Jamila Jallow, CEO van haar eigen bedrijf en een supervrouw in alle opzichten, wilde mij adviseren? 'O-oké.'

Ze leunde voorover, haar ellebogen op haar knieën. Toen haar blik over me heen gleed, was ik transparant, blootgesteld. 'Software is een mannenwereld. Voorlopig. Dat betekent dat je dat hoofd van je moet gebruiken. En die mooie bruine ogen.' Ze pauzeerde een paar seconden.

Dit was het vreemdste carrière-advies dat ik ooit had gehoord. 'Mmm-hmm?'

'Ik denk dat een of andere fantasie je ervan weerhoudt te zien wat er voor je neus staat. En wat er zou kunnen zijn.'

Had ze het over mijn verliefdheid? 'Waarom denkt u dat het slechts een fantasie is? Denkt u niet dat ik...'

'Ik denk dat Cooper Fallon een gecompliceerde man is. Maar jij bent jong. Getalenteerd. Je hersens worden verspild aan het beheren van agenda's en het invullen van onkostendeclaraties.' Ze herhaalde wat mijn vader had gezegd.

'Dat is niet alles wat ik...'

'Je zou meer kunnen doen.' Haar toon snoerde me de mond. Ik stelde me voor dat het in de bestuurskamer ook werkte. Uit haar clutch haalde ze een visitekaartje en hield het me voor. 'Wat je ook nodig hebt - advies, mentoring, een nieuwe baan' - ze wuifde mijn protest weg - 'bel me. Wanneer je er klaar voor bent.'

Ik stopte het kaartje in de zak van mijn rok. Ik zou het niet nodig hebben, maar het was vriendelijk van haar om het aan te bieden.

Ze keek naar de bar, en ik volgde haar blik en zag Cooper en Tyler op ons afkomen, met drankjes in hun handen. 'Je hebt er niet om gevraagd, maar ik geef je ook wat persoonlijk advies. Houd Tyler met beide handen vast. Die vent is speciaal.'

Ze stond op net toen Cooper de tafel bereikte. Hij gaf haar een glas champagne.

'Weet je wat hier heerlijk bij zou smaken? Nog een stukje taart.' Waren dat hertenogen die ze naar hem opzette?

'Natuurlijk,' zei hij. Hij knikte naar Tyler en mij en liep weg, zijn arm om Jamila's smalle taille.

Had Jamila me zojuist, onder het mom van carrière-advies, gewaarschuwd voor Cooper? Probeerde ze me verdriet te besparen omdat zij en Cooper een setje waren of probeerde ze me

af te leiden omdat ze zich bedreigd voelde? Of probeerde ze me
bij Synergy weg te kapen? Een stekende pijn schoot door mijn
voorhoofd. Ik nam het glas water van Tyler aan en dronk het
gulzig op.

'Gaat het?' Tyler liet zich in Jamila's stoel glijden.

'Prima.' Ik dronk nog meer water en keek hem over de rand
van het glas aan. *Speciaal,* had ze hem genoemd. Hij was lief. Een
beetje goofy. Het complete tegenovergestelde van Cooper Fallon.
Zelfvertrouwen omhulde Cooper in een gouden aura. Hij beoor-
deelde elke situatie en handelde dan met autoriteit. Hij bewoog
zelfs met de soepele gratie van een leeuw.

Tyler draaide zijn champagneglas rond op de tafel. Hij liep
Jackson achterna als een puppy. Een onhandige met te grote
poten. Hij luisterde meer dan hij sprak, en te veel van zijn zinnen
gingen aan het eind omhoog als vragen. Het was schattig in een
vriend, maar in een minnaar? Niet wat ik wilde.

Hoeveel plezier we ook hadden, of hoe uitstekend Tyler ook
kon dansen, er was gewoon geen vergelijking mogelijk.

NADAT WE ONS verzameld hadden om Alicia en Jackson uit te
zwaaien, groeide de stekende pijn in mijn voorhoofd uit tot een
volwaardige hoofdpijn, dus strompelde ik naar de hoofdtafel om
aan de luide muziek te ontsnappen. Tyler ging op zoek naar
ibuprofen.

Ik haalde mijn telefoon uit mijn clutch. Geen nieuwe berichten
van papa of onze buurvrouw, Alma, die de avond bij hem had
doorgebracht. Ze zou het me verteld hebben als papa problemen
had gehad waar hij me niets over had verteld.

Toen ik opkeek van mijn telefoon, stond Cooper een paar
stoelen verderop, spelend met een corsage. Eerst dacht ik dat hij
hem net had afgedaan, maar toen merkte ik dat de zijne nog op
zijn revers zat, gekneusd door het dansen. Met Jamila. Degene in

zijn hand had een witte calla lelie, wat betekende dat het die van Jackson was.

'Denkt u dat hij die wil hebben?' vroeg ik. Ik betwijfelde het; het enige wat Jackson verzamelde waren vintage T-shirts. En auto's.

Cooper schrok en keek op. Hij wreef in zijn nek. 'Hmm, misschien.' Hij stopte de bloem in zijn borstzak. 'Ik bewaar hem voor hem, voor het geval dat.'

Hij is zo attent. Ook al zou Jackson waarschijnlijk om zijn sentimentaliteit lachen, Cooper ging dit aandenken aan zijn bruiloft bewaren voor zijn vriend. Nog iets wat we gemeen hadden: ik bewaarde mijn gedroogde galacorsage in de lade onder de vensterbank in mijn slaapkamer.

We hadden allebei een andere date en het was bijna middernacht, maar ik kon deze kans niet laten lopen. De pijn in mijn voeten negerend, liep ik de paar passen naar zijn zijde. 'Wilt u later iets drinken in de herberg? Dan kunnen we praten en ontspannen.' Zijn frons vertelde me dat hij ergens mee zat. Misschien zouden we eindelijk voorbij de ongemakkelijke gesprekken komen die we altijd leken te hebben en over iets zinvols praten.

'Bedankt, maar nee.' Zijn blik rustte op Alicia's boeket, dat ook op tafel was achtergelaten. 'Mila moet vanavond naar huis.'

Al mijn geluk van het dansen verdween, en liet een zware brok in mijn maag achter. Hij ging met Jamila naar huis.

'Blijft u niet? Alicia en Jackson zullen u morgenochtend missen bij de brunch. U zult ze niet zien voordat ze op huwelijksreis vertrekken.'

'Nee, ik... ik kan niet.' Hij rukte zijn blik los van de bloemen en keek me in de ogen. 'Zeg tegen Jay dat hij een goede reis moet hebben. Ik zie je maandag op kantoor.'

Ik knikte maar balde mijn vuisten. Mijn plannen om met Cooper te praten, om eindelijk mijn verliefdheid op te biechten en te zien of hij ook maar iets voelde dat in de buurt kwam van wat ik voelde, waren volledig in het honderd gelopen. Het enige wat ik nog kon doen, was maandag overgaan op stap twee van het plan.

'Rij voorzichtig.' Ik dwong mezelf tot een glimlach.

Hij draaide zich om en liep naar de tafel waar Jamila stond, lang, elegant, en, in tegenstelling tot mij, nog steeds schoenen dragend, in gesprek met enkele leidinggevenden van Synergy. Hij legde zijn hand op haar onderrug en boog zich voorover om in haar oor te fluisteren. Ze sloeg haar arm om zijn middel en bood haar wang aan voor een kus. Verdomme. Ze zagen er zo vertrouwd uit samen. Als geliefden.

'Wat is er?'

Ik ontspande mijn kaken en mijn vuisten en probeerde te glimlachen naar Tyler, die was komen aanlopen terwijl ik naar hen staarde. 'Niets.' Maar ik keek in de richting waar Cooper en Jamila stonden, arm in arm.

Hij volgde mijn blik en hield zijn hoofd schuin, hen observerend. Toen hield hij me twee oranje tabletten en een flesje water voor.

Ik slikte de pillen door, wensend dat ze ook mijn jaloezie konden verdoven.

'Laten we even gaan zitten tot die gaan werken.' Zijn toon was zo zacht dat mijn ogen begonnen te prikken van de tranen.

'Oké.'

Tyler ging op de stoel naast me zitten en wees naar mijn voeten. 'Vind je het goed als ik...?'

'Wil je mijn voeten aanraken? Maar ze zijn bezweet.'

'En ze doen pijn.' Hij pakte mijn enkel en legde mijn hiel op zijn knie. Zijn hand streek over de rode striem op mijn enkel waar het bandje had ingesneden. 'Oké?'

'J-ja.' Zijn handen waren warm, en hij oefende de perfecte hoeveelheid druk uit om de pijn te verlichten die de duivelse schoenen hadden achtergelaten.

Hij ging verder over de bovenkant van mijn voet en streek met zijn hand over de afdruk van het bandje boven mijn tenen. Ik leunde achterover in de stoel.

'Nog steeds hoofdpijn?' vroeg hij.

'Mmm-hmm.'

Hij duwde een duim tussen mijn grote teen en tweede teen en oefende druk uit. Het was vreemd dat een vriend, een collega, mijn voeten aanraakte. Maar terwijl hij tussen mijn tenen drukte, nam de pijn in mijn hoofd af. Sinds wanneer werkte ibuprofen zo snel?

'Wat... wat doe je?'

'Wil je dat ik stop?'

'Nee! Het helpt.'

Hij grijnsde. 'Dacht ik al. Je kunt me vertrouwen.'

En dat deed ik. Zijn duimen bewogen over de bovenkant van mijn grote teen, en dan eronder naar de bal van mijn voet. De muziek van de band vervaagde, net als de andere bruiloftsgasten. De spanning verliet mijn spieren, en ik smolt weg in de stoel.

Hij had me vanavond twee keer verrast. Eerst met zijn danskennis, en nu met de professionele voetmassage. Welke andere verborgen talenten bezat hij? Wat wist ik nog meer niet over mijn vriend, Tyler Young?

Hij liet mijn nu slappe voet op zijn knie rusten en pakte de andere, en streelde mijn kuit. Hij gebruikte dezelfde lange streken langs mijn enkel en over de bovenkant van mijn voet, waardoor de gespannen spieren eronder zich ontspanden.

Hij verplaatste zijn handen naar mijn wreef en bewerkte daar een plek. Eerst zachtjes, daarna verhoogde hij langzaam de druk. De spier ontspande zich en werd soepel. Ik wist niets van bio-energie, chi of prana, maar er gebeurde iets mystieks in mijn voet.

Niet alleen in mijn voet. Een tinteling kroop langs mijn enkel omhoog en bleef hangen waar mijn dijen samenkwamen. Pulserend. Opwarmend. Ik keek naar beneden om te controleren of zijn handen nog steeds op mijn voet waren en niet onder mijn rok omhoog waren gereisd, waar spookvingers me aanraakten. Terwijl ik in de stoel verschoof, werd mijn huid warm.

'Voelt het goed?' Hij hield zijn hoofd naar beneden, zijn ogen op mijn voet gericht.

'Ja.' Mijn stem kwam er hoog en ademloos uit. Ik liet mijn ogen dichtglijden terwijl ik mijn dijen tegen elkaar drukte. Vocht glipte voorbij de onvoldoende barrière van mijn string, en ik durfde iets harder te knijpen. Tylers handen verschoven van mijn wreef naar het midden van mijn voet. Zijn duimen drukten omhoog naar mijn tenen. De tinteling werd intenser. Mijn pols bonkte in mijn oren, en ik hapte naar adem. Dit was geen ontspannende voetmassage. Het was puur voorspel.

Hij bleef de onderkant van mijn voet kneden, en toen hij tegelijkertijd op mijn wreef drukte, spande mijn lege kern zich aan. En spande zich aan en nogmaals aan tot er warmte over mijn onderbuik verspreidde.

Ik liet een trillende adem ontsnappen. Dit was massagetovenarij.

Tyler hield zijn handen stil op mijn voeten. 'Beter nu?'

'Gnnh.'

Ik hield mijn ogen gesloten, maar ik hoorde de arrogante glimlach in zijn stem. 'Klaar om de avond af te sluiten?'

'Ik weet niet zeker of mijn lichaam nog werkt. Dat was me een voetmassage.'

'Ik zou je terug kunnen dragen.'

Ik deed één oog open. Met die verrassend sterke armen zou hij dat ook kunnen. En - een rilling ging door me heen - het zou allerlei belachelijke praatjes veroorzaken. Maar toen herinnerde ik me dat Cooper was vertrokken. Operatie Droomprins was voorbij. De kleine rilling fladderde en stierf.

'Nee, het gaat wel.' Ik pakte de duivelse schoenen - ik zou er later van genieten om ze te verbranden - en mijn clutch. De korte wandeling terug naar de herberg kon ik op blote voeten wel aan.

Hij bood zijn arm aan. 'Zullen we, bruiloftsdate?'

Dat was alles wat hij was: een bruiloftsdate. Tijdelijk. Tijdgebonden. We zouden morgen samen terugrijden naar de stad, maar alleen als vrienden. Maandag op het werk zou ik hem misschien in de kantine zien en zwaaien. Geen gedans meer of schokkend intieme voetmassages. Zeker geen gekus meer. Beter om de schijn nu op te houden. Ik hield mijn arm langs mijn zij en rechtte mijn schouders. 'Laten we gaan.'

Buiten de wanhopige mêlee van de overgebleven feestgangers, was de wereld donker en stil. Een zacht briesje ritselde door de gedroogde bladeren aan de wijnranken en bezorgde me kippenvel op mijn armen.

'Moet je dat zien.' Tyler stopte met lopen, en ik bleef ook staan.

'Wat?' Ik tuurde het pad af, denkend dat hij een vrijend stelletje had gezien. Dat was waar *mijn* gedachten waren.

'Ik heb niet zoveel sterren gezien sinds ik niet meer in weilanden rondhang.'

Ik hief mijn ogen op naar de nachtelijke hemel. Weg van de mist en de lichten van de stad, was zelfs de vlek van de Melkweg zichtbaar. Zoals mijn vader me had geleerd, oriënteerde ik mezelf. 'Kijk, daar is Andromeda.'

'Waar?'

'Zie je de Melkweg? Kijk nu naar beneden, en je ziet een *W*. Dat is Cassiopeia. Net rechts daarvan vormen zeven of acht sterren een soort gebogen driehoek met de punt naar beneden, richting de horizon. Zie je het?'

'Ja. Heb je het koud?'

'Een beetje maar.' Ik had het ijskoud. Tylers jasje, warm van zijn lichaam, werd over mijn schouders gedrapeerd. Het rook zelfs naar hem. Ik nestelde me erin.

'Wat is haar verhaal?' vroeg hij.

'Van wie?' Mijn gedachten waren helemaal Melkweg-wazig geworden.

'Andromeda. Toen we mythologie bestudeerden tijdens de Engelse les, was ik te druk met naar Vanessa Brown kijken om op te letten.'

Ik knipperde met mijn ogen. 'Dat is jammer. Je hebt een goed verhaal gemist. En het heeft zelfs een goed einde.'

Tyler proestte. 'Vanessa was een stuk interessanter dan mijn leraar Engels. Bovendien dacht ik dat alle stervelingen in zwanen of beren werden veranderd.'

'Sommigen wel. Andromeda niet.'

'Vertel me over haar.' Hij kwam dichterbij, zijn lichaam stevig tegen mijn arm.

'Andromeda was een prinses en de dochter van koningin Cassiopeia.'

'Waarom is Cassiopeia een *W?* Werd ze in een slang veranderd?'

'Hè? Nee, ze zit in een stoel. Daar kom ik zo op.'

'Oké.'

Ik klemde me vast aan zijn arm om mijn evenwicht te bewaren terwijl ik omhoogkeek naar de hemel. 'Cassiopeia was heel mooi en ook heel ijdel. Ze schepte erover op en maakte Poseidon boos.'

'Poseidon was de god van de zee, toch?'

'Precies. Dus stuurde Poseidon een zeemonster om haar volk te terroriseren. Cassiopeia vond een orakel dat haar vertelde dat de enige manier om het monster te verslaan, was om haar enige dochter, Andromeda, te offeren. Ze ketenden haar vast aan een rots op het strand, en Andromeda wachtte tot het zeemonster haar zou verslinden.'

'Dat klinkt niet als een goed einde.'

'Sst. Net op tijd kwam Perseus. Dat is hij links van Andromeda - hij ziet eruit als een stokfiguur zonder armen - en hij doodde het monster. Hij bevrijdde Andromeda, werd verliefd op haar, en ze zeilden weg om... nog lang en gelukkig te leven.'

'Ver weg van de boze schoonmoeder. Perfect.' Zijn arm kwam om me heen, over zijn jasje. 'Dus waarom zit Cassiopeia in een stoel?'

'Poseidon was nog steeds boos op haar, dus ketende hij haar vast aan een stoel in de hemel.'

'Kinky.' Zijn adem kietelde mijn oor.

'Wat?'

'Niets.' Hij trok zich terug, waardoor mijn lichaam ondanks zijn jasje afkoelde, maar hij greep mijn hand in zijn grotere, warme hand. Hij begon weer over het donkere pad te lopen, en met een laatste blik op de verhalen in de lucht, volgde ik hem. We stopten net buiten de lichtcirkel rondom de herberg.

'Ik heb me vanavond vermaakt,' zei hij.

'Ik ook.' Hoewel ik van bruiloften hield, maakten recepties me meestal ellendig. Het stel bracht de avond door in een bubbel van geluk, en ik stond daarbuiten. Vanavond hadden Tyler en ik onze eigen bubbel gemaakt.

'Misschien kunnen we... het nog eens doen?' Ik kon zijn gezicht niet zien in het donker, maar zijn toon klonk hoopvol.

'Wat doen?'

'Doen alsof we een relatie hebben. Of uitgaan. Echt.'

Verdomme. 'Tyler...'

'Zeg het niet.' Zijn stem was een laag gerommel.

'Maar...' Ik wilde niet dat hij boos, of teleurgesteld, of wat die grom ook aangaf, zou worden. Toen ik dichter naar hem toe stapte - ik wist niet of het was om zijn hand te pakken of om hem te omhelzen omdat mijn lichaam gewoon *ging* - zonk mijn voet onverwacht weg in het zachte gras, en ik struikelde. Katachtig greep hij me vast en sloeg zijn armen om me heen. Zo dicht bij hem zijn was nog bedwelmender dan zijn jasje dragen. Ik dacht terug aan de kus op de dansvloer. Het was een lieve, met gesloten mond, voor het publiek bestemde kus geweest. Maar het was allesbehalve kuis geweest. Hitte had net onder de oppervlakte gesudderd. Ik vroeg me af of die hitte in vlammen zou uitbarsten als we het opnieuw probeerden, hier in het donker.

Ik deinsde achteruit. Ik kon het niet. Ik wilde Cooper, niet mijn vriend, hoe schattig ook, hoe magisch hij vanavond ook had gemaakt. Ik moest mijn ogen op mijn doel gericht houden. En mijn lippen voor mezelf houden.

Maar Tyler was zoveel meer gebleken dan ik had gedacht. *Speciaal,* had Jamila gezegd. Een onverwachte mix van Gene Kelly en een Tantramasseur, de meest attente date die ik ooit had gehad, ook al was het allemaal nep.

Die kus. Was die alleen voor de show geweest, of waren zijn lippen echt zo betoverend als ze leken?

Het was verkeerd, maar ik moest het weten.

Ik ging op mijn tenen staan.

En ik kuste hem.

Ik had zo'n gelijk. Er moest een betovering op zijn lippen rusten. Het deed mijn hele lichaam trillen en mijn knieën dienst weigeren. Misschien hield Tyler me overeind. Of anders zweefde ik omdat Poseidon me in de lucht had geplakt.

Zijn tong raakte aarzelend mijn onderlip aan, en ik liet hem binnen. Hij smaakte zoals hij rook: citrus en champagne en verlangen. Ik liet een hand achter zijn rug glijden langs de gladde stof van zijn overhemd, en streelde de stevige spieren eronder. Met de andere volgde ik de boog van zijn nek voordat ik mijn vingers in zijn haar verstrengelde. Hij trok me dichterbij, en ik was verloren.

Ik weet niet hoe lang we kusten terwijl de sterren in de lucht om ons heen draaiden. Tyler trok zich als eerste terug, mijn lippen zoemend achterlatend. We waren allebei aan het hijgen, zijn adem warm op mijn gezicht.

'Was dat oké?' vroeg hij. Als het niet zo donker was geweest, was het antwoord vast en zeker duidelijk geweest in mijn glazige ogen en blozende wangen.

'Beter dan oké.' Ik negeerde de knipperende rode lichten, de sirenes die me vertelden te stoppen, en ik ging voor meer. Meer vuurwerk. Meer genot dat mijn hersens deed smelten. Ik drukte me tegen hem aan, en wreef schaamteloos mijn zachte delen tegen zijn overeenkomstige harde delen. Zo gevoelig als die voetmassage me had gemaakt, kon ik waarschijnlijk volledig gekleed klaarkomen. Iets wat ik niet had gedaan sinds... nou ja, sinds die sexy voetmassage. Maar daarvoor, de middelbare school. Ik liet mijn hand over zijn borst naar beneden glijden, mijn gelei-brein negeerde mijn eerdere voornemen om gefocust te blijven. Wat voor kwaad kon een kleine vrijpartij tussen vrienden nou echt?

Net toen mijn hand de tailleband van zijn broek bereikte, hapte hij naar adem en deed een stap achteruit. 'Wacht. Stop.'

'Stop?' Mijn hartslag zei, *doorgaan, doorgaan.*

'We zijn vrienden, toch?'

'Vrienden.' Ik knikte.

Verkeerd antwoord. 'Vrienden.' Het maanlicht verlichtte zijn bittere glimlach. 'Goedenacht, Marlee.'

Hij keerde me zijn rug toe, stak zijn handen in zijn zakken en liep het pad af dat naar de parkeerplaats leidde. De koude bries drong door de open voorkant van Tylers jasje naar binnen, koelde mijn verhitte huid af en doofde mijn verlangen. Ik sjokte de trap op naar mijn eenzame kamer in de herberg.

11

NEE, ik heb niet de hele nacht liggen woelen en draaien. Ik gleed weg in de zalige slaap van iemand met een zuiver geweten. Niet van iemand die had geprobeerd wat extra's toe te voegen aan haar vriendschap met een lieve man, een paar seconden nadat ze had gezegd dat ze niet met hem kon uitgaan.

'Marlee, ben je oké?', vroeg Andrew toen ik een chocolademuffin van het brunchbuffet in de gemeenschappelijke ruimte van de herberg pakte.

'Gaat wel,' mompelde ik met een mond vol muffin. Jacksons broer was de derde persoon die me dat had gevraagd in de vijf minuten dat ik beneden was bij de postbruiloftsbrunch.

Hij keek naar de blauwe schaduwen onder mijn ogen, waarbij mijn concealer de handdoek in de ring had gegooid. 'Kan ik een kop koffie voor je halen?'

'Graag, de grootste die je kunt vinden.'

Nu hij weg was, kon ik in een hoekje kruipen en asociaal zijn. Dan hoefde ik niet met Jackson of Tyler of... te praten.

Een hand greep mijn arm en roze vingernagels krulden om de mouw van mijn vest. 'Daar ben je.'

Alicia.

Ze marcheerde me naar twee oorfauteuils in de hoek, weg van

de menigte bij het buffet. Maar haar stem was zacht toen ze zei: 'Je ziet er... moe uit.'

Ik was het zo ongelofelijk zat dat mensen me dat vertelden. 'Jij ook.'

Ze snoof. 'Ik heb een excuus. Iedereen verwacht dat een bruid er de ochtend na haar huwelijksnacht uitgeput uitziet.'

Ik maakte mijn ogen groot. 'Oeh. *Heeft* hij je de hele nacht wakker gehouden?'

Haar wangen werden knalrood, maar toen kreeg ze een dromerige blik. 'We hebben vanochtend een beetje geslapen.'

'Oké, ik wil details.' Misschien beleefde ik mijn seksleven dan maar via Alicia. Dan kwam tenminste een van ons aan haar trekken zonder dat er batterijen aan te pas kwamen.

Ze schudde haar hoofd. 'Ik moet weten wat er aan de hand is tussen jou en Tyler.'

'Oh.' Ik slikte om de brok in mijn keel weg te krijgen.

Ze draaide haar hoofd van links naar rechts. 'Kijk, ik weet niet hoelang we kunnen praten zonder onderbroken te worden. Toen Tyler me je antwoordkaart gaf, dacht ik dat "een plek bij Tyler" betekende dat jullie als vrienden naar de bruiloft kwamen. En toen heb je... hij... hij heeft je gekust. Wat is er aan de hand?'

'Je hebt het gezien.' Ik had gehoopt van niet. Dat ze zo in haar geluksbubbel met Jackson had gezeten dat het haar was ontgaan.

Haar lippen persten zich tot een dunne streep.

Nu was het mijn beurt om te controleren of niemand ons afluisterde. Ik verlaagde toch mijn stem. 'Ik... we probeerden Cooper jaloers te maken. Door te doen alsof we... een setje waren.'

'Tyler stemde daarmee in?'

'Hij stelde het voor!', siste ik.

Ze zakte onderuit in haar stoel. 'Ik denk niet dat hij...'

Irrationele, gloeiendhete woede golfde door me heen. Ik boog me naar haar toe en siste: 'Jij kent Cooper niet. We hadden een klik toen we dansten. Het was alsof hij me vertelde dat de enige reden dat hij niet met me uit kon gaan was omdat we collega's zijn.' Ik klemde mijn hanger vast, die warm aanvoelde in het kuiltje van mijn keel.

'Je weet dat hij wel een punt heeft.'

'Oh, voor jou mag het wel, maar voor mij niet?' Hoe kon mijn vriendin, mijn beste vriendin, mijn dromen zo aan diggelen slaan? 'Vind je niet dat ik het sprookje verdien? Ik heb mijn hele leven niets anders gewild dan de liefde die mijn ouders hadden. De soort waar je over leest. En Cooper is diegene voor mij. Je weet dat ik al jaren een oogje op hem heb. En nu zou het eindelijk allemaal waar kunnen worden.'

'Marlee.' Ze legde haar vingers om mijn hand, die de armleuning vastklemde. 'Je weet dat ik wil dat je gelukkig bent. En dat je jouw perfecte wederhelft vindt, net als ik. Ik bedoel alleen maar dat Cooper minder flexibel is met het bedrijfsbeleid – met alles eigenlijk – dan Jackson. De schijn van... fraterniseren zou hem ervan kunnen weerhouden om achter iemand aan te gaan.'

En dat was wat hij had gezegd toen we dansten. Was hij echt zo kil dat hij zijn gevoelens voor iemand – voor mij – kon uitschakelen vanwege het bedrijfsbeleid?

'Ik ben niet eens zijn ondergeschikte.' Mijn stem was zwak en dun.

Ze schonk me een verdrietige glimlach. 'Dat zou niet uitmaken.'

Een relatie met Jamila kende zulke barrières niet. 'Denk je dat hij en Jamila iets hebben?'

Ze schudde haar hoofd. 'Ik weet het niet. Ik nam altijd aan dat ze gewoon goede vrienden waren. Maar vrienden kunnen meer worden.' Ze liet dat een paar seconden in mijn brein bezinken en zei toen: 'Daarover gesproken...'

Ze hoefde de zin niet af te maken of de muffin veranderde al in een oneindig zwaar zwart gat in mijn maag.

'Of jullie zijn betere acteurs dan ik ooit had geloofd, of er is een echte vonk.'

Ik keek naar mijn roze gebloemde rok. 'Er is iets, inderdaad.

En ik... ik heb hem gekust. Later. Onder vier ogen. En ik probeerde... ik denk dat ik hem van streek heb gemaakt.'

'Maar waarom, Marlee? Waarom zou je Tyler kussen als je geïnteresseerd bent in Cooper?'

Ik volgde het patroon van een roos op mijn rok. 'Het is drie jaar geleden dat ik zo dicht bij een man ben geweest. Mijn hormonen overmeesterden mijn verstand.' Die hormonen zouden onze vriendschap verpesten als ik ze niet onder controle kreeg.

'Daar ben je.' Andrew hield een kop koffie omhoog.

Ik nam hem van hem aan. Zwart. Ik nam een slok en rilde van de bitterheid. 'Dank je.'

Alicia zei: 'Andrew, zou je voor mij misschien een glas sap willen halen?'

'Geen probleem, zus.' Hij grijnsde en ging ervandoor.

Haar glimlach verdween toen ze naar me keek. 'Die kus? Die onder vier ogen?'

Ik zette de bittere koffie op het bijzettafeltje. 'Hij gaf me een voetmassage. Volgens mij was het een soort voodoo. Is dat een Texaans ding? Ik had kunnen zweren dat het voelde alsof hij zijn handen op mijn...' Ik keek naar mijn schoot.

'Dat dééd hij niet.' Haar blauwe ogen werden groot.

'Nee! Natuurlijk niet.' Hoewel ik het heel even wel had gewild.

'En toen probeerde je...?'

'Als een boom in hem te klimmen. Maar hij hield me tegen.' Ik streek mijn rok glad. Ik was te ver gegaan en had mijn vriend boos gemaakt.

'Je bent mijn vriendin en ik hou van je, Marlee. Maar Tyler is ook mijn vriend.' Ze klemde mijn hand steviger vast. 'Doe hem geen pijn.'

'Dat zal ik niet doen. Dat beloof ik.' En de enige manier om die belofte na te komen was door Tyler in de friendzone te plaatsen. En hem daar te houden. Zonder bezoekrecht voor de meer-dan-vriendenzone.

Mijn belofte zweefde nog in de lucht tussen ons toen Tyler en

Sam aan kwamen lopen. Met een blikje Mountain Dew in één hand, reikte hij me een kop koffie aan. 'Morgen.'

Hij zag er niet veel beter uit dan ik. Stoppels bedekten zijn wangen en kin, en zijn oogleden hingen over bloeddoorlopen ogen. Hij droeg een geruit overhemd, open over een marineblauw T-shirt met V-hals, waardoor een paar donkerbruine haartjes onderaan de V zichtbaar waren. Ik vroeg me af of ze zijn hele borst bedekten of dat ze spaarzaam over zijn borstspieren en... daaronder verspreid waren. Ik drukte mijn dijen tegen elkaar en keek naar mijn koffie. Hij had er melk in gedaan en – ik nam een slokje en zuchtte – suiker.

'Morgen,' zei Alicia. 'Sam, heb je het leuk gehad gisteravond? Ik heb je na de foto's niet meer gezien.'

'O, ik ben teruggegaan naar de herberg. Ik kreeg een idee voor mijn onderzoek. Dus ja, ik heb het leuk gehad.'

Alicia lachte. 'En jij, Tyler? Leuke avond?'

Ik hield mijn ogen op de vloeistofdynamica van de kolkende lipiden in mijn koffie en durfde niet op te kijken.

'Inderdaad. Marlee is een goede' – *zeg het niet, zeg het niet* – 'danseres.'

Ik knipperde met mijn ogen naar hem. Een glimlach speelde om zijn lippen toen hij mijn blik beantwoordde. Vrienden. Misschien zou dat ons wel lukken.

'Tyler!' Jackson was van de andere kant komen aanlopen, waardoor ik mijn koffie morste. Hij greep Tylers hand en trok hem met zijn andere arm in een 'bro-hug'. 'Ben je hier net?'

'Ja.'

Jackson wreef grijnzend in zijn handen. 'Dus. Wie heeft er gisteravond iets gedaan waar hij spijt van heeft? Ik trouw maar één keer, dus ik wil dat de verhalen episch zijn. Ik wil dat mensen de rest van ons leven over dit weekend praten. Tyler? Marlee? Jij niet, Sam; ik wil niets horen over de losbandigheid van mijn zusje.'

Voordat ik een leugen kon mompelen, kwam Andrew aangehuppeld met een glas sap, dat hij aan Alicia gaf. 'Pas op, Sam.

Moeder is op oorlogspad. Ze hoorde dat je de receptie gisteravond vroeg hebt verlaten.'

'Ik werkte aan mijn dissertatieproject. Dat is veel belangrijker dan weer een feestje. Niet lullig bedoeld, Jackson.'

'Er was wijn en er werd gedanst. Het was niet zomaar een feestje, toch?' Jackson keerde zich tot Alicia. Zij legde een troostende hand op zijn onderarm.

Andrew gaf zijn zus een duwtje. 'Hé, Sam, misschien kun je moeder vertellen dat je met Tyler bent weggeglipt. Jullie zijn allebei computernerds. Dat zou ze best kunnen slikken.'

Ze deed een stap van hem vandaan en rimpelde haar neus. 'Tyler heeft wat met Marlee.'

'Tyler en Marlee?' Jackson grinnikte. 'Dat zijn gewoon vrienden.'

Hij was vast de enige die onze kus op de dansvloer had gemist. Wat moest ik zeggen? Ik kon niet tegen Jackson liegen. 'We...'

'Vrienden zijn de beste minnaars, denk ik.'

We keken allemaal met grote ogen naar Sam, die het had gezegd. Ik kende haar al drie jaar en ze had nog nooit een serieuze relatie gehad. Wat wist zij nu van minnaars?

'Iemand die je al kent en leuk vindt. Die om je geeft als persoon. En dan voeg je daar de romantische en seksuele componenten aan toe. Het is alsof je een programma hebt dat al goed functioneert en er een nieuwe feature aan toevoegt. Wat kan er beter zijn? Ik zou vrienden willen zijn met mijn partner.'

Ik kon en wilde niet naar Tyler kijken. Ik had geprobeerd een functie aan onze relatie toe te voegen, maar het was er een die er niet thuishoorde. Zoals proberen een weersvoorspellingsfunctie toe te voegen aan een notitie-app.

'Ik moet... ik bedoel, ik ga wat te drinken halen.' Tyler liet zijn frisdrank achter op een nabijgelegen tafel en liep weg zonder om te kijken. Zonder naar *mij* te kijken.

Jackson keerde zich tot mij, zijn wenkbrauwen richting zijn haargrens. 'Wat is er aan de hand?'

'Niets. Ik... Neem me niet kwalijk.' Alicia kon het hem allemaal wel vertellen. Ik moest het goedmaken met mijn vriend. Ik volgde Tyler naar buiten, naar de veranda.

Hij stond bij de reling en keek uit over de wijngaard. Ik ging naast hem staan en haalde diep adem, de druivengeur opsnuivend.

'Gisteravond ben ik... te ver gegaan. Ik heb een fout gemaakt.' Ik slikte. 'Onze vriendschap is belangrijk voor me, en dat had ik niet moeten doen. Het spijt me.'

'Het spijt mij ook. Ik ben een grens overgegaan door je te kussen. Ik liet me meeslepen door Operatie...'

'Ik weet het. Het is oké. En als je er niet meer mee door wilt gaan, vind ik dat ook goed.' Operatie Droomprins had geklonken als gewoon weer een leuk spelletje toen hij het aan het begin van het weekend voorstelde. Maar het was gevaarlijk spel gebleken. Alsof je met vuur speelt.

'Nee, het is goed. We zijn vrienden. Vrienden helpen elkaar. Ik wil je helpen.' Toen hij zich naar me omdraaide, leek hij weer op mijn vriend. Geen boze lijnen tussen zijn wenkbrauwen, geen verdrietige trek om zijn lippen. Hij glimlachte, hoewel zijn kuiltje niet te zien was.

Hielp het nepdaten? Ik speelde de schok op Coopers gezicht af nadat Tyler me had gekust. Het was niet echt jaloezie geweest, maar het was een goed begin. Als ik wat qualitytime doorbracht met mijn op batterijen werkende vriendjessurrogaat, kon ik misschien mijn hormonen in bedwang houden en met mijn handen van Tyler afblijven. En dan zou Cooper beseffen dat we perfect voor elkaar waren.

'Bedankt. Je bent de beste.'

'Carly Simon, "Nobody Does It Better".'

Voor het eerst die dag lachte ik. Maar het herinnerde me eraan dat we twee uur alleen in een auto moesten doorbrengen, op weg terug naar de stad. Hoe ongemakkelijk zou dat zijn? Erger nog, kon ik mezelf vertrouwen om niet naar zijn hand te grijpen boven de middenconsole?

Afstand. Dat was wat ik nodig had. En een solo-orgasme of twee. Dan kon ik zijn vriendin en nepvriendin zijn in het bijzijn van Cooper.

'Hé, vind je het erg als ik met Sam meerijd? Ze bood het gisteren aan toen we ons aankleedden.' Het was niet eens een leugen. We waren helemaal losgegaan op scifi-series en ze had me gevraagd of ik zondagavond een aflevering of twee van *Battlestar Galactica* met haar wilde kijken.

Tylers grijns vervaagde. 'Geen probleem. Ik dacht er sowieso aan om al wat vroeger terug te gaan.'

Een steek ging door mijn hart, maar ik zei: 'Ik moet nog wat laatste bruidsmeisjesplichten afronden. Zie ik je maandag op het werk?'

'Zeker.' Hij draaide zich op de neus van zijn sneaker om en liep naar de trap die naar de parkeerplaats leidde. Geen glimlach, geen knuffel, zelfs geen vriendschappelijke kneep in mijn schouder.

Ik had het verdiend. Maar ik zou het met hem goedmaken. Vanaf maandag.

12

'EH, COOPER?' Ik leunde maandagochtend om halfnegen tegen de deurpost van zijn kantoor.

Hij hield zijn ogen op zijn scherm gericht en tikte op een toets van zijn computer. 'Ja, Marlee?'

'Ik heb goed en slecht nieuws.'

Hij keek abrupt op, met grote ogen in zijn bleke gezicht. 'Is alles goed met Jackson? En met Alicia?'

'O.' Ik trok een grimas. 'Natuurlijk. Zo dramatisch is het niet.' Hij zakte achterover in zijn stoel. 'Het goede nieuws is dat Kim, de invalkracht waar je vorige week zo'n hekel aan had, heeft gebeld om te zeggen dat ze niet terugkomt. Het slechte nieuws is dat dat betekent dat je vandaag geen assistent hebt.' Ik onderdrukte de giechel die in me opborrelde. Stap twee van mijn plan was bijna te makkelijk op zijn plaats gevallen.

Hij liet zijn ellebogen op het met glas bedekte kersenhouten bureau rusten, boog zijn hoofd en trok aan de wortels van zijn donkerblonde haar. Hem zo kwetsbaar te zien, gaf me de neiging om naar hem toe te gaan, zijn hoofd naar achteren te trekken en hem een lange, langzame kus te geven. Ik vroeg me af of zijn lippen naar citrus zouden smaken, net als die van Tyler. Ik schudde beide gedachten van me af – vooral de herinnering aan

Tylers kus – en liep een paar stappen zijn kantoor in. Mijn hakken zonken weg in het zachte antieke tapijt. 'Waarom ben je eigenlijk zo streng voor hen?'

'Wie? De invalkrachten?' Toen ik knikte, wreef hij over zijn nek. 'Het is eigenlijk jouw schuld.'

Ik haalde adem om te protesteren. Ik was niets dan vriendelijk geweest voor al zijn invalkrachten, had tijd van mijn eigen werk afgesnoept om ze in te werken en te helpen met Coopers buitensporige eisen. De man eiste perfectie van iedereen – nou ja, iedereen behalve Jackson, die een hopeloos geval was in alles behalve coderen; voor al het andere had hij mij – en het was te veel gevraagd van een invalkracht die achttien dollar per uur verdiende en naar de avondschool ging.

'Hoe durf—'

Hij onderbrak me door zijn handen met de palmen naar voren op te steken. 'Het enige wat ik bedoelde, is dat de lat die jij legt te hoog is. Ze lijken allemaal incompetent vergeleken met jou.'

Ik voelde me bijna, *bijna* schuldig dat ik ze had laten mislukken. 'Het is moeilijk om iets nieuws te beginnen. Je moet mensen een kans geven.' *Geef mij een kans.*

Hij schudde zijn hoofd. 'Jij was geweldig vanaf dag één. Op je eerste dag' – Cooper somde de punten op zijn vingers op – 'spoorde je Jay op in zijn appartement waar hij zijn roes uitsliep, zorgde je ervoor dat hij douchte en zich aankleedde, en had je hem hier, op tijd, met koffie in de hand, voor een presentatie aan het bestuur. *Ik* zou dat niet gekund hebben, en ik ken hem al meer dan tien jaar.'

Ik kon niet geloven dat hij dat nog wist. 'Ik dacht dat het moest. Als hij ontslagen zou worden, was ik mijn baan kwijt.'

'Als ik je toch eens kon klonen…'

'Nou, dat kan niet. Vraag me niet eens om een wangstrijkje. Maar ik heb wel een idee.' Nu stap één was voltooid – het succes van onze dans moest nog blijken – was het tijd voor de sprong naar stap twee: verplichte nabijheid, een van mijn favoriete romantische clichés. 'Aangezien Jackson drie weken weg is, ga ik me doodvervelen. Dus zolang hij er niet is, ben ik je tijdelijke assistent. Ik zorg ervoor dat je georganiseerd bent. Ik zal zelfs wat kandidaten voor je screenen. Misschien kunnen we eindelijk de juiste voor je vinden. Voorgoed.'

'Ik hoef niets te doen? Jij regelt het?'

'Wil je de kandidaten niet interviewen?'

Hij wierp een blik op zijn scherm. Ik wist zeker dat er in de vijf minuten dat we praatten twintig e-mails waren binnengekomen. 'Niet als het niet hoeft.'

'Je vertrouwt me om een vaste assistent voor je aan te nemen?' Nu voelde ik me echt slecht over zijn misplaatste vertrouwen in mij.

'Absoluut.'

'Oké dan. Ik zal een geweldige voor je vinden. Dat beloof ik.' Ik zou de sabotage goedmaken.

Zijn gezicht klaarde op. 'En in de tussentijd krijg ik jou voor drie weken?'

Je zou me voor altijd kunnen hebben als je het maar zou vragen. Ik speelde met mijn hanger en knikte, denkend aan ijsblokjes en winterbriesjes om te voorkomen dat ik zou blozen.

'Afgesproken,' zei hij.

Hij keek terug naar zijn monitor en toen naar mij, een ironische glimlach op zijn lippen. 'Toevallig heb ik over tien minuten een vergadering in de noordwestelijke vergaderruimte. Kun je de presentatie laden en het team uit Austin inbellen via videoconferentie? Alsjeblieft?'

Ik onderdrukte een zucht. 'Natuurlijk.' Ik draaide me om om te vertrekken.

Hij riep me na: 'Lunch is van mij.'

Ik keek hem over mijn schouder aan. 'Zolang ik je assistent ben, is de lunch *elke* dag van jou. *Met* toetje.'

Hij grinnikte. 'U bent een harde onderhandelaar, juffrouw Rice.'

'Ik zal je eens hard laten zien,' mompelde ik binnensmonds toen ik de gang op stapte en bijna tegen een brede borstkas in een vervaagd groen Donkey Kong T-shirt botste. Verdorie, waarom moest hij me nou net uit Coopers kantoor zien komen?

'Sorry,' piepte ik, en stopte abrupt.

Tylers kaak spande zich even aan, maar toen glimlachte hij. 'Hé, blij dat je terug bent. Hoe was *Battlestar Galactica?'*

'Goed. Sam had er veel meningen over. We hebben ons vermaakt.' Het was niet zoals omgaan met Tyler of Alicia, maar nieuwe vrienden maken was een goede zaak. Zeker nadat je je vriend had gekust op de bruiloft van je other vriendin.

We draaiden ons samen om en liepen richting de vergaderruimte, pratend over het weer, sci-fi, alles behalve hoe we onze vriendschap bijna hadden verpest door te ver te gaan.

Hij ging op een stoel zitten terwijl ik de presentatie instelde en op het scherm zette. Na een paar minuten kwam Cooper binnenlopen. 'Zijn we er klaar voor, Marlee?'

'Klaar. Je hoeft alleen maar op de belknop te klikken.' Ik scande de kamer nog een laatste keer. Alles was in orde.

Net toen ik me klaarmaakte om weg te glippen, leunde Tyler achterover in zijn stoel. 'Marlee, heb je mijn jasje meegenomen?'

Mijn blos was natuurlijk toen ik een snelle blik op Cooper wierp. 'Het ligt op mijn bureau. Nogmaals bedankt dat ik het mocht lenen.'

'Altijd.' Tyler vulde zijn blik met passie, en het wakkerde het vuur op mijn wangen aan. Hij was zo goed in dit nepdaten, dat hij mij er ook goed in maakte.

Terwijl ik de deur achter me dichttrok, greep ik de koele handgreep even vast, in een poging mijn hartslag te vertragen en te stoppen met gloeien als een rode reus. We speelden gewoon weer het spelletje, dat was alles.

Toen iedereen een uur later uit de vergaderruimte kwam, had ik Coopers agenda georganiseerd, met kleurcodes ellátott en zowel afgedrukt als bijgewerkt op zijn telefoon. Ik had elke dag dat hij geen afspraken had een uur geblokkeerd voor 'Lunch met Marlee'. Ik maakte geen grapjes over de lunches. Ik ging het meeste halen uit mijn drie weken met Cooper. Nu de schuine blikken van Alicia en Jackson er niet waren, zou ik eindelijk de moed verzamelen om Cooper te laten zien wat ik voor hem voelde, en lunches buiten kantoor – en afhaalmaaltijden tijdens het late doorwerken – waren de perfecte gelegenheid.

Tyler maakte er een heel spektakel van om zijn colbert op te pakken toen hij langs mijn bureau liep, en hij gaf me een van zijn Texaanse knipogen. Maar een collega wachtte op hem bij de deur naar het trappenhuis, dus hij bleef niet bij mijn bureau hangen.

In plaats van direct naar zijn kantoor te gaan, liet Cooper een in kaki geklede heup op mijn bureau rusten. Hij hield zijn telefoon omhoog. 'Bedankt voor het synchroniseren van mijn agenda.'

'Geen probleem. Jackson heeft ook graag een papieren versie, dus die heb ik op je bureau gelegd. Laat me weten als je in de toekomst geen printje meer wilt.'

'Is goed, bedankt.' Hij keek over mijn schouder naar de deur van het trappenhuis, waar Tyler en zijn teamgenoot stonden te praten. Met zachte stem zei Cooper: 'Hij ziet er uitgeput uit. Is dat jouw schuld?'

Mijn schuld? Hij zag er beter uit dan zondagochtend. Hij had me zelfs die flirterige knipoog gegeven. 'Wat bedoel je?'

'Heb je ons jongen te laat opgehouden?' vroeg hij, en keek indringend naar Tylers colbert, dat over zijn arm hing.

Grote Sir Isaac Newton.

Ik reikte naar mijn flesje water, maar miste en stootte het omver over mijn bureau. Ik schoot overeind uit mijn stoel, pakte een rol keukenpapier uit mijn la en begon de rommel op te deppen.

'Ik kan niet geloven—' zei ik, veel te hard, voordat Cooper me een 'rustig aan'-gebaar gaf. Ik ging verder op fluisterschreeuw-toon: 'Ten eerste gaat het je niets aan met wie ik—' Hoewel ik wenste dat het wel zo was. 'Ten tweede, we slapen *niet* met elkaar.' De deur naar het trappenhuis sloeg achter me dicht en ik kromp ineen.

'Echt waar.' Coopers stem was vlak, sceptisch.

Nepdaten was één ding. Doen alsof je met elkaar naar bed

ging, was een stap te ver. Cooper was te veel een gentleman om een serieuze relatie te verbreken. 'Echt. We hebben iets vrijblijvends. We kijken of we meer willen zijn dan vrienden.'

'Het leek erop dat jullie het goed met elkaar konden vinden, met al dat gedans.'

Was dat een sprankje jaloezie in zijn oog? Had Operatie Droomprins echt gewerkt?

'We, eh, we doen het rustig aan.' Dat was waar. Ik hoopte dat we konden vergeten hoe ik het had proberen te verpesten door onze nepkus in een echte vrijpartij te veranderen. Ik kon dat niet nog eens laten gebeuren.

Hij haalde zijn schouders op. 'Je zag er gelukkig uit.'

Cooper gaf me zowat een whiplash met zijn 'date geen collega's'-toespraak, gevolgd door 'Je zag er gelukkig uit.' Maar was ik dat geweest? Ik had mijn emoties van het weekend nog steeds niet op een rijtje. Ze lagen door elkaar in me, als de foto's op mijn telefoon, onbekeken. Ik gooide het doorweekte papier in de prullenbak en keek hem boos aan. 'Maak geen aannames.'

Hij trok een grimas. 'Marlee, je weet dat ik—'

Mijn telefoon ging over, en een snelle blik vertelde me dat het Jacksons lijn was. Ik stak een vinger op en nam de hoorn op.

Een nies klonk door de telefoon, gevolgd door een natte snuif. 'Marlee, met Audrey Jones. Ik heb uw hulp nodig.'

Waarom belde Jacksons moeder mij? Een koude rilling schoot door me heen. 'Is alles goed met Jackson en Alicia?' Cooper was van mijn bureau af gekomen en stond op het punt om terug te keren naar zijn kantoor, maar hij verstijfde.

'Natuurlijk. Ik weet zeker dat het goed met ze gaat. Ik ben het' – ze niesde weer – 'die niet in orde is.'

'Wat is er aan de hand?' Ik wuifde Cooper weg en articuleerde met mijn lippen, *Met hen is alles oké.*

'We passen op hun kat, Tigger, terwijl ze op huwelijksreis zijn, en mijn – mijn' – nog een nies – 'mijn allergiemedicijnen werken niet. Zou u het erg vinden om voor hem te zorgen?'

Een kat. In ons huis. Met papa. Ik kneep mijn ogen dicht en

schudde mijn hoofd. Maar Alicia hield van die kat. Dus zei ik: 'Nee, mevrouw Jones. Dat vind ik helemaal nicht erg.'

'Dank u. Kan ik hem met een chauffeur naar uw kantoor sturen? Denkt u dat u vroeger weg zou kunnen van kantoor om hem naar huis te brengen?'

Ik zou mijn eerste lunch met Cooper missen, maar ik stelde me Alicia voor, eindelijk zorgeloos, op het strand in Fiji. 'Dat is prima. Dank u wel.'

Nadat we hadden opgehangen, klopte ik op Coopers deurpost.

'Sorry, de lunch moet ik aan me voorbij laten gaan. Jacksons moeder is allergisch voor Tigger, en ze stuurt hem met me mee naar huis. Nu.'

Hij fronste. 'Arme Audrey.'

'Arme Marlee. Wat moet ik met een kat?' We hadden nog nooit een vis gehad.

'Heb je Tigger al ontmoet? Hij houdt van iedereen. En hij slaapt de hele tijd. Zet zijn mandje gewoon bij een zonnig raam, en je zult drie weken lang geen geluid van hem horen.'

Ik maakte een ontwijkend geluid. Ik hoopte dat de kat geen problemen zou veroorzaken. Ik had thuis al genoeg aan mijn hoofd.

Ik draaide me om om te gaan. 'Bel me als je iets nodig hebt.'

'Mm-hm.' Hij zat alweer met zijn neus in zijn computerscherm.

Ik sleepte me terug naar mijn bureau om in te pakken. De stand was Noodlot - 2, Marlee's romantische plannen - 0.

———

DIE AVOND, terwijl ik mijn bekraste armen waste in de gootsteen van de keuken, berekende ik in mijn hoofd de uren die ik met Tigger zou moeten doorbrengen tot Jackson en Alicia terug-kwamen van hun huwelijksreis. Onder de keukentafel likte de kat nonchalant een poot en wreef die over zijn oor.

'Vierhonderdzesenvijftig uur, kat. Kunnen we zo lang geen vrienden zijn?'

Hij draaide zijn oren naar achteren en siste naar me.

Misschien moet ik meer tijd op kantoor doorbrengen. Dat zou de tijd met Tigger minimaliseren en de tijd met Cooper maximaliseren. Maar wie zou er dan voor papa zorgen? 'Oké, misschien is vrienden te veel gevraagd. Kunnen we elkaar niet gewoon negeren?'

Hij stond op, draaide me zijn oranje-gestreepte rug toe, en plofte weer neer, met zijn trillende staart naar mij gericht. Ik sloot mijn ogen en zuchtte door mijn neus.

Papa kwam binnen. 'Zonneschijn, tegen wie was je aan het praten?'

'Gewoon tegen de kat.'

Hij fronste zijn wenkbrauwen. 'We hebben geen kat.'

Dat bekende gevoel schoot als een taser door mijn borst. 'Papa, weet je nog, ik vertelde je over Tigger toen ik thuiskwam. We passen op hem voor Jackson en Alicia.'

Zijn uitdrukking veranderde niet, maar hij zei: 'O ja. Nou, goedenacht.'

Een kleine verspreking. Dat was alles. Hij was prima in het weekend. De hele dag prima. Ik was mijn vader niet aan het verliezen. Hij was moe en was het vergeten.

Ik staarde naar de kat die net zo min in ons huis wilde zijn als ik hem er wilde hebben.

'Lastpak,' gromde ik. Als het niet voor Alicia en Noah was, die van die kat hielden, zou hij op zijn harige kont de deur uit vliegen. Godzijdank voor Operatie Droomprins. Het zou me de afleiding geven die ik nodig had om de komende negentien dagen door te komen.

13

'BEDANKT, MARLEE. IK WAARDEER JE HULP.' Cooper keek niet op van zijn monitor toen hij sprak.

Op woensdagmiddag had ik nog geen enkele vooruitgang bij hem geboekt, zelfs niet als zijn onofficiële assistente. We hadden genoeg tijd samen doorgebracht, maar de meteoren van affectie die ik zijn kant op wierp, verbrandden steeds tot as in de dikke sfeer van professionaliteit waarmee hij zich omringde.

Ik stond voor zijn bureau en hield mijn hoofd schuin. 'Heeft u nog iets anders nodig?' Hij zag er lang niet zo gestrest uit als voor de bruiloft. Maar er was iets in de manier waarop zijn schouders hingen – schouders die hij normaal gesproken rechtop hield als een viersterrengeneraal – en de manier waarop zijn borst zijn hart leek te beschermen. Ik wilde met mijn vingers door zijn haar gaan en de lijnen op zijn voorhoofd gladstrijken. Ik wenste dat ik zijn luxe schoenen kon uittrekken en hem een voetmassage van Tyler-kwaliteit kon aanbieden, maar ik had Dreuzelvingers.

Had Jamila hem gekwetst? Hadden zij aan het einde van het huwelijksweekend ook ruzie gehad? Zelfs ik kon mezelf daar niet van overtuigen. Ze had hem elke dag gebeld, hoewel hun gesprekken kort waren geweest.

Zo was Cooper al sinds de bruiloft: kortaf. Tijdens de lunch van vandaag ging het prima zolang we het over werk hadden. Hij had het over zijn aanstaande reis naar de kantoren aan de oostkust gehad, totdat ik bijna met mijn gezicht in mijn Cobb-salade was beland. Maar toen ik hem vroeg wat hij na het werk deed als hij op reis was, had hij me met een schuin hoofd aangekeken en één woord gezegd: 'Werken.'

Ik had aangedrongen. Hij had toch vast wel een favoriet restaurant of een favoriete bar in New York. Een plek waar hij en Jackson tijdens een van hun vele reizen naartoe waren geweest. Maar zijn mond was stijver op elkaar geklemd dan de deurafdichting van zijn Porsche en hij had gemompeld dat hij geen tijd had voor ontspanning.

Hij schraapte zijn keel.

Oeps. Hoe lang had ik daar al staan staren? 'Dus verder niets?'

'Nee. Bedankt.'

Met mijn tablet tegen mijn borst geklemd, draaide ik me om en liep over zijn zachte tapijt naar de deur. Dat was precies wat hij nodig had: ontspanning. Zich laten gaan, relaxen. Ik zou hem daarbij kunnen helpen. Als hij me maar zou laten. Hoe kon ik hem overtuigen om me te laten helpen met Operatie Hakuna Matata?

Verzonken in mijn gedachten merkte ik de bezoeker die bij mijn bureau stond pas op toen ik bijna tegen hem aan liep.

'Tyler! Ik wist niet dat je naar boven zou komen.'

'Hé.' Hij pakte een kersensnoepje uit de schaal op mijn bureau en draaide het tussen zijn vingers. Die vingers. Ik had er nog nooit een tweede keer bij nagedacht, en nu was ik er op de vreemdste momenten door gefixeerd. Waarom?

Ik knipperde met mijn ogen en ging op mijn stoel zitten, waarbij ik mijn blik op zijn gezicht hield in plaats van op die gevaarlijke handen. 'Wat kan ik voor je doen?'

Hij keek me aan en na een seconde krulden zijn mondhoeken omhoog. 'Ik heb je de laatste tijd niet in de kantine gezien. Hoe gaat het met je?'

'Goed. Druk. Ehm...' Ik keek over mijn schouder om te zien of de deur van Coopers kantoor dicht was. 'Nog steeds bezig met Operatie Droomprins. We zijn de laatste tijd samen gaan lunchen.'

Hij stopte het snoepje in zijn mond en sprak eromheen. 'Goed. Blij dat het werkt.'

'Ik weet niet of ik zou zeggen dat het *werkt*. Ik heb niet veel vooruitgang geboekt.' Ik logde weer in op mijn computer en wierp een blik op de tientallen e-mails die waren binnengekomen terwijl ik in Coopers kantoor was.

'Kan ik iets voor je doen?'

Tylers vingers trommelden tegen de zijkant van zijn been. *Niet naar de vingers kijken!* Deze seksuele droogte begon me echt parten te spelen. Misschien had ik een nieuwe vibrator nodig. Mijn laatste paar sessies met De Cooper – ja, ik gaf mijn seksspeeltjes namen – waren teleurstellend geweest. 'Nee, bedankt. Ik blijf het proberen. Het zijn nog maar een paar dagen.'

'Dan houd ik je niet langer op.' Maar hij ging niet weg. Hij opende zijn mond en sloot hem weer. En dat trok mijn blik naar zijn lippen. Die roze gekleurde lippen van het kersensnoepje, die me zaterdagavond buiten zinnen hadden gekust. *Nee! Absoluut niet denken aan het kussen van mijn vriend.*

Bij de Kepler-telescoop, waar *kon* ik kijken? Zijn neus. Ik had totaal geen seksuele gevoelens bij zijn neus. Hij had een mooie neus. Recht. Hij zou in mijn nek drukken terwijl hij...

Ik slikte en legde een stapel papieren op mijn bureau recht. 'Tyler, wat heb je nodig?'

'Een groepje van ons gaat vanavond uit. Voor de borrel.' Hij tikte tegen zijn dij. 'Wil je mee? Niet... niet als je het druk hebt. Dan moet je dat gewoon gaan doen.'

'Wat doen?'

'Wat je ook van plan was.'

'Oh.' Vroeger was ik spontaan. Toen ik studeerde, ging ik na de colleges naar de kamer van een vriend om videogames te spelen. Of een biertje drinken met Jackson na het werk. Maar op woensdag ging Alma naar koorrepetitie, en ik haatte het idee om pap alleen te laten. Bovendien zou hij Tigger nooit eten geven. En wie wist tot welk kwaad een hongerige Tigger in staat was?

Maar de gedachte om nee te zeggen tegen Tyler, net nu we de vriendschap herstelden die ik in het weekend bijna had verwoest, bezorgde me koude kriebels in mijn buik. Hij had zijn best gedaan door me te vragen om met hem en zijn collega's mee te gaan. Ik moest het ook proberen.

'Vanavond kan ik niet. Ik moet vooruit plannen om dingen te regelen voor pap en Tigger.' Hij knipperde een paar keer met zijn ogen, maar voordat hij de vragen kon stellen die ik achter die hazelnootkleurige ogen zag ontstaan, haastte ik me verder. 'Wat dacht je van morgen? Dan kan ik mijn buurvrouw vragen om een oogje in het zeil te houden.'

Zijn schouders zakten in. 'Mijn broer komt morgen naar de stad. We gaan uit eten.'

'Oh. Nou, dan...'

Hij schudde zijn hoofd. 'Kom mee. Kom met ons mee. Raleigh is niet zo erg.'

'Welke is Raleigh ook alweer?'

'Die football speelde bij SMU. Nu zit hij in de verkoop.'

Ik wilde niet het derde wiel aan de wagen zijn bij zijn etentje met zijn broer. Maar ik wilde ook geen nee tegen hem zeggen.

'Vind je het echt niet erg?'

Zijn mondhoeken trokken strak, maar toen zei hij: 'Nee. Ik laat hem beloven zich van zijn beste kant te laten zien.'

'Oké.'

'Oké.' Zijn toon werd lichter. 'Dan kom ik je hier morgen om zes uur ophalen.'

Ik knikte. Toen hij zich omdraaide en naar de trap liep, keek ik bewust de andere kant op. Raleigh was niet de enige die op zijn gedrag moest letten.

———

DE VOLGENDE AVOND kwam Tyler vijf minuten te vroeg aan bij mijn bureau, en ik was er niet klaar voor. Niet omdat ik me moest optutten om uit te gaan met mijn werkmaatje en zijn broer. Zelfs niet omdat ik er emotioneel niet klaar voor was om weer in een sociale situatie te zijn met mijn vriend nadat hij mijn naar seks snakkende hormonen had getriggerd. Oké, dat was misschien een leugen.

Wat me het meest onvoorbereid maakte, was dat ik niet zeker wist of het goed ging met pap.

Het was prima met hem gegaan sinds ik terug was van de bruiloft. Sterker nog, vanmorgen had hij me een fijne dag op mijn *werk* gewenst, niet op school. Maar toen ik hem rond halfzes belde, een halfuur voordat onze buurvrouw Alma langs zou komen, had hij me drie keer gevraagd wanneer ik naar huis kwam.

Ik had Alma gebeld en haar gevraagd om al eerder langs te gaan om te kijken hoe het met hem ging. Na ongeveer twintig minuten had ze gebeld en me verzekerd dat alles in orde was. Aan de geforceerde vrolijkheid in haar stem vermoedde ik dat ze iets had gedaan om hem tot bedaren te brengen, zoals hem uit bed praten of hem helpen zijn wandelstok te vinden – misschien wel allebei. En het vervelende was dat ik die eikel, Tigger, op de achtergrond hoorde spinnen. Ze had hem *lindo* genoemd.

Dus toen Tyler de trap opkwam net nadat ik met Alma had opgehangen, was ik er niet klaar voor om de leuke werkvriendin te zijn die ik moest zijn. En dat was te zien.

'Wat is er mis?' Hij tikte met zijn vingers tegen zijn spijkerbroek.

'Niets. Alles gaat goed.'

'Er is iets mis. Je kunt het me vertellen.'

'Het is mijn vader. Hij klonk vreemd toen ik belde om te vragen hoe het met hem ging.' Ik had hem nog steeds niets verteld over paps verwarde momenten. Als ik het hardop zou zeggen, zou het misschien erger klinken dan het was. En misschien zou het dan zelfs waar zijn.

'Vreemd?'

'Gewoon... verward. Dat heeft hij soms.'

'Moet je vanavond afzeggen?' Hij stak zijn handen in de zakken van zijn spijkerbroek.

Dat had gekund. Misschien had ik naar huis moeten gaan om zelf bij pap te kijken. Maar dan zou ik mijn belofte aan mijn vriend breken. Bovendien had Alma gezegd dat alles goed met hem ging. En ze had mijn nummer voor het geval dat veranderde.

'Nee, het is goed. Waar spreken we af met je broer?'

'Bij een Italiaans restaurant tussen hier en zijn hotel. Het is niet ver. Wil je lopen?'

Ik keek op naar het dakraam. Geen regen. 'Zeker.'

Buiten de draaideur van het Synergy-gebouw was de mist opgekomen, koud en klam. De achterlichten van auto's die vaststonden in het verkeer gloeiden in de nevel. Kantoormedewerkers en toeristen drongen langs elkaar op de stoep.

Tyler boog zijn elleboog naar me toe. 'Laten we gaan.'

Ik haakte mijn hand door de zijne en liet me in zijn geruststellende warmte trekken. Hij leidde me naar het park, dezelfde richting als waar ik een paar weken geleden met Jackson had gelopen. Misschien konden we de weg terugvinden naar hoe we toen waren, voordat ik de sfeer raar had gemaakt.

'Je mag me zeggen dat ik me er niet mee moet bemoeien, maar wat is er mis met je vader?', vroeg hij.

Of misschien ook niet. Ik trok mijn hand terug en stopte hem in de zak van mijn eigen jas. Maar als we elkaar wilden vertrouwen, moest ik het vertellen.

'Je hebt hem ontmoet op het verlovingsfeest van Jackson en Alicia. Hij gebruikt een wandelstok. Omdat hij een paar jaar geleden zijn been heeft gebroken en het niet helemaal goed is genezen. Hij probeerde weer aan het werk te gaan, maar hij... het werkte niet. Zijn pijnstillers maken hem soms verward. Dus hij is nu de hele tijd thuis. Ik maak me zorgen om hem.'

We stopten bij het kruispunt en Tyler keek me aan, zijn ogen donker in de schemerige straat. 'Zou je je beter voelen als je naar huis ging?'

Ja. Nee. 'Het gaat echt goed met hem. Onze buurvrouw is bij hem.'

'Maar hoe gaat het met jou? Voor een gehandicapte ouder zorgen is veel.'

'Met mij? Met mij gaat het prima. Hij heeft altijd voor mij gezorgd. Nu is het mijn beurt. We redden ons wel.' Ik haalde diep adem. Ik had hem de rest ook nooit verteld, en was er altijd in geslaagd om van onderwerp te veranderen voordat ze ter sprake kwam. 'Mijn moeder is overleden toen ik klein was.'

Het licht werd groen en we staken de straat over. Toen we aan de overkant waren, legde hij zijn arm om mijn schouders en omhelsde me zijdelings, heel even, zoals jongens dat bij elkaar doen. Daarna stopte hij zijn handen in zijn jaszakken. 'Dat spijt me.'

'Bedankt.' Praten over mijn overleden moeder was altijd een sfeerdoder, dus ik zei: 'Jij hebt een groot gezin, toch? Vier broers?'

'En een zus.' Hij staarde voor zich uit, de stoep af. 'Raleigh – eigenlijk mijn hele familie – kan een beetje…' Hij blies een ademwolk uit, die een seconde zichtbaar was in de kille lucht voordat hij opging in de mist. '…intens zijn. We maken veel grappen, meestal ten koste van elkaar.' Hij stopte voor een restaurant met een glazen pui waar obers tussen witte tafelkleden en glimmende metalen accenten zweefden. 'Hier is het. Alleen…' Hij trok een grimas. 'Negeer alles wat hij zegt.'

Hij hield de deur voor me open en ik liep naar binnen. Ik hoefde niet eens te raden wie Raleigh zou kunnen zijn. In de kleine wachtruimte van het restaurant stond Tylers tweelingbroer. Nou ja, geen tweeling, maar een forsere, iets oudere versie. In plaats van Tylers open uitdrukking, trok een grijns zijn lippen omhoog.

'Ty!' Raleigh strekte zijn armen uit om zijn broer te omhelzen en sloeg hem op zijn rug. Toen hij me aankeek, waren zijn ogen effen bruin, zonder de kleurschakeringen die Tyler had. 'Wie is dit?'

Tyler duwde zich los uit Raleighs berenknuffel. Hij hield zijn handen langs zijn zij en zei: 'Marlee, dit is mijn broer Raleigh. Raleigh, dit is mijn vriendin Marlee Rice.'

Omdat ik niet verstrikt wilde raken in Raleighs potige armen, stak ik mijn hand uit. 'Leuk je te ontmoeten.'

Hij schudde mijn hand zachter dan ik had verwacht. 'Wel, wel, wel.'

'Zullen we een tafel nemen nu we er allemaal zijn?', vroeg Tyler. Zonder op antwoord te wachten, liep hij naar de gastvrouw. Ze bracht ons rechtstreeks naar een tafeltje achterin, waar Tyler en ik tegenover Raleigh zaten.

Terwijl we het menu bestudeerden en bestelden, wisselden de twee broers nieuwtjes uit. Raleigh was in de stad om het hoofdkantoor van zijn bedrijf te bezoeken, zoals hij drie of vier keer per jaar deed. Hij had hun ouders het vorige weekend gezien en meldde dat ze in goede gezondheid verkeerden maar Tyler misten. Hoe lang was het geleden dat hij thuis was geweest? Weken? Maanden? Langer? Raleigh impliceerde dat het eerder aan de *lange* kant was.

Tyler vertelde Raleigh over zijn appartement in de Excelsior – een krot, noemde hij het, met een verontschuldigende blik naar mij. Ik was er nog nooit geweest, maar zo erg kon het niet zijn. Het vastgoed in San Francisco was duur, maar Synergy betaalde ontwikkelaars goed. En hij vertelde zijn broer over zijn werk. Het ging goed, zei hij. Ik opende mijn mond om hem te corrigeren – Tyler was de protegé van Jackson, wat iets zei over zijn talent en vooruitzichten – maar de ober kwam met onze maaltijden, en ons gesprek ging over het eten en de favoriete restaurants van de broers in Dallas.

Raleigh legde zijn vork neer en slikte een hap rigatoni door. 'Het repetitiediner is bij Carolina's. Bella wilde iets chichi.'

Tyler mompelde iets in zijn kip.

Omdat ik vond dat Raleigh een beter antwoord verdiende dan dat, zei ik: 'Ben jij degene die gaat trouwen?'

Hij knikte. 'Deze zomer. Met mijn vriendinnetje van de universiteit. Hoewel ik haar al van daarvoor kende. We zaten op dezelfde middelbare school, maar ze is een paar jaar jonger. Jouw jaargang, toch, Ty?'

'Ja.' Hij boog over zijn bord en prikte met zijn vork in een stukje kip.

Raleigh leunde achterover in zijn stoel. 'Maar nu ik erover nadenk, herinner ik me dat ze soms bij ons thuis was. Ze was met iemand bevriend. Misschien ging ze met een van ons naar het schoolbal?'

Tyler liet zijn vork met een kletterend geluid op zijn bord vallen dat door de rumoerige eetzaal galmde. Terwijl hij zijn broer aanstaarde, spuugde hij: 'Vrienden. Ik had zes maanden verkering met haar, eikel.'

Mijn hart stond stil. Raleighs glimlach bevroor op zijn gezicht en zijn ogen werden groot. Ik had tijd om twee scenario's door te nemen waarin ik tussen hen in sprong zonder marinarasaus op mijn osteroze rok te krijgen – helaas waren beide zelfs in mijn verbeelding totale mislukkingen – toen Raleigh begon te grinniken. Daarna escaleerde het in een bulderende lachbui die ervoor zorgde dat mensen aan de omliggende tafels hem geamuseerde blikken toewierpen. Raleigh had een geweldige lach. Jammer dat hij zo'n enorme klootzak was.

'Dat wist ik. Ik nam je gewoon in de zeik.'

'Sukkel,' mompelde Tyler. Toen keek hij op naar mij. 'Sorry.'

'Terecht,' fluisterde ik. Ik had nooit een broer of zus gehad, maar Raleigh had vast de ongeschreven regels overtreden door met de ex van zijn broer uit te gaan. En toen maakte hij er een *grapje* over? Wat een…

'Maar als je was gaan sporten zoals de rest van ons, had je haar misschien kunnen behouden.'

Ik klemde mijn mond op elkaar en ademde in door mijn neus.

'Deze gozer...' Raleigh zwaaide met zijn vork naar Tyler. '...had voor UT kunnen spelen.'

Tyler rolde met zijn ogen.

'Maar hij zat liever in de bibliotheek achter een computer dan dat hij naar de training ging. Of zich met de rest van ons bemoeide.'

Tyler leunde achterover in zijn stoel. 'Ik was altijd jouw keeper, catcher, center. Jij liet me nooit als aanvaller, korte stop of quarterback spelen.'

Raleigh haalde zijn schouders op. 'We wisten niet dat je dat wilde. Je had iets kunnen zeggen.'

Tyler zette zijn waterglas met een plof neer. 'Dat deed ik.'

'Pff. Dan had je het maar harder moeten zeggen.'

Misschien had ik het al die jaren mis gehad toen ik een broer of zus wilde. Ik keek op mijn telefoon. Geen berichtje van Alma. En ik had nog genoeg tijd voor de laatste trein. Ik wierp een blik op Raleigh. *Helaas.*

Hij kauwde met een afwezige blik en legde zijn vork neer. 'Alhoewel, als ik meer tijd in de bibliotheek had doorgebracht, had ik misschien net zo'n lekker kantoorbaantje als jij gehad.'

'Jij hebt een geweldige baan', zei Tyler. 'Je verdient meer dan genoeg en je bent overal geweest. New York, San Francisco, Singapore...'

'Ja', zei Raleigh. 'Maar Bella heeft er een hekel aan. Ze zou willen dat ik vaker thuis was. Ze wil kinderen.' Hij trok een vies gezicht.

'En jij niet?', vroeg ik hem.

'Ik weet het niet. Misschien. Nog niet. Met drie jongere broertjes en zusjes heb ik mijn portie kinderen wel gehad. Snap je?'

Ik wilde geen medelijden hebben met die eikel, maar misschien had hij wel een punt. Hij had vast zijn portie luiers verschoond, in ieder geval van de twee jongsten.

Raleigh legde zijn vork en mes gekruist op zijn lege bord, en een hulpkelner haalde het meteen weg. Er verscheen een twinkeling in zijn bruine ogen. 'Dus. Hoe lang zijn jullie twee al samen?'

'Dat zijn we niet', gromde Tyler.

'Nee, gewoon vrienden.' Mijn stem klonk te hoog.

Raleigh reikte over de tafel en gaf Tyler een klap op zijn schouder. 'Idioot.' Ze wisselden via oogcontact een soort onuitgesproken broedertaal uit.

Uiteindelijk keek Tyler naar zijn half opgegeten bord. 'Ik denk dat ik dit meeneem naar huis.'

'Dat is mijn broer Tyler. Altijd op zijn meisjesachtige figuurtje letten.' Raleigh klopte op zijn platte buik.

'Jij moet op het jouwe letten', zei Tyler. 'Je bent een paar pond aangekomen, ouwe.'

Tyler kon het dus ook uitdelen. Ik glimlachte en pakte mijn portemonnee. 'Ik moet even bellen. Zal ik je wat contant geld geven om af te rekenen?'

Raleigh keek me aan alsof ik gek was. 'Ik weet niet wat deze oelewapper hier aan de linkerkust doet, maar ik ben niet zo opgevoed dat ik een dame laat betalen voor het eten.'

Tyler rolde met zijn ogen. 'Ik betaal wel, sufferd.'

'Ik declareer het wel.'

Ik liet ze achter terwijl ze ruzieden over de rekening, trok mijn jas aan en liep naar buiten, waar ik onder de druipende luifel ging staan en mijn vader belde.

'Hé, gaat alles goed met je?'

'Natuurlijk, Zonnestraaltje. Ik heb met Alma gegeten en nu kijken Teigetje en ik honkbal. Hij houdt van honkbal, hè, grote jongen?'

'Pap.' Die verdomde kat. 'Vind je het goed als ik wat langer in de stad blijf?'

'Natuurlijk.'

'Wil je controleren of de deuren op slot zijn? En of het fornuis uit is?'

Hij grinnikte. 'Ja, mevrouw. Ik ben hier de vader, weet je nog?'

'Dat weet ik nog.' Hij klonk goed. En ik moest hem echt niet als een kind behandelen. 'Goedenacht. Ik zie je morgenochtend.'

'Welterusten, Zonnestraaltje.'

Ik borg mijn telefoon op. Tyler en Raleigh waren naar buiten gekomen en stonden zachtjes te praten. Toen ik dichterbij kwam, zei Raleigh net: 'Dus wat zeg ik tegen hen?'

'Zeg maar dat ik het niet weet.'

Ik legde een hand op Tylers schouder, zodat hij wist dat ik er was.

'Mam zal haar ogen uit haar kop huilen als je met Thanksgiving niet thuiskomt.'

Tylers schouder spande zich aan. 'Ik denk erover na.'

Raleigh perste zijn lippen op elkaar. Toen stak hij zijn hand naar me uit. 'Marlee, het was me een genoegen.'

'Mmm.' Het zou een leugen zijn geweest om dat gevoel te beantwoorden.

Hij trok Tyler in nog een berenknuffel. 'Tot ziens, man.' Hij draaide zich om en liep weg.

'Jep. Net zo erg als ik dacht dat het zou zijn.' Tyler beantwoordde mijn halve glimlach. 'Moet je meteen naar huis?'

Ik keek op mijn horloge. Ik had nog een paar uur voor de laatste trein. Na dat ellendige etentje kon ik Tyler niet alleen laten. Zijn schouders hingen nog steeds alsof Raleigh hem met een honkbalknuppel had geslagen. 'Niet meteen. Zin in een toetje?'

Hij gooide zijn doggybag in een nabijgelegen vuilnisbak. 'Beste idee ooit.'

OP DIE KILLE AVOND, vlak voor sluitingstijd, waren we de enige klanten in de ijssalon. Tyler vroeg aan de tiener die er werkte welke smaken noten bevatten, en nadat hij een paar notenvrije smaken had geproefd, koos hij voor een dubbele schep gemoute melkchocolade en fudgestrepen met karamelsaus. Ik koos een bolletje romige aardbei-mangosorbet. We gingen bij het raam aan de voorkant zitten, waar de mist tegen het glas likte.

Ik sleepte mijn lepel over de bovenkant van mijn sorbet. 'Is hij altijd zo?'

Hij stak zijn lepel in zijn ijs. 'Ze zijn allemaal zo. Waarom denk je dat ik drieduizend kilometer verderop woon?' Maar zijn glimlach was wrang. 'Het is familie.'

'Doet het geen pijn?'

Hij haalde zijn schouders op. 'Soms.'

Tijdens het eten had hij eruitgezien als mijn vader de keer dat die een nietje door zijn wijsvinger had geschoten.

'Je zou het ze moeten zeggen. Tegen ze ingaan.'

Hij werkte een lepel ijs uit zijn beker. 'Wat hij zei was waar. Ik was altijd de tweede keus in sport. En Bella ging alleen met me uit totdat het duidelijk werd dat ik nooit een topsporter zou worden.'

'Dat is afschuwelijk!' Ik zette mijn beker neer.

Hij haalde zijn schouders op.

Ik schudde mijn hoofd, blij dat ik voor een keer enig kind was. 'Nou, ik vind dat ze je heeft onderschat. Ze hebben je allemaal onderschat. En het is niet eerlijk. Bovendien is je broer een eikel.'

Ik stopte nog een lepel sorbet in mijn mond en keek op om te zien hoe hij me aankeek terwijl ik de lepel uit mijn mond haalde. Zijn adamsappel bewoog toen hij slikte. Mijn eigen keel werd plotseling droog en ik liet mijn blik naar de tafel zakken. Ik moest echt snel die nieuwe vibrator bestellen.

Gelukkig voor mij riep de norse tiener die ons had geholpen: 'Sorry, mensen, we gaan sluiten', en draaide het bordje in het raam om.

We slenterden de donkere, mistige straat op en ontweken toeristen en late avondforenzen. Kleine druppeltjes condenseerden en schitterden op de punten van mijn haar en de mouwen van mijn jas. Klamme lucht kroop over mijn gezicht en in de open kraag van mijn jas. Ik huiverde.

'Koud?', vroeg Tyler.

Dat was een van de dingen die me na de bruiloft in de problemen had gebracht. Ik moest weerstand bieden aan de blootstelling aan Tylers geur, de warmte van zijn lichaam. 'Nee, het gaat wel. Maar ik denk dat ik een taxi naar de trein neem.' Het station was maar een paar straten verderop, maar het was een lange dag geweest en mijn verdediging smolt weg als het ijs dat we net hadden gegeten.

Hij hoestte. 'Ik neem een taxi naar huis en zet je af.'

'Het treinstation ligt niet echt op de route.'

'Dat maakt me niet uit. Ik heb geen haast.'

Voordat ik opnieuw kon protesteren, wenkte hij naar een passerende taxi en toen die stopte, opende hij de deur voor mij. Ik noemde de naam van het station aan de chauffeur, en Tyler, die achter me naar binnen gleed, gaf zijn adres op als de tweede stop. Zelfs zo laat op de avond kroop het verkeer door de straten. Lopen was sneller geweest, maar de taxi was warm en droog. Ik staarde uit het raam en keek hoe waterdruppels trilden en over het glas naar beneden liepen.

Tyler raakte mijn hand aan waar die op de vinyl zitting rustte. 'Bedankt dat je meeging. Het was beter met jou erbij.'

Ik draaide me van het raam af om naar hem te glimlachen. Ik draaide mijn hand om en verstrengelde mijn vingers met de zijne. 'Wanneer je maar emotionele steun nodig hebt tegen je eikel van een broer, laat het me weten.'

'Beloofd?' Hij schraapte zijn keel.

'Wat?'

Hij rolde zijn onderlip tussen zijn tanden. 'Zie je, ik moet van de zomer naar een bruiloft. Al mijn eikels van broers – en mijn zus, die ook een eikel is – zullen er zijn. Misschien kunnen we dat bruiloftsdate-ding opnieuw doen.'

De zomer was nog maanden weg. Maar toen ik aan de arme Tyler dacht op de bruiloft van zijn broer met zijn ex, kon ik geen nee zeggen. 'Als je met niemand anders date die je liever mee zou nemen, dan ga ik met je mee. Dat is wat vrienden doen.'

In plaats van me zijn gemakkelijke glimlach te schenken en mijn aanbod aan te nemen, fronste hij en wreef over zijn keel.

'Wat is er aan de hand?'

Hij bewoog zijn mond voordat hij sprak, alsof hij het uittestte. 'Ik heb jeuk. Vreemd. Alsof ik een reactie heb.'

'Maar je hebt geen macadamianoten gegeten. Helemaal geen

noten.' Mijn brein was traag, als een computer met een overbelast geheugen.

'Weet je nog of een van de smaken naast de chocolade noten bevatte? Misschien hebben ze dezelfde schep gebruikt.'

'Er was een Nutella-smaak in dezelfde vitrine.' Ik herinnerde het me omdat ik had overwogen het te proberen, maar het had uitgesloten vanwege Tylers allergie. 'Daar zitten noten in, toch?'

Hij slikte met moeite. 'Zeker weten.' Hij klopte op de stoel. 'Shit. Mijn tas met mijn EpiPen op kantoor laten liggen.'

'Hé', zei ik tegen de taxichauffeur. 'Kunt u ons naar het dichtstbijzijnde ziekenhuis brengen, alstublieft?'

'Nee.' Tylers stem was schor. 'Ik heb er een in mijn appartement. Het komt wel goed.'

De chauffeur minderde vaart. 'Wat wordt het?'

Mijn hart was op hol geslagen, maar ik begreep dat je niet onnodig naar het ziekenhuis wilde gaan. Tyler had waarschijnlijk net als ik een verzekering met een hoog eigen risico. 'Breng ons naar zijn appartement. In de Excelsior, alstublieft. En haast u.' Ik greep zijn hand vast alsof dat zou helpen.

De rit van vijf minuten naar zijn appartement leek wel vijf uur te duren. Tyler zoog naar lucht, piepend en happend als een emfyseempatiënt. Hij gebruikte één hand om zijn keel te masseren. De andere kneep in mijn hand, alsof hij me gerust wilde stellen. Het werkte niet. Tegen de tijd dat we voor zijn huis stopten, ademde ik hard genoeg voor ons beiden.

Toen hij struikelde, dook ik onder zijn arm en ondersteunde hem de trap op naar zijn appartement. Hij deed de deur van het slot en deed het licht aan. Ik was nog nooit in zijn appartement geweest, maar ik had geen tijd om rond te kijken. Mijn hart sloeg op hol in mijn borst alsof ik degene was met de allergische aanval.

Hij strompelde door een open deur en deed het licht aan. De badkamer was net groot genoeg voor een bad-douchecombinatie, het toilet en een vierkant kastje voor de wastafel. Hij leunde over de wastafel, trok het medicijnkastje open en greep een plastic buisje, dat hij op de aanrecht zette. Hij sloot de deksel van het toilet en klungelde met zijn riem. 'Sorry', hijgde hij, net op het moment dat hij zijn spijkerbroek op de grond liet vallen.

'Maak je daar maar geen zorgen over.' Heilige Hippocrates, maakte hij zich zorgen over het laten zakken van zijn broek midden in een anafylactische reactie? Ik stond bij de wastafel, mijn handen gevoelloos langs mijn zij.

Maar Tyler wist wat hij moest doen. Hij liet zich op de toiletdeksel zakken en haalde met vaste vingers het apparaat uit het buisje. Hij haalde de dop eraf, zette het tegen de buitenkant van zijn dij, net onder de pijp van zijn boxershort, en drukte naar beneden tot het klikte.

'Is dat alles? Is het al klaar?'

Zijn handen trilden toen hij het apparaat op het aanrecht legde. Hij schraapte zijn keel. 'Ja.'

'Mag ik nu 112 bellen?'

'Nee, het komt wel goed.'

'Er staat hier letterlijk dat je onmiddellijk medische hulp moet zoeken.' De woorden stonden boven de afschrikwekkende naald gedrukt.

'Met mij komt het wel goed. Ik heb dit al een paar keer meegemaakt.' Zijn gezicht was zweterig en bleek, maar hij ademde al gemakkelijker. Zijn lippen waren al van blauw naar lichtroze gekleurd.

Toen hij opstond, strekte ik mijn armen naar hem uit alsof ik hem kon opvangen als hij zou vallen. 'Echt, het gaat goed.' Hij hees zijn spijkerbroek op. 'Sorry voor dit alles. Ik bel wel een taxi voor je naar huis.'

Ik sloeg mijn armen over elkaar. 'Ik ga niet naar huis. Ik laat je vannacht niet alleen. Wat als je symptomen terugkomen? Of je een reactie op het medicijn krijgt?'

'Het komt wel goed met me. Echt.'

Ik verroerde me niet. 'Ik blijf.'

'Prima.' Zijn lippen trilden. 'Vind je het goed als ik ga liggen?'

'Oh. Ja, natuurlijk. Geen probleem.' Nu waren niet alleen mijn handen nutteloos; het was mijn hele lichaam. Ik deinsde de badkamer uit en liep achter hem aan door een andere deur naar zijn slaapkamer. Hij schoof de kastdeur open en pakte een kussen en een deken. Hij droeg ze naar de woonkamer, waar een enkele, lange bank voor een salontafel en een televisie stond. Het appartement was klein, niet zo groot als de kleine benedenverdieping van ons huis.

Hij gooide het kussen op de bank en plofte op de kussens neer. 'Jij neemt het bed.'

'Absoluut niet. Je hebt net een medisch noodgeval gehad. Jij slaapt in je bed.' Tyler was koppig, maar niet zo koppig als ik. Ik pakte zijn hand en trok eraan totdat hij opstond. 'Ga maar. Ik geef je een minuutje om je te installeren.'

Fronzend sjokte hij zijn slaapkamer in. Ik belde naar huis om te kijken hoe het met mijn vader ging, en daarna was ik een paar minuten in zijn badkamer om mijn gezicht te wassen en mijn tanden te poetsen met zijn tandpasta en mijn vinger.

Toen ik de slaapkamer in liep, schonk hij me een slaperige glimlach, en mijn hartslag vertraagde eindelijk. 'Voel je je beter?'

'Ja.' De dekens waren tot aan zijn kin opgetrokken. 'Ik adem nu prima. Echt, je kunt naar huis gaan.'

'Geen sprake van.' Ik ging aan de andere kant van het bed zitten, boven op de dekens, en strekte me naast hem uit, mezelf bedekkend met de deken die hij eerder over de bank had gegooid.

'Wat doe je?' De glimlach was verdwenen.

'Er is hier genoeg ruimte. Ik ga ervoor zorgen dat je goed slaapt.'

'Echt waar, ik ben...'

'Ik weet het, ik weet het, het gaat goed met je. Toch blijf ik.' Ik wist niet wat ik zou doen als er iets met mijn vriend zou gebeuren. En ik was niet van plan om daar achter te komen.

Hij deed de lamp uit, en we lagen daar in de stilte.

'We gaan nooit meer terug naar die plek, weet je', zei ik.

'De ijssalon?' Hij grinnikte. 'Zonde. Mijn ijs was echt lekker. Tot het me probeerde te vermoorden.'

Ik legde een hand op zijn borst zodat ik zijn hartslag kon

voelen. Die leek snel, maar was regelmatig. Hij legde zijn hand over de mijne. 'Te vroeg?'

'Absoluut te vroeg. Geen grapjes meer. Ga slapen.'

Zijn vingers werden strakker. 'Bedankt, Marlee. Dat je voor me hebt gezorgd.'

Ik wist dat hij niet alleen zijn allergische aanval bedoelde. Hij had prima voor zichzelf gezorgd. Hij bedoelde met die vreselijke Raleigh.

'Wanneer je maar wilt.' En ik zou wanneer dan ook voor hem zorgen. Net zoals ik voor Alicia zou doen. Ik duwde de gedachte aan wat er met hem had kunnen gebeuren uit mijn hoofd. Ik wist dat ik moeite zou hebben met slapen als ik aan die enge taxirit zou denken.

In plaats daarvan keek ik naar zijn borst die op en neer ging in het zwakke licht dat langs de zijkanten van de luxaflex naar binnen filterde. Zijn ademhaling werd rustiger en langzamer en al snel deed die van mij dat ook.

14

IK WERD WAKKER in het grijze licht van de ochtendschemering, warm en veilig. Maar het was niet mijn kussen onder mijn wang; het was iemands huid.

O. Mijn. God. Wat had ik gedaan?

Ik tilde mijn hoofd op en mijn wang kwam met een zacht, zuigend geluid los van Tylers borst. Ik staarde naar de naakte huid voor me. Op zijn goudbruine schouder zat een tatoeage, een gebogen V met een kleine vijfhoek aan het ene uiteinde en een driehoek aan het andere. Het kwam me vaag bekend voor, maar ik kon niet bedenken wat een V op Tylers schouder zou betekenen. Misschien was het een Y voor Young? Of was hij begonnen aan een tatoeage die er daadwerkelijk als iets uitzag en had hij zich bedacht?

Hij zuchtte en strekte zijn andere arm uit, achter het kussen. De arm die niet strak om mijn middel lag. Mijn – *o, dankzij Gregor Mendel* – volledig geklede middel. Hoewel ik over zijn borst was uitgespreid, lag mijn onderlichaam nog steeds boven op het dekbed. Wat een zuster was ik. Ik was boven op mijn patiënt in slaap gevallen.

Bij het vage licht dat door de luxaflex naar binnen viel, nam ik even de tijd om de ronding van zijn triceps, het platte vlak van zijn borstspieren en de welvingen van zijn buikspieren te bewonderen. Voor iemand die de hele dag achter een bureau zat, was hij opvallend gespierd. Maar ik hield mijn vingers tot vuisten gebald. Vrienden raakten de naakte borst van hun vrienden niet aan. En ze gluurden zeker niet onder het laken dat zijn onderlichaam bedekte.

Maar ik hoefde niet te gluren om te zien dat de onderste helft even... verrassend was. Niet dat ik verrast was dat Tyler een penis had. Natuurlijk had hij die. Ik had er alleen nog nooit een reden voor gehad om erover na te denken. Tot vanochtend, toen zijn erectie een tent onder het laken maakte die groot genoeg was voor...

Ik sloot mijn ogen. Maar ze vlogen meteen weer open. De zachte jersey lakens klampten zich aan hem vast, waardoor de vorm in grafische details werd omlijnd. Ik slikte en wendde mijn blik met moeite af.

Het meubilair in zijn slaapkamer was spartaans: een ladekast en een enkel nachtkastje met zijn bril naast een wekker, waarvan het leddisplay me vertelde dat het ruim na zessen was. *Verdorie.* Het was vrijdag, Cooper had een vroege vergadering en ik moest naar kantoor.

Ik gleed voorzichtig onder zijn arm vandaan. Er verscheen een frons op zijn gezicht en ik verplaatste de hand die op mijn rug had gelegen naar zijn buik. Hij mompelde: 'Prinses', en ik verstijfde, wachtend tot hij zijn ogen zou openen, maar dat deed hij niet. Geen tijd om hem wakker te maken; bovendien had hij na zijn allergische aanval de rust nodig. In plaats daarvan liet ik me van het bed glijden en sloop op mijn tenen de woonkamer in.

Ik zag mijn handtas op de grond bij de deur liggen, waar ik hem had laten vallen tijdens de gehaaste sprint voor de epinefrine van gisteravond. Ik haalde mijn telefoon tevoorschijn, hopend dat Tylers klok ongelijk had over de tijd, maar het was halfzeven. Geen tijd om naar huis te gaan en me om te kleden. Ik zou met de kleren van gisteren naar mijn werk moeten. Terwijl ik een Uber bestelde, trok ik aan mijn beha om de beugel uit de groef te halen die hij tijdens mijn slaap in de zijkant van mijn borst had gemaakt. Au.

Waar had ik mijn jas laten vallen? Ik liep door de kleine kamer totdat het rozige licht dat door het raam naar binnen scheen een vlek lichte stof op de donkere bank verlichtte. Ik liep ernaartoe om hem van het kussen te pakken, maar een gesis deed me schrikken, waardoor ik mijn hand terugtrok. De hoek van mijn oudroze jas stak uit van onder een homp duifgrijze pluis.

Kwaadaardige blauwe ogen – ze hadden bijna dezelfde kleur als die van Cooper – knipperden naar me vanuit een donkergrijs snoetje. Hij blies opnieuw naar me. Had Tyler een... kat? Eentje die me blijkbaar net zo haatte als Tigger. Was ik in een vorig leven een kattenmishandelaar geweest? Een hond? En hoe kon ik niet weten dat mijn vriend een kat had?

'Mooi poesje,' fluisterde ik. 'Kom maar hier.' Ik wenkte hem naar me toe. De kat bleef me strak aankijken. 'Sst. Het is oké.' Ik wist niet of ik tegen mezelf of tegen de kat praatte. Ik strekte voorzichtig een hand uit naar de hoek van mijn jas. De kat gromde en ik drukte mijn hand tegen mijn gekreukte blouse. Nee. Mijn jas was het verlies van mijn typvingers niet waard.

Achter me klonk een schorre stem. 'Morgen.'

'Hoi.' Hij was nog steeds shirtloos en droeg alleen de spijkerbroek van gisteravond, zonder riem en laag op zijn heupen hangend. Bliksemsnel wendde ik mijn blik af. 'Ik heb een vroege vergadering en je kat houdt mijn jas gegijzeld. Kun je...?'

'O. Sorry. Zeker.' Hij pakte de kat op en ik griste mijn jas van de bank.

'Bedankt.'

'Dit is Subha. Ze is heel relaxed.' Met één arm knuffelde hij de kat tegen zijn blote borst en ze spon. Ik nam het haar niet kwalijk. Hij had een comfortabele borst. En o-mijn-hemelse-Leonardo-da-Vinci, hoe sexy was een gespierde borst met een pluizig katje ertegenaan geknuffeld? *Nee.* Mijn vriend was *niet* sexy. Oké, goed, hij was het wel, maar ik voelde me niet tot hem aangetrokken. Helemaal niet.

'Hoe voel je je?' Zijn kleur was beter dan gisteravond. Zijn lippen waren roze en niet langer blauwachtig.

'Beter. Bedankt,' zei hij. Toen hij lachte, nam de spanning in mijn borst af. 'Sorry voor al die kattenharen. Wil je dat ik er een kledingroller overheen haal?'

Ik keek op mijn telefoon, alsof de tijd op wonderbaarlijke wijze achteruit kon gaan lopen. 'Geen tijd. Cooper heeft een vroege vergadering.'

'Dan zit een ontbijt er zeker ook niet in. Geef me een minuutje om me aan te kleden, dan breng ik je wel.'

'Nee, bedankt. Ik heb een Uber gebeld. Jij moet weer naar bed gaan.' Ik onderdrukte de drang om naar hem toe te gaan, hem te omhelzen, een kus op zijn wang te geven. Zeker, hij stond daar, gezond, en lag niet in een ziekenhuisbed met een beademingsbuis. Maar als ik hem aanraakte, zelfs al was het alleen maar om mezelf gerust te stellen dat hij oké was, was ik bang dat ik meer zou nemen dan onze vriendschap toestond.

Ik hield mijn ogen van zijn blote huid af, propte mijn armen in mijn jas en slingerde mijn tas over mijn schouder. 'Tot later.'

Ik haalde de deur van het nachtslot en glipte naar buiten. Terwijl ik de trap afrende, probeerde ik onze paniekerige race de trap op van de avond ervoor te vergeten. Ik was niet meer zo bang geweest sinds papa van die ladder viel. Ik was blij dat ik gisteravond bij Tyler was geweest. Hoewel, als we niet samen waren geweest, zou hij dat besmette ijsje nooit hebben gegeten. De volgende keer zou ik erop toezien dat de ijsschepper een schone lepel gebruikte. Ik zou beter voor mijn vriend zorgen.

Op kantoor klemde ik mijn jas om me heen en snelde langs de beveiliging met een vluchtig zwaaitje. *Niets aan de hand hier.* Boven keek ik door de gang naar Coopers kantoor – nog donker – pakte mijn sporttas en snelde naar Jacksons privébadkamer.

Een paar minuten later rook ik fris en was ik redelijk representatief, genoeg voor een vrijdag bij Synergy. Ik haastte me terug naar mijn bureau, propte mijn tas in een la en liet me in mijn stoel vallen, net toen de lift pingde en Cooper naar buiten kwam in zijn gestreken en gepommadeerde perfectie.

Hij keek verrast op naar mijn bureau. Normaal gesproken zou dat een goede zaak zijn geweest. Vandaag was ik niet zo blij met de extra aandacht. Hij nam mijn paardenstaart en 'Yoga Girls Are Twisted'-T-shirt boven de gekreukte, lichtroze rok van gisteren in zich op.

'Voelt u zich wel goed, Marlee?'

'Ik heb me verslapen.' In zekere zin. Op een omgekeerde manier. Ik staarde in zijn ogen en daagde hem uit mijn bluf door te prikken.

Hij krabde in zijn nek. 'Ik weet dat Jackson niet strikt is wat de kledingvoorschriften betreft, maar ik geef er de voorkeur aan dat mijn assistente mij op een professionele manier vertegenwoordigt. Zelfs op een vrijdag.'

De blos begon op mijn borst en schoot omhoog tot in mijn haarwortels. 'Sorry, Cooper. Het zal niet meer gebeuren.'

'Oké dan. Kunt u de conferencecall starten?'

'Natuurlijk.' Ik opende de vergaderapplicatie op mijn scherm, dankbaar dat ik hem niet in de ogen hoefde te kijken. Hij draaide zich om, liep zijn kantoor in en deed de deur dicht.

Ik belde het kantoor in Londen, zette Cooper in de conference-call en verbrak mijn eigen lijn. Toen zakte ik in mijn stoel en blies de lucht uit mijn longen. Het zou een lange dag worden. Ik pakte mijn telefoon om papa te bellen en zag een sms'je.

TYLER

Alles OK?

Hysterisch gelach borrelde op achter mijn gesloten lippen. Alles was *niet* oké. Mijn crush had me aangesproken op onze niet-bestaande kledingvoorschriften. Ik had mijn vriend bijna de dood ingejaagd en was vervolgens in slaap gevallen op zijn naakte borst. Bovendien had ik papa de hele nacht alleen thuisgelaten.

Maar niets daarvan was zijn schuld.

Jep

Ik belde papa.

'Hoi,' zei ik toen hij opnam. 'Nogmaals sorry voor gisteravond. Ik moest een vriend helpen.'

'Maggie?'

Ik kromp ineen en wreef over mijn slaap. 'Nee, pap, het is Marlee.'

'Zonneschijn! Alles goed met je?'

'Ja, prima. Hoe is het met jou?'

'Goed, goed. Vanmiddag is er een playoffwedstrijd. Wat dacht je van taco's als avondeten?'

De scherpe pijn in mijn slaap nam een beetje af. 'Geweldig. Ik zie je vanavond thuis, oké?'

'Tot straks, lieverd.'

Ik legde mijn telefoon neer en leunde met mijn hoofd in mijn handen over mijn bureau, dankbaar, zo dankbaar dat hij oké was. Maar wat als hem iets was overkomen? Ik was echt een verschrikkelijk mens. Als boetedoening zou ik niets anders doen dan werken en thuisblijven bij papa.

Wacht. Bij hem thuisblijven zou geen straf moeten zijn. De man had mijn hele leven voor me gezorgd. Ik was een ondankbare dochter. Ik trok aan mijn paardenstaart.

Uiteindelijk kreunde ik en richtte ik mijn aandacht op mijn computer.

Verzonken in mijn ochtend-codereview, hoorde ik de voetstappen niet naderen en sprong ik op toen er een koffiebeker en een papieren zakje op mijn bureau ploften. Tyler stond voor me, een fles Mountain Dew in zijn hand en een brede grijns op zijn gezicht.

Net toen hij zijn mond opendeed, dook Cooper op.

Ik rukte mijn ogen los van Tylers gezicht en gaf Cooper een strakke glimlach. 'Wat kan ik voor u doen, Cooper?'

Zijn blik ging naar Tyler, de koffiebeker en mijn yogashirt –

opnieuw. Zijn wenkbrauwen gingen omhoog. 'Morgen, Tyler.' Hij glimlachte zelfgenoegzaam.

'Morgen,' gromde Tyler.

Ik knikte met mijn kin naar de koffie die hij voor me had meegebracht. 'Bedankt. Ik zie je later.'

Zijn mondhoeken trokken strak voordat hij zich omdraaide en terugliep naar het trappenhuis.

Nadat de deur was dichtgevallen, wiebelde Cooper met zijn dikke wenkbrauwen naar me. 'Verslapen, hè?'

Ik kneep mijn ogen tot spleetjes. Cooper leek helemaal niet jaloers. Hij leek... opgetogen. 'Ik heb vannacht bij Tyler geslapen. Onverwacht.'

Zijn wenkbrauwen gingen omhoog. 'Dus er *is* iets gaande.'

Ik bracht de koffie naar mijn lippen. Het smaakte naar pumpkin spice en oneerlijkheid. Ook al was alles wat ik tegen hem had gezegd waar, het voelde alsof ik tegen Cooper loog. Een relatie gebouwd op een leugen zou geen standhouden. Voordat hij op reis ging, zou ik schoon schip maken. Over Tyler en over mijn gevoelens voor Cooper.

Die laserstralen van ogen bestudeerden me opnieuw, alsof ze door mijn onzin heen probeerden te branden. Eindelijk knipperde hij en leunde met een heup op mijn bureau. 'Hé, ik heb kaartjes voor een musical en ik vroeg me af...'

Heilige Hubbletelescoop. Hij ging me eindelijk uitvragen. Ik hield mijn adem in, wachtend op de woorden.

'Ze zijn voor volgende week en dan ben ik weg. Zou u ze willen hebben? Ik weet dat u een fan bent van musicals. U zou Tyler kunnen meenemen.'

Ik zakte in elkaar. Ook al wilde ik al voor altijd een professionele musicalvoorstelling zien. 'Zeker. Ik bedoel, ja, dat zou geweldig zijn. Dank u.'

Toen hij fronste – waarschijnlijk vanwege mijn ondankbaarheid – liet ik mijn blik naar mijn bureau zakken. Mijn telefoon lichtte op en ik griste de hoorn van de haak, dankbaar voor een onderbreking van die laserblauwe blik.

José van de beveiliging zei: 'Marlee, uw bezoeker is hier.'

'Bezoeker?' Wie zou er nou voor *mij* komen?

'Hij zegt dat hij een afspraak heeft.'

Ik opende mijn agenda en vond de afspraak voor een interview met een andere kandidaat voor de positie van Coopers assistente. Ik was zo in beslag genomen door alles dat ik het vergeten was. De kandidaat van vandaag was tenminste een man. Een man zou mijn minder dan professionele T-shirt en gekreukte rok niet opmerken, in tegenstelling tot de vrouwen die ik de hele week had geïnterviewd.

'Bedankt. Ik kom zo naar beneden.'

Cooper stond nog steeds voor mijn bureau. 'Ik ga een andere kandidaat voor u interviewen,' zei ik, terwijl ik mijn map met cv's uit de dossiermap trok. 'Wilt u meekomen?'

Hij rilde en deed een stap achteruit. 'Nee, bedankt. Ik heb veel werk te doen.'

Ik schudde mijn hoofd naar hem en hij draaide zich om en haastte zich terug naar zijn kantoor. Lafaard.

Ik pakte de koffie die Tyler voor me had meegebracht – hij moest wel de beste vriend ooit zijn – en gluurde in het zakje. Binnenin zat de papieren gebakshoorn die ik had verwacht, boven op een in plastic verpakte kledingroller. Ik grinnikte.

Maar terwijl ik met de lift naar de begane grond ging, stierf de glimlach op mijn gezicht. Als de kandidaat van vandaag gekwalificeerd was, zou hij me vervangen in mijn tijdelijke rol als Coopers assistente. Geen een-op-een lunches meer, geen excuses meer om zijn kantoor binnen te lopen, geen kansen meer om hem te helpen met laat werk.

Mijn tijd raakte op.

———

ATUURLIJK KWAM ZE naar Synergy op de dag dat ik een T-shirt droeg en mijn ongewassen haar in een paardenstaart had.

Jamila Jallow, haar eindeloos lange benen in een broek met

hoge taille en een Burberry-regenjas die aan de voorkant open was om een kasjmieren trui en een zijden sjaal te onthullen, leunde tegen de beveiligingsbalie en kletste met José.

'Goedemorgen, Jamila.'

'Goedemorgen, Marlee. Kunt u mij naar boven escorteren?'

Ik was van plan geweest de kandidaat beneden te interviewen, maar ik veronderstelde dat ik ze allebei naar de zesde verdieping kon brengen. 'Zeker. Laat me even' – ik keek naar het cv in mijn hand – 'Ben ophalen.'

Een man van ongeveer mijn leeftijd sprong op uit zijn stoel op een van de ongemakkelijke, chartreuse-kleurige leren stoelen in de lobby. 'Marlee?' vroeg hij, terwijl hij zijn hand al uitstak. Hij droeg een blauw geruit overhemd onder een grijze trui en een donkere chino. Zijn veterlaarsjes pasten bij het zacht uitziende bruine leer van zijn aktetas.

Ik liep naar hem toe, en wenste dat ik er net zo verzorgd uitzag als hij. Toen ik zijn hand schudde, hoefde ik mijn hoofd maar een klein beetje op te tillen om hem in zijn whiskykleurige ogen te kijken. Niet zo reusachtig groot als Cooper en Jamila. 'Hallo, Ben. Ik ben Marlee Rice. Laten we naar boven gaan.'

Terwijl we op de lift wachtten, leunde Ben om me heen. 'U bent Jamila Jallow, toch?'

Ze glimlachte en stak een lange, slanke hand uit. 'Dat ben ik.'

'Ben Levy-Walters.' Hij schudde haar hand. 'Ik heb uw blog-post van deze week over gebruikerservaringontwerp gelezen. Het was inspirerend.'

Las de hele bevolking van San Francisco de blog van Jamila? Zucht.

Terwijl we naar boven gingen, zetten ze hun gesprek over gebruikersinterfaces voort. Ik hield mijn mond en luisterde. De man was slim en kon zich meten met een van de knapste koppen uit de branche. Hmm.

Op de zesde verdieping parkeerde ik Ben in een vergader-ruimte en liep met Jamila naar Coopers kantoor. Toen ik klopte en de deur opendeed, verdween zijn geconcentreerde frons en verscheen er een brede grijns op zijn gezicht. Een grijns die hij *mij* nog nooit had laten zien.

'Mila! Ik wist niet dat je vandaag zou komen.'

'Ik dacht, ik verras je. Even kijken hoe het gaat.'

Ik deed de deur dicht en sjokte terug naar Ben. Wat moest ik doen om hem mij te laten zien? Naar me te laten lachen?

Maar ik zette Jamila uit mijn hoofd toen ik tegenover Ben aan tafel zat. Terwijl we beleefdheden uitwisselden, scande ik zijn cv. Ik herinnerde me dat zijn geloofsbrieven maar zo-zo waren: twee jaar als receptioniste en drie jaar als directieassistente bij één bedrijf. Geen universitair diploma. Maar zijn sollicitatiebrief was voortreffelijk geweest.

'Dus, Ben,' zei ik, waarmee ik het officiële deel van het interview begon, 'vertel me eens waarom u op deze functie bij Synergy hebt gesolliciteerd.' Ik leunde achterover en bereidde me voor op gladde praatjes over de *geweldige kans* en de *perfecte match*, zoals bij elke andere kandidaat.

'Eerlijk?' Hij leunde naar voren, zijn handpalmen op de rand van de tafel en zijn vingers naar mij gespreid. Zijn whiskybruine ogen stonden wijd open. 'De start-up waar ik werkte, is vorige maand ingestort. Ik zag het niet eens aankomen. Mijn baas zei dat alles goed was, en ik geloofde hem. Het verhaal van mijn leven. Hoe dan ook, ik heb twee weken in een donkere kamer Häagen-Dazs zitten eten.' De hoek van zijn mond krulde omhoog. 'Toen vertelde mijn zus me over deze functie. Ze werkt hier op de boekhoudafdeling, en ze weet dat ik een totale fanboy van Cooper Fallon ben.'

Dus zo was zijn ondermaatse cv door de filter van HR gekomen – hij was een personeelsreferentie. 'Echt? Vertel me eens wat u weet over Cooper en waarom u een fan bent.'

Hij leunde achterover in zijn stoel. 'Niet veel mensen weten dat Cooper informatica heeft gestudeerd. Iedereen gaat ervan uit dat Jackson het programmeergenie was en Cooper de zakenman.

Dat is waar, maar Cooper heeft geholpen bij de initiële product-ontwikkeling.' Hij vouwde zijn handen in zijn schoot. 'Hij geeft geen interviews over zijn leven voor de universiteit en hij is actief in stichtingen die risicojongeren ondersteunen. Dus ik neem aan dat hij in zijn jeugd wat problemen heeft gehad. Net als ik.' Hij boog een beetje naar me toe. 'Ik wil van hem leren. Ooit zou ik ook graag kinderen willen helpen.'

Ik knikte naar hem. Hij kon veel van Cooper leren. Ik begon Ben aardig te vinden, maar hij moest weten waar hij aan begon. 'Hij kan... uitdagend zijn om mee te werken.'

Hij grinnikte. 'Ik weet dat de functie al maanden vacant is, sinds zijn oude secretaresse met pensioen ging. Geen van de tijde-lijke krachten voldeed?'

Ik trok een grimas. Hij hoefde niet te weten waarom. 'Nee. En hij had het te druk om tot nu toe interviews voor de functie af te nemen.'

Zijn blik was standvastig, beoordelend. 'En *hij* interviewt mij nu niet; *u* doet het. Waarom is dat?'

'O, hij is op reis geweest en heeft gewerkt aan—'

'Neem me niet kwalijk, maar dat is onzin.' Hij liet zijn ogen over me glijden, van mijn paardenstaart tot mijn imitatieleren laarsjes. 'Ik denk dat het *uw* schuld is.'

Ik hield mijn hoofd schuin. 'Echt waar.' Deze man kende me hooguit twintig minuten en hij ging mijn relatie met Cooper analyseren. Ha.

'Iedereen weet dat Jackson Jones een... een beetje... afgeleid is. Maar u bent erin geslaagd hem tot een bijdragende directeur in het bedrijf te maken.'

Ik zou hier graag de eer voor opstrijken, maar hij was veran-derd voor Alicia. 'Nou, eigenlijk was het—'

Hij onderbrak me. 'U laat hem focussen op wat belangrijk is. U bent de Tovenaar van Oz, die vanachter het gordijn de magie laat gebeuren. U bent *te* goed. Cooper ziet wat Jackson heeft en wil hetzelfde.'

Ik verschoof in mijn stoel. Dit hoorde niet over mij te gaan.

Had Ben maar gelijk en *wilde* Cooper me inderdaad. Maar daar ging ik niet op in met deze al te oplettende man.

Toen ik geen bezwaar maakte, ging Ben verder: 'Ik vermoed dat Cooper niet zoals Jackson is. Hij lijkt zijn zaakjes op orde te hebben.'

'Dat heeft hij.' Ik perste mijn lippen op elkaar om niet te gaan ratelen over alle goede eigenschappen van Cooper. Ik hoefde hem niet te verkopen.

'Wat heeft hij *wel* nodig?'

Ik leunde achterover in mijn stoel. Wie interviewde wie hier? 'Wat denkt *u* dat hij nodig heeft?'

Een langzame glimlach verspreidde zich over Bens gezicht. Net als ik moest hij wel van uitdagingen houden. 'Een man die in tien jaar tijd een bedrijf vanuit zijn studentenkamer heeft laten uitgroeien tot een Fortune 1000-bedrijf. Een man wiens medeoprichter briljant maar chaotisch is en wiens CEO, volgens' – hij controleerde of de deur van de vergaderruimte dicht was – 'bepaalde rapporten, een beetje een... laten we zeggen, een moeilijke persoonlijkheid heeft.'

Een eikel was een betere omschrijving. Maar Ben was midden in een sollicitatiegesprek.

'Toch slaagt Cooper Fallon er nog steeds in om verschillende stichtingen te ondersteunen en zijn bedrijf elk jaar te laten groeien. Hij houdt er een slopend reisschema op na. Hij heeft...'

Ik leunde naar voren in mijn stoel.

'Hij heeft iemand nodig die hem tegen zichzelf beschermt. Hoewel het belangrijk is om dit bedrijf en zijn werknemers te ondersteunen, heeft hij iemand nodig die voorkomt dat hij te veel van zichzelf weggeeft. Voordat hij opbrandt.'

Ik herinnerde me de donkere schaduwen onder zijn ogen die na zijn terugkeer uit Azië niet waren verdwenen. Operatie Hakuna Matata. Ik leunde achterover in mijn stoel. 'Precies.'

'Neem me niet kwalijk dat ik het zeg, maar u ziet eruit alsof u ook wel iemand kunt gebruiken die dat voor u doet.'

Ik kneep mijn ogen tot spleetjes naar Ben. Deze man zag te

veel. Ik twijfelde er niet aan dat we hem zouden aannemen; hij was precies wat Cooper nodig had. Maar ik zou bij hem op mijn hoede moeten zijn.

15

TOEN IK DIE avond de voordeur opendeed, zat pap in zijn versleten oude leunstoel naar *Nova* te kijken.

'Hoi, pap', riep ik boven het geblèr van de televisie uit.

'Zonnestraaltje! Goede dag op je werk gehad?' Toen hij naar me straalde, wierp het flikkerende blauwe licht van de televisie schaduwen op zijn gezicht, waardoor het op een grijnzende schedel leek.

'Prima.' Ik schudde de rillingen van me af terwijl ik naar de keuken liep en het licht aandeed. Ik hoopte dat we wat bier hadden. Of wijn. Dat zou nog beter zijn. Na het eten zou ik naar boven sluipen en eindelijk die nieuwe vibrator bestellen. Iets... levensechters.

Ik verborg mijn blozende wangen voor pap, zette mijn tassen neer en schopte mijn hakken uit. Toen viel mijn oog op Tiggers ongewoon volle bakje op de grond. Normaal gesproken schrokte hij zijn maaltijd in een paar seconden naar binnen. Zou hij ziek zijn? Ik had echt geen zin om dat chagrijnige katje vanavond naar de dierenarts te brengen. Ik zou het natuurlijk wel doen. Het was uitgesloten dat Alicia's geliefde kat in minder dan perfecte staat zou zijn als ik hem over een week teruggaf. Ik keek onder de tafel, waar hij zich graag voor me verstopte, maar er lag alleen een oranje stofkonijn.

Ik sloop terug de woonkamer in, maar Tigger lag ook niet bij pap op schoot. Ik ging zijn kamer in, tilde de hoek van de sprei op en gluurde onder het bed. Meer stofkonijnen – stofzuigen zette ik op mijn mentale to-dolijst – maar geen kat.

Tiggers haat voor mij was zo hevig dat hij weigerde zijn tere pootjes op de tweede verdieping te zetten, maar ik rende toch de trap op en controleerde mijn kamer. Geen spoor van de woeste pluizenbol.

Ik draafde de trap weer af, mijn hart ging tekeer, en ging tussen pap en de televisie in staan.

'Heb je Tigger gezien?' Ik probeerde de paniek uit mijn stem te weren. Het had geen zin om hem van streek te maken.

'Wie?'

Ik griste de afstandsbediening uit zijn hand en zette het geluid van de televisie uit. 'Tigger. De kat.'

Hij fronste zijn voorhoofd. 'We hebben geen kat.'

Ik sloot mijn ogen en haalde een paar keer diep adem, zoals bij yoga, om te kalmeren. 'De kat van Alicia. Hij is hier al bijna twee weken.'

Toen ik mijn ogen opendeed, was er geen spoor van herkenning op paps gezicht. *Shit.* Na een laatste blik door de kamer liep ik terug naar de keuken. Ik vond mijn sportschoenen boven op de wasmachine, trok ze aan en pakte een jas, een zaklamp en mijn telefoon. De zwaarlijvige kat kon niet ver zijn, maar in het donker zou hij moeilijk te vinden zijn. En ik moest hem vinden. Alicia was gek op die verdomde kat.

TWEE UUR LATER beefden mijn handen toen ik voor mezelf een glas rode wijn inschonk. Ik plofte neer op een keukenstoel en keek naar mezelf. Mijn lichtroze rok en mijn T-shirt zaten onder de vegen van de modder en waren bedekt met oranje en witte haren, en mijn handen en armen waren een wirwar van krassen. De meeste waren niet diep en ik had ze goed schoongemaakt, maar de haal over de rug van mijn hand had een beetje gebloed en begon een korstje te vormen. De zijkant van mijn gezicht voelde opgezet rond de oppervlakkige kras die bij mijn jukbeen begon en helemaal doorliep tot in mijn nek. Toch grijnsde ik *–auw*. Ik was als winnaar uit onze strijd gekomen.

Mijn hart had gebonkt, mijn hele lichaam was gespannen en trillerig terwijl ik door de straten van onze buurt had gedwaald. Ik wist niet zeker of ik hem moest roepen of proberen te besluipen, gezien Tigger zo'n hekel aan me had. Uiteindelijk was mijn stem niet meer dan een schor gekras, wat de keuze voor me maakte. Ik was al begonnen me voor te stellen hoe ik zijn verfrommelde lichaampje op straat zou vinden en stelde in gedachten al de woorden samen die ik tegen Alicia zou zeggen, toen ik geritsel van droge bladeren hoorde en een paar gele ogen in de lichtbundel van mijn zaklamp verschenen.

Ik had hem door een paar tuinen achtervolgd tot ik hem bij iemands trap in het nauw dreef en hem om zijn middel greep. Pas toen het kreng me in mijn gezicht krabde, kwam ik op het idee om mijn jas uit te trekken en hem erin te wikkelen. Daarna was hij redelijk gedwee en liet slechts af en toe een miauw horen terwijl ik hem naar huis droeg als een runningback die net de winnende touchdown had gescoord. Ik onderdrukte mijn drang om hem te spiken en een dab te doen toen we veilig in de keuken stonden.

Nu lag het kleine monster veilig tegen pap aan gekropen in zijn bed. Ondertussen wenste ik dat we iets sterkers dan wijn hadden om mijn trillen te bedwingen, zodat ik zelf naar bed kon gaan. En hoezeer ik er ook niet aan wilde denken, mijn opluchting dat ik de kat van Alicia ongedeerd had gevonden, was niet de enige reden waarom mijn handen trilden. Het wezenloze onbegrip op paps gezicht toen ik hem naar Tigger had gevraagd, maakte me doodsbang. Ik kon het niet langer ontkennen: er was iets mis met mijn vader.

16

TERUG OP MIJN werk op maandagmiddag, *gepast* gekleed in een zwarte rok en een roze trui met een col, stond ik op om mijn rug te strekken. Toen ik voor Jackson werkte, kon ik veel meer bewegen; hij moest altijd even een stukje lopen of had hulp nodig met het zoeken naar iets in zijn kantoor. Werken voor Cooper betekende veel meer stilzitten achter mijn bureau.

Toen de deur van het trappenhuis openging, grijnsde ik. Tyler kwam naar buiten gestormd, nauwelijks buiten adem, en slenterde mijn kant op. De afgelopen week had hij er een gewoonte van gemaakt om aan het einde van de middag bij mijn bureau langs te komen. Hij leunde met zijn heup op het bureau en sloeg zijn armen over elkaar. 'Hoi.'

'Goed weekend gehad?'

'Het was oké. Jij?'

'Het oude liedje.' Ik streek mijn haar glad. 'Mijn pa en ik hebben sport gekeken.'

'Wacht. Wat is er met je hand gebeurd?' Hij boog zich voorover, pakte mijn hand in de zijne en draaide hem naar het dakraam. Ik had het plekje op mijn gezicht nog met make-up kunnen camoufleren, maar de schram op mijn hand was dieper. Niemand anders

– zelfs Cooper niet, en we hadden samen geluncht – had het opgemerkt.

Ik proestte het uit. 'Tigger is gebeurd. Hij ontsnapte vrijdag en vertelde me dat ik hem nooit levend te pakken zou krijgen. Maar dat deed ik wel – alles gaat goed met hem. Vertel het alsjeblieft niet aan Alicia.'

Hij bestudeerde de lange schram en streek lichtjes met een vinger langs de donkerrode korst. Ik kreeg kippenvel op mijn onderarm. Hij keek van mijn hand naar mijn gezicht, zijn ogen hadden de fluweelachtige bruingroene kleur van mos op een boomstam.

Mijn berichtenapp pingelde en rukte me uit het moment. 'Hé. Een seconde.' Ik trok mijn hand zachtjes uit de zijne en keek naar mijn scherm. 'Oh! Ben heeft ons aanbod geaccepteerd.'

'Wie is Ben?' Hij pakte een watermeloensnoepje en draaide het tussen zijn vingers.

Ik rukte mijn blik los van het snoepje en keek weer naar mijn computerscherm om een antwoord te tikken naar de HR-medewerker. 'Hij wordt de assistent van Cooper. Hij begint de week na de volgende.'

'Dat is goed nieuws voor jou, toch? Minder werk, zeker nu Jay terugkomt.'

'Inderdaad.' Wat het betekende, was dat mijn tijd op was. Cooper vertrok morgen op reis en zou pas terugkomen op de eerste dag van Ben. Ik moest *nu* mijn slag slaan. Gelukkig had ik al iets geregeld voor mijn pa, zodat ik laat kon doorwerken.

'We zouden het kunnen vieren. Dat Mexicaanse restaurant verderop in de straat heeft Margarita-maandag.'

Dat klonk inderdaad leuk, maar... 'Sorry. Ik heb Cooper beloofd hem te helpen met zijn presentatie voor zijn reis naar de Oostkust.'

'Vanavond?'

Ik verschoof op mijn stoel. 'Hij heeft sinds de bruiloft de ene na de andere vergadering gehad, om het werk van Jackson over te nemen. Hij heeft er 's avonds in zijn eentje aan gewerkt. Ik help hem alleen de puntjes op de i te zetten.' Hij was zo'n goede man. Zo verantwoordelijk. Een klein steekje van schuldgevoel prikte me vanwege de incompetente uitzendkrachten die ik had ingehuurd. Alles voor het goede doel.

Tyler was even stil. 'Ik neem aan dat Operatie Droomprins nog steeds gaande is.'

Ik sprak zachter. 'Ik ga vanavond de kaarten op tafel leggen.'

'Vanavond?' Hij deed een halve stap achteruit alsof ik naar hem had uitgehaald, maar toen glimlachte hij zwakjes. 'Ik bedoel, ga je het letterlijk' – hij gebaarde naar mijn torso – 'op tafel leggen?'

'Ieuw. Doe niet zo goor. Ik heb het over gevoelens. Daar heb je weleens van gehoord, toch?' Ugh, waarom was ik zo'n kreng tegen mijn vriend?

Zijn kaaklijn verstrakte. 'Zeker. Al weet ik niet zeker of hij dat heeft.' Hij kneep zijn ogen samen naar de gesloten deur van Cooper.

Hij moest niets van Cooper Fallon hebben, maar ik probeerde hem het te laten begrijpen. 'Misschien komt hij koel over. In het begin. Maar hij heeft ook gevoelens. Passie. Ik denk dat de juiste persoon hem een beetje kan laten ontdooien. Het ijs een beetje kan laten smelten.' Ik had er een of twee keer, of misschien wel duizend keer, over gedroomd. Hoe dat masker dat hij droeg zou barsten als ik hem vertelde dat ik om hem gaf. Net als de alfamiljardair in de roman die ik vorige week had gelezen, die alleen maar een goedhartige vrouw nodig had om hem te laten zien wat liefde was.

'De juiste persoon. Dat ben jij.' Zijn stem was vlak, bijna net zo koel als die van Cooper. 'En hij is jouw juiste persoon.'

'Natuurlijk.' Ik duwde mijn pennenbakje op zijn plaats. Als Cooper het maar kon zien. Dan zouden bij mij de vonken overspringen. En de kus van ware liefde.

Hij liet het snoepje terugvallen in mijn kom. 'Middag, Cooper.'

Ik draaide me om in mijn stoel en stootte mijn knie tegen de poot van de tafel. Pijnsterren dansten voor mijn ogen. Maar jawel, Cooper was naar mijn bureau gekomen.

'Wat is er aan de hand, Cooper?' Ik wreef over mijn knie.

Hij keek tussen ons heen en weer. 'Ik vergat u deze bijna te geven.' Hij gaf me een envelop.

'Wat is dit?'

'De theaterkaartjes die ik u beloofd had. U en Tyler kunnen samen gaan. Dit ruzietje tussen geliefden bijleggen.' Hij maakte een cirkel met zijn hand om ons tweeën aan te duiden.

Hij kon de spanning die als de mist buiten tussen ons hing waarschijnlijk voelen. Ik opende de envelop en haalde er twee kaartjes uit, parket midden, natuurlijk, voor... *'Hamilton?'* piepte ik.

'Heeft u het al gezien?'

'Nee.' De kaartjes waren voor vrijdagavond. Ik kon mijn pa en Tigger niet alleen laten. Ik duwde ze terug in de envelop. 'Ik kan niet—'

Tyler praatte door me heen. 'We zouden het geweldig vinden om te gaan. Dank je wel.'

'Fantastisch. Jullie zullen het geweldig vinden.' Cooper glimlachte als een trotse oom; het was de eerste keer die dag dat ik zijn strenge uitdrukking zag breken. 'Bent u er bijna klaar voor om aan mijn presentatie te beginnen, Marlee?'

Een rilling ging door me heen. Dit was het moment. Operatie Droomprins, klaar voor de start. Ik knikte, mijn stem niet vertrouwend.

'Over tien minuten in mijn kantoor?' Zijn stem was laag en sexy.

Misschien zou ik letterlijk op de tafel belanden. Of uitgestrekt op die grote, boterzachte bank in zijn kantoor. Ik stelde me voor hoe zijn laserblik steeds dichterbij kwam terwijl zijn lippen op de mijne neerdaalden. Zijn bosachtige geur die me omhulde. De warmte van zijn lichaam die door zijn dure overhemd straalde. Van dichtbij zou hij toch wel warm zijn en niet zo ijzig als hij altijd leek. 'Zeker,' piepte ik.

Met een knikje draaide hij zich om en liep terug naar zijn kantoor.

Wauw. Ik knipperde met mijn ogen.

'Hij vertrekt morgen, toch?'

'Ja.' Ik zuchtte en schoof de envelop met de kaartjes naar Tyler. 'Ga jij maar. Ik kan niet weg.'

Hij raakte de envelop niet aan. 'Je wilt dolgraag naar *Hamilton*. Je hoeft niet laat te werken, aangezien zowel Jackson als Cooper weg zijn. Waarom kun je niet gaan?'

'Het is ingewikkeld.' Ik begreep nog steeds niet waarom pa Tigger was vergeten. Vanavond laat blijven was al erg genoeg. Hoewel hij oké leek toen ik hem belde net voordat Tyler naar boven kwam, was twee avonden in een week vragen om problemen.

'Is er iets mis?'

'Het is gewoon... gewoon mijn pa. Ik denk niet dat ik hem alleen kan laten.'

'Toen we met Raleigh uitgingen, zei je dat hij wat afwezig leek. Is het erger geworden?'

'Misschien.' Hij was achteruitgegaan; ik wist het. Hij maakte steeds vaker foutjes. En die van vrijdagavond – Tigger naar buiten laten – had ernstige gevolgen kunnen hebben.

'Kun je je buurvrouw vragen om weer op hem te letten?'

'Ik voel me rot dat ik haar altijd moet vragen. Hij is mijn verantwoordelijkheid.'

'Zelfs verzorgers hebben soms een pauze nodig,' zei hij. 'Vraag het haar. En als ze niet kan, zoek ik wel iemand om bij hem te blijven. Je weet dat je dolgraag wilt gaan.'

Eén mondhoek van mij trok omhoog. 'Oké. Ik sms je vanavond om je te laten weten wat ze zegt.'

'Perfect.' Hij draaide zich weg. 'Het wordt geweldig. Wacht maar.'

Nu grijnsde ik breed. Ik had de soundtrack in de auto gedraaid op weg naar de bruiloft. 'Je hebt ernaar geluisterd.'

'Misschien.' Hij rolde zijn onderlip tussen zijn tanden. 'Tot morgen.'

Een seconde later was hij verdwenen in het trappenhuis.

Ik stond op en pakte mijn tablet. Wanneer zou ik nog een kans krijgen om *Hamilton* te zien? Ik zou mezelf voor mijn kop slaan als ik deze kans liet schieten. Ik wilde al jaren dolgraag de show zien. Pa zou zich wel redden. Toch?

Met Tyler zou het ook wel goedkomen. Hoewel ik niet snapte waarom hij eerder zo pissig was geworden. Hij was eerst voorstander van Operatie Droomprins. Hij zou toch blij voor me zijn als Cooper en ik een stel werden, toch? Zelfs als Tyler en Cooper niet bepaald beste vrienden waren, zou ik wel een manier vinden om met z'n allen wat te doen. We zouden daarna vrienden blijven.

Ik gooide mijn haar over mijn schouder en huppelde bijna naar Coopers deur. Fase twee van Operatie Droomprins was begonnen.

Twee uur later zaten we in de leren clubfauteuils in zijn kantoor met een uitgebreide Thaise afhaalmaaltijd op de salontafel voor ons.

Ik zette mijn eetstokjes en lege bord neer – met Cooper erbij kon je niet rechtstreeks uit de afhaalbakjes eten; hij bewaarde porseleinen borden in zijn dressoir – en trok mijn benen onder me op de stoel. Mijn hakken had ik een uur geleden al uitgedaan.

Hij verbrak de stilte die tussen ons was gevallen terwijl we aten. 'Hoe gaat het met Will?'

Dat was typisch Cooper. Zo attent, altijd bewust dat zijn werknemers families en levens buiten Synergy hadden. 'Het gaat goed met hem. Het koudere weer maakt zijn been altijd pijnlijk.'

'Dat is vervelend. Heeft hij iets nodig? Een doorverwijzing naar een specialist? Een belangenbehartiger?'

'Nee, het gaat wel, bedankt.'

'Hij heeft geluk dat u er bent om voor hem te zorgen.'

Ik tilde mijn mok van de tafel en hield hem in mijn handen. 'Ik denk dat ik de gelukkige ben dat ik hem heb.'

'U heeft de Vaderloterij gewonnen.'

'Oh, bestaat zoiets?' Ik glimlachte. 'Ik denk het wel, ja.'

Cooper schraapte zijn keel en boog zijn kin naar beneden om me een gespeeld serieuze blik te geven. 'En wat vindt Will van de jonge Tyler?'

Ik kneep mijn ogen samen. 'Ze hebben elkaar niet ontmoet. Waarom zouden ze?'

'Met zijn bezoekjes hier en uw logeerpartij van vorige week dacht ik dat het serieus werd.'

Had hij Tylers bezoekjes opgemerkt? Wie deed dat, behalve iemand die jaloers was? Maar na meer dan een week in de directe nabijheid van Cooper, was ik in staat om koel te blijven. 'Wat bent u nou, mijn beste vriendin?'

'Ik ben gewoon geïnteresseerd.'

Mijn hart sloeg sneller. Geïnteresseerd? In mij? Het was tijd voor eerlijkheid. Om hem te vertellen hoe ik me voelde. 'We zijn vrienden. Dat is alles.'

'Jullie zijn samen naar de bruiloft van Jackson gegaan.'

'*U* ging met Jamila.'

Hij hief zijn mok naar zijn lippen, maar dronk niet. 'Ze is altijd mijn plus-één als ik er een nodig heb. We zijn al vrienden sinds de universiteit.'

Vrienden met voordelen? Of vrienden die meer werden? Ze had de afgelopen twee weken meer tijd bij Synergy doorgebracht dan in de drie voorgaande jaren bij elkaar. Ik wou dat ik wist hoe hij over haar dacht. En hoe hij over mij dacht.

Misschien wachtte hij tot ik de eerste stap zette omdat hij zich niet tussen Tyler en mij had willen mengen. En het was aan mij om hem te laten zien hoe ik me voelde. Precies wat Amy Adams tegen Patrick Dempsey zei in *Enchanted*.

'Dus? U en Tyler?'

Ik keek hem recht in de ogen. Operatie Droomprins – en de bijbehorende lol en spelletjes – was voorbij. Nu waren we in het eindspel. 'We hadden geen dates voor de bruiloft, dus we gingen samen. Vrienden doen dat.'

'Hij kuste u. In het openbaar.'

En onder vier ogen. Ik sloeg mijn ogen neer. Terwijl ik mijn mok thee naar mijn lippen bracht, hoopte ik dat de stoom mijn blos zou verbergen. 'We lieten ons meeslepen.'

'De logeerpartij van vorige week?'

'Hij had een allergische reactie. Ik bleef slapen om zeker te weten dat het goed met hem ging.'

'U bent een goede vriendin. En een goede dochter. Een uitstekende assistente. U blinkt in alles uit, Marlee.'

Daarop keek ik hem aan. *Echt* aangekeken. We leken zo op elkaar. We streefden allebei naar perfectie, of in ieder geval naar het ophouden van een perfecte façade. We verborgen allebei dingen achter die façade – ik verborg mijn worstelingen met pa, en hij sprak nooit over zijn verleden voor Stanford. We waren beiden gedreven om onze doelen te bereiken. Hij had gekregen wat hij wilde: een bedrijf van miljarden dollars. Stond ik op het punt te krijgen wat ik wilde, mijn eigen 'ze leefden nog lang en gelukkig'?

Hij was de Droomprins waar ik altijd van had gedroomd, knap en succesvol en aardig. Begripvol over pa. Als hij *mij* maar kon zien, niet als een werknemer van Synergy, maar als een vrouw die voor hem zat. Een vrouw die van hem kon houden als hij me maar een kans gaf. We zouden geweldig zijn samen. Vermoedde hij hetzelfde? Had hij mijn hulp vanavond geaccepteerd om naar Tyler te vragen en er zeker van te zijn dat de kust veilig was? Waarom zou hij dan geen stap zetten?

Omdat, zoals ik Ben had verteld, Cooper het te druk had met het zorgen voor de mensen om hem heen om voor zichzelf te zorgen. Ik zou voor hem moeten zorgen.

Ik strekte mijn benen en stapte om de salontafel heen. Hij keek me aan, zijn gezicht onleesbaar, terwijl ik op de loveseat naast zijn stoel neerstreek. Ik pakte zijn hand in de mijne. 'Cooper,' begon ik zachtjes, 'ik moet u vertellen—'

Mijn hart sloeg een slag over toen hij zijn andere hand op de mijne legde en me doorboorde met zijn blik. De buit was binnen. Hij ging me vertellen hoe hij zich voelde. Ik sperde mijn ogen, mijn oren, elke porie open om zijn woorden op te vangen. Hoop stroomde door mijn aderen in het korte, glorieuze moment voordat ik hem vertelde dat ik om hem gaf. Dat ik op een dag ook van hem zou kunnen houden.

'Marlee, stop.' Hij trok mijn hand van de zijne en legde hem op de koele leren armleuning van de loveseat. In één vloeiende beweging stond hij op uit de stoel en liep naar het raam. Hij bleef daar staan, zijn rug lang en recht en koud.

'Ik red me vanaf hier wel. Bedankt voor uw hulp. U zou nu naar huis moeten gaan.'

Mijn hart zonk in mijn maag, waar het pittige Thaise eten het begon aan te vreten. Pijnlijk. Ik kon niet geloven dat hij me had afgekapt toen we zo dicht bij iets meer waren gekomen. 'Maar, Cooper, ik—'

'Nee, Marlee.' Hij draaide zich niet eens om. 'U bent een werknemer van Synergy. Ik ben de Chief Operating Officer. Zelfs als ik—'

Ik sprong op van de loveseat en liep naar hem toe, kijkend naar zijn stijve rug, zo hard mijn woede inhoudend dat ik ervan trilde. 'Doet u dan nooit iets gewoon omdat u het wilt? De regels een beetje buigen? Ze soms zelfs aan uw laars lappen?'

Hij was een blok graniet. 'Nee. In tegenstelling tot Jackson neem ik mijn verantwoordelijkheden zeer serieus. U, van alle mensen, zou dat moeten begrijpen.'

'Er zijn belangrijke regels zoals... mensen goed behandelen. Respect. Anderen laten zien dat je om ze geeft. Jackson doet dat prima. Andere regels' – *word niet verliefd op je collega* – ' kunnen worden opgeofferd om trouw te blijven aan de belangrijkere.'

'Alle regels zijn om een reden gemaakt, Marlee. Ze zijn allemaal belangrijk.'

In mijn hoofd noemde ik hem een koppige ezel en nog een paar andere scheldwoorden. Maar het voortzetten van de ruzie, zelfs na werktijd, was op zijn best zinloos geweest. In de stemming waarin hij was, zou ik er niet van hebben opgekeken als Cooper me een officiële waarschuwing had gegeven. Hij zou waarschijnlijk ook hebben vermeld dat ik geen gepast schoeisel op kantoor droeg.

'Goedenacht, Cooper,' zei ik. 'Een goede reis.' *Koppige... regelneef.*

'Goedenacht.' Hij hief zijn hand op in een soort groet, maar draaide zich niet om, om naar me te kijken.

Ik griste mijn schoenen van de grond en trapte de deur achter me dicht. Hard. Ik hoopte dat hij ervan schrok. Ik hoopte dat hij spijt had dat hij me had afgewezen. Ik hoopte dat hij de komende week blauwe ballen had.

Halverwege tussen zijn kantoor en mijn bureau verstijfde ik. *Gestoord, echt waar.* Nu was ik een van die stapelgekke vrouwen die het kantoor van Cooper verlieten. Als ik die trut, Karma, ooit tegenkwam, zou ik haar een schok geven met mijn taser.

17

DE REGEN KLETTERDE tegen het dakraam en maakte alles in het kantoor zo grijs dat ik niet kon zeggen of het ochtend of middag was.

Niet dat het iets uitmaakte.

Ik wierp een blik op de gesloten deur van Coopers onverlichte kantoor en keek toen snel weer weg. Hoe kon ik het ooit vermijden om daar naar binnen te gaan? Elke keer als ik ernaar keek, brandde mijn buik van schaamte. Het zorgde er tenminste voor dat ik iets voelde. Ik was een asteroïde, tollend door de ruimte, slechts voortgetrokken door de zwakste krachten. Hol. Gevoelloos.

Ik trok mijn lade open en groef mijn oude plan op. Ik had stap één, onze dans, doorgestreept. Ik had niet de moeite genomen om stap twee door te halen, aangezien het samen eten bestellen zo'n kolossale mislukking was geworden. En stap drie? Voor mij zou er geen magische kus zijn.

Ik smeet de lade dicht, sjokte naar de kopieerruimte en voerde de lijst in de papierversnipperaar. Maar zelfs het lawaaierige geknars was niet bevredigend. Misschien had ik het moeten verbranden.

Toen de versnipperaar uitging, drukte de stilte tegen mijn

oren. Afgezien van het getrommel van de regen op het dakraam was de zesde verdieping zelfs opmerkelijk stil. Waarschijnlijk omdat de bovenmatige persoonlijkheden van Jackson en Cooper ontbraken.

Wat een opluchting had moeten zijn. Cooper zien zou op zijn zachtst gezegd ongemakkelijk zijn nadat hij me gisteravond had afgewezen, zelfs nadat mijn woede was opgelost en vervangen door leegte. En als Jackson me zou zien, bleek onder mijn make-up met blauwe schaduwen onder mijn ogen? Hij zou het hele, vernederende verhaal uit me trekken en iets belachelijks doen, zoals bloemen voor me kopen.

En hoezeer ik ook van bloemen hield, medelijdenbloemen waren het allerergst. Wat voor soort kreeg je voor iemand die al drie jaar een oogje op iemand had en ijskoud was afgewezen? Een van die vreselijke rouwarrangementen met tranende harten, met rode linten die als bloed naar beneden dropen.

De deur zwaaide achter me met een klap open en het gepiep van Tylers sportschoenen klonk op de lege verdieping. 'Marlee, kom je niet?'

Ik draaide me naar hem om. 'Waarheen?'

'Naar de personeelsvergadering. Die begint zo. Iedereen is er.'

Ik keek om me heen op de lege verdieping en toen weer naar mijn computerscherm, dat me eraan had moeten herinneren. O, ja, het was in de slaapstand gegaan terwijl ik zat te somberen.

Ik pakte mijn telefoon en stond op. Maar in plaats van me naar de liften te leiden, legde hij zijn handen op mijn bovenarmen. Zelfs door de mouwen van mijn vest voelde ik die opwinding, net als op de bruiloft. Gewoon weer een teken van hoe verknipt mijn liefdesleven was. Tintelingen zodra een man me ook maar aanraakte. Wat wil je ook.

Hij kneep zachtjes in mijn armen. 'Gaat het?'

Ik kon hem niet aankijken. Mijn ruggengraat voelde aan als een natte vaatdoek en ik kon de energie niet opbrengen om het stoere imago uit te stralen dat ik nodig had om mezelf te beschermen tegen degenen die me ofwel verachtten ofwel vreesden om mijn macht bij Synergy.

'Prima', mompelde ik, starend naar de strik van Ms. Pac-Man op zijn T-shirt.

'Is je vader oké?'

'Wat? Natuurlijk.' Toch keek ik naar mijn telefoon. Geen berichten of appjes. Hij was vanochtend op en in de weer in de keuken toen ik hem een kus op zijn wang gaf en de deur uitliep.

'Wat is er dan…' Hij keek naar Coopers kantoor. 'O.'

De wond was te vers om erover te praten, zelfs met mijn vriend. 'Laten we gaan.'

Hij pakte mijn hand en liep snel naar de trap. 'De liften zijn vol.'

Mijn hakken waren niet gemaakt voor de betonnen trap en hij deed het rustig aan, hield mijn ijskoude hand vast en liet me in mijn eigen tempo achter hem aan kletteren, de vier trappen af naar de tweede verdieping, waar de zaal was. We stopten voor de metalen deur.

Boven ons klonken zware voetstappen, en een van de ontwikkelaars, Grant, kwam de bocht in de trap om. 'Hé, Tyler, kom je?'

Hij keek me diep in de ogen. 'Een ogenblikje.'

'Houd ik een stoel voor je vrij? Of ga je bij haar zitten?' Ik hoorde de sneer in zijn stem.

'Ik ben met Marlee. Ik zie je na afloop.'

Grant liep om ons heen en opende de deur. De beats van Westons kenmerkende nummer, 'All I Do Is Win' van DJ Khaled, vulden de vergaderruimte aan de andere kant. De deur zwaaide achter hem dicht, waardoor de muziek gedempt werd.

Zelfs in het schemerig verlichte trappenhuis glommen de goudspikkels in Tylers ogen. 'Wil je naar binnen?'

Ik gaf hem de beste glimlach die ik kon opbrengen. Hij had zijn vriend voor mij afgewezen. 'Ik denk het wel.'

Hij tilde een hand op naar mijn gezicht en stopte een losse haarlok achter mijn oor. Ik kon er niets aan doen; ik leunde tegen zijn aanraking, warm en veilig. Tyler zou me nooit pijn doen. Hij zou bij me blijven, wat er ook gebeurde.

Tyler liet zijn handen over mijn armen glijden. 'Je rilt. Heb je het koud?'

Ik had het koud, als een exoplaneet, te ver van de zon. 'Het spijt me, ik… je bent te aardig. En ik weet dat je het haat als men dat zegt, maar het is waar.'

Hij sloeg zijn armen om me heen en ik begroef mijn gezicht in de warmte van zijn borst. Ik wilde daar voor altijd blijven, maar de muziek stopte en Westons stem klonk vaag door de deur.

'We missen de vergadering. En ik smeer make-up over je hele shirt.'

'Maak je daar maar geen zorgen over.' Hij wreef cirkels op mijn rug. 'Laat het er maar allemaal uit.'

Vreemd genoeg had ik geen tranen. Maar ik zoog zijn warmte op als de lichte kant van de maan, terwijl hij sussende onzin in mijn haar fluisterde.

We hebben de personeelsvergadering niet gehaald. Misschien heeft Weston de werknemers verteld dat we allemaal ontslagen zouden worden.

Het kon me niet schelen.

Het enige wat me kon schelen was dat mijn vriend een grote teddybeer was, die me een klein beetje beter deed voelen, me ervan overtuigde dat ik niet compleet onbeminnelijk was, dat iemand om me gaf. Terwijl hij me vasthield in het trappenhuis, zette hij al mijn problemen op stil – mijn vader, Cooper, zelfs de gemene Tigger – en liet hij me mezelf zijn, met al mijn chaotische emoties en al.

Eindelijk, toen ik me weer bijna mens voelde, kneep ik nog een keer in hem en hief ik mijn hoofd op. Alle kleuren van mijn gezicht – roze lippenstift en blush, perzikkleurige foundation, zwarte mascara – zaten op zijn witte shirt, precies boven het gezicht van Ms. Pac-Man. Ik wreef even over de vlekken voordat ik het opgaf.

'Bedankt dat je zo'n goede vriend bent.'

Hij plaatste een knokkel onder mijn kin en tilde die op zodat ik hem in de ogen zou kijken. Ze waren die dag bruin, als door de zon verwarmde aarde. 'Ik ben er altijd voor je, Marlee.'

Ik gaf hem een wankele glimlach. 'Gaan we vrijdag nog steeds naar *Hamilton*? Mijn buurvrouw zei dat ze kon komen om bij mijn vader te blijven.'

'Zou ik voor geen goud willen missen.'

'Sorry van je shirt.' Ik probeerde de vlek er weer af te wrijven met mijn duim. 'En ik zie er afschuwelijk uit met mijn uitgelopen make-up.'

'Met of zonder make-up, je bent de mooiste vrouw op dit kantoor.'

Ik moest me stevig aan Tyler vasthouden. Een vriend zo goed als hij zou ik nooit meer vinden.

———

TOEN TYLER OP vrijdagmiddag laat bij mijn bureau verscheen, had ik een paar serieus onvriendelijke gevoelens voor hem. Hoe kon hij er na een lange werkdag in hemelsnaam zo waanzinnig heet uitzien?

Misschien was het het jasje. In plaats van zijn gebruikelijke T-shirt en spijkerbroek droeg hij een smalle kakibroek en een over-hemd ergens tussen blauw en groen dat de koele kleuren in zijn hazelnootkleurige ogen naar voren bracht. Eroverheen droeg hij een donker colbert, misschien hetzelfde dat hij op Alicia's bruiloft had gedragen. Onder mijn bureau kneep ik in de huid tussen mijn duim en wijsvinger, en gebruikte de pijn om mezelf eraan te herinneren dat, hoe heet hij er die avond ook uitzag, we gewoon vrienden waren.

'Klaar om te gaan?' vroeg hij, en verdomme, door die kuiltjes struikelde ik bijna toen ik opstond.

'Ja.' Waarom was mijn stem zo ademloos? Dit was gewoon Tyler, mijn vriend, en we gingen samen naar *Hamilton*. Het was geen date. Het was twee vrienden die een vriendschappelijk uitstapje naar het theater maakten. Een cadeau van Cooper. Die mijn hart had gebroken. Dat moest de reden zijn waarom ik me zo raar voelde bij Tyler. Mijn hart – en het deel van mijn hersenen dat het reguleerde – was net zo defect als de Schiaparelli-lander en zo uitgebrand als de krater die hij achterliet op Mars. Ik schraapte mijn keel.

'Heb je de kaartjes?'

'Jazeker.' Ik klopte op mijn tas.

'Is alles in orde? Je vader is oké?'

De ondergaande zon koos dat moment om zo laag te zakken dat haar stralen tussen de naburige gebouwen door het kantoor van Jackson schenen, en een speer van zalmroze licht scheen door de glazen wand recht op Tyler. Het vergulde de punten van zijn haar en liet de middagstoppels op zijn kaak schitteren.

'Marlee?'

'Ja hoor, alles is goed.' Ik knipperde hard met mijn ogen en liep naar de liften.

'En je vader?'

'Met hem gaat het prima.' Ik had hem gebeld, en hij en Alma waren midden in een potje gin rummy. Hij klonk zoals vroeger: sterk, stabiel, slim. Goede dagen als vandaag gaven me de hoop dat de slechte dagen zoals afgelopen vrijdag als kwantumdeeltjes waren die in een abnormale toestand werden waargenomen, en die na verloop van tijd zouden worden gladgestreken tot normaler gedrag. Misschien moest ik papa op een van zijn goede dagen eens vragen wat hij van mijn theorie vond.

Toen we de lift instapten, ving ik Tylers eau de cologne op – ceder en citrus – en was ik weer terug buiten bij de herberg, zijn jasje dragend, omringd door zijn armen, zijn lippen…

Ik hield mijn adem in. Als ik maar kon stoppen met ademen tot de deuren opengingen. Dat was de enige manier waarop ik de avond zou doorkomen zonder iets totaal ongepasts te doen met mijn vriend. Die verdomde droogte zette mijn hersens binnenstebuiten.

Zes verdiepingen was een heel eind, en de lift van Synergy

deed er rustig over. Mijn borstkas werd strakker en er dansten vlekken voor mijn ogen. Maar ik zou de bedwelmende geur van Tyler me niet iets stoms laten doen in die lift.

Tyler moet gedacht hebben dat ik een soort mentale crisis had toen ik de lobby in dook voordat de deuren volledig open waren, happend naar adem die naar industrieel schoonmaakmiddel met dennengeur rook. De schoonmaker dacht dat zeker toen ik bijna over zijn boenmachine struikelde.

Tyler greep mijn elleboog om te voorkomen dat ik met mijn gezicht op de gladde vloer zou smakken. 'Weet je zeker dat het goed met je gaat?'

'Dit is raar, toch?' schreeuwde ik boven het geluid van de boenmachine uit.

'Wat is er raar?'

Ik leidde hem, nog steeds mijn elleboog vasthoudend, naar de voordeuren waar ik niet hoefde te schreeuwen. En dat ook niet zou moeten doen; de nachtwaker, Howard, hoefde dit niet te horen. 'Jij en ik. Op een d… naar het theater gaan. Samen, bedoel ik. Wij tweeën.' Ik perste mijn lippen op elkaar om de woordenstroom te stoppen.

'Nee.' Hij fronste zijn voorhoofd. De kuiltjes waren nu tenminste weg. 'We doen de hele tijd dingen samen. Weet je zeker dat het goed met je gaat?'

Ah. Dus het lag alleen aan mij. 'Ja. Het gaat prima.'

Hij hield de deur voor me open en we liepen naar buiten in het gouden licht van de zonsondergang; de lucht was verrassend warm voor midden oktober. Ik volgde hem naar de parkeergarage.

Onderweg zag ik mijn favoriete tamalek-raam. Ik glimlachte naar Diego terwijl hij de luifel dichtdraaide. De aanhoudende kruidige geur wenkte me, waardoor het water me in de mond liep. Het was een tijdje geleden dat ik tamales had gegeten. Al die stijve lunches met Cooper, en ik had nul vooruitgang geboekt. Nu leek het de gemiste bezoekjes aan Diego's kraam nauwelijks waard. Ik zou morgen langskomen voor de lunch.

Tyler stopte recht voor de kraam. 'Dit zijn toch je favorieten?' vroeg hij me.

'Zijn ze dat niet van iedereen? Ik weet zeker dat er geen meer over zijn.'

Maar Diego haalde een door stoom zacht geworden zak uit de warme diepten van de kraam. 'Alstublieft. Fijne avond.' Hij knipoogde naar Tyler. 'Hasta luego, Marlee.'

'Tot ziens, Diego.' Tyler stopte de zak onder zijn arm en liep verder richting de garage. 'Ik dacht dat we konden picknicken, als je dat goedvindt.'

Hij haatte het om het te horen, dus ik zei het niet. Maar het was lief van Tyler dat hij onthouden had dat ik van Diego's tamales hield. Mijn maag knorde bij de geur die uit de zak tamales kwam. 'Klinkt geweldig.'

In de auto overdekte de geur van de tamales Tylers parfum, en ik kon weer helder denken. Mijn oude vibrator deed zijn werk duidelijk niet. Het was tijd om het serieuzer aan te pakken en die luxe te bestellen die me omver zou blazen met gillende orgasmes. En oordopjes voor papa kopen.

'Dus vertel me eens over…'

Ik onderbrak hem. 'Ga je met de feestdagen naar huis?' Ik was er niet klaar voor om te praten over hoe Operatie Droomprins op dinsdag in vlammen was opgegaan.

Hij fronste zijn voorhoofd. 'Bedoel je Thanksgiving?'

'Dat is over iets meer dan een maand. Je moet een ticket kopen als je gaat.'

'Dat was ik niet van plan. Je hebt Raleigh ontmoet. De rest is net zo. Alicia zei dat ik met hen kon optrekken als ik hier blijf.'

Ook al waren het alleen mijn vader en ik, feestdagen – vooral Thanksgiving – waren voor familie. 'Je zou naar huis moeten gaan. Geef ze ervan langs zoals je die klootzak, Raleigh, ervan langs gaf.'

Hij grinnikte. 'Jij gaf Raleigh ervan langs. Ik zou je mee moeten nemen.'

Er viel een stilte over ons als een deken. En niet het comfortabele, vriendelijke, zachte soort deken.

'Hypothetisch, bedoel ik,' zei hij. 'In de omgekeerde wereld waarin ik naar huis zou gaan. Wat ik dus niet ga doen.'

'Natuurlijk. En ik zou mijn faser meenemen – ingesteld op verdoven, natuurlijk – en helemaal losgaan op elk van je broers of zussen die je probeerde af te kraken. Pew! Pew!' Ik deed alsof ik op de andere auto's schoot.

'Fasers doen niet pew-pew. Dat is een *Star Wars*-blaster. In *Star Trek*, klinken ze meer als een wah-wah-wah-wah-geluid. Of, in de nieuwere series, een zie-ot.'

'Een zie-ot.' En we waren weer in veilige wateren.

Toen we bij het Civic Center parkeerden, haalde Tyler een versleten deken uit de kofferbak van de Mustang voordat we naar het grasveld buiten het stadhuis liepen. Hij spreidde de deken uit en ik stopte de uitlopende rok van mijn jurk, een andere roze bloemenprint, onder me. Het gebouw met zijn witte zuilen en koepel rees achter hem op, koraalrood gekleurd door de zonsondergang.

Hij gaf me een flesje water en maakte een Mountain Dew open.

'Ze staan geen wijn toe in het park, maar ik dacht dat de sfeer het waard was,' zei Tyler. 'Beter dan een of ander stijf restaurant.'

Ik leunde achterover op mijn handen. Tyler was het tegenovergestelde van stijf. Je kreeg wat je zag: open, eerlijk, oprecht. Ik kon niet hetzelfde zeggen over Cooper, wiens raadselachtige, ondoorgrondelijke aard een puzzel voor me was geweest in de drie jaar dat ik hem kende. Ik had gehoopt dat ik het op een dag zou kraken en dat de mysteries van zijn universum zouden worden blootgelegd. Nu niet meer. Mijn borstkas trok zich samen in een plichtsmatige steek.

Tyler gaf me een vork en een paar tamales op een papieren bord. 'Buen provecho.'

Ik nam een hap. 'Grote Galileo, wat zijn deze goed. Neem wat voordat ze koud worden.'

Hij pakte een paar tamales uit en legde ze op zijn bord. 'Waarom is dit raar?'

O. Ik had gedacht dat hij ervoor had gekozen mijn ongemakkelijke woordenwaterval in de lobby te negeren. En in de auto. Dat was waarschijnlijk beter geweest. Als we er niet over praatten, was het niet echt.

Waarom was het raar? Op een deken in het park zitten en tamales met hem eten voelde niet raar. Ook al waren we netjes gekleed, we waren nog steeds twee vrienden die een maaltijd deelden. Buiten. In het openbaar. In tegenstelling tot in de lift, wilde ik me niet in hem wikkelen, die zachte lippen kussen. En hij wilde mij niet kussen. Hij zat tegenover me, porde in zijn tamales en keek me niet eens aan. Een man slenterde langs ons, een rammelende winkelwagen voor zich uit duwend. Nee, hier buiten waren we veilig.

'Ik denk dat het niet raar is.' Misschien was ik de enige die haar verstand verloor als we te dichtbij kwamen.

'Goed, want zo voel ik me niet bij jou. Ik voel me... alsof alle kleuren helderder zijn. Alsof het altijd zonsopgang of zonsondergang is bij jou in de buurt.' Hij hield zijn hand omhoog en draaide hem om het oranje te bekijken waar de ondergaande zon hem raakte en de schemerige blauwe schaduwen aan de andere kant.

'Tyler, we...' Mijn hart bonkte alsof het uit mijn borst wilde springen, recht in de zijne. Nee. Ik kon me niet laten meeslepen door poëzie. We waren vrienden die samen iets deden. Binnenkort zou de zon ondergaan, de gouden magie meenemen en ons achterlaten in de koele blauw- en grijstinten van de schemering. Wat zou dat doen met Tylers ogen? Zouden ze donker worden, of zouden de gouden spikkels oplichten als die van een kat?

Ik moest hem terug onder de tl-buizen krijgen die zijn levendige kleuren vervaagden en hem weer veranderden in mijn alledaagse collega.

Ik zette mijn bord neer. 'We zijn vrienden. En ik wil niets dat dat verpest.' Cooper had daar gelijk in gehad terwijl we op de bruiloft dansten. Zolang ik een veilige afstand bewaarde, als een satelliet in een baan om de aarde, zou het goed komen. Maar als ik dichter naar Tyler toe zou schuiven, zou onze vriendschap opbranden als een vurige meteoor in de atmosfeer en slechts een koude brok metaal achterlaten. Zo kon ik onze vriendschap niet vernietigen. Dat zou ik niet doen.

Hij haalde adem om iets te zeggen, maar blies die toen uit. In plaats daarvan tilde hij de groene fles naar zijn lippen en dronk. 'Ik wil onze vriendschap ook niet verpesten. Die is bijzonder voor me. Jij bent bijzonder voor me.'

Ik glimlachte. 'Onze vriendschap is belangrijk. Vooral met...' Ik kon het niet eens zeggen. Als ik de woorden niet uitsprak, zou Alicia's huwelijk onze vriendschap niet veranderen. Zij, Tyler en ik zouden niet veranderen. We zouden nog steeds de drie buitenstaanders zijn die, als we samen waren, elkaar het gevoel gaven dat we erbij hoorden.

'Ik snap het.' Hij legde zijn hand op mijn knie, over mijn jurk, slechts voor een seconde, voordat hij een hap tamale aan zijn vork prikte en in zijn mond stopte. Hij rolde met zijn ogen terwijl hij kauwde. 'Je hebt gelijk. Dit zijn de beste.'

'Precies, hè?' Ik pakte mijn bord en stortte me op mijn tweede tamale. We waren weer in de veilige zone. 'Blijf bij mij. Ik heb je nog veel meer te laten zien.'

Hij snoof. 'Dat geloof ik meteen.'

MIJN HART BRAK. Alweer.

Het was één ding om naar de soundtrack te luisteren via mijn oordopjes. Het was iets heel anders om het op het podium te zien afspelen, vooral vanaf de derde rij, waar ik Eliza's gekwelde uitdrukking duidelijk kon zien terwijl ze haar zoon in haar armen wiegde. En toen ze het uitschreeuwde, ontsnapte er een snik aan mijn lippen.

Ik herinnerde me pas dat ik nog in een theater vol vreemden was toen ik een flits uit mijn ooghoek zag. De dame naast me draaide zich om, haar diamanten oorbellen vingen de podium-lichten op, en gaf me een troostende glimlach.

Vanaf de andere kant streek een zakdoek langs mijn hand. Ik glimlachte mijn dank naar Tyler, wiens ogen ook vochtig waren. Maar er liepen echte tranen over mijn wangen, en waarschijnlijk mascara, dus ik probeerde hem niet terug te geven. Mijn traan-buizen werkten tenminste weer. En dit waren goede tranen. Verdrietig, maar voor iemand anders. Niet voor mezelf.

Ik depte mijn ogen en richtte mijn aandacht weer op het podium, waar het drama naar zijn onvermijdelijke conclusie marcheerde.

Ik kende het einde. Iedereen kent het einde. Toch was ik blij dat ik Tylers zakdoek had.

Cooper zou de voorstelling geweldig hebben gevonden. Hoewel hij het waarschijnlijk al op Broadway had gezien. Zeker, hij was een werkverslaafde, maar hij was ook een musicaljunkie. Als hij bij me was geweest, in plaats van in Boston, hadden we kunnen dwepen met de muziek, de kostuums, de optredens. Zou hij me een zakdoekje hebben gegeven, voor op het podium, waar genoeg ruimte was voor zijn lange benen? Mijn hand hebben vast-gehouden? Een arm over de rugleuning van mijn stoel hebben gelegd?

Misschien.

Of misschien niet. Hij was meer het type voor een zijden pochet dan voor een katoenen zakdoek. En hij was nooit een fan van affectie in het openbaar, zelfs niet als het alleen was om een vriendin te troosten.

De dame naast me pakte haar jas voordat ze zich naar me omdraaide. 'Is alles goed met Cooper? Hij mist nooit de voor-stellingen.'

Natuurlijk. Dit waren zijn seizoenskaarten. Ze zaten waar-schijnlijk al jaren naast elkaar. 'Hij moest reizen. Voor zijn werk.'

'Zeg hem dat we hem misten. En Jamila ook.'

Jamila. Ik zette een stijve glimlach op mijn wangen en zei: 'Dat zal ik zeker doen.'

'Maar ik ben blij dat je kon komen. Ik zie wel dat je ervan genoten hebt. Rijd voorzichtig, hoor.'

'U ook.'

Ze knikte en volgde haar metgezel door het gangpad.

Ik draaide me om en zag Tyler zo dichtbij staan dat ik zijn kin had kunnen aanstoten met mijn neus. 'Klaar om te gaan?' vroeg hij.

'Ja.' Het was een magische avond geweest, maar het was tijd voor Assepoester om terug naar huis te gaan, waar ze thuishoorde. Ik liep door het nu lege gangpad en klemde mijn programmaboekje vast om te voorkomen dat ik troost zou zoeken in Tylers hand.

Buiten was de zon verdwenen, en de lucht was een wazig antracietgrijs. De lichten die van de gevel van het theater weerkaatsten, verlichtten de korte afstand tot de metrotrap. Ik stopte onder de gele gloed van een lantaarnpaal. 'Bedankt dat je met me meeging. Ik heb een geweldige tijd gehad.'

'Wil je iets drinken? Het is niet laat. Er is hier een tentje in de buurt...'

'Nee.' Ik legde een hand op zijn mouw. 'Ik moet terug. Alma is vast klaar om naar huis te gaan.'

Hij trommelde met zijn vingers op de zijkant van zijn been. 'Ik breng je wel.'

Ik schudde mijn hoofd. 'Het treinstation is hier en Oakland is compleet uit de richting voor jou. Het zou je meer dan een uur kosten om naar mijn huis en weer terug te rijden.'

Zijn kuiltjes verdwenen en hij leek te krimpen. 'Weet je het zeker? Het is laat voor de trein.'

Ik glimlachte. 'Je zei net dat het niet laat was. Je kunt niet van twee walletjes eten.' Ik ging op mijn tenen staan en kuste zijn wang, precies waar de kuiltjes waren geweest. Tyler verstijfde, alsof ik hem had geraakt met mijn denkbeeldige faser. Maar ik bleef in beweging en zorgde ervoor dat ik hem niet inademde. Een snelle kus en een nog snellere aftocht.

'Ik zie je maandag op het werk', zei ik, terwijl ik hem al passeerde om bij de metrotrap te komen.

Net voordat ik mijn eerste stap naar beneden zette, keek ik terug naar waar ik Tyler had achtergelaten. Hij stond nog steeds waar ik hem had achtergelaten en hief zijn hand met lange vingers op om te zwaaien.

Ik zwaaide terug en daalde de trap af.

We konden vrienden blijven. Ik wilde niets meer. Had niets meer nodig. Niet van hem. We moesten in de friendzone blijven. Hij had gezegd dat dat voor hem ook belangrijk was.

Toch bestelde ik op de treinreis naar huis eindelijk die nieuwe vibrator. Als ik vrienden wilde blijven met Tyler en over Cooper Fallon heen wilde komen, zou ik die nodig hebben.

18

MAANDAG WAS RUSTIG, dus ik heb de ochtend doorgebracht met het opruimen van Jacksons kantoor. Aan dat van Cooper durfde ik niet te komen. Niet dat er ooit iets niet op zijn plek lag in zijn heiligdom.

Toen Tyler vroeg of ik wilde gaan lunchen, stond ik erop dat we naar de personeelskantine gingen. Geen gevaarlijke een-op-eentjes meer. We zouden op openbare plekken afspreken tot Alicia terug was en we weer een chaperonne hadden. In de rumoerige drukte van de kantine waren we gewoon twee collega's die samen aten. Die kuiltjes die verschenen vlak voor hij lachte, hadden voor iedereen kunnen zijn; het was niet aan mij om ze jaloers te verzamelen en te catalogiseren.

De ongebruikelijke warmte van vorige week was verdwenen en die avond werd ik, zodra ik uit het BART-station in Oakland stapte, omhuld door de kille oktobermist. Ik knoopte mijn jas dicht tegen de kleine vochtdruppeltjes die op het wol parelden en mijn haar vochtig maakten. Ik kon niet wachten om thuis te komen, mijn knusse pyjama aan te trekken en mezelf in een roman te verliezen. Ik hoopte dat pap niet per ongeluk weer de verwarming had uitgezet.

Maar zodra ik de voordeur binnenstapte, wist ik dat er iets mis was. Tigger vlijde zich miauwend om mijn enkels. De televisie stond uit, het huis was donker en de leunstoel was leeg.

'Pap?' riep ik. Stilte. Ik trok mijn vochtige laarzen uit en liep op kousenvoeten de keuken in, waar ik het licht aandeed. Tiggers gemiauw werd wanhopiger, dus ik pauzeerde om zijn bakje te vullen en verloor bijna een vinger aan zijn vraatzuchtige, scherpe tanden.

Toen zag ik de telefoon – paps telefoon – op het aanrecht liggen.

'Pap?' riep ik weer. Ik liep naar zijn slaapkamer, maar die was ook leeg. De badkamer ook. Ik wist dat hij niet boven zou zijn – dat kon niet – maar ik rende toch naar boven. Toen ik zag dat mijn slaapkamer onaangeroerd was, kreeg ik een brok in mijn keel. Ik keek door het raam de tuin in. Daar was hij ook niet. Niet op het bankje onder de Japanse esdoorn, niet op de trap.

Ik haalde mijn telefoon uit mijn zak en belde Alma. 'Heb je mijn vader gezien?' vroeg ik zodra ze opnam.

Ze begreep wat ik niet zei – niet kon zeggen. 'Nee, mija. Ik kom eraan.'

Mijn handen trilden zo erg dat ik de verbreekknop niet kon indrukken. Ik was verlamd, niet in staat om te bedenken wat ik moest doen. Waar kon hij naartoe zijn gegaan? Hoe kon ik hem vinden? Ik was dankbaar dat we de truck vorig jaar hadden verkocht. Te voet kon hij niet ver gekomen zijn.

Ik wist niet hoe lang ik daar stond, maar Alma's stem van beneden haalde me uit mijn trance. Ik rende naar beneden en omhelsde haar. Na een moment maakte ze zich los uit mijn omhelzing, maar hield mijn armen vast en stelde me met haar aanraking gerust.

Haar donkerbruine ogen doorzochten de mijne. 'Ik blijf hier wachten tot Will terugkomt. Terwijl ik wacht, bel ik wat rond. Weet jij waar hij naartoe gegaan kan zijn?'

Ik schudde mijn hoofd. Paniek benevelde mijn hersenen en verstrooide mijn gedachten.

'Vroeger ging hij altijd naar de YMCA, toch?' vroeg ze.

Ik knikte. 's Middags ging hij daar altijd zwemmen als therapie voor zijn knie.

'Kijk daar, maar vraag onderweg ook even bij de bar verderop in de straat en de restaurants in het volgende blok. Misschien had hij honger.'

Ik kon door mijn opkomende angst niet helder nadenken, maar ik kon wel haar aanwijzingen opvolgen. Een afschuwelijke gedachte trof me. 'Je belt de...' Ik kon het woord *ziekenhuizen* niet uitspreken, maar haar begrijpende blik vertelde me dat ze het snapte.

'Ja. Maar ik bel de politie nog niet.'

Koude rillingen liepen over mijn rug. Een officiële melding zou hem van me kunnen afnemen. Ik draaide me om naar de deur.

'Wacht,' zei ze. 'Je moet niet alleen naar buiten gaan. Heb je een vriend die je kunt bellen?'

Ik ging mijn mentale lijstje af. Alicia en Jackson waren tot vrijdag op Fiji. Cooper was nog steeds in Boston. Al mijn studievrienden waren verhuisd of verdergegaan met hun leven. Ik begon mijn hoofd te schudden, maar toen dacht ik aan Tyler. Hij was mijn vriend. Hij zou me helpen.

Ik zocht zijn naam in mijn telefoon en drukte op de belknop voordat ik me kon bedenken.

Na zes keer overgaan had ik de telefoon al van mijn oor gehaald om op te hangen toen hij sprak.

'Hé, Marlee.' Hij klonk buiten adem, alsof hij was komen aanrennen om op te nemen.

'Tyler,' piepte ik. Ik stopte om mijn keel te schrapen.

'Wat is er mis?'

'Mijn vader...' ik schraapte opnieuw mijn keel. 'Mijn vader is vermist. Ik... Zou je...?' De woorden kwamen er niet uit.

Maar hij wachtte niet tot ik het vroeg. 'Waar ben je?'

'Ik ben thuis. Maar ik ga nu naar buiten om hem te zoeken.'

'Ik bel je als ik in Oakland ben, dan spreken we af. Wees voorzichtig, oké?'

'Oké.'

Hij moet de trilling in mijn stem hebben gehoord, want hij zei: 'Het komt goed. Waarschijnlijk heb je hem al gevonden voor ik er ben.'

Niet in staat om langs de hysterie die mijn keel dichtkneep te spreken, hing ik op. Een paar seconden later pingde mijn telefoon. Tyler had een app gebruikt om zijn locatie te sturen en die vroeg me mijn locatie met hem te delen. Ik klikte op *Ja*, in de hoop dat de technologie me kon helpen pap te vinden.

Twintig minuten later kwam ik alleen uit een restaurant een paar straten van huis. Het geronk van Tylers klassieke Mustang die voor me stopte, trilde door mijn borstkas. Mijn razende hartslag vertraagde een fractie toen hij voor me uit de auto sprong en op de stoep ging staan. Zijn armen trilden alsof hij me wilde vastpakken, maar hij hield ze langs zijn zij. Bezorgde lijnen omrandden zijn mond en zijn ogen schoten tussen de mijne.

Ik kon niet dezelfde terughoudendheid opbrengen. Ik stapte naar hem toe, sloeg mijn armen om zijn stevige rug en drukte mijn hoofd onder zijn kin. Ik ademde zijn vertrouwde, geruststellende geur in. 'Dank je. Heel erg bedankt dat je gekomen bent.'

Zijn armen kwamen om me heen. Na een snelle omhelzing liet hij me los en deed een stap achteruit. Hij keek om ons heen. 'Wat is het plan?'

Ik trilde niet meer en mijn stem verraste me met haar vastberadenheid. 'Ik heb de restaurants hier afgezocht. Ik was op weg naar de Y. Mijn vader ging daar vroeger sporten.'

'Oké. Ik rij wel.' Hij opende het portier van de Mustang en deed het achter me dicht. Toen hij instapte, reikte hij over de middenconsole naar mijn hand en hield die vast, wat voorkwam dat ik over de rand van de afgrond viel.

Ik wachtte niet op hem toen we voor de YMCA stopten. Ik sprong eruit en rende de lobby in, waar ik voordrong in de rij en de vrouw achter de informatiebalie aansprak. 'Heeft u mijn vader gezien? Will Rice. Hij is drieënvijftig, loopt met een stok of mank, kort wit haar, een beetje mager?'

Ze keek me wantrouwig aan, op haar hoede voor de wildogige vrouw die haar rustige avond was binnengestormd. Ze schudde haar hoofd. Ik pakte mijn telefoon en liet haar de foto zien die ik ook op de andere plekken had gebruikt.

'Weet u het zeker?'

'Nee, mevrouw.'

Ik draaide me om en scande de lobby zelf, alsof hij zich daar zou kunnen schuilhouden, op de een of andere manier onzichtbaar voor de receptioniste, maar ik zag zijn kortgeknipte witte haar nergens. Ik beet op mijn lip.

Tyler kwam naast me joggen en legde zijn arm om me heen. 'Hé, we vinden hem wel. Waar gaan we nu heen?'

Mijn paniek kwam in alle hevigheid terug. Ik had geen idee. Ik opende mijn mond om hem dat te vertellen, maar mijn telefoon trilde. Toen ik zag dat het Alma was, fladderde er hoop in mijn borst.

'Hola, mija. Señor Oliveras van de supermarkt belde. Hij zei dat iemand je vader bij het treinstation heeft gezien.'

'Wanneer?'

'Ongeveer tien minuten geleden. Schiet op.'

Ik greep Tylers hand en trok hem mee naar de uitgang. 'Hij is bij het BART-station. Kom.'

In de auto hield hij weer mijn hand vast terwijl ik hem de weg wees. 'Je denkt toch niet dat…'

'Ik denk niet dat hij ver kan komen. Ik betwijfel of hij geld bij zich heeft. Natuurlijk dacht ik ook niet dat hij zou weglopen…' Ik staarde uit het raam, niet in staat om verder te praten. Hij kneep in mijn hand.

Tyler liet de Mustang op straat staan met de alarmlichten aan terwijl we het station binnenrenden. Ik zakte bijna in elkaar toen ik de bekende gestalte voor de kaartjesautomaat zag.

'Pap!' riep ik naar hem. Toen ik bij hem was, sloeg ik mijn armen om hem heen en knuffelde hem stevig. 'Je hebt me laten schrikken. Waarom ben je het huis uitgegaan?'

'Ik wilde Maggie gaan opzoeken,' zei hij, alsof het de

normaalste zaak van de wereld was om met de trein mijn overleden moeder te bezoeken.

Ik liet hem los en legde mijn hand in de zijne, zoals ik zo vaak had gedaan toen ik klein was. Maar dit keer sprak ik als de ouder. 'Pap, je kunt niet zomaar weglopen. We hebben je overal gezocht.'

Hij glimlachte naar me en legde zijn hoofd schuin. 'Ik was gewoon hier.'

Hoe lang was hij hier al? Ik was iets meer dan een uur geleden door het station gelopen. Ik zou hem zeker zijn tegengekomen als hij direct van huis hierheen was gekomen. Was ik maar niet zo in mijn eigen hoofd verdwaald geweest, gefocust op mezelf...

Ik bekeek hem van top tot teen. Zijn haar was nat tegen zijn hoofd gekleefd en de onderkant van zijn broek was nat tot aan zijn enkels, alsof hij een tijdje in de mistige regen had gelopen. In de wazige toestand waarin hij verkeerde, zou ik nooit precies weten waar hij was geweest.

Ik was bijna vergeten dat Tyler er was totdat hij een hand op mijn rug legde en zijn rechterhand uitstak naar mijn vader. 'Meneer Rice, ik ben Tyler Young, een vriend van Marlee.'

Pap schudde zijn hand en rechtte zich op tot zijn volledige lengte, zodat hij bijna op ooghoogte was met Tyler. 'Will Rice.' Hij klonk zo normaal. Maar toen zei hij: 'Ik ging Maggie bezoeken.'

Tyler trok zijn wenkbrauwen op naar mij. Ik schudde mijn hoofd. 'Kom, pap,' zei ik. 'Laten we naar huis gaan.' Ik liep naast hem, zijn vrije arm vasthoudend terwijl hij op zijn stok leunde en achter Tyler aan naar buiten schuifelde.

Ik propte mezelf op de kleine achterbank en verwonderde me over hoe gemakkelijk Tyler pap in een gesprek betrok terwijl hij ons naar huis reed. Ze praatten over honkbal, en zelfs ik kon horen dat pap heen en weer sprong tussen de play-offs van dit jaar en een of andere serie van tien of twintig jaar geleden, maar Tyler volgde zijn sprongen zonder commentaar. Toch was ik blij dat de rit voorbij was toen we ons huis bereikten.

Terwijl ik Alma omhelsde en haar vertelde wat er was gebeurd, ging pap naar bed. De lijnen rond zijn ogen en mond vertelden me dat hij uitgeput was, zelfs al zou hij het niet toegeven.

Ik voelde het ook. Mijn knieën trilden en mijn ledematen waren zwaar. Mijn hoofd was gevuld met modder en de gedachten worstelden zich er doorheen. De stress die mijn ruggengraat had verkrampt en me de afgelopen negentig minuten op de been had gehouden – was het maar zo kort geweest? – verliet me in één keer en ik zakte lusteloos neer op de bank.

Tyler stond midden in de woonkamer, handen in zijn zij, waardoor de kamer nog kleiner leek dan hij al was. 'Vind je het goed als ik iets te eten voor ons maak? Ik heb nog niet gegeten en ik kan me voorstellen dat jij dat ook niet hebt.'

Het laatste wat ik wilde was mezelf naar de keuken slepen, maar het was het minste wat ik kon doen voor Tyler, die zo sterk was geweest tijdens mijn beproeving. 'Geef me een minuutje en ik...'

'Nee,' onderbrak hij me. 'Blijf daar. Ik zoek wel iets voor ons. Als je dat goedvindt, tenminste?'

Ik probeerde de energie op te brengen om de gastvrije vriendin te zijn die ik had moeten zijn. Ik kon het gewoon niet. 'Prima.' Ik strekte me uit op de bank. Ik zou een paar minuten rusten. Dan zou ik naar de keuken gaan en Tyler helpen iets te koken te vinden.

Een hand op mijn schouder maakte me wakker. Ik kreunde terwijl ik overeind kwam. Het was niet mijn bedoeling geweest om in slaap te vallen, maar die droomloze, zorgeloze minuten hadden mijn op hol geslagen zenuwen gekalmeerd. Tyler zakte neer aan het andere eind van de bank – hij liet een heel kussen tussen ons – met een bord. Hij knikte met zijn kin naar een ander bord voor me op de salontafel.

'Ik heb broodjes voor ons gemaakt. Ik hoop dat dat oké is.'

'Dank je.' Ik trok het bord op mijn schoot. Tigger sprong omhoog, strekte zich uit langs Tylers dij en staarde me onverstoord aan. We aten in stilte. Totdat...

'Wie is Maggie?'

Ik kauwde mijn hap af en slikte met moeite. Mijn mond was droog geworden. 'Mijn moeder, Margaret.'

'Je vertelde me dat ze overleden is. Ging je vader haar op de begraafplaats bezoeken?'

'Nee. Ze is gecremeerd. Ze staat daarginds.' Ik wuifde mijn hand naar het kleine ronde tafeltje in de hoek van de kamer met de keramieken urn met bloemenpatroon erop. Toen nam ik een grote hap van mijn broodje zodat ik niets meer hoefde te zeggen.

Tyler was een minuut stil, maar toen ging hij verder. 'Heeft hij vaker van dit soort… aanvallen?'

Ik zette mijn bord neer en dronk uit het glas water dat Tyler voor me op tafel had gezet. Ik wenste dat het iets alcoholisch was. 'Niet zo erg.' Ik dronk nog een slok en zette het glas neer. 'Maar vorige week was het pap die de kat naar buiten liet. Hij was vergeten dat Tigger hier logeerde.'

Ik wierp een snelle blik op Tyler. Hij legde zijn broodje neer en zijn mond verstrakte. Hij draaide zich naar me toe, met één knie naar de rugleuning van de bank gericht.

'Mijn opa had alzheimer.'

Ik verstijfde. Alzheimer? Ik had er een paar keer aan gedacht, maar dat was alleen voor oude mensen.

Hij schudde snel zijn hoofd en hield zijn handpalmen naar me op in een 'rustig aan'-gebaar. 'Ik zeg niet dat je vader het heeft. Hoewel mensen het ook op hun veertigste en vijftigste kunnen ontwikkelen.'

Zijn vingers tikten op zijn knie. 'Het begon klein, afspraken vergeten of steeds hetzelfde verhaal vertellen. We maakten hem er soms belachelijk om en hij lachte erom.' Tyler trok aan een gerafeld draadje in de bank. 'Maar uiteindelijk werd hij zo slecht dat we hem niet alleen konden laten. Hij vergat het fornuis uit te zetten. Een keer liet hij de badkuip vollopen en die stroomde over. Verpestte het plafond van de kamer eronder. En een paar keer liep hij weg. Zoals je vader. Kon niet uitleggen waarom hij het had gedaan.' Hij streek het draadje glad en keek me aan. 'Nadat we hem midden op een drukke straat vonden, moesten we hem in een gespecialiseerde afdeling van een verzorgingstehuis plaatsen.'

Ik sloeg mijn armen over elkaar, plotseling koud. 'Dat zou ik niet kunnen.' Ik wierp een blik op mams urn, omringd door kaarsen en de bloemen die ik bij de supermarkt had gehaald. Ik kon hem ook niet verliezen. 'Ik huur wel iemand in. Om voor hem te zorgen terwijl ik op mijn werk ben.'

'Zeker, dat is prima.' Tylers stem kalmeerde me als honing in hete thee. 'Je zorgt goed voor hem.'

Tranen prikten achter mijn ogen en ik reikte naar de borden op de salontafel.

'Ik doe het wel. Je hebt een zware nacht gehad. Maak je nergens zorgen over.' De deken van de rugleuning van de bank werd over mijn schouders gedrapeerd en het kussen veerde op toen Tyler opstond. Terwijl hij met de vaat rammelde, raceten mijn gedachten.

Waarom was pap weggelopen?

Wat gebeurde er met hem?

Vroeger zorgde pap voor ons allebei. Hij was zo scherp, zo capabel. Nu kon ik hem niet meer vertrouwen om alleen thuis te blijven.

Met hulp kon ik toch voor hem zorgen?

Ik was er zeker van geweest dat ik het kon... totdat Tyler het op die halfslachtige manier met me eens was.

Ik rilde, zelfs onder de deken. Ik zou een manier vinden om voor pap te zorgen. Ik was sterk en onafhankelijk, en ik had een taser om dat te bewijzen.

Tyler kwam terug van de afwas en liep naar paps leunstoel, waar hij zijn jas had neergegooid toen hij binnenkwam. Hij bleef er een paar seconden staan voordat hij zijn jas pakte. 'Als het goed met je gaat, ga ik.'

Sterk. Onafhankelijk. 'Het gaat goed. Nogmaals bedankt dat je bent gekomen. Ik weet niet wat ik had moeten doen...' Ik probeerde de brok in mijn keel weg te slikken.

Hij liep naar de bank waar ik onder mijn deken ineengedoken

zat. 'Wanneer je hulp nodig hebt, bel me, oké? Ik zal er altijd voor je zijn.'

Ik knipperde de plotselinge nattigheid in mijn ogen weg en mijn kin trilde zo erg dat ik er geen dankjewel meer uit kon krijgen.

Hij boog zich voorover en kuste de bovenkant van mijn hoofd, even blijvend. Misschien kon ik hier doorheen komen. Zeker als ik op mijn vrienden kon rekenen.

'Bel je me morgen, oké? Vertel me hoe het met hem gaat?'

'Oké. Welterusten.'

Ik stond op en deed de deur achter hem op de grendel. De trap naar mijn kamer was te ver weg. Bovendien kon ik pap niet langs me laten glippen. Ik ging op de zachte bank liggen, kroop op onder de deken en sloot mijn ogen om de slaap te verwelkomen.

19

IK WERD IN het donker wakker met een bonzend hart. *Pap. Is hij hier nog?*

Ik snelde de gang door, pauzeerde om op adem te komen en sloop toen zijn kamer binnen. Door zijn open gordijnen scheen het maanlicht op zijn slapende gestalte. Teigetje, die zich in zijn knieholtes had genesteld, knipperde met zijn gele ogen naar me, maar blies voor de verandering eens niet.

Ik deed de deur zachtjes dicht en liep naar de keuken om koffie te zetten. Hoe vroeg het hier ook was, aan de oostkust was het al drie uur later. Cooper zou wakker zijn. Waarschijnlijk had hij al in de sportschool van het hotel getraind, gedoucht en zich in een van zijn perfecte business casual outfits, een pantalon met een colbert, gestoken. Ik kon zijn aftershave bijna ruiken.

Ik stuurde hem een berichtje.

> Ik ben vandaag niet op kantoor. Moet met pap naar de dokter. Stuur een berichtje als je iets nodig hebt.

Mijn telefoon pingde toen de eerste plens koffie de bevlekte bodem van de kan raakte.

COOPER

Gaat het goed met hem?

Zo attent van hem om dat te vragen, zeker nadat ik me in zijn kantoor aan hem had opgedrongen.

Hij had gisteren een incident. Moet hem laten nakijken.

Misschien bleek er niets aan de hand te zijn. Misschien zou de dokter me vertellen dat dit normaal gedrag was en dat ik overdreven had gereageerd. Of hij zou zijn medicatie weer aanpassen.

Heb *jij* iets nodig?

Mijn hart maakte een sprongetje. Hij was te vriendelijk.

Stuur chocola. 

Ik regel het. De vergaderingen hier gaan goed. Ik zal je niet nodig hebben. Neem de rest van de dag vrij.

Zoals ik al zei, attent. Zorgzaam. Maar niet van mij. Niet in staat om deze last met me te delen.

Dank je. Tot maandag.

Het volgende uur keek ik elke vijf minuten naar mijn telefoon en daarna elk halfuur, maar hij antwoordde niet meer. Hij had het druk. Dat wist ik. Bovendien had ik hem verteld dat alles in orde was. Ook al was dat niet zo.

———

DE SCHEIDSRECHTER HAD NET 'PLAY BALL!' geschreeuwd toen onze deurbel ging.

'Sodemieter op,' mopperde pap. 'Wie komt er nu langs tijdens de World Series?'

Ik boog me voorover en klopte op zijn knie. 'Maak je geen zorgen, pap. Ik regel het wel.' Het was waarschijnlijk UPS met mijn pakketje met benodigdheden. Ik had pap niet alleen in huis willen laten, zelfs niet om naar de winkel te rennen voor tampons. Of – ik beet op mijn lip en wierp een blik op pap – het discrete pakketje dat ik verwachtte.

Maar toen ik de deur opendeed, stond Tyler op mijn veranda, een pizzadoos in zijn handen geklemd. Hij bekeek mijn gezicht en liet toen zijn blik zakken naar mijn vervaagde sweatshirt van de universiteit en mijn yogabroek, helemaal tot aan mijn slippers. Ik krulde mijn tenen om mijn afgebladderde nagellak te verbergen.

'Tyler! Wat doe jij hier? Ik bedoel, ik ben blij dat je er bent.' Een brede glimlach verscheen op mijn gezicht. Ik hield van mijn vader, maar het was geweldig om een ander persoon te zien.

'Hé. Ik weet dat je zei dat alles goed ging, maar ik... ik heb pizza meegenomen.' Hij hield de doos in mijn richting. 'Weet je zeker dat het goed met hem gaat? En met jou?' Zijn ogen doorzochten de mijne.

Ik stapte de veranda op en trok de deur achter me dicht. Hoewel ik wist dat pap me niet kon horen met de tv die op volle sterkte stond, hield ik mijn stem zacht. 'Ik heb hem gisteren meegenomen naar de dokter. Zonder de dure tests te doen, vertelde hij ons dat het waarschijnlijk vroegtijdige alzheimer is. Dus gisteren heb ik... ik heb iemand ingehuurd om op hem te passen terwijl ik aan het werk ben. Ze begint maandag.'

'Oh. Dat is goed, toch?' Hij trok hoopvol zijn wenkbrauwen op.

Nee, verdomme, het was niet goed. Mijn drieënvijftigjarige vader zou geen verpleegster nodig moeten hebben. Of een babysitter. Hij zou moeten genieten van zijn vervroegd pensioen, met vrienden rondhangen, een biertje drinken in de kroeg op de hoek.

Hij zou niet binnen opgesloten moeten zitten, in de gaten gehouden door iemand die getraind is in reanimatie en potig genoeg is om hem ervan te weerhouden het huis te verlaten. En ik had die beslissing niet moeten hoeven nemen. Ik haalde mijn schouders op en keek naar Tylers Vans.

'Hé.' Hij legde een knokkel onder mijn kin totdat ik hem in de ogen keek. 'Het komt wel goed. Je zorgt dat hij de zorg krijgt die hij nodig heeft. Je bent een goede dochter.'

Ik snoof. 'Houd op met zo aardig te zijn.'

Hij zette de pizzadoos op de brede leuning van de veranda en trok me naar zich toe. 'Sorry, dat kan ik niet. Je bent mijn vriendin.' Hij hield me stevig vast en het moest de druk zijn geweest die de tranen uit mijn ogen perste. Ik wreef ze af aan het zachte katoen van zijn Galaga-shirt. Het rook naar citrus en zonneschijn en ik wilde me erin wikkelen als een deken. Maar al te snel deed hij een stap achteruit.

'Wil je dat ik dit achterlaat en wegga?' Hij wees naar de doos.

Weggaan? En pap en mij weer alleen laten? 'Doe niet zo belachelijk. Kom mee-eten.'

'Weet je het zeker?'

Pap schreeuwde vanuit het huis: 'Marlee! Ben je daar nog?'

'Ja! Momentje.' Ik grijnsde naar Tyler. 'Kom je? We hebben bier.'

Hij pakte de doos op. 'Verkocht.'

Ik deed de deur open. 'Pap, je herinnert je Tyler nog wel van laatst, hè?'

Pap keek snel op, maar richtte zich toen weer op de wedstrijd. 'Tyler van het treinstation. Tyler met de muscle car. Ga verdomme zitten en houd je kop.'

Tyler verstijfde. Ik legde een hand op zijn onderarm. 'Zo is hij altijd tijdens honkbalwedstrijden,' fluisterde ik. Hij was nooit een grote vloeker geweest, maar tegenwoordig haalde sport op tv dat in hem naar boven.

'Maar Oakland speelt niet eens—'

'Ssst. Maakt niet uit. Het is de Series.'

'Ah.' Hij hield zijn mond. Hij zette de pizza op de salontafel en ging op het uiteinde van de bank zitten, dichter bij pap.

Ben zo terug, vormde ik met mijn lippen en liep naar de keuken voor borden, servetten en drie flesjes bier. Aan de positieve kant had ik vanochtend het huis opgeruimd. Jammer dat ik mijn roman had gepakt in plaats van te douchen, mijn haar te borstelen of make-up op te doen. Ik liet mensen van kantoor me meestal niet zien als ik er niet op mijn best uitzag. Maar Tyler had me laatst in het theater gezien met uitgelopen mascara. Echter dan dat werd het niet. Ik ging met mijn vingers door mijn haar en deed het weer in een paardenstaart.

Toen ik terugkwam, was er een reclame te zien, zonder geluid. De mannen keken van elkaar weg, Tyler naar de vloer met roze wangen en pap naar mij, met een te brede glimlach.

'Bedankt, Zonnestraaltje. Er gaat niets boven bier, pizza en honkbal. Ik mag deze wel.' Hij wees met zijn duim en ik had niet gedacht dat het mogelijk was, maar Tylers wangen werden nog vlekkeriger rood.

Ik gaf pap een biertje en daarna een stuk pizza, met alles, mijn favoriet. *Maar supreme vindt iedereen favoriet.*

Ik gaf Tyler een ander stuk en nam mijn bord mee naar het andere uiteinde van de bank. De wedstrijd kwam weer op en pap zette het geluid harder.

'Voor welk team ben jij, Tyler?' vroeg pap bij de volgende reclame. Niemand hoefde hem te vragen voor wie *hij* was. Hij had luidkeels voor hen gejuicht.

'In deze Series? Het maakt me niet echt uit. Ik ben een Astros-fan.'

'Stelletje valsspelers.'

Tyler knipperde met zijn ogen.

'Pap! Doe eens aardig!' Ik schoof dichter naar Tyler toe om te fluisteren: 'Hij gaat emotioneel helemaal op in sport.'

'Zei Marlee me niet dat u uit Dallas komt?'

Op zijn goede dagen was hij zo scherp als een mes.

'Dat klopt.'

'Waarom bent u dan geen Rangers-fan?'

Tylers lip krulde op. 'Mijn broers zijn allemaal grote Rangers-fans. Ik wilde gewoon anders zijn, denk ik.'

'Mooi zo,' zei pap. 'Wanneer hebben de Rangers voor het laatst de Series gewonnen?'

'Precies.' Tyler tikte met zijn bierflesje tegen dat van pap.

Tijdens de volgende reclamepauze vroeg Tyler pap over het huis en al snel hadden ze het over elektrisch gereedschap. Pap raakte zelfs zo verdiept in een eerbetoon aan zijn dierbare, overleden tegelzaag – die ik op eBay had verkocht om een ziekenhuisrekening af te betalen voordat we ons eigen risico hadden bereikt – dat hij een slagbeurt miste. We aten de pizza en nog een rondje bier op en tegen de tijd dat de wedstrijd was afgelopen, gebruikte ik Tylers schouder als kussen en gaapte pap.

Hij hees zich omhoog uit de diepte van de leunstoel. 'Ik duik er vroeg in. Amuseer jullie, kinderen.' Hij knipoogde. 'Maar niet te veel lol.'

'*Pap.*' Ik ging rechtop zitten. 'Tyler en ik zijn *vrienden.*'

'Oh, juist,' zei hij grijnzend.

Tyler stond op om zijn hand te schudden. 'Goedenacht, meneer Rice. Bedankt dat ik de wedstrijd met u mocht bekijken.'

'Graag gedaan. Het is verfrissend om met een echte fan te kijken.'

Ik rolde met mijn ogen naar zijn veelbetekenende blik in mijn richting.

Terwijl pap naar bed schuifelde, bleef Tyler staan. 'Wilde je dat ik—' Hij knikte met zijn hoofd naar de deur.

Op een vrijdagavond om acht uur zouden de meeste vijfentwintigjarigen net op weg zijn naar het avondeten of thuiskomen van de borrel om een paar uur uit te rusten voordat ze naar een club zouden gaan. De lange, eenzame nacht strekte zich voor me uit.

'Nee, blijf. Alsjeblieft? Tenzij je... andere plannen had.' Misschien had hij een date. *Laat hem alsjeblieft geen date hebben.* Ik snakte naar gezelschap.

Tyler trok zijn lip op. 'Nee. Ik heb mijn spelcomputer meegenomen. Zal ik die pakken?'

'Tuulk. Ik ruim wel even op.'

Terwijl hij naar zijn auto liep, waste ik de borden af en gooide de lege flesjes in de glasbak. Toen ik terugkwam in de woonkamer, droeg ik een dienblad met bier, een kom met zoute krakelingen en chocolade. De witte chocolade die Cooper had gestuurd. Het was aardig van hem, maar als iemand zegt dat ze chocola nodig heeft, bedoelt ze *nooit* witte chocolade. Het is niet eens echt chocolade. Het zou wel oké smaken bij de krakelingen, veronderstelde ik.

Terwijl ik het dienblad neerzette, mompelde Tyler iets achter onze oude televisie.

'Lukt het niet?' vroeg ik.

'Nee, nee, het lukt wel.' Hij leek een heel compartiment in zijn tas te hebben voor kabels. 'Aha!' Hij trok er een van de bodem van de tas, plugde een soort adapter in, sloot een andere kabel aan en zette de spelcomputer aan. Op de tv verscheen een animatievideo.

Hij gooide de overbodige kabels in zijn tas en plofte toen op de bank. Ik gaf hem een biertje en ging aan de andere kant zitten, met één knie op het kussen naar hem toe gedraaid.

'Dus, vertel eens. Wat vroeg mijn vader aan je dat zo gênant was? Terwijl ik de borden haalde.'

Het controleren van het batterijvak van een van de controllers leek enkele seconden zijn volledige aandacht te vereisen. 'Hij vroeg me wat mijn intenties waren. Met jou.'

Daar kreeg ik het warm van. 'Je hebt hem toch wel verteld dat we vrienden zijn?' Zonder op zijn antwoord te wachten zei ik: 'Hij had een goede avond. Vandaag lijkt hij zichzelf. Afgezien van het gevloek.'

Zijn mondhoeken zakten. 'Hij noemde een boormachine een "elektrische gaatjesmaker". Hij vertoont misschien niet altijd symptomen, maar er is geen genezing. De neuronen die hij heeft verloren, zullen niet regenereren.' Zijn blik werd peinzend, alsof hij aan zijn grootvader dacht. Toen knipperde hij met zijn ogen. 'Je doet het juiste door hulp voor hem te zoeken.'

Ik pulkte aan het etiket van mijn bierflesje. 'Ik weet het. Ik wou dat—'

Hij reikte naar me toe en streelde mijn schouder met zijn grote hand. 'Ik weet het.'

Ik snoof en knipperde de tranen weg. 'Gaan we nog spelen of wat?'

Hij kneep in mijn schouder en trok zich toen terug. Een koude rilling kroop van de plek waar zijn warme hand had gelegen en bevroor mijn hart. Ik reikte achter me en trok de deken over mijn schouders. Nog steeds niet zo goed als zijn hand.

'Ik denk dat je dit wel leuk zult vinden. We moeten samenwerken aan de missies. En we gaan een hoop dingen opblazen. Het is mijn favoriete spel om stress te verlichten.' Hij gaf me een controller. 'Heb je dit systeem al eerder gebruikt? Moet ik iets uitleggen?'

Het was een paar jaar geleden dat ik had gespeeld, maar het apparaat voelde vertrouwd aan in mijn hand. 'Nee, het is goed.'

'Geweldig.' Hij schonk me een grijns en richtte zijn aandacht weer op het scherm. 'Laten we beginnen.'

Hij had gelijk. Kijken hoe onze vijanden voor ons explodeerden was vreemd bevredigend. Door met Tyler samen te werken, had ik de controle, was ik onderdeel van een team. Hij bekritiseerde me niet als ik onhandig of te agressief was; hij liet me het opnieuw proberen tot ik het onder de knie had. Ik kon niet stoppen met glimlachen en uren later deden mijn gezichts- en buikspieren pijn van het lachen.

'Pas op!' Mijn waarschuwing kwam te laat. Tylers personage stortte neer onder vuur. 'Hoe kon je die enorme tank nou missen?'

Ik keek opzij naar hem. *Oh.* Hij keek naar me, zijn eigen controller vergeten in zijn slappe handen. Ik negeerde de onmiskenbare geluiden van de ondergang van mijn eigen personage. Nu had ik spijt dat ik aan het andere uiteinde van de bank was gaan zitten. Het zou zo fijn zijn om mijn hoofd op zijn schouder te leunen, zijn armen om me heen te voelen en gewoon in zijn omhelzing te ontspannen. Vrienden deden dat... toch?

'Je hebt me nooit verteld hoe het is afgelopen met Operatie Droomprins.'

Het voelde alsof hij koud bier over mijn hoofd had gegoten. Ik trok de deken strakker om me heen. 'Het... het liep niet zo goed. Cooper heeft bedenkingen bij een relatie met iemand die voor Synergy werkt.' Oké, prima, dat was mijn draai aan wat hij had gezegd. 'Dus het gaat niet werken.' Ik haalde mijn schouders op.

Vriend of niet, ik wilde er niet over praten met Tyler. Ik vond de manier waarop zijn mond vertrok wanneer ik Coopers naam zei niet leuk. Ik liet de controller op mijn schoot vallen en blies op mijn bezwete handen. 'Herinner me eraan om de volgende keer wat opwarmende vingeroefeningen te doen.'

'*Bedenkingen* klinkt niet zo slecht. Ga je wachten? Blijven proberen?'

Ik kneedde mijn handpalm met mijn andere duim. 'Ik denk het niet.'

'Ik heb je nog nooit iets zien opgeven.' Hij boog zijn hoofd om mijn blik te vangen.

Ik staarde naar de tv. 'Er is een verschil tussen een oogje op iemand hebben en een stalker zijn. Ik probeer het los te laten.' Hoewel Cooper Fallon zo lang een plekje in mijn hart had gehad, voelde de ruimte die hij had achtergelaten leeg.

'Marlee.' Hij schoof naar me toe tot onze knieën elkaar raakten. 'Herinner je je de eerste keer dat we elkaar ontmoetten? Echt ontmoetten?'

Ik wist wat hij bedoelde. Jackson had ons voorgesteld op Tylers eerste dag, toen hij hem op kantoor rondleidde. Maar we hadden elkaar pas weken later leren kennen. 'Je redde me van die boosaardige biertap.'

'Je had bier in je ogen en je haar.'

'En over mijn hele shirt. Je gaf me je trui om het te bedekken.'

Hij grinnikte. 'Ik leende hem aan je. En je hebt hem nooit teruggegeven.'

'Wat? Echt niet?' Ik had hem afgelopen voorjaar elk weekend gedragen. Hij was te zacht en behaaglijk om terug te geven. Zelfs nadat ik het bier eruit had gewassen, rook hij ongelooflijk, als niets anders in mijn lades.

'Echt niet. Maar ik vind het niet erg.' Zijn stem was heel diep geworden. 'Zelfs onder het bier was je de mooiste vrouw die ik ooit had ontmoet.'

'Ach, bedankt. Je bent lief.' Maar in het flikkerende licht van de televisie hadden zijn pupillen zijn irissen opgeslokt, waardoor er alleen een glinstering van goud overbleef. Hij zag er niet lief uit. Hij zag er gevaarlijk uit.

'Ik zei het niet om lief te zijn. Ik zei het omdat het waar is. En nu jij en Cooper niet samenkomen, denk ik dat we—' Hij schraapte zijn keel. 'Ik denk dat we erover moeten nadenken om meer dan vrienden te zijn.'

Ik trok de deken strakker om me heen. 'Ik kan niet zomaar van verliefd zijn op – of een oogje hebben op Cooper overstappen naar met iemand anders daten. Zo werkt mijn hart niet.' Ik had gedacht dat Cooper mijn Ware Liefde was, zoals mijn moeder dat voor pap was geweest. Als dat waar was, zou ik nog lang treuren. Jaren. Decennia.

'Maar ik—'

'We zijn vrienden. Ik kan niet op die manier aan je denken.' Wat als Coopers waarschuwingen uitkwamen? Wat als een relatie te raar zou worden en ik mijn vriend zou verliezen? Dat kon ik niet laten gebeuren.

Hij keek alsof ik hem had geslagen. 'Oké.' Hij klemde zijn handen tussen zijn knieën en staarde ernaar alsof ze de sleutel bevatten die we in de videogame hadden gezocht. 'Oké.' Hij stond op. 'Dan ga ik maar weg.'

'Nee, Tyler, ik—' *Shit.* Waarom *verdomme* had hij alles verpest door dat te zeggen? 'Ik wil vrienden blijven.'

'Natuurlijk.' Hij zag eruit alsof hij op een roestige spijker was gaan staan en door de pijn heen probeerde te glimlachen. 'Vrienden. Tot maandag.'

'Oké.' Maar waren we dat nog?

Ik keek hem na, zijn rug stijf. De motor van zijn Mustang brulde en kwam tot leven. Pas nadat het gerommel in de straat was weggestorven, richtte ik me weer op onze woonkamer en besefte ik dat hij zijn spelcomputer aangesloten had laten op onze televisie.

Ik slaakte een trillende zucht. Het betekende dat hij vrienden wilde blijven. Dat hij terug zou komen en we weer zouden spelen. Dat hij, ondanks wat hij eerder had gezegd, onze kostbare vriendschap wilde behouden en die niet op het spel wilde zetten door er meer van te maken.

Want wat ik het hardst nodig had, nadat ik mijn verliefdheid de kop had ingedrukt, terwijl pap meer zorg nodig had dan ik hem wist te geven, was een vriend.

Starend naar de spelcomputer hoopte ik dat Tyler die vriend voor me zou zijn.

20

BEN VERSTIJFDE EERST toen ik hem maandagochtend in de lobby omhelsde, maar toen ontspande hij en klopte op mijn rug.

Ik liet hem los en zei: 'Het spijt me. Normaal gesproken respecteer ik de grenzen op het werk beter, maar ik ben zo blij je te zien.'

Hij hield zijn hoofd schuin. 'Dacht je dat ik niet zou komen opdagen?'

'Misschien.' Ik pakte de tijdelijke pas van José bij de beveiligingsbalie en gaf hem aan Ben. 'Je zou de eerste niet zijn geweest.' Hij klemde de pas aan zijn riemlus en streek zijn karamelkleurige trui glad, die bij zijn ogen paste.

Ik bracht hem naar de lift. 'Nadat je klaar bent bij HR, zal ik je bijpraten en op weg helpen. Cooper heeft de hele ochtend vergaderingen, maar hij neemt je mee uit lunchen en dan kun je hem leren kennen. Jackson komt vandaag terug van een reis, dus ik zal wat tijd met hem moeten doorbrengen. Maar verder ben ik tot vier uur beschikbaar.' Ik zag op tegen het gesprek dat ik later met Jackson moest hebben over mijn nieuwe rooster.

Nadat ik Ben bij Personeelszaken had afgezet, liep ik naar de zesde verdieping. Ik had ongeveer een uur om de training van Ben voor te bereiden en bij te praten met Jackson. Hoewel ik de twee dagen dat ik afwezig was op afstand had gewerkt, liep ik achter op schema voor Jacksons eerste dag terug.

Ik kwam uit het trappenhuis en keek naar de deur van Cooper, blij dat die nog dicht was. Hij zou niets nodig hebben terwijl hij in vergadering was. Ik kromp ineen bij de herinnering aan de laatste keer dat ik in zijn kantoor was geweest, toen ik me op hem had gestort en we ruzie hadden gemaakt. Nu was ik blij dat hij meer terughoudendheid had getoond dan ik. Hem vandaag zien zou al ongemakkelijk genoeg zijn.

De deur van mijn baas stond open en het licht was aan. Ik stak mijn hoofd naar binnen en glimlachte naar hem. 'Hé, vreemdeling.'

'Marlee, mijn reddende engel!' Aan zijn gebruinde huid kon ik zien dat hij tijd op het strand had doorgebracht. Hij had zijn stoppels laten groeien tot het bijna de volle baard was die hij vorig jaar had. Alicia had hem vast eindelijk verteld dat ze die miste.

Hij klikte zijn laptop in het dockingstation en liep achter zijn bureau vandaan, met zijn armen wijd. Een schuldgevoel over wat ik hem moest vertellen schoot door me heen, maar dat kon wachten tot nadat ik hem fatsoenlijk had begroet. Hij sloeg zijn armen om me heen en ik omhelsde hem terug.

'Goede reis gehad?' vroeg ik.

Hij glimlachte naar me. 'De beste. Fiji is geweldig. We zaten in een bungalow direct aan het strand.' Hij liet me los en wees naar de fauteuils bij het raam. Hij ging zitten en legde een enkel over zijn knie. 'Je zou niet geloven hoeveel sterren we 's nachts konden zien. We dachten aan je toen we de sterrenbeelden probeerden te herkennen. Ik weet dat jij ze allemaal kent, maar ik heb misschien geprobeerd Alicia ervan te overtuigen dat een ervan SpongeBob SquarePants was.'

Ik glimlachte om Jacksons nonchalante gebruik van *we dachten* alsof hij en Alicia nu zelfs één brein deelden. Hadden mijn ouders ook zo gepraat? Zou ik ooit zo over iemand praten?

'Ik heb de sterrenbeelden van het zuidelijk halfrond nog nooit in het echt gezien,' zei ik. 'Je had een sterrenkaart moeten meenemen. Of een app op je telefoon moeten gebruiken.'

Hij leunde achterover in de stoel en vouwde zijn handen achter zijn hoofd, met zijn ellebogen wijd gespreid. 'Niet nodig. Ik werd *meer dan genoeg* vermaakt.'

Ik stak mijn handpalm op. 'Nee. Ik wil niets horen over het zakelijke gedeelte van jullie huwelijksreis.'

'Wat?' Zijn ogen werden onschuldig groot. 'Alicia gaat je er alles over vertellen. Ik heb jullie twee horen giechelen.'

'Over *mijn* liefdesleven, niet het hare. Je bent mijn baas. Ik heb mijn grenzen.' Het was een leugen. Ik wist alles van – en was jaloers op – het fantastische seksleven van Alicia en Jackson. Maar ik wilde de details niet van hem horen. Dat ging te ver.

'Prima.' Hij trok een wenkbrauw op. 'Ik weet zeker dat je de *grenzen* met Cooper hebt bewaard terwijl ik weg was.'

Het bloed trok weg uit mijn gezicht. 'Heeft hij iets gezegd?'

Jackson stond op en liep naar het andere raam. 'Nee. Ik heb hem nog niet gezien. *Is* er iets gebeurd?'

'Nee.' Ik probeerde niet te zuchten terwijl ik het zei.

'Okéé.' Jackson kende me te lang om niet achterdochtig te zijn. 'Is er iets waar je over wilt praten?'

Mijn maag kromp samen. 'Eigenlijk wel, ja. Maar niet over Cooper. Over mijn vader.'

Jackons voorhoofd rimpelde. 'Is alles goed met hem?'

Ik glimlachte wrang. 'Niet echt.' Ik vertelde hem zo summier mogelijk over ons avontuur bij het BART-station. 'De dokter raadde me aan om een verzorgende in te huren voor overdag, terwijl ik op mijn werk ben. En dus...' Ik haperde. 'Ik moet minder uren gaan werken zodat ik thuis kan zijn voordat zij vertrekt. Ik begrijp het als dat een salarisverlaging betekent.'

Jackson snoof. 'Je verwacht toch niet dat ik je salaris kort nu je kosten juist toenemen?' Hij schudde zijn hoofd. 'Daarvoor heb je me te lang en te goed ondersteund. Doe wat je moet doen om voor je vader te zorgen. We vinden er wel wat op.'

Ik slaakte een wankele zucht. 'Bedankt. Ik zal je niet teleurstellen. Als je me na werktijd nodig hebt, werk ik met alle plezier meer vanuit huis.'

Hij pakte mijn hand. 'Dat is geweldig, Marlee. En laat me... laat *ons*... weten of we iets kunnen doen om te helpen.'

Ik knipperde het vocht uit mijn ogen. 'Je bent de beste. Dank je wel.'

Met een laatste kneepje in mijn hand stond hij op en liep terug naar zijn bureau. Met zijn rug naar me toe zei hij schor: 'En nu, moet je me niet vertellen waar ik vanochtend moet zijn en wat ik moet doen?'

Ik glimlachte. Jackson was nooit goed geweest met dankbaarheid. Of tranen.

Ik opende zijn agenda op mijn telefoon en begon hem bij te praten. Misschien zou dit niet zo erg worden als ik had gevreesd.

———

IK WAS NET klaar met het opruimen van Bens bureau toen hij uit het trappenhuis kwam met zijn gloednieuwe laptoptas over zijn schouder geslagen. Weer een paar voetstappen om te leren kennen. Die van Ben waren stijf maar stil, de rubberen zolen van zijn stedelijke gevechten-achtige laarzen dempten zijn doelgerichte passen. Ik wenkte hem.

'Ben je er klaar voor om te beginnen?'

Hij rolde met zijn ogen. 'Ik moet een heleboel online compliance-training doen. Maar mag ik alsjeblieft eerst wat echt werk doen?'

Ik grinnikte. 'Cooper is een fanaticus als het gaat om onze respectvolle, intimidatievrije werkomgeving.' Nou ja, behalve als hij te maken kreeg met de incompetente uitzendkrachten die ik had ingehuurd. Maar die zouden in bijna iedereen het slechtste naar boven hebben gehaald. 'Bovendien is er al het juridische gedoe. Het is niet heel leuk, maar Cooper en de advocaten zijn er erg streng op.'

Hij perste zijn lippen op elkaar en keek naar de gesloten deur van zijn nieuwe baas. Twijfel flikkerde in zijn samengeknepen ogen. Verdorie, we konden hem niet zo snel al kwijtraken. Hij was precies wat Cooper nodig had. 'Maar hij is een geweldige vent,' haastte ik me te zeggen. 'Je zult hem fantastisch vinden.'

Hij hield zijn hoofd schuin en observeerde me, maar keek toen naar het bureau. 'Dus dit is van mij?'

Opgelucht glimlachte ik kort naar hem. 'Ja. Laten we je laptop opstarten, dan geef ik je toegang tot Coopers agenda en e-mail.'

Twee uur later beheerste Ben de agenda van zijn nieuwe baas en had ik hem bijgepraat over Coopers werkgewoonten en voorkeuren. Toen het lampje op Coopers telefoonlijn eindelijk uitging en zijn kantoordeur openzwaaide, stonden we op om de man zelf te begroeten. Hij kwam tevoorschijn, formeler gekleed dan normaal in een slank gesneden antracietgrijs pak met een kraakhelder korenbloemblauw overhemd dat bij zijn ogen paste. Geen das. Zoals altijd kon ik een zuchtje bij de aanblik van zijn schoonheid niet onderdrukken. Bens blik schoot naar mij en vervolgens naar Cooper. Ik vroeg me af wat zijn al te oplettende ogen zagen.

Cooper liep op ons af en stak zijn hand uit. Ben schudde die en leunde een beetje naar voren.

'Jij moet Ben zijn. Ik ben Cooper Fallon.'

'Aangenaam kennis te maken, meneer Fallon.'

'Zeg maar Cooper.'

Bens pupillen verwidden en zijn neusvleugels trilden. Ik onderdrukte een zelfvoldane glimlach. Cooper had dat effect op iedereen, niet alleen op mij. Hun handen lieten los.

'God, wat ben jij lang,' flapte Ben eruit. 'Langer dan je op de foto's lijkt.' Hij bloosde. 'Niet dat ik je online heb gestalkt of zo.' Hij perste zijn lippen op elkaar.

'Hij staat altijd naast Jackson, en dan denk je dat ze allebei een normale lengte hebben, maar dat is niet zo,' zei ik, in een poging zijn ongemak te verlichten. Jamila was ook een amazone, vooral op hakken, maar ik was niet van plan haar ter sprake te brengen.

Cooper had naar Ben staan staren en balde zijn rechterhand

naast zich. Hij hief hem op voor zijn borst en wreef er een seconde over met zijn linkerhand.

Er was hier iets vreemds aan de hand. 'Cooper, kan ik je even spreken?'

Ik dacht niet dat het mogelijk was, maar Coopers kaaklijn werd nog strakker. Lieve Darwin op de *H.M.S. Beagle*, ik ging hem *nu* toch niet bespringen.

'Gewoon... heel even,' zei ik.

Hij volgde me naar mijn bureau en bleef staan, met zijn handen in zijn zakken.

Ik fluisterde: 'Kijk, Ben is zeer gekwalificeerd en een geweldige vent. Verpest. Dit. Niet. Geef hem een kans.'

Zijn voorhoofd fronste. 'Dat zal ik doen. Natuurlijk zal ik dat doen.'

Ik kneep mijn ogen tot spleetjes. 'Goed. Gedraag je tijdens de lunch.'

Ik leidde hem terug naar Bens bureau en vroeg: 'Waar gaan jullie heen?'

Cooper noemde een hip restaurant in de buurt. Hij vroeg aan Ben: 'Ken je dat?'

'Jazeker.' Om de een of andere reden werd Ben rood. Hij was iemand die vlekkerig bloosde, net als Tyler. Schattig.

'Is dat oké?' vroeg Cooper.

'Prima.'

'Laten we gaan.' Cooper draaide zich om en liep voorop naar de liftdeuren.

Ik schudde mijn hoofd. Ik hoopte dat ze hun vreemde gedoe zouden bijleggen. Cooper was al ongemakkelijk genoeg in mijn bijzijn, maar ik had hem nog nooit zo onbeholpen gezien. Ben was perfect, en ik wilde – ik had hem nodig – dat hij bleef. Ik kon geen extra werk meer van Cooper overnemen met mijn nieuwe verantwoordelijkheden thuis.

Terug aan mijn bureau controleerde ik mijn telefoon. Geen sms'jes of voicemails van Sylvia. Ik had haar die ochtend al gebeld om te vragen hoe het met pap ging, en ze had me verzekerd dat alles goed zou komen. Ik was bang dat ik haar boos zou maken als ik weer belde. Ik moest de dag doorkomen zonder de fragiele balans van mijn nieuwe realiteit te verstoren. Dus stuurde ik Alicia een berichtje.

> Tijd voor lunch?

ALICIA

> Sorry, lunch met Jackson. Kan ik vanavond bij je langskomen om mijn lieve jongen op te halen?

> Ja! Kom eten.

Lieve jongen, me hoela. Het duiveltje had weer naar me geblazen toen ik wegging. Hij leek onverschillig tegenover Sylvia, maar tegen vanmiddag zouden ze waarschijnlijk beste vrienden zijn. Ik was de enige die hij haatte.

Mijn maag maakte een Teigetje-achtig geluid. Maar de gedachte om mijn treurige lunchtrommel mee te nemen naar de lege keuken was al genoeg om mijn eetlust te benemen.

Ik had naar de kantine kunnen gaan. Tyler zou daar waarschijnlijk zitten met zijn tafel vol programmeurs. Zou het gezellig of ongemakkelijk zijn? We waren nog geen jaar vrienden; toch kon ik me mijn leven zonder Tyler niet voorstellen. Zijn kuiltjes en de schattige manier waarop zijn haar viel. Het gepiep van zijn sneaker op de oude houten vloeren. De manier waarop hij alles liet vallen om me te helpen als ik het nodig had.

Misschien moest ik de eerste stap zetten, hem laten zien dat het niet raar hoefde te zijn tussen ons.

Toen ik mijn lunchtrommel uit mijn lade haalde, vloog de deur van het trappenhuis open en kwam Tyler naar buiten gestormd, rood aangelopen en buiten adem. Hij zag me en verstijfde, zijn hand nog op de duwstang. 'Marlee! Ik was de tijd uit het oog verloren... maar ik was niet... zou je...' Zijn gezicht betrok. 'Ga je weg?'

Ik glimlachte wrang. De arme jongen had de hele ochtend

zitten coderen en was het vermogen tot samenhangend spreken verloren. 'Ik ging net naar de kantine. Wil je mee? Of had je iets van hem nodig?' Ik knikte met mijn hoofd naar de gesloten deur van Jackson. *Zeg alsjeblieft dat je voor mij naar boven bent gekomen. Dat we nog steeds vrienden zijn.*

Hij liet de deur van het trappenhuis dichtzwaaien. 'Nee. Ja! Eigenlijk vroeg ik me af of je uit lunchen wilde?' Zijn stem ging omhoog bij de vraag, en zijn gezicht vertrok in een schattig hoop-volle uitdrukking.

Mijn huid tintelde, alsof ik mijn benen te lang had gekruist en het bloed eindelijk weer begon te stromen. Het zou niet raar worden.

Ik hield mijn lunchtrommel omhoog. 'Maar ik heb ingepakt.'

'Ik trakteer,' zei hij. 'Bewaar het voor morgen.'

Ik kon mijn grijns niet onderdrukken. Het zou wel goedkomen met ons. 'Oké.'

21

TOEN WE BUITEN de felle zon op straat bereikten, vroeg Tyler: 'Wil je in het park eten? Ik heb een foodtruck gezien.'

In de tweede helft van oktober was het weer herfstachtig geworden, maar de dag was zonnig, een laatste herinnering aan de zomer. En aan onze picknick voor het theaterbezoek. 'Ja, is goed.'

Hij bood me zijn elleboog aan en ik haakte mijn arm in de zijne. Gewoon twee vrienden die op weg waren naar het park voor een broodje. Vrienden, net als voor Operatie Droomprins. Vrienden die niets meer nodig hadden of wilden.

Tijdens de korte wandeling naar het park kwamen we andere kantoormedewerkers in business-casualkleding tegen, toeristen in sweatshirts van San Francisco die ze hadden gekocht om de ochtendkilte te verdrijven en bouwvakkers met helmen op die pauze namen van de alomtegenwoordige renovaties in de stad. We liepen langs het naar knoflook ruikende Italiaanse restaurant, de currygeur van een Indiaas eettentje, de zware lucht van gebakken vis. Al snel maakten de torenhoge gebouwen plaats voor het parkplein met zijn stekelige groene heggen.

Tyler vroeg me hoe het met mijn vader ging en ik vertelde hem dat het goed met hem ging. Dat het feit dat Sylvia thuis was om voor hem te zorgen me rust gaf als ik op mijn werk was. Over het algemeen ging het redelijk goed in mijn wereldje. Jackson en Alicia waren terug en ik zou die avond tijd met mijn beste vriendin doorbrengen. We zouden van haar gemene kat afkomen die me veel meer stress had bezorgd dan nodig was. Bovendien hadden we een geweldige assistent voor Cooper aangenomen die mijn werkdruk zou verlichten.

Terwijl we in de rij voor de foodtruck stonden te wachten, sloot ik mijn ogen en liet de zon mijn gezicht verwarmen. Mijn leven was de afgelopen week flink veranderd, maar ik had mijn vader, mijn beste vriendin, een geweldige baas en mijn maatje Tyler nog steeds.

Toen ik mijn ogen opendeed, glimlachte hij naar me. Dezelfde tedere glimlach die hij me had gegeven toen we laatst videogames speelden. Toen we in het maanlicht van het repetitiediner naar de herberg wankelden. Toen we samen dansten op de bruiloft. Gewoon mijn goede maatje, Tyler, die het niet uitmaakte dat ik werk deed waarvoor ik overgekwalificeerd was, die me niet raar vond omdat ik op mijn vijfentwintigste nog thuis woonde, die wist hoe belangrijk familie voor me was. Die de echte Marlee zag en haar leuk vond.

Maar ondanks dat alles en de supernovakus die we op de bruiloft hadden gedeeld, had ik te weinig vrienden over om deze vriendschap in gevaar te brengen.

'Dank je wel,' zei ik. 'Dit was een geweldig idee.' Vorige week zou ik mijn armen om hem heen hebben geslagen en hem hebben geknuffeld, maar vandaag hield ik me in.

Hij grijnsde, maar niet zo breed als anders. Misschien miste hij die gemiste knuffel ook. 'Ik heb wel vaker geweldige ideeën.'

'Ik heb een geweldig idee. Waarom solliciteer je niet op die managersfunctie? Ze hebben nog niemand gevonden die ze goed genoeg vinden.'

Hij staarde naar zijn sportschoenen. 'Denk je niet dat ik ondergekwalificeerd ben? Ik werk pas een paar jaar voor het bedrijf. En mijn huidige functie heb ik minder dan een jaar.'

'Natuurlijk niet. En je weet het nooit als je het niet probeert.' Ik had mijn eigen advies bij Cooper opgevolgd en had rampzalige resultaten geboekt. Maar als ik dat niet had gedaan, zou ik nog steeds naar hem smachten. Nog steeds door hem geobsedeerd zijn. En met de terugkeer van Jackson en de zorg voor mijn vader moest ik gefocust zijn. Verdergaan was het slimste om te doen.

Toen we onze broodjes kregen, liepen we weg van het drukke grasveld waar de andere kantoormensen van de zon genoten, naar een bankje in een schaduwrijk bosje. De omgeving was stil, op de vogels en eekhoorns na die naar elkaar tjilpten en kwaakten – of misschien naar ons omdat we hun lunchrust verstoorden.

Ik pakte mijn broodje uit en nam een hap van de warme, kleverige kaas die tussen de knapperige sneden zuurdesembrood uit sijpelde. 'Mmm,' kreunde ik. '*Zo* veel beter dan pindakaas met jam.'

'Beter uitzicht dan de kantine ook.' Tyler wierp me een schalkse blik toe en nam een enorme hap van zijn eigen broodje.

Ik rolde met mijn ogen. 'Heb je al met Jackson gesproken?' Ik wist dat dat niet zo was, maar ik moest het gesprek in veiliger vaarwater sturen.

'Nog niet. Ik zie hem pas morgen.'

'Hij zei dat ze een geweldige tijd op Fiji hebben gehad.'

Hij snoof. 'Wie niet?'

'Ik in ieder geval wel. Een warm zandstrand klinkt vandaag perfect.' Terwijl ik mijn broodje op at, rilde ik. In de schaduw van de bomen herinnerde een kille bries me eraan dat het oktober was. Ik wou dat ik warme koffie had besteld in plaats van water.

'Heb je het koud?'

'Een beetje.'

De woorden waren nog niet eens volledig uit mijn mond of hij trok al zijn grijze trui uit en schoof hem, warm van zijn lichaam, over mijn hoofd. Ik overwoog te protesteren, maar zodra ik zijn trui aanhad, zat hij te lekker om er ook maar aan te denken hem uit te trekken. Misschien kon ik deze ook stelen. Hij wreef met zijn handen over mijn bovenarmen.

'Beter?' vroeg hij.

Zijn dunne, bijna doorschijnende grijze Burger Time T-shirt spande om zijn borst. Als ik met mijn ogen kneep en het oude T-shirt en de spijkerbroek verving door een opengeknoopt overhemd en een pantalon, leek hij op het lekkere ding uit de roman die ik aan het lezen was. Ik liet mijn blik naar zijn gezicht glijden, verlangend om het kuiltje naast zijn glimlach te volgen, mijn vingers door zijn haar te halen, zijn gezicht naar het mijne te trekken en... whoa. Dit was Tyler. Stevig in de friendzone. Ik moest een hek om hem heen bouwen met *Verboden Toegang*-borden en prikkeldraad. Mogelijk met een gracht vol haaien. Want als ik zo dicht bij hem was, zo bedwelmd door zijn geur, met zijn warme handen op me, kon ik mijn eigen naam niet meer herinneren, laat staan waarom Tyler niets meer dan mijn vriend moest zijn.

Waarom was dat ook alweer?

'Ja, het gaat nu goed. Dank je.' Ik zocht in mijn tas naar mijn poederdoos en lippenstift en smeerde de romige roze kleur op mijn lippen. *Niet zoenen.*

Tyler staarde naar mijn lippen. Roze vlekken verschenen op zijn wangen. 'Ik probeerde niet om...'

'Dat weet ik.' Ik klemde mijn tas tussen ons in op de bank.

Na een paar seconden haalde hij zijn arm van de rugleuning om in zijn achterzak te reiken. Hij haalde een stapeltje glanzend papier tevoorschijn en hield het me voor.

'Wat is dit?' Ik las het woord *Care*.

'Ik heb dit weekend een paar instellingen bezocht. Ik dacht dat jij het te druk zou hebben om het te doen, en, nou ja, het is duur, maar het kost ongeveer evenveel als thuiszorg. En het is ook makkelijker voor jou.'

Zijn trui was niet genoeg om me te beschermen tegen de ijzige kou die door me heen stroomde. Hij hield brochures van verpleeghuizen in de omgeving van Oakland vast die gespecialiseerd waren in geheugenzorg. Daar was papa nog niet aan toe. Nog niet. En ik ook niet.

Ik klemde mijn handen tussen mijn knieën. Als ik de papieren niet aanraakte, zou het niet echt zijn. Ik staarde naar de boom aan de overkant van het pad. 'Dat hebben we niet nodig.'

Na een minuut zei hij: 'Misschien niet vandaag, maar ooit wel.'

'Nee. Ik kan hem thuis houden. Hij is dol op ons huis.' Ik raakte mijn hanger aan. 'Hij en mijn moeder hebben het samen gekocht. En hij wil niet weg.'

'Maar…' Ik hoorde hem inademen en vervolgens zuchten. Hij raakte mijn schouder aan, een lichte streling. 'Iemand van jouw leeftijd zou dit allemaal niet hoeven meemaken. Je vader wil niet dat je je jeugd mist vanwege hem.'

Ik schudde zijn hand van me af. 'Hij was maar iets ouder dan ik nu ben toen mijn moeder stierf en hem achterliet om voor mij te zorgen. Wat had ik moeten doen als hij had besloten dat hij het niet aankon?'

Hij deinsde terug. 'Je zou nog steeds voor hem zorgen. En je zou hem de hele tijd kunnen opzoeken.'

'*Opzoeken?*' Mijn neusvleugels trilden. 'Hij heeft het niet nodig dat ik hem opzoek. Hij heeft het nodig dat ik de hele tijd bij hem ben.'

'Marlee, ik… ik denk dat je de toestand van je vader misschien romantiseert. Hij zal 24-uurszorg nodig hebben. En hoeveel liefde je hem ook geeft, hij zal er niet beter van worden. Er komt een punt dat hij je niet eens meer herkent.'

Ik kon geen minuut langer blijven zitten. Ik had me vergist. Hij was net als al mijn studievrienden. Voormalige vrienden. Hij begreep er helemaal niets van. Ik sprong op van de bank en de folders dwarrelden op de grond. 'Mijn vader en ik horen bij elkaar omdat we een gezin zijn. Jouw relatie met je familie mag dan verknipt zijn, de mijne is dat niet. Ik houd van mijn vader. En hij houdt van mij. Hij zou me nooit kunnen vergeten.'

Het kon me niet eens schelen dat zijn gezicht verbleekte en zijn mond openviel. Iedereen die mij van mijn vader wilde scheiden, was geen vriendenmateriaal. Ik was gewoon blij dat ik erachter was gekomen voor... voordat... *Niks!* Er was hier geen *voordat.* Misschien zelfs geen daarna.

Ik pakte mijn tas, draaide me om en stampte het pad af. Ik klemde me vast aan de scherpe randen van mijn hanger tot er een afdruk op mijn koude vingers achterbleef. Papa was de belangrijkste persoon in mijn leven. Tyler, wat ik ook van hem had gedacht, was dat niet.

Ik was bijna bij het kantoor toen ik het staccato geluid van sneakers op de stoep hoorde en mijn naam. Tyler. Ik vertraagde mijn pas en stopte voor de draaideur.

Hij legde een hand op mijn arm. Ik keek naar zijn vingers, lang en krachtig. Nog steeds magisch? Het maakte niet uit. Ik wilde er niets mee te maken hebben.

'Ik... het spijt me. Ik wilde je niet van streek maken.'

Ik keek op in zijn ogen, die niet langer schitterden met kaleidoscopische kleuren, maar veranderd waren in een modderig bruin. 'Nou, dat heb je wel gedaan. Ik denk niet dat ik... ik moet...'

Links van ons schraapte iemand zijn keel. Zonder op te kijken, deed ik een stap opzij voor de deur. Tyler hield mijn arm nog steeds vast, dus toen ik trok, kwam hij met me mee. Hij struikelde, greep me bij mijn ellebogen om zijn evenwicht te bewaren en we eindigden in een halve omhelzing. Ik deinsde achteruit, maar hij hield mijn armen steviger vast, zijn ogen smekend dat ik niet verder zou gaan met wat ik had gezegd. Dat ik het zou heroverwegen.

Over zijn schouder ving ik een glimp op van Ben en Cooper, die naast elkaar op de stoep stonden te staren. Wat dachten ze van ons, nu Tyler me vasthield en mijn wangen rood van woede waren? Ik deed nog een stap naar achteren en veegde Tylers handen van mijn armen af, en toen besefte ik dat ik zijn trui nog aanhad. Zijn oversized, saaie grijze trui die mijn handen bedekte en die onmogelijk voor de mijne kon worden aangezien.

Bens grote ogen maakten een einde aan mijn hoop om het cool en zelfverzekerd te spelen. Dat was een goede indruk maken op zijn eerste dag. Cooper hield zijn hoofd schuin.

'Hé, Ben. Hoi, Cooper. Hebben jullie een lekkere lunch gehad?' Ik wachtte niet op hun antwoord en duwde door de draaideur. De drie mannen volgden. Tegen de tijd dat ze de warmte van de lobby binnenkwamen, had ik Tylers trui al uitgetrokken. Ik weigerde hem aan te kijken en duwde de trui met één hand naar hem toe, terwijl ik met de andere mijn haar gladstreek. 'Dank je.'

Hij pakte hem van me aan. Terwijl we voor de liften wachtten, stak hij zijn rechterhand uit naar Ben. 'Ik ben Tyler Young. Ik ben ontwikkelaar bij het automotive-analyseteam.'

'Ben Levy-Walters. De nieuwe assistent van Cooper. Vandaag is mijn eerste dag.'

'Welkom bij Synergy. Ik weet zeker dat Marlee u alles al heeft verteld wat u moet weten, maar als u ooit iets van de programmeerafdeling nodig heeft, moet u bij mij zijn.'

Ben wierp me een blik toe toen de liftdeur openging. 'Dat zal ik zeker doen.' Hij beet op zijn lip en terwijl ik langs hem liep, fluisterde hij: 'Lekker ding,' en maakte een smakkend geluid met zijn lippen.

Ik hief mijn kin op en stapte de lift in. Nadat ik mijn blouse had rechtgetrokken, was ik druk met mijn telefoon – Jackson had een sms gestuurd – totdat Tyler een nonchalant 'Tot ziens' zei en op de vierde verdieping uitstapte.

Ik weigerde op te kijken. Ik zat niet te wachten op hun aannames of oordelen over Tyler en mij. Verdomme, ik wist op dit punt niet eens wat ik van Tyler moest denken. Konden we nog vrienden zijn na wat hij had gezegd?

Toen de liftdeuren op de zesde verdieping opengingen, streek ik mijn rok glad en zeilde naar buiten. Ik pakte mijn laptop van mijn bureau, maar voordat ik Jacksons kantoor kon bereiken, slenterde mijn baas de gang op.

'Coop! Sorry dat we elkaar gisteren niet hebben gezien. Alicia en ik hadden een jetlag en zijn op de bank in slaap gevallen.' Wat begon met een handdruk, veranderde in een knuffel en een klap op de rug.

Toen ze elkaar loslieten, rustte Coopers hand even op Jacksons arm voordat hij zijn handen in zijn zakken stak en op zijn hielen heen en weer wiegde. Zijn glimlach zag er nu geforceerd uit. Misschien waren de afgelopen drie weken stressvoller voor hem geweest dan hij had laten blijken.

'Ik... ik wil je graag voorstellen aan mijn nieuwe assistent, Ben Levy-Walters.'

'Heb je een nieuwe assistent?' Jackson rechtte zijn rug en stak zijn hand uit naar Ben. 'Welkom aan boord. Alles tot nu toe in orde? Deze man,' – hij wees met zijn duim naar Cooper – 'is niet te streng voor je geweest, hè?'

'Nee, helemaal niet,' zei Ben met zijn lage, zachte stem. 'Cooper heeft me meegenomen voor de lunch. En iedereen is geweldig geweest vandaag, vooral Marlee.'

Normaal gesproken zou ik dol zijn geweest op het compliment, maar toen hun ogen allemaal op mij gericht waren, wilde ik mijn gekreukte blouse en door de wind verwarde haar het liefst bedekken. Ik glimlachte onvast naar Jackson en zei: 'Klaar om uw e-mail aan te pakken?'

Jackson haalde diep adem en zuchtte. 'Marlee, wat ben je toch een controlfreak.' Hij glimlachte naar Ben. 'Leuk je te ontmoeten, Ben. Laat het me weten als ik je ergens mee kan helpen.' Hij draaide zich naar Cooper. 'Kom vanavond eten. Ik gril een paar steaks en dan kunnen we bijpraten.' Daarna wees hij naar de open deur van zijn kantoor. 'Na jou, Marlee.'

Ik klemde mijn laptop tegen mijn borst en liep de veiligheid van Jacksons kantoor binnen. Jackson trok de deur met een ruk dicht.

'Dus, Marlee,' zei hij met een ondeugende grijns, 'wat heb ik gemist?'

22

IK HAD MIJN slaapkamerdeur nog maar net dichtgedaan toen Alicia vroeg: 'Wat is er aan de hand met je vader?'

Het was haar niet ontgaan dat hij me tijdens het eten twee keer Maggie had genoemd. Of dat hij niet meer wist hoe het koffiezetapparaat werkte. Hetzelfde koffiezetapparaat dat hij al minstens vijf jaar twee keer per dag gebruikte. Uiteindelijk had ik hem gevraagd te gaan zitten en zelf zijn koffie gezet.

Ik ging op het bed zitten en gebaarde haar hetzelfde te doen. Tigger sprong op en krulde zich tegen haar aan alsof hij daar thuishoorde. 'Hij is de laatste tijd zichzelf niet.' Ik liet Tiggers grote avontuur van de avond dat papa hem liet ontsnappen achterwege en vertelde haar over papa's tocht naar het BART-station, zijn diagnose en de nieuwe zorgassistente.

Alicia's ogen werden klein van medeleven. 'Dat spijt me zo. Kunnen we iets doen om te helpen?'

Ik stak mijn hand uit en streek haar haar over haar schouder. Grommend staarde Tigger me aan met zijn gele ogen. 'Jackson laat me elke dag vroeger weggaan, zodat ik het van Sylvia, zijn verzorgster, kan overnemen. We redden ons wel.'

Alicia bestudeerde mijn gezicht. 'Redden jullie het wel?'

Ik kwam in de verleiding, zo erg in de verleiding, om mijn hart te luchten bij mijn vriendin, om haar te vertellen dat nee, ik doodsbang was dat ik de enige familie die ik had ging verliezen. Maar toen ging mijn telefoon en keek ik naar het scherm. Vlinders met vlijmscherpe vleugels verscheurden mijn maag. 'Het is Tyler.'

Ze rolde met haar ogen. 'Neem je niet op?'

Ik beet op mijn lip. 'Nee. Ik... ik ben er nog niet klaar voor om met hem te praten. We hebben ruzie gehad. Over papa, trouwens. Hij bracht me wat folders over verzorgingstehuizen.'

'Probeerde hij niet gewoon te helpen?'

'Ik denk het wel.' Mijn hand sloop naar de hanger om mijn nek en ik schoof hem over de ketting. 'Maar het deed me inzien dat we niet dezelfde dingen willen. Dat ik familie belangrijk vind en hij niet. Tyler is naar de andere kant van het land verhuisd om bij zijn familie weg te zijn. Ik heb nooit uit dit huis weg gewild. We zijn zo verschillend, ik weet niet eens zeker of we nog wel vrienden kunnen zijn. Ik bedoel, ik kan hem op het werk niet ontlopen, maar dat is het dan ook.' Het gerinkel stopte.

'Vrienden kunnen verschillend zijn. Het is niet alsof jullie twee...' Haar ogen werden groot. '*Hebben* jullie het gedaan?'

'Nee. Nee! Hoewel hij... hij zei dat we meer dan vrienden moesten zijn. Ik zei nee, en het was oké tussen ons, maar nu niet meer.'

'Dat is jammer. Hij is een goede vent. Een goede vriend.'

Een goede vriend. Daar had ik er niet genoeg van. Wat als hij niet meer bij mijn bureau langs zou komen en met me zou gaan lunchen? Ik zou die kuiltjes missen. En zijn knuffels. Toch staken er ijspegels in mijn hart telkens als ik aan die folders dacht.

'Wat is dit?' Alicia reikte naar de plek waar haar laars de vloer raakte en trok de doos onder mijn bed vandaan.

'Wacht!' Ik sprong van het bed en probeerde haar tegen te houden. Maar haar belachelijk lange armen gristen hem buiten mijn bereik.

'O!' Ze klikte het deksel weer op de doos. Toen deed ze hem weer open. 'Ooooh.'

'Dat is niet...' Mijn gezicht had dezelfde temperatuur bereikt als het oppervlak van de zon.

'Deze vind ik leuk.' Ze wees naar De Tyler.

Ik stortte op het bed en verborg mijn gezicht. 'Je kunt hem eruit halen. Hij is schoon.'

Uit zijn zijdezachte nestje trok ze de nieuwe lange, paarse, levensechte dildo met zijn obsceen bolle kop. Toen vond ze natuurlijk De Cooper die eronder was geschoven. Ze haalde hem er ook uit. Hij was kleiner, gebogen en zonder details, gemaakt van glinsterende siliconen, een no-nonsense vibrator om de klus te klaren. Totdat hij dat niet meer deed.

Met opgetrokken wenkbrauwen hield ze er in elke hand een vast.

'Wat? Mag een meid geen selectie hebben voor verschillende... ervaringen?'

Ze zette De Cooper aan. Ik had hem op de hoogste stand laten staan, en hij jankte van de inspanning. Ze kromp ineen en zette hem uit. Toen zette ze De Tyler aan, die een lage polsslag begon die me van een meter afstand al deed kronkelen.

'Verschillende ervaringen.' Het probleem met een beste vriendin is dat ze jouw zaken soms beter kent dan jijzelf.

'De Coo...' Ik verstijfde. 'Die voldeed niet aan mijn behoeften.'

'Je hebt je dildo naar Cooper vernoemd?'

Ik trok een grimas. 'Nee?'

'En hoe heb je deze genoemd?' Ze legde De Cooper terug in de doos en streek met een gemanicuurde vinger over de aders en ribbels van de andere.

'De Tyler,' mompelde ik.

'Je hebt een seksspeeltje vernoemd naar je platonische vriend, die misschien niet eens meer je vriend is.'

Ik trok mijn knieën op naar mijn borst. 'Het is ingewikkeld.'

'Hmm.' Uiteindelijk kreeg ze medelijden met me en veranderde ze van onderwerp. 'Jackson wil volgend weekend een feestje geven.'

Ik keek haar aan. 'Een feestje een week na jullie huwelijksreis?'

'Dat zei ik ook! Hij wil bij ons thuis een "welkom-terug-slash-Halloween"-feest geven. We, um...' Ik zag hoe ze moeite deed om de glimlach te bedwingen die over haar gezicht wilde uitbreken, '... we hebben speciale associaties met Halloween.'

Ze had me verteld over Jacksons feest vorig jaar in Austin, toen hij haar voor het eerst had gekust. Haar eigen sprookje was iets meer dan een jaar geleden begonnen en nu was ze getrouwd met haar ware liefde. Ik zuchtte.

'Je komt toch wel?' vroeg ze.

'Natuurlijk. Ik zou het niet willen missen. Zal... zal Cooper er ook zijn?'

Haar mondhoeken trokken strak. 'Ja, hij zal er zijn.' Ze pauzeerde. 'Jamila ook. En Tyler.' Ze perste haar lippen op elkaar. Ik kon zien dat ze iets achterhield.

'Marlee?' klonk papa's stem van beneden.

Ik fronste. Hij was al naar bed gegaan – hij sliep veel de laatste tijd – en het verbaasde me dat hij nog wakker was. 'Ik ben zo terug,' zei ik.

Het duurde een paar minuten om papa weer in bed te krijgen. Hij wilde een glas water en kon zijn wandelstok niet vinden, die onder zijn bed was gerold. Ik kwam terug en zag Alicia de titels in mijn boekenkast scannen.

'Je hebt al mijn favorieten van toen ik een kind was.' Ze streek met een vinger over de gebogen ruggen. *'Anne van het Groene Huis, The Princess Diaries, De Babysitters Club.'*

'Ik kon ze niet wegdoen. Papa zei dat hij me verhalen vertelde – sprookjes – terwijl mijn moeder zwanger van me was. En toen ik klein was. Daarna ging ik over op die. Ik denk dat daar dit allemaal vandaan komt.' Ik wuifde met mijn hand naar mijn roze-witte kamer met franjes. Ik wees naar het nu donkere dakkapelraam met zijn zitkussen. 'Toen ik een kind was, zat ik daar te lezen en speelde dan de verhalen na met mijn poppen. Ik vind het nog steeds heerlijk om daar onder een dekentje met een roman te kruipen.'

Alicia streek over haar trui over haar babybuikje. 'Misschien bouwen we wel een zitje in de vensterbank en wat boekenkasten. Jij kunt ons dan adviseren over leesmateriaal.'

'Wordt het een meisje?' gilde ik.

'We zijn er vanmorgen net achter gekomen.'

Ik omhelsde mijn vriendin. 'Ik kan niet wachten om een roze jurk voor haar te kopen. Met ruches! En ik zal haar *De Geheime Tuin* voorlezen.' Beelden van theekransjes met prinsesjes met Alicia's dochter dansten door mijn hoofd. Ik zou de beste tante ooit zijn.

De deurbel ging en doorbrak mijn visioenen van prinsessen-manicures en -pedicures.

Ik liep naar de trap. 'Het is vast onze buurvrouw Alma die komt kijken hoe het met ons gaat. Ik ben zo terug.'

Ik rende de trap af, deed de deur van het nachtslot af en opende hem. Maar het was Alma niet. Tyler vulde de deur-opening.

'Wat doe jij hier?' flapte ik eruit.

Hij boog zijn hoofd en ik kromp ineen. 'Sorry,' zei ik. 'Ik bedoelde het niet zoals het eruit kwam.'

Zijn mondhoeken krulden een klein beetje omhoog. 'Je nam je telefoon niet op en ik was in de buurt.' Hij keek naar zijn sport-schoenen en schuifelde ermee over de stoep.

Niemand van Synergy was ooit "in de buurt" van Oakland. Ik sloeg mijn armen over elkaar.

Hij keek op en het licht van binnen glinsterde op zijn bril. 'Luister, het spijt me van... van onze ruzie eerder. Ik ging te ver. En dat spijt me.'

Met een stijve rug zei ik: 'Het is oké.'

'Kunnen we weer gewoon vrienden zijn?'

'Ik... oké.' Vrienden zijn was een redelijk verzoek. Maar niets meer. En ik zou hem niets meer over papa toevertrouwen.

'Je moet je spelcomputer wel meenemen.' Toen ik thuiskwam van mijn werk, had ik hem losgekoppeld en in een boodschappentas gepropt, met de bedoeling hem morgen op zijn bureau te leggen. Op deze manier hoefde ik hem niet mee de trein in te slepen.

'O.' Zijn mondhoeken zakten naar beneden en de gouden vonkjes verdwenen uit zijn ogen. 'Weet je het zeker?'

'Zeker weten. Het zou het beste zijn als je niet... als we onze vriendschap op kantoor houden.'

Achter me klonk een gemiauw. Ik draaide me om Tigger tegen te houden, zodat hij niet kon ontsnappen, maar hij ging op het kleed zitten en miauwde weer naar Tyler. Tyler hurkte neer en stak een hand uit. Tigger stond op, liep langs me heen en wreef spinnend zijn verraderlijke snuitje tegen Tylers hand.

Tyler kirde: 'Brave jongen.'

Ik hoorde voetstappen op de trap en zuchtte. *Betrapt.*

'O, hoi, Tyler,' zei Alicia op een suggestieve, zangerige toon.

'Hé, Alicia.' Zijn wangen werden niet rood zoals de mijne. Hij leek het niet erg te vinden om door de vrouw van onze baas op mijn veranda betrapt te worden.

'Bedankt voor je komst. Ik zie je morgen, Tyler.' Ik kon hem niet in de ogen kijken terwijl ik het zei.

De gekwetste toon in zijn stem ontging me niet. 'Um, oké. Tot morgen.' Hij pakte de tas met zijn spelcomputer, draaide zich op zijn hielen om en liep terug naar zijn blauwe Mustang. Tigger miauwde hem een laatste, treurige groet na.

Toen ik haar blik ving, was Alicia's uitdrukking bezorgd. 'Weet je zeker dat je niet...'

'Ik weet het zeker.' Ik kon hem niet geven wat hij wilde. En ik kon niet willen wat hij me zou geven.

OP DONDERDAGOCHTEND LIEP ik op kousenvoeten de trap af, met mijn laarzen in mijn hand om papa niet wakker te maken, maar hij zat al aan de keukentafel met een kop koffie.

'Morgen, zonnestraaltje.'

'Morgen, pap. Voel je je goed vandaag?' Ik schonk koffie in mijn reisbeker.

'Geweldig. Ik denk dat ik vanmorgen de pompoen ga uitsnijden. Als je het niet erg vindt, tenminste. Ik weet hoeveel je vroeger van Halloween hield, maar je hebt het tegenwoordig zo druk...'

'Je gebruikt de set met de kleine zaagjes, hè? Niet de grote keukenmessen. En Sylvia zal je helpen.'

'Is dat een manier om tegen je vader te praten? Ik gebruik al messen *en elektrisch gereedschap* sinds voordat jij geboren was.'

Ik verstijfde midden in het vastdraaien van de dop op mijn reisbeker. 'Je gaat toch geen elektrisch gereedschap op de pompoen gebruiken, hè?' Dat kon hij niet. Ik had het in de schuur opgeborgen en de sleutel verstopt.

'Ik zei alleen maar...' Hij slaakte een zucht. 'Natuurlijk niet. Ik gebruik de kleine zaagjes.'

Ik vond de plastic zak met de set en legde die op het aanrecht. 'Bedankt, pap.'

Ik hoorde geklop op de voordeur en toen ging hij open. 'Goedemorgen,' riep Sylvia.

'Hé, Sylvia,' zei ik. 'Kijk eens wie er al op is.'

Ze glimlachte naar papa. 'Hé, Will. Je voelt je vast goed vandaag.'

'Dat voelde ik,' mopperde hij in zijn koffie.

'Hij zei dat hij vandaag de pompoen wil uitsnijden. Hij staat op de veranda. Hier is de snijset.' Ik wees ernaar op het aanrecht.

'Dat klinkt leuk.' Ze knikte naar me, een belofte dat ze hem geen vingers zou laten afsnijden. 'O, Marlee. Mijn nicht zegt dat ze zaterdagavond bij hem kan blijven, zodat jij naar je feestje kunt gaan.'

Ik kon het niet laten; ik deed een klein dansje voordat ik mijn hand uitstak en haar omhelsde. 'Dank je wel. Dat is geweldig.' Ik wilde het feest van Alicia en Jackson niet missen, maar Alma kon papa steeds moeilijker aan. Sylvia's nicht was verpleegkundige.

Ik boog voorover om papa's wang te kussen. 'Veel plezier vandaag. Wees braaf.'

Hij zei niets, maar staarde in zijn koffie. Ik schudde zijn bui van me af en ging naar mijn werk.

23

IK TROK MIJN pruik recht en belde aan bij Alicia en Jackson.

Noah deed de deur open. De elfjarige droeg de onderkant van een dinosauruspak, compleet met een opgevulde stekelstaart, een gestreept shirt, Wolverine-klauwen en een ouderwets hockeymasker dat hij op zijn hoofd had geschoven. Hij klapte met zijn tanden naar me.

'Oké, ik geef het op. Als wat ben jij verkleed?'

'Ik ben de Jabberwock. We hebben het gedicht in de les gelezen. Lewis Carroll beschrijft hem nooit, behalve de 'kaken die bijten'" — hij klapte nog eens met zijn tanden — "en 'de klauwen die grijpen', dus de rest heb ik zelf verzonnen. En jij bent prinses Leia.'

Hij klonk teleurgesteld over mijn fantasieloze kostuum. Eerlijk gezegd was ik dat zelf ook een beetje, als ik bedacht hoeveel moeite Noah in het zijne had gestoken.

'Dat klopt. Ik heb zelfs een blaster.' Ik liet hem aan hem zien.

'Op school mogen we geen speelgoedwapens hebben.'

'O.' Ik verborg het in een plooi van mijn witte gewaad. Ik verloor duidelijk punten bij hem. Misschien had Tigger op hem afgegeven.

'Blijf je op voor het feest?' vroeg ik.

'Alleen het eerste uur. Dan moet ik naar bed. Ik heb morgenochtend taekwondo.' Hij deed een stap opzij om me binnen te laten. 'Hé, heb je Sam al ontmoet? Ze is een soort tante van me.' Hij vertrok zijn gezicht alsof hij een grijns achter een boze frons probeerde te verbergen. 'Ze is best cool.'

'Sam, de zus van Jackson? Ja, die ken ik.' Had Sam mijn plaats in Noahs hart ingenomen? Een klein steekje doorboorde mijn hart. Ik hoorde toch niet jaloers te zijn op de crush van een elfjarige? Ik zuchtte. Ik had dommere dingen gedaan voor de liefde. Zoals vanavond. Ik duwde mijn blaster in de holster op mijn heup.

'Laten we haar gaan zoeken. Ze is in de keuken.' Hij snelde me vooruit door de open woonkamer naar de keuken, waar Alicia, Jackson en Sam een paar cateraars in uniform in de weg stonden.

Ik liep achter het kookeiland langs om Alicia te knuffelen. Ze was verkleed als Alice in Wonderland, haar blonde haar naar achteren getrokken met een zwarte haarband. Ze droeg een blauwe jurk, een witte maillot en zwarte Mary Janes. 'Alles in orde?'

'Ja, ik denk het wel.' Ze wierp een blik op de cateraar die een schaal met in spek gewikkelde sint-jakobsschelpen uit de oven schoof.

'Hé, Sam.' Sam droeg een zwarte cargobroek, een te groot, vervaagd zwart T-shirt van Bon Jovi met een door een zwaard doorboord hart erop, en een kroon van speelkaarten, allemaal harten. 'Ben jij de Hartenkoningin?'

'Jazeker! Vind je mijn kostuum leuk? Noah en ik hebben het gemaakt. Ik kom meestal niet naar Jacksons feestjes en ik wist niet dat het een verkleedfeest was.'

'Sam.' Jackson, het Witte Konijn in een wit T-shirt, spijkerbroek en met slappe oren, gaf haar een speelse kopstoot in het open midden van de kroon. 'Ik heb je minstens drie keer over de kostuums verteld.'

'Oké, prima. Ik wilde me niet verkleden. Kostuums kriebelen.

Maar dit valt best mee.' Ze plukte aan het T-shirt, dat ik herkende als het zijne.

'Wow.' Coopers diepe stem klonk achter me. Ik draaide me om en zag een van de serveersters worstelen met een dienblad. Het leek erop dat hij haar op een haar na niet had aangelopen. Vreemd. Cooper was meestal zo voorzichtig, bijna gracieus. Ik had hem nog nooit zien struikelen, vallen of tegen iemand aan botsen. Niet zoals de positie waarin hij Tyler en mij vorige week had aangetroffen na onze ruzie tijdens de lunch. Of die keer dat ik was gevallen terwijl ik yoga deed voor zijn neus.

'Sorry. Gaat het?' vroeg hij haar.

'Ja. Sorry.' Ze zette het dienblad neer.

Automatisch keek ik achter Cooper. Geen Jamila. Maar dat gaf me niet de voldoening die het een maand geleden zou hebben gegeven.

Het werd druk in de keuken. 'Ze hebben het hier onder controle. Laten we uit de weg gaan.' Ik joeg de gastheer, -vrouw en gasten de keuken uit. Ik trok Alicia aan haar hand mee, leidde haar naar de woonkamer en ging naast haar op de bank zitten. Sam en Noah liepen naar de eetkamer, waar ik het geluid van dobbelstenen in een beker hoorde.

Jackson kwam met een dienblad met glazen sinaasappelpunch aan. Hij gaf er een met een maraschinokers bovenop aan Alicia. Daarna gaf hij mij er een met een krul sinaasappelschil. 'Jij krijgt onze speciale halloweenpunch.' Hij knipoogde.

'Wat is het?' Ik snoof eraan en belletjes bruisten mijn neus in.

Cooper liet zich naast me op de bank zakken. Het handvat van zijn lichtzwaard prikte in mijn dij en ik schoof een paar centimeter opzij. 'Gewoon een recept dat Jay en ik tijdens onze studietijd hebben bedacht. Probeer maar.'

Teleurstellend genoeg was mijn glas, zelfs met Coopers knie tegen de mijne, het enige dat tintelde.

'Proost,' zei ik en ik klinkte zijn glas.

'Proost.'

Ik nam een slokje en rilverde toen het in mijn keel brandde. 'Dit is sterk,' bracht ik proestend uit.

Hij nam een voorzichtige slok. 'Wauw,' hijgde hij. 'Je overdrijft niet. Het is denk ik alweer een tijdje geleden sinds de studententijd.'

'Hé, jongens.' Tyler zag er onmogelijk lang uit in een koningsblauwe, geborduurde satijnen jas, gilet en kniebroek. Op zijn hoofd droeg hij een ruige pruik met hoorns die eruit krulden. Maar hij was geen Beest. Zijn vertrouwde grijns wankelde toen hij mijn en Coopers bijpassende kostuums in zich opnam.

'Tyler!' Ik wilde opspringen om hem te knuffelen, maar ik zat klem tussen Cooper en Alicia, met een drankje dat ik niet wilde in mijn hand en geen enkele manier om mezelf uit de diepe bankkloof te werken. Ik wist dat ik boos op hem hoorde te zijn, maar het was geen woede – of de drank – die me van binnenuit verwarmde.

'Hé.' Zijn zwaai omvatte ons drieën die op de bank gepropt zaten, en ik zakte een beetje in elkaar toen hij zich tot Jackson wendde voor een mannenknuffel met een paar klappen op zijn schouder. Verdomde mensenetende bank.

Cooper stootte tegen mijn schouder. 'Drink op. Vanavond pas je bij mij, mevrouw Rice.'

Op meer dan één manier. Ik nam een klein slokje en toen nog een. Nu ik gewend was aan het hoge alcoholgehalte, proefde ik de zoete sinaasappelsmaak. 'Het valt best mee na de eerste slok.'

Cooper dronk opnieuw. 'Je hebt gelijk.' Hij liet zijn glas op zijn knie rusten. 'Leuk kostuum, trouwens.'

'Twee zielen, één gedachte.' Ik grijnsde en klopte op de vlecht die over mijn oor was gewikkeld. Verdomme, die pruik was heet. Ik had mijn kostuum alleen gekozen – uit gewoonte en gebrek aan inspiratie – om bij Coopers Han Solo-pak te passen. Nu was ik gewoon… ontgoocheld. En oververhit. Achteraf gezien leek het dwaas dat ik Ben had lopen bestoken om erachter te komen wat Cooper zou dragen.

Ik draaide me om naar Alicia te kijken, maar haar blik was over mijn hoofd gericht. 'Jamila. Wat fijn u te zien.' Ze zette haar glas neer en duwde haar handen in het kussen om op te staan.

'Blijf zitten.' De geur van jasmijn zweefde over me heen toen Jamila vooroverboog om Alicia te knuffelen. Ze richtte zich op. 'Hé, Marlee. Fijn je te zien.'

Door tegen Alicia's en Coopers knieën te duwen, hees ik mezelf omhoog zodat ik niet naar de korte zoom van haar blauwe Wonder Woman-rokje hoefde te staren. Nu was ik op bustierniveau. Geweldig. Ik rukte mijn blik los van haar prachtige borsten en richtte die op haar even prachtige gezicht. 'Fijn u te zien, Jamila.'

Ze trok de vrouw die achter haar had gedraald naar voren. 'Dit is Jenny.' Terwijl ze de introducties afrondde, keek ik naar Cooper, die naar hun ineengestrengelde handen staarde. *Oei.*

Ik stootte tegen zijn knie. 'Drink op.'

Dat deed hij.

———

TWEE UUR LATER begon de kamer – of ik – te kantelen en moest ik om alles lachen. Ik stond naast de bar met Jackson en Cooper. Jackson had een arm om Coopers schouders en een arm om de mijne geslagen. Ik was de tel kwijtgeraakt hoe vaak hij mijn beker had bijgevuld met de giftige sinaasappelpunch.

'Jullie zijn mijn twee beste vrienden,' lalde Jackson. Zijn konijnenneus en getekende snorharen waren slechts een roze en grijze veeg na twee uur knuffelen met zijn gasten en drinken.

'En Alicia dan?' vroeg ik. Dronken-Marlee vond het plotseling belangrijk dat we mijn vriendin niet vergaten, die aan de andere kant van de kamer met Sam zat te praten.

'O ja, zij is mijn beste vriendin. En Noah. En de baby. Dan jullie.' Het laatste woord werd uitgerekt tot een zoemend gesis.

Cooper fronste. 'De *baby* staat boven mij? Ik ken je al veertien verdomde jaren en je baby is nog niet eens geboren.' Zijn stem werd luider. 'Hoe kan een *foetus* een betere vriend zijn dan ik?'

Oei. Dat Fallon-temperament zou Alicia's feestje gaan verpesten. Ik siste hem dat hij stil moest zijn en reikte om Jackson heen om een kalmerende hand op zijn onderarm te leggen. 'Natuurlijk gaat Jackson het meest van zijn *baby* houden. De baby is familie, sufferd. Jij niet.' Jackson knikte langzaam.

Die sinaasappelpunch was *duivels* en als ik het ooit weer zie, steek ik het in brand. Want Cooper, die minstens één, zo niet twee drankjes te veel op had, stortte op Jacksons schouder en ik zag zijn rug op en neer gaan in een hik – of een snik. Hij mompelde iets wat ik niet kon horen.

''t Is goed, Coop.' Jackson klopte zijn vriend op de rug.

Aan de andere kant van de kamer vertrok Alicia's mond.

Ik zou Cooper haar op haar eigen feestje echt niet van streek laten maken.

'Laat mij maar, Jackson. Waarom ga jij niet even bij Alicia kijken?' Ik hielp hem zich los te maken van Cooper, die nog steeds mompelde, en slingerde Cooper over mijn eigen schouders. Ik wreef over zijn rug terwijl Jackson ontsnapte.

'Hé, rustig maar. Zullen we wat water voor je halen?' Mensen om ons heen begonnen te staren, dus ik leidde hem richting de keuken.

'Nooit meer hetzelfde,' mompelde hij.

'O, lieverd, morgen ben je weer de oude. Ik zorg ervoor dat je wat water en ipo—ibo—iboprofen hebt. Ibuprofen, bedoel ik.'

Ik had gedacht dat de keuken leeg was, maar dat was niet zo. In de hoek, waar ze niet zichtbaar waren voor iemand in de aangrenzende woonkamer, drukte Jamila Jenny tegen het aanrecht. Terwijl ze over de kleinere vrouw heen boog, kroop haar flinterdunne Wonder Woman-rokje omhoog en ving ik een glimp op van haar perfect gevormde billen, nauwelijks bedekt door haar rode slipje – en een van Jenny's handen. Jenny's rode Captain Marvel-laars haakte om Jamila's kuit. Hun lippen smolten samen.

Die afschuwelijke sinaasappelpunch probeerde me een snijdende opmerking over een DC-Marvel-crossover te laten maken, maar ik klemde net op tijd mijn tanden op elkaar. Het was niet nodig om de aandacht op het tafereel in de keuken te vestigen. Als we er gewoon langs konden sluipen, zou Cooper ze misschien niet zien. Jamila leek zo aardig. Hoe kon ze hem dit aandoen?

Ik sleepte Cooper naar de bijkeuken. Maar zijn voeten bewogen niet meer en hij staarde naar de vrouwen. Shit. Waren ze gewoon dronken en aan het stoeien? Of bedroog Jamila hem? Dit zou snel uit de hand lopen.

'Hé, Mila. Jenny.' Zijn toon was alledaags, vriendelijk. Mijn ogen werden groot, terwijl mijn benevelde brein de situatie probeerde te ontcijferen.

Jamila draaide haar hoofd, haar slaap nog steeds tegen Jenny's voorhoofd gedrukt, haar lippen opgezwollen. 'Hé, Coop.' Jenny wiebelde met haar gepantserde vingers naar hem.

Eindelijk liet hij me hem de bijkeuken in duwen. Onder het tl-licht zag hij groen. 'Gaat het?' vroeg ik.

Toen hij zijn schouders ophaalde, verloor hij zijn evenwicht en wankelde. Ik greep zijn bovenarmen. 'Cooper?'

'Ja, het gaat goed.' Maar hij keek me niet aan. Zijn blauwe ogen staarden naar iets, misschien niets, achter me.

'Het spijt me zo dat je dat zag. Misschien is Jamila niet de ware voor je, maar je zult iemand vinden.' Waarom had ik hem niet gewoon in de woonkamer achtergelaten terwijl ik water ging halen? Ik klemde mijn handen strakker om zijn armen om hem te bewijzen hoe serieus ik was – of om ervoor te zorgen dat we allebei overeind bleven. 'Je bent prachtig, slim, succesvol. Ik weet zeker dat de juiste vrouw voor je bestaat.'

Zijn ogen waren roodomrand en bloeddoorlopen en hij rook naar sinaasappellimonade en tequila. Toch was hij de mooiste man die ik ooit had ontmoet. Zelfs een jonge Harrison Ford had alleen maar kunnen wensen dat hij er zo goed uitzag in een Han Solo-kostuum.

Hij keek me aan, zijn blauwe blik zo heet als een gasvlam.

'Misschien was ze al die tijd al hier.' En hij boog voorover en kuste me.

Ik had van dit moment gedroomd. Ik had het opgebouwd, het in mijn fantasie geborduurd, zodat ik de tinteling verwachtte die zou volgen op de warme streling van zijn lippen over de mijne. Ik bereidde me voor om te zwijmelen van de hete stroom bloed van mijn hersenen naar mijn weldra kloppende intieme delen. Ik greep zijn armen vast, me voorbereidend op mijn zwakke knieën.

Maar het was slechts een kus. Naar sinaasappelpunch ruikend. Gesloten mond. Een druk van lippen. Niets hards drukte tegen mijn heup, behalve zijn plastic lichtzwaard. Er zongen geen engelen. Geen tinteling. Geen verkramping in mijn onderbuik. Geen hartslag die in mijn oren suisde. Nul vonken.

Voor het eerst in drie jaar bonsde mijn hart niet door Coopers nabijheid. Mijn vingertoppen werden niet gevoelloos en mijn adem versnelde niet.

Ik wilde echt dat hij een speciaal iemand zou vinden. Iemand die zijn hart in vuur en vlam zou zetten, iemand die hem naar haar zou doen verlangen op de manier waarop ik drie jaar naar hem had verlangd. En zelfs in mijn alcoholische roes wist ik dat die persoon niet ik was.

En ik verdiende iemand die mij wilde, die van me hield, die me verdomme liet tintelen. Die, als we samen waren, de wereld zou doen versmallen tot alleen wij tweeën en de wereld om ons heen zou doen vervagen.

Als dat was gebeurd toen Cooper me kuste, had ik het geluid niet gehoord.

Een gepiep op hardhout. Een gepiep dat ik kende.

Ik trok me los van Cooper en keek net op tijd naar de deuropening om de flits van een prinselijke laarszool te zien. *Grote Galileo.*

Mijn handen rustten nog op Coopers armen en ik schudde hem. Voorzichtig. Kots van sinaasappelpunch zou moeilijk uit mijn witte gewaad te krijgen zijn.

'Hé. Gaat het wel?' Ik moest met Tyler praten, uitleggen wat hij had gezien. Dat was geen onbelangrijk gepiep geweest. Als het piepen van een laars kwaadheid kon uitdrukken, dan was het wel dat geluid.

'Nee,' kreunde hij en zakte achterover tegen de wasmachine, zijn normaal gebruinde huid lijkbleek.

'Water,' zei ik. 'Blijf hier.'

In de keuken zwaaide ik naar de nog steeds kussende vrouwen. 'Let niet op mij.' Ik pakte een glas, vulde het onder de kraan en haastte me terug naar de bijkeuken.

Ik duwde het glas in zijn handen. 'Drink.'

Terwijl hij het water achteroversloeg, belde ik een taxi voor hem. Zijn kleur was beter toen hij het glas aan me teruggaf, maar zijn glazige ogen en onhandige bewegingen vertelden me dat hij dronken of diepbedroefd was – waarschijnlijk allebei. Hem langs Jamila leiden zou wreed zijn, dus ik nam hem via de garage mee naar buiten.

De koele lucht sloeg tegen mijn wangen, net als mijn goede vriend, wroeging. Waarom was ik zo dichtbij blijven staan en had ik Cooper me laten kussen? Waarom had ik het gedaan waar iedereen het kon zien? En waarom had het noodlot, die kreng, Tyler net op dat moment laten langslopen? Ik keek terug naar het huis. Ik zou hem moeten vinden, met hem praten. En wat zeggen?

Ik keek omhoog naar de hemel. Meer tegen mezelf dan tegen Cooper zei ik: 'Jammer dat het vanavond te mistig is om de sterren te zien.' Een wazige gloed verlichtte de lucht waar de maan had moeten zijn. Geen sterren, zelfs geen planeet, was zichtbaar. Ik had het gezelschap van de sterrenbeelden wel kunnen gebruiken.

'Wazzegje?' Hij sleepte zijn blik van de straat naar mijn gezicht.

'Geen sterren vanavond. Het is mistig.'

Hij keek niet eens omhoog. 'Hier zie je nooit sterren. Te veel lichtvervoo—vervuiling.' Hij boerde zachtjes.

Ik sloot even mijn ogen. Toen ik ze weer opendeed, veegden koplampen over de stoeprand. *Dank je, Copernicus.* Ik begeleidde

Cooper naar de achterbank van de auto en keek hem na tot hij wegreed.

Toen ik me omdraaide naar het huis, zat Tyler op de voordeurstoep, met zijn armen om zijn knieën geslagen. Zijn lange jas lag om hem heen op de trede. Mijn hart maakte een sprongetje. We zouden dit tenminste zonder een publiek van feestgangers doen. Ik was hem geen verontschuldiging verschuldigd, maar wel een verklaring nadat ik hem had verteld dat ik niet meer achter Cooper aan zou jagen.

Ik sjokte de trap op en ging naast hem op de koude houten veranda zitten. De wind liet mijn lange witte rok rond mijn enkels fladderen.

Terwijl ik naar de straat staarde, zei ik: 'Kijk, ik—'

Tegelijkertijd zei hij: 'Gefeliciteerd.'

Ik knipperde met mijn ogen door de bitterheid in zijn stem. Waar was de lieve, zonnige Tyler gebleven, en wie was deze snerpende dubbelganger? 'Wat?'

'Operatie Droomprins. Het lijkt erop dat het gelukt is. Graag gedaan.'

Ik had hem nog nooit zo boos gezien. Had iets hem van streek gemaakt op het feest? Of daarvoor? 'Nee. Zo is het niet.'

Hij stond op en de vingers van zijn rechterhand tikten een woedend ritme tegen het satijn van zijn kniebroek. 'We waren vrienden, Marlee. En je hebt me gebruikt om te krijgen wat je wilde. En het ergste is dat ik het heb laten gebeuren. Ik kan niet geloven dat ik je verdomme heb laten doen.'

Het was eind oktober en het was kil geworden. Maar dat verklaarde niet de kou die me in zijn greep hield alsof ik op de ijsplaneet Hoth was in plaats van in een straat in San Francisco. Ik moest hem vertellen dat ik fout was geweest hem te gebruiken, dat ik Cooper niet eens meer wilde. Maar als ik op Hoth was, was hij op Tatooine. Zijn gezicht was rood gevlekt in het licht van de veranda. Hitte straalde van hem af.

'Ik ben er klaar mee. Niemand kan concurreren met Cooper Fallon.' Zijn armen vielen langs zijn zij en hij keek naar de stoep, naar Coopers verlaten zilveren Porsche. Met zachte stem zei hij: 'Ik niet.'

Toen hij van me wegliep, zat ik in de afvalpers van de Death Star, en kon ik nauwelijks ademhalen door het gewicht dat mijn borst samendrukte. En ik wilde niet nadenken over waarom.

R2-D2 kon me niet redden. Deze prinses had zichzelf en haar vriend in deze vuilnisbelt gebracht. En nu moest ik er een uitweg uit zien te vinden.

24

MAANDAG WAS WAT je ervan zou verwachten: een 7,5 op de debacleschaal.

Cooper kwam een paar minuten na mij binnen – laat voor zijn doen – en zette een beker koffie op mijn bureau. Aan de heerlijke geur rook ik al dat het een caramel macchiato was. Het shot pompoenkruidensiroop dat ik er in de herfst altijd aan toevoegde ontbrak, maar ik kon niet van hem verwachten dat hij dat onthouden had.

Hij wreef in zijn nek, onder de kraag van zijn regenjas. 'Marlee, ik... ik weet niet eens wat ik moet zeggen. Ik was van streek en dronken en... wat ik deed was onvergeeflijk. Het spijt me. Kun je het me vergeven?'

Ik knipperde met mijn ogen en bracht de beker naar mijn neus. Hemels. 'Het was maar een kus. Niets aan de hand.'

'Maar het... het kon je niets schelen?'

'Nee.' Ik grijnsde, dankbaar dat dat zo was. Een maand geleden zou ik er kapot van zijn geweest dat het voor hem niet de kus van ware liefde was. Maar toen ik eindelijk kreeg waar ik drie jaar op had gewacht, wilde ik het niet.

Ironie is echt het ergste.

'Wil je met HR praten?' vroeg hij. 'Ik leg een verklaring af.'

Ik deed mijn best om niet met mijn ogen te rollen, maar dat is me waarschijnlijk niet gelukt. Hij had alle reden gehad om me bij HR aan te geven, al was het maar vanwege het uitkleden met mijn ogen dat ik de eerste drie jaar van mijn dienstverband bij Synergy had gedaan.

'Niet nodig. Maar als je me meer koffie wilt brengen, vind ik dat prima. Of bloemen. Bloemen zijn leuk.'

Zijn mondhoeken kropen omhoog alsof hij al zo lang niet meer had gelachen dat hij vergeten was hoe het moest. 'Bedankt, Marlee. Voor je begrip. Dat je zo'n goede vriendin bent.'

Ik glimlachte schamper terug. 'Graag gedaan, Cooper.'

Terwijl hij wegliep, riep ik: 'Roze pioenrozen. Dat zijn mijn lievelings.'

Zonder om te kijken stak hij zijn duim op.

Dat was Cooper. Afgezien van die slecht getimede, dronken kus op zaterdagavond, was hij een fatsoenlijke vent. Zijn hart was gebroken en hij was bang dat hij *mij* pijn zou doen. De volgende keer dat ik Jamila zag, zou ik haar eens flink de waarheid zeggen.

Jackson sleepte zich rond tienen binnen, zijn gezicht lijkbleek. Hij mompelde iets met 'tequila', 'dertig' en 'klote' en deed de deur van zijn kantoor dicht. Zachtjes.

Tot nu toe was ik ongeschonden uit mijn zaterdagavond vol losbandigheid gekomen. Maar toen werd het menens.

Echt goed menens.

Ben kwam na zijn halverwege de ochtend-koffierondje naar boven met een gezicht als een oorwurm. En geen koffie voor mij. 'Marlee, kunnen we even in de vergaderruimte praten?'

Ik stond op, en de koffie die Cooper me eerder had gebracht begon te schiften in mijn maag. Hij zou toch geen ontslag nemen? Want dat kon ik er niet bij hebben. Met de problemen van mijn pa had ik de energie – emotioneel noch fysiek – niet om een vervanger te zoeken en al het extra werk dat een assistentloze Cooper met zich mee zou brengen was ook geen pretje. Bovendien was Ben niet alleen behulpzaam en efficiënt, maar na slechts een week was hij al een vriend aan het worden. In gedachten balde ik mijn vuist naar Karma. Het saboteren van Coopers zoektocht naar een assistent kwam me nu duur te staan.

Ik sjokte achter hem aan de vergaderruimte in en deed de deur dicht. Hij ging met zijn rug naar het raam staan en beet even op de binnenkant van zijn lip voordat hij sprak.

'De andere admins zeggen dat je met Cooper van Jacksons feest bent weggegaan.'

Er trok een koude rilling over mijn gezicht. 'Wat?'

'Dat jullie iets hebben.' Hij sloeg zijn armen over elkaar. 'Ik weet dat we elkaar nog niet zo goed kennen, en normaal gesproken zou ik mijn neus niet in jouw zaken steken, maar dit is een slecht idee, Marlee.'

Hoe had hij de roddels eerder gehoord dan ik? Hij werkte pas een week bij Synergy. Ik werkte er verdomme al drie jaar. Die bemoeizuchtige admins hadden eerst naar mij toe moeten komen. Ik staarde hem in stille shock aan.

Hij liet zijn armen zakken, pakte mijn hand en wreef over mijn vingers. Zijn woorden hadden alle warmte eruit doen wegvloeien. 'Cooper is… ingewikkeld. Je bent een prachtige meid en je zult een kerel die je verdient heel gelukkig maken. Verspil dat niet aan Cooper Fallon.'

Was hij er maar drie jaar geleden geweest om me dat te vertellen. Niet dat ik geluisterd zou hebben. Als ik dacht aan alle tijd die ik had verspild met wensen en plannen, voelde mijn lichaam zwaar aan, alsof ik op Jupiter probeerde te lopen.

Hij keek me aan, met medelijden in zijn lichtbruine ogen.

Eindelijk vond ik mijn stem terug. 'Nee, het is niet waar. Ik… ik nam hem mee naar de keuken om wat water voor hem te halen, maar, ehm, daar was al iemand anders. Dus gingen we een paar minuten naar de wasruimte. Om te praten.' Mijn wangen gloeiden. 'Hij kuste me, maar het was gewoon vriendschappelijk, echt waar. En toen belde ik een taxi voor hem en stuurde hem naar huis. Alleen. We hadden allebei te veel gedronken' – *verdomde duivelse punch* – 'maar dat is alles.'

Zijn greep om mijn hand verstevigde. 'Weet je zeker dat dat

alles is? Vriendschappelijk? Hij bracht je vanmorgen koffie.' Ben miste nooit iets.

'Sorrykoffie.' Ik trok mijn lippen in de beste glimlach die ik kon opbrengen. 'Het is oké tussen ons. Maar bedankt. Bedankt dat je erom geeft en met me wilde praten.'

Hij trok zijn wenkbrauwen op, hief zijn andere arm en ik stapte in zijn knuffel. 'Altijd, lieverd.' Hij kneep me eenmaal en liet toen los. 'En maak je geen zorgen over de roddels. Ik zal proberen het uit de wereld te helpen.'

Ik haalde diep adem. 'We kunnen maar beter teruggaan. Ik moet een leidinggevende met een kater managen.'

'Ik heb ook veel te doen. Cooper gaat weer op reis.'

Ik opende de deur en liep voor hem uit naar buiten. 'Europa deze keer, toch?'

'Ja. Een week. Hij heeft me gevraagd om bereikbaar te zijn tijdens Europese kantooruren.'

'Ugh. Beter dan Azië, denk ik.'

Na de lunch kwam ik terug bij mijn bureau en zag dat het bedekt was met een gigantisch boeket felroze pioenrozen. Serieus, het ding was een meter hoog.

Ben slenterde naar me toe, leunde op de hoek van mijn bureau en tikte tegen een van de bloemen.

'Sorrybloemen,' zei ik, en klemde mijn kaken op elkaar. Hoeveel van de roddelende assistentes hadden het buitensporige boeket van de begane grond zien komen? Ik keek alle drie dozijn pioenrozen boos aan.

'Dat is een flinke verontschuldiging. Dit is, zeg maar, een hele pioenrozenstruik. Weet je zeker dat je niet meer hebt gedaan dan alleen kussen?'

Ik keek hem boos aan.

Zijn mond viel open. 'Mr. Weston.'

Ik wervelde rond en ja hoor, onze CEO was stilletjes dichterbij gekomen en streek over een zachtroze bloemblaadje. 'Dat is een behoorlijk boeket, Ms. Rice.'

'Het is... het is prachtig, nietwaar?'

Zijn scherpe groene ogen doorboorden me. 'Ik begrijp dat het van Mr. Fallon is. Ik hoor dat jullie zaterdagavond samen op een feest waren.'

'Niet... niet samen.' Mijn hart ging tekeer in mijn borst. Waarom voelde ik me altijd als een prooi in zijn buurt?

'En toch heeft hij u bloemen gestuurd. Interessant.' Zijn blik bleef een seconde op me rusten en scande me tot op het bot. Toen draaide hij zich op zijn stille hakken om en beende naar Coopers kantoor.

'Mr. Weston, hij is in een—' Bens mond klapte dicht toen Weston, zonder om te kijken, zijn hand opzwaaide alsof hij een vlieg wegjoeg en zonder te kloppen Coopers kantoor binnenliep.

Bens gezicht was bleek. 'Holy shit. Die man is doodeng.'

Ik huiverde. 'Vertel mij wat.'

De deur van het trappenhuis ging achter me dicht, en ik hoorde het kenmerkende gepiep van Vans. Ik draaide me om en probeerde met mijn lichaam de bloemen te verbergen, maar er was geen enkele manier waarop ik dat kolossale boeket kon bedekken.

'Tyler, hé,' zei Ben met een nog steeds trillerige stem.

Vandaag was er geen kuiltje. Zelfs geen zweem van een glimlach. Zijn haar was plat bovenop alsof hij een koptelefoon had gedragen en warrig aan de voorkant alsof hij eraan had getrokken. Door zijn ineengedoken houding verborg hij de spieren waar ik – letterlijk en figuurlijk – over had gekwijld die nacht dat ik in zijn bed sliep.

Toch was hij hartverscheurend mooi.

En ik voelde een steek in mijn borst, als een haarscheurtje in mijn hart. Ik wilde niet dat hij boos naar me keek. Ik wilde dat hij zou glimlachen, dat hij dat kuiltje zou laten zien. Dat hij naar me toe zou lopen en op die plek zou gaan staan die de zon uit mijn ogen hield. Dat hij op mijn bureau zou leunen terwijl we het aantal pijnstillers vergeleken dat we hadden genomen om de naweeën van die duivelse punch te verzachten. Dat hij me zou vertellen over het elegante stukje code dat hij die ochtend had weten te bedwingen. Zodat ik die vonk kon voelen, die tinteling, die ontstond telkens als hij me aanraakte.

Het raakte me als een vlammende meteoor. Er was geen vonk geweest toen Cooper me kuste omdat al mijn vonken voor Tyler waren. Mijn vriend Tyler die op de een of andere manier, terwijl ik afgeleid was door gedachten aan Cooper, meer was geworden dan mijn vriend. Hij was de persoon geworden op wie ik kon rekenen als er iets misging. Degene met wie ik goed nieuws wilde delen. De persoon die me het gevoel gaf dat er voor me gezorgd werd en dat ik gewaardeerd werd telkens als hij boven kwam. Gisteren dacht ik dat ik een kater had. In werkelijkheid was ik melancholisch, als een of andere smoorverliefde heldin uit een historische roman die naar haar held smachtte. Het enige wat ik nog miste was een volumineuze zijden jurk en een mandje met naaiwerk om bij te zuchten.

Bij Carl Sagans borstelige wenkbrauwen, ik hield van Tyler Young.

'Hé.' Mijn stem was zacht en iel. Mijn adem stokte in mijn borst.

Maar Tyler keek niet naar mij. Hij staarde naar die opzichtige roze pioenrozen.

Hij balde zijn vuist zo hard dat ik een zachte knap hoorde, en een klein dingetje tikte op de houten vloer.

'Laat maar.' Zijn Vans piepten toen hij zich omdraaide, de deur van het trappenhuis openrukte en de trap af denderde.

'Wauw,' zei Ben, en hij wapperde met zijn hand voor zijn gezicht. 'Een boze Tyler Young is een heerlijk stuk man-vlees. Het zou de moeite waard zijn om hem kwaad te maken, puur voor de goedmaak—'

'Hou je mond, Ben.'

Ik liep naar de deur van het trappenhuis en raapte het stukje zwart plastic op dat uit Tylers hand was gevallen. Het was een klein pistooltje of misschien een blaster zoals ik die de andere avond bij mijn Prinses Leia-kostuum had gedragen. Als ik mezelf bij elkaar kon rapen om als een redelijk persoon met hem te

praten en niet als een melancholische oude vrijster met borduur-
werk te doen, dan zou ik het naar hem toe brengen.

Ik hoopte dat hij het niet meteen nodig had.

———

'KIJK, het spijt me van de punch.' Alicia fronste terwijl ze haar
zwangere buik tegen de cafétafel drukte. 'Dat is nieuw,'
mompelde ze.

Ik trok de tafel naar me toe om haar wat ademruimte te geven.
'De punch?'

'Op het feest, zaterdag. Had je me niet voor koffie uitgenodigd
om me erover de les te lezen? Iedereen heeft dat al gedaan. Blijkbaar was zondag behoorlijk ellendig. Arme Jackson was maandag
nog steeds aan het herstellen.'

'Arme Jackson?' Ik snoof. 'Hij heeft dat vieze spul gemaakt.' Ik
had meer dan de aanbevolen dosis ibuprofen genomen. Naar de
hel met de waarschuwingen op de verpakking over hartaanval-
len. Mijn hart kon mijn kont kussen. Het had me de afgelopen
drie jaar op een dwaalspoor gebracht.

'Hij was vergeten dat hij geen tweeëntwintig meer was.' Ze
glimlachte, haar ogen werden zacht en teder.

Tyler keek me vroeger ook zo aan. Voordat ik hem had
gekwetst en onze vriendschap had verpest. Hij was dinsdag en
gisteren niet boven geweest. En ik had de moed niet gehad om
hem beneden op te zoeken. Daar had ik Alicia's hulp bij nodig.

De serveerster zette Alicia's kruidenthee en mijn caramel latte
met een hartje in het schuim neer. Ugh. Ik roerde er met mijn lepel
doorheen tot het op Jupiter leek met zijn gestreepte wolken-
formaties.

'Ik heb je hier niet uitgenodigd om over de punch te klagen.
Hoewel Jackson wel zijn formele excuses zou moeten aanbieden
voor het proberen ons allemaal te vergiftigen. Ik moet met je
praten over… over Tyler.'

'Tyler? Gaat het goed met hem? Ik heb hem de punch niet zien drinken.'

Ik greep Alicia's hand net toen ze haar kopje wilde pakken. 'Vergeet de punch. Ik… ik denk dat ik van hem hou.'

Godzijdank dat ik had voorkomen dat ze een slok nam. Aan de geschokte uitdrukking op haar gezicht te zien, had ze het zeker uitgeproest. 'Maar je bent verliefd op Cooper.'

'Sst.' Het café was niet het dichtstbijzijnde bij kantoor, maar de faam van Cooper Fallon reikte ver buiten het Synergy-kantoor. 'Ik dacht van wel, maar dat is niet zo.' Ik leunde dichter naar haar toe en fluisterde: 'Hij kuste me op je feest en ik voelde niets. Het was alsof ik Jackson kuste – niet dat ik dat ooit heb gedaan – of, of Ben. Niet dat ik dat ook heb gedaan. Maar er was totaal geen magie.'

'Je bedoelt, niet zoals toen je Tyler kuste?'

Ik bedekte mijn gezicht met mijn handen en knikte.

'Wat vindt Tyler ervan?'

Ik gluurde tussen mijn vingers door. 'Voor het feest zei hij dat hij meer dan vrienden wilde zijn. En ik heb hem afgewimpeld. Toen zag hij Cooper en mij. En de sorry-pioenrozen.'

'Sorry—'

'Hij vatte het niet goed op. Ik denk dat ik een gevoelige snaar heb geraakt.' Zijn woorden galmden sinds zaterdagavond in mijn oren: *Je hebt me gebruikt om te krijgen wat je wilde. En het ergste is dat ik je je gang liet gaan.* Ik had hem precies aangedaan wat zijn ex, Bella, had gedaan. 'Ik heb nog niet genoeg moed verzameld om er met hem over te praten.'

Ze trok een blonde wenkbrauw op. 'Maar dat is precies wat je moet doen. Jij was degene die Jackson naar Austin liet komen om door het stof te gaan.'

'Ik weet niet of wat ik heb gedaan zo erg was als—'

'Je moet met hem praten. Hoe moet hij anders weten wat je voelt?'

Ze parafraseerde mijn favoriete nummer uit *Enchanted*. Zowel Alicia als Giselle hadden gelijk. Ik zou Tyler vertellen dat ik van hem hield, en hij zou me in zijn armen nemen en me weer kussen zoals hij me op Alicia's bruiloft had gekust. Mijn tenen zouden krullen, de zon zou door de mist breken en bosdiertjes zouden zingen. Tyler en ik zouden op een wit paard – of misschien gewoon in zijn blauwe Mustang – de zonsondergang tegemoet rijden.

Ik leunde over de tafel om Alicia te knuffelen. 'Je hebt gelijk. Je hebt gelijk. Ik praat morgen met hem.'

Ze kneep me terug. 'Jullie twee gaan een geweldig stel worden. Jullie moeten een avondje bij ons komen eten, volgende week.'

Dat zou perfect zijn. Dineren met Tyler, mijn beste vriendin en de baas van wie ik hield als een broer. Ik zou toch nog mijn 'ze leefden nog lang en gelukkig' krijgen.

25

VRIJDAGAVOND SLEEPTE IK me de traptreden van de veranda op en stak mijn sleutel in het slot. Het kostte me bijna meer moeite dan ik op kon brengen om hem om te draaien.

Ik was een lafaard geweest. Ik had het grootste deel van de dag gewacht, in de hoop dat Tyler zijn stilzwijgen zou doorbreken en naar boven zou komen om me op te zoeken. Maar om vier uur was ik naar beneden gemarcheerd, de kantoortuin van de programmeurs in, waar ik Tylers werkplek verlaten aantrof. Sam vertelde me dat ik hem op twintig minuten na had gemist.

Ik had overwogen hem te appen, maar kon je iemand voor het eerst via een appje vertellen dat je van hem hield? Dat had ik in geen van mijn liefdesromans gelezen. Ik zou hem maandag wel op kantoor opzoeken. Na het lange, eenzame weekend.

Het enige wat ik wilde was op mijn bed neerstorten en een paar romantische komedies bingewatchen. Ik duwde de deur open.

Sylvia begroette me in de keuken met woorden die ik nooit meer wilde horen: 'We moeten praten.' Stresslijntjes tekenden zich af rond haar ogen en haar mond was tot een dunne lijn getrokken.

'Gaat het met hem?' vroeg ik, terwijl ik mijn hakken uittrok. Pap was niet in de keuken en hij zat ook niet in zijn leunstoel.

'Hij heeft een zware dag gehad. Ik heb hem een kalmerings-middel gegeven.'

'Een kalmeringsmiddel?' Ik keek haar boos aan. 'Dat hebben we niet besproken.'

'Hij was geagiteerd en vroeg of hij Maggie mocht spreken. Noemt hij u zo?' Haar uitdrukking vertelde me dat ze wist dat dat niet het geval was.

'Nee. Dat was de naam van mijn moeder.'

De ogen van de oudere vrouw werden zachter en haar kaken ontspanden zich. 'Ik neem aan dat ze… er niet meer is?'

'Inderdaad.' Ik was niet van plan om daar met haar op in te gaan, niet na de week die ik had gehad.

Ze rechtte haar stevige postuur. 'Hij zei dat hij haar moest zien. Hij duwde me om naar buiten te komen.' Ze stroopte haar mouw op om me een lange paarse blauwe plek op haar bovenarm te laten zien.

Ik knipperde met mijn ogen. Mijn lieve, zachtaardige vader had een vrouw geduwd? Dat moest een ongeluk zijn geweest. 'Dat klinkt niet als pap.'

Haar donkere ogen vulden zich met medelijden. 'Deze ziekte neemt weg wie je vader was. Hij zal veel dingen doen die niet lijken op de man die je kende.'

Haar woorden waren een messteek in mijn buik. Pap had mijn hele leven voor me gezorgd, het grootste deel daarvan alleen. Hij had mijn geschaafde knieën gekust, mijn haar gevlochten, me leren rijden in zijn oude Ford pick-up. Hij had voor me gejuicht toen ik van de middelbare school en de universiteit afkwam en hij had me getroost na verbroken relaties. Ik kon hem niet verliezen. En ik had Sylvia nodig om hem te kunnen behouden.

'Gaat het met u? Hij heeft u toch geen pijn gedaan?'

'Nee, kind. Hij is niet de eerste patiënt die een beetje ruw wordt. Maar dit is misschien niet meer de juiste plek voor hem.'

'Hier, bij mij, is de beste plek voor hem. Ik ben alles wat hij heeft.' En pap was alles wat *ik* had. Ik was niet van plan hem te verliezen.

Ze zette een hand in haar zij. 'Wilt u dat ik u leer hoe u de kalmerende injectie moet geven?'

De brok in mijn keel blokkeerde mijn woorden. Ik kon niemand een injectie geven, zeker mijn vader niet. En hij zou mij nooit pijn doen. Ik wist niet wat er vandaag met Sylvia was gebeurd, maar ik zou die medicijnen niet nodig hebben.

Ik schudde mijn hoofd.

'Oké dan.' Ze pakte haar jas van de haak bij de achterdeur. 'Dan zie ik u maandag.'

'Bedankt, Sylvia. Fijn weekend.'

Nadat ze was vertrokken, zakte ik tegen de deur aan. Zelfs een romantische komedie zou de klap die ze me had gegeven niet verzachten. Ik reikte naar de fles wodka uit het kastje boven de oven.

———

ZONDAGMIDDAG ZETTE IK het geluid van de reclame tijdens de wedstrijd van de Raiders uit. 'Wil je wat popcorn?'

'Graag.' Pap glimlachte naar me vanuit zijn leunstoel.

Ik grijnsde terug, legde mijn paperback opzij – in dit boek was de held een footballspeler, dus het was alsof we echt een band kregen door de wedstrijd – en gaf hem de afstandsbediening. Pap had een goed weekend.

Ik schuifelde de keuken in om een zak popcorn in de magnetron op te warmen. Terwijl ik wachtte, opende ik een paar biertjes. De hoofdpijn die ik gisterochtend van de wodka had, was verdwenen. Pap had me uitgelachen toen ik naar beneden was gesloft. Toen hij ernaar vroeg, kon ik hem niet de echte reden vertellen waarom ik alle wodka had opgedronken. Of over mijn ruzie met Tyler. In plaats daarvan had ik hem verteld dat ik een zware week op het werk had gehad. Wat waar was. Hij had me een toegeeflijke glimlach gegeven en gezegd dat ik te hard werkte. Ik had zijn stoppelige wang gekust.

Die ochtend had ik het huis van boven tot onder schoongemaakt terwijl pap de kieren rond de deuren en ramen had gedicht. Toen kondigde hij aan dat hij naar buiten ging om de dakgoten schoon te maken, hoewel hij ze 'regenopvangers' noemde. Ik leidde hem af door de footballwedstrijd aan te zetten.

Ik durfde een beetje optimisme in mijn hart toe te laten. Hij had vrijdag gewoon een slechte dag gehad. De week doorbrengen met een vreemde was moeilijk voor hem geweest. Ik had zelf ook de nodige driftbuien gehad op de peuterspeelzaal toen hij na de dood van mijn moeder weer ging werken. Tijd met mij knapte hem op. Het knapte ons allebei op. Misschien zou Jackson me één dag per week op afstand laten werken. Sylvia had het mis. Tyler ook. Pap was nog steeds zichzelf en we konden dit redden.

De magnetron piepte en ik bracht onze flesjes bier en de kom popcorn naar de woonkamer. Pap juichte toen de Raiders een eerste down haalden. Ik tikte zijn hand aan met het bierflesje en hij nam het van me aan, zijn ogen nog steeds op de televisie gericht. 'Dank je, Maggie.'

Ik zuchtte, maar nam niet de moeite om hem te verbeteren. Hij en mijn moeder moeten samen naar American football hebben gekeken en zij moet hem ooit ook biertjes hebben gebracht. Toen ze jong en verliefd waren, voordat ze te vroeg van hem werd afgenomen.

Zou ik ooit zo'n liefde kunnen vinden, het soort dat zelfs na de dood voortduurt? Pap had vanaf hun eerste aanraking van mijn moeder gehouden. Ik had geprobeerd zoiets met Cooper te fabriceren. Ik zag het nu in. Ik had gedroomd dat de perfecte sprookjesprins me op zijn paard zou meenemen en me zou wegvoeren, en Cooper Fallon paste perfect in die rol.

Maar zelfs terwijl ik voor hem viel, wist ik, ergens diep in mijn hart, dat hij slechts een fantasie was. Net als mijn liefdesromans was hij iets om mijn gedachten af te leiden van pap, van mijn baan waar andere mensen zonder meer kwalificaties dan ik op neerkeken, van mijn gebrek aan echte vrienden.

En toen er iemand in mijn leven kwam die echt om me gaf, zat ik zo diep in de comfortabele sleur van mijn verliefdheid dat ik het niet kon zien. Ik kon hem niet zien. Ik had alle signalen die Tyler me had gegeven genegeerd, omdat ik onze vriendschap niet op het spel wilde zetten. Maar met de gevoelens tussen ons wankelde onze vriendschap al. Nu was het misschien te laat en zouden we uit elkaar slingeren, de leegte van het heelal in.

'Ik mis je, Maggie.' Paps stem klonk jonger dan ik hem in lange tijd had gehoord, al het gebruikelijke rauwe was verdwenen.

Mijn maag kromp ineen tot een koude, harde bal. Ik legde mijn roman neer en keek naar hem. Hij keek naar me, maar zijn ogen waren vertroebeld door herinneringen, hij zag *mij* niet, maar iemand anders. Mijn moeder.

Ik reikte over de tafel en pakte zijn hand. 'Pap, ik ben het. Marlee. Mama… Maggie… is al lang geleden overleden. Dat weet je toch.'

'Dood.' Een traan glinsterde in zijn ooghoek en rolde toen langs een groef op zijn wang.

'Inderdaad, pap. Ze is lang geleden gestorven.'

'Weken geleden.'

Ik zuchtte. '*Jaren* geleden, pap. Ik ben nu helemaal volwassen.'

Hij knipperde de mist uit zijn ogen. 'Ja, dat ben je, Zonnestraal-tje. Je lijkt zo veel op je moeder.'

Ik glimlachte naar hem. Ik had haar altijd prachtig gevonden. 'Wat dacht je ervan als we haar vanavond herdenken met haar gehaktbroodrecept?' Volgens pap was mijn moeder geen gewel-dige kok, maar haar gehaktbrood was zijn favoriet geweest.

'Dat klinkt goed.'

Ik zocht in de vriezer naar gehakt, maar het recept van mijn moeder vereiste een mengsel van varkens- en rundergehakt dat we niet hadden. Na gisteren en vandaag de hele dag binnen te hebben gezeten, zou een uitstapje naar de supermarkt in de frisse lucht me goed doen. Ik kuste pap op de bovenkant van zijn witte hoofd. 'Ik ga even naar de winkel. Ik ben zo terug.'

Hij gromde, zijn aandacht was alweer bij de wedstrijd.

De zon en de frisse herfstlucht buiten moedigden me aan om wat langer over mijn boodschappen te doen. Ik praatte een paar minuten met meneer Oliveras; hij had pap met Sylvia gezien en vroeg naar zijn gezondheid. Ik vertelde hem alleen dat pap onstabieler was geworden, wat waar was. Ik nam een fruitige Zinfandel mee voor bij het gehaktbrood en een fles wodka om aan te vullen wat ik had gedronken. Plus een paar vrolijke gele chrysanten voor pap om in het knopvaasje naast mama's urn te zetten.

Toen ik de voordeur opendeed, had ik spijt dat ik zo lang was weggebleven. Zelfs wodka zou dit niet kunnen oplossen.

'Pap!' schreeuwde ik de lege woonkamer in.

De kamer was een puinhoop. Bier uit onze omgevallen flesjes hing in druppels aan de rand van de bijzettafel en plofte in een plas op de houten vloer eronder. Popcorn lag verspreid door de kamer, van de achterkant van de bank tot het bruine hoogpolige tapijt ervoor. De voetensteun van de lege leunstoel stond omhoog. De kussens waren van de bank getrokken en lagen lukraak op een stapel in de buurt. Mijn hart bonkte. Waar was hij? Was hij aangevallen? Was er ingebroken?

Ik vond de afstandsbediening op de salontafel en zette de televisie uit. 'Pap!' schreeuwde ik opnieuw in de stilte.

Ik liep de keuken in. Ik zou de inbreker met mijn zware fles drank slaan. En hem dan taseren terwijl hij op de grond lag. Ik scande de kamer, die op het eerste gezicht leeg leek. Maar toen hoorde ik een gesnotter onder de tafel.

Ik hurkte neer en vond hem onder de keukentafel, zijn knieën tegen zijn borst geklemd. 'Pap, wat doe je daaronder?' fluisterde ik voor het geval de inbreker nog in huis was.

Zijn ogen ontmoetten de mijne en ze waren helder, maar roodomrand. 'Ze is weg.'

'Wie is er weg?' Een vrouwelijke dief?

'Maggie is weg.'

De spanning verliet mijn schouders en ik zakte door mijn hurken om op het linoleum te gaan zitten. De boodschappentas plofte op de grond. 'Ja, pap. Ze is weg. Kun je onder de tafel vandaan komen?' Hoe was hij daar überhaupt onder gekomen, met zijn slechte knie?

Hij schuifelde eronderuit met behulp van zijn handen en zijn goede been. Ik stond eerst op en trok hem toen overeind en hielp hem op een van de keukenstoelen te gaan zitten. 'Wat is er gebeurd?'

'Ik kon haar niet vinden. Ik kon Maggie niet vinden.'

Ik keek omhoog naar de muur achter haar plek aan tafel om haar foto te zoeken. Maar de ingelijste foto was weg. Huh. Misschien had hij het daarover. Ik zou er later wel naar zoeken.

Pap wreef over zijn knie. De kruiptocht onder de tafel had er geen goed aan gedaan. 'Doet je been pijn? Wil je een pijnstiller?'

'Graag.' De hopeloze trilling in zijn stem bezorgde me koude rillingen.

Ik haalde een glas water voor hem en zijn voorgeschreven pil en keek hoe hij die doorslikte. Toen ik de diepe lijnen rond zijn ogen en mond zag, vroeg ik: 'Wil je even gaan liggen terwijl ik het eten maak?'

Zijn glimlach was geforceerd. 'Dat zou fijn zijn.'

Ik hielp hem naar zijn kamer en stopte de deken om hem heen. Ik kuste zijn voorhoofd, dat onder mijn lippen gladstreek. 'Ik kom over een poosje bij je kijken.'

'Oké.' Zijn oogleden fladderden al dicht.

Ik maakte de woonkamer voor de tweede keer die dag schoon en maakte daarna het gehaktbrood van mijn moeder. Terwijl het bakte, zocht ik op mijn laptop naar de ziekte van Alzheimer op jonge leeftijd en praatgroepen voor dementie.

Die avond at ik alleen en proefde niets.

26

MAANDAGOCHTEND DROEG IK de last van het weekend met me mee naar kantoor. Ik had zondagnacht niet geslapen; mijn hersenen draaiden in uitgeputte cirkels en mijn borstkas was samengetrokken van de zorgen. Deed ik er wel goed aan om papa thuis bij mij te houden? Het brak mijn hart om hem te zien veranderen in iemand die ik niet kende. Hoelang kon ik dit nog volhouden voordat ik mijn eigen geestelijke gezondheid vaarwel kon kussen?

Maar alleen een ondankbare dochter zou haar zieke vader willen verlaten. Mijn alleenstaande vader die me in zijn eentje had grootgebracht sinds ik twee was. Die alles – een tweede liefde, een sociaal leven, grotere dromen – voor mij had opgeofferd. Zelfs toen ik bij Synergy door de draaideur liep, wilde ik me omdraaien en de trein terug naar huis nemen om gewoon zijn hand vast te houden.

Maar dat kon niet. Niet alleen had ik werk te doen en een salaris te verdienen, maar ik moest het ook goedmaken met Tyler. Ik had hem in het weekend zo vaak willen bellen, om over papa te praten of juist om mijn gedachten van hem af te leiden; ik wist niet zeker welk van de twee. Maar ik had mezelf tegengehouden, met mijn vingers zwevend boven het scherm. Ik legde mijn problemen altijd bij hem neer. Wanneer had ik hem voor het laatst naar zijn leven, zijn problemen gevraagd? Was ik een verschrikkelijke vriendin?

Wat als hij geen vriendschap wilde, of het *meer* dat ik nu met hem wilde ontdekken? Toen ik dacht aan de boze woorden die hij naar me had gesnauwd buiten het huis van Alicia, kromp mijn maag ineen, net als de ochtend nadat ik al die wodka had gedronken.

Ik had net mijn tas op mijn bureau gezet toen Jackson de lift uit stapte. Hij stopte bij mijn bureau. 'Marlee, ik heb een probleem.'

'Ook goedemorgen.' Ondanks de kramp in mijn maag kon ik een glimlach niet onderdrukken. Ik was er dol op om Jacksons problemen op te lossen.

'Ik ben misschien vergeten je te vertellen dat Alicia om twee uur een afspraak heeft bij de verloskundige, en ik had haar beloofd dat we daarna babymeubels zouden gaan kopen. Dus we moeten al mijn middagafspraken verzetten.'

Ik tikte zijn agenda open. 'Ik regel het. Vergeet niet dat Cooper vanavond naar Europa vertrekt. Ik probeer een kwartiertje voor hem in je agenda te vinden; anders stel ik een herinnering in zodat je hem belt voordat hij op het vliegtuig stapt.'

'Je bent mijn reddende engel, Marlee.' Hij grijnsde.

'Ik betwijfel of je dat ook zegt om half twee, als je de hele ochtend volgeboekt bent geweest en ik je de deur uit duw. Bovendien neem jij het stokje van Cooper over deze week, terwijl hij in Europa is.'

Zijn gezicht betrok. 'Herinner me er nog eens aan waarom ik hem mij weer tot VP heb laten benoemen?'

'Omdat je van programmeren houdt, van dit bedrijf en van de mensen die hier werken. Je doet het voor jezelf, voor Cooper en zelfs voor mij. Ga nu maar mediteren terwijl ik je agenda ontwar.'

Hij salueerde. 'Ja, mevrouw.'

Zoals ik had voorspeld was hij moe en humeurig tegen de tijd dat ik hem een mueslireep en een kop koffie in zijn hand duwde en hem in de lift zette om Alicia te ontmoeten.

Toen ik terugkwam bij mijn bureau, was er een nieuwe afspraak verschenen in de agenda van Jackson voor de volgende dag, en de onderwerpregel trok mijn aandacht. *Tyler Young-sollicitatiegesprek voor developmentmanager.*

Ik beet op mijn lip om een gilletje te onderdrukken en stuurde hem een berichtje.

> Jeej! Ik ben zo blij dat je op de managersfunctie hebt gesolliciteerd! Wil je naar boven komen om erover te praten?

TYLER

Tuurlijk.

Dat was bijna te gemakkelijk. Een kant-en-klaar excuus om met hem te praten. Maar waarom had hij me niet verteld dat hij had besloten te solliciteren? Was hij nog steeds zo boos op me? Ik wou dat ik niet zoveel tijd voorbij had laten gaan. Ik wou dat ik de moed had gehad om vorige week met hem te praten.

Normaal gesproken ging ik uitdagingen rechtstreeks aan. Werkuitdagingen. Maar gooi er wat emoties bij en ik raak helemaal in de knoop. Zoals het feit dat het me drie jaar had gekost om Operatie Droomprins te beginnen. En ik wist nog steeds niet wat ik met papa aan moest, die, als ik eerlijk was, al sinds zijn ongeluk achteruitging. Maar ik zou geen drie jaar of zelfs maar een week voorbij laten gaan zonder Tyler te vertellen wat ik voor hem voelde. Hij verdiende het te weten dat ik klaar was voor meer, als hij dat nog steeds wilde.

Ik had tijd om mezelf achter mijn bureau te installeren, enkels gekruist, rok gladgestreken, voordat de deur van het trappenhuis openging en het bekende gepiep van Tylers sneakers klonk. Hij had zijn haar kort laten knippen, bijna gemillimeterd. Ik miste de warrige golven, maar ik verlangde ernaar om met mijn vingers over het korte, zacht uitziende haar boven zijn oren te strijken.

Hij sjokte naar mijn bureau. 'Hoi.' Afwachtend. We gingen voor afwachtend. 'Dus je wilde praten?'

Ik knikte. Hoe praatte ik met deze versie van Tyler, degene wiens altijd lachende mond nu in een frons naar beneden was getrokken, die een paar stappen verder van mijn bureau stond dan normaal?

'Laten we naar Jacksons kantoor gaan. Hij is voor de rest van de dag weg.' Ik liep voorop en deed de deur dicht. Ik drukte op de knop die de jaloezieën naar beneden liet. 'Ik ben zo blij dat je op de baan hebt gesolliciteerd.' Shit, dat had ik al gezegd.

Hij kruiste zijn armen en haalde zijn schouders op. 'Ik dacht dat het een poging waard was.'

'En zie je wel? Ze hebben je gevraagd voor een gesprek.'

'Ja.'

Wauw, oké. Ik was de Kortaffe Tyler niet gewend. Misschien wilde hij gewoon dat ik ter zake kwam. 'Zitten?' Ik wees naar de bank in Jacksons zithoek.

Zonder een woord te zeggen liep hij langs de bank en ging in een van de oorfauteuils zitten. Ik ging op de rand van de bank naast zijn stoel zitten en trok mijn rok over mijn knieën. 'Het spijt me wat je hebt gezien op het feest van Jackson en Alicia. Ik—'

'Je bedoelt dat je Cooper zoende? Was dat niet wat je wilde? Zodat ik het zou zien en de boodschap zou begrijpen en het op zou geven?'

Ik snoof naar adem. Mijn huid was helemaal gaan prikken, en niet op een goede manier. 'Nee! Ik zou je nooit zo willen kwetsen. We zijn vrienden, en—'

'Zijn we dat? Vrienden? Want je hebt je de laatste tijd niet echt als een vriendin gedragen.'

'Ik weet het, en dat spijt me. Ik was bang.'

Zijn wenkbrauwen schoten omlaag. 'Bang voor mij?'

'Bang voor hoe ik me voelde en hoe dat onze relatie zou kunnen veranderen.' Ik volgde met mijn vinger een bloem op mijn rok. 'Kijk, ik… ik geef om je.' Crap, dat was niet goed. Dat was een understatement.

'Ik bedoel' – ik keek op – 'ik denk dat ik gevoelens voor je krijg.' Waarom was dit zo moeilijk? Ik had de woorden duizend keer in mijn romans gelezen. Ze rolden van de tong van de heldinnen. Mijn tong plakte aan mijn gehemelte.

Hij zei niets en hield zijn gezicht uitdrukkingsloos.

'Zeg iets. Alsjeblieft.' Ik wrong mijn handen in mijn schoot.

'Ik… ik weet niet wat ik moet zeggen. Is dit Operatie Droomprins Deel Twee? Nog meer doen alsof, zodat Cooper zijn kop uit zijn reet haalt en je ten huwelijk vraagt? Welke rol moet ik nu spelen?'

Ik legde mijn hand op zijn knie. 'Geen rol. Niet doen alsof. Ik heb gevoelens voor je, Tyler. Meer-dan-vrienden-gevoelens.'

'Maar bij jou thuis zei je dat je dat niet wilde. Dat je het niet kon. En twee weekenden geleden zoende je hem. Hoe kan ik geloven dat—'

Ik sprong op van de bank, boog me over hem heen in de stoel en drukte mijn mond op de zijne. Ik probeerde de kus te vullen met al het verlangen, alle spijt en alle liefde die ik voor hem voelde. Het was geen zachte kus, niet zoals de kus die hij me op de dansvloer had gegeven, of sexy, zoals die we buiten de herberg hadden gedeeld na zijn erotische voetmassage. Deze was hard en vol betekenis en belofte. Een verbintenis.

Hij was eerst stijf, zijn lippen bevroren. Maar ik hield vol, knabbelend aan zijn zachte onderlip, zijn schouders en borstspieren strelend over zijn T-shirt. Ik zag er vast belachelijk uit, voorovergebogen met mijn kont in de lucht, maar het kon me niet schelen. Ik moest Tyler laten zien wat ik voor hem voelde. Dat ik meer wilde dan vriendschap. Dat ik hem kon geven wat hij zei te willen.

Beetje bij beetje werd hij zachter. Ik liet mijn tong tussen zijn lippen glijden en proefde hem. Zoet en citrus bruiste op mijn tong. Zijn citroenachtige smaak voelde als thuiskomen. Ik neuriede. Zijn handen landden op mijn rug, en ik smolt op zijn knieën, op zijn schoot. Hij zuchtte tegen mijn lippen. 'Mar—'

'Marlee!' riep Cooper gedempt door de deur. 'Ben je daarbinnen?'

Ik spande me aan. Bij alle manen van Saturnus, waarom moest hij me nu zoeken?

'Niet doen. Als we stil zijn, denkt hij dat je weg bent,' fluisterde Tyler. Hij streek met zijn lippen over de mijne.

'Ik moet kijken wat hij nodig heeft.' Ik stond op van zijn schoot en wreef een lipstickveeg van mijn kin. Ik liep naar de deur en opende die. 'Ja, Cooper?'

'We kunnen de presentatie niet vinden die jij en ik hebben gemaakt voor mijn trip naar de oostkust. Heb jij een kopie?'

Ik zuchtte. Hij stond op de server, maar Ben was nog niet helemaal vertrouwd met onze archiveringsmethoden. 'Ik zoek het voor je. Geef me een minuut om eerst even—'

Maar hij had al over mijn hoofd gekeken. Vervloekt dat hij zo lang was. 'Hé, Tyler.' Hij keek op me neer en grijnsde. 'Ik geloof dat hij jouw lippenstift draagt.'

Ik trapte erin. Ik wreef over mijn bovenlip. 'Ik heb een minuutje nodig.' Ik moest zeker weten dat het goed zat tussen Tyler en mij. Dat hij er niet weer vandoor zou gaan. 'En dan zoek ik je bestand.' Ik begon de deur dicht te doen, maar Tyler was achter me komen staan.

'Ik ga. Jullie hebben vast belangrijk werk te doen samen.'

'Tyler, wacht—'

'Nee, Marlee. We zijn klaar.'

Zijn laatste woord zoog als een zwart gat al het licht en de lucht uit de kamer. 'Klaar?'

'Je kunt me niet geven wat ik nodig heb. Wat ik verdien. Zelfs niet je onverdeelde aandacht.'

'Ik… ik kom naar beneden als ik Cooper heb geholpen.'

'Dat is niet nodig. Ik wil niets meer.' Hij liep langs me, langs Cooper en ging richting de trap.

Cooper leunde tegen de deurpost. 'Zo te zien hebben jullie twee—'

'Niet behulpzaam, Cooper. Ik pak dat bestand nu voor je.' Ik liep langs hem naar mijn bureau, met een strak gezicht.

Ben hing in de buurt van mijn bureau. 'Sorry,' fluisterde hij. 'Ik probeerde—'

'Het is goed.' Ik ontgrendelde mijn laptop en navigeerde naar het bestand op de server.

Het was niet goed. Ik had Tyler weer het gevoel gegeven dat hij tweede keus was. Alsof ik hem weer gebruikte. Het was niet Bens schuld, en, hoe irritant hij ook was geweest, het was ook niet Coopers schuld. Het was mijn schuld. Ik had vanaf het begin van Tylers en mijn vriendschap duidelijk gemaakt dat ik Cooper wilde. En het zou moeite kosten om Tyler van het tegendeel te overtuigen.

Gelukkig was werk iets waar ik goed in was. En ik zou blijven werken tot Tyler geloofde dat ik van hem hield en van niemand anders.

27

TOEN IK DIE AVOND BINNENKWAM, zaten Sylvia en pap aan de keukentafel met een kinderpuzzel voor zich – een van mijn oude – met stukjes die bijna zo groot waren als mijn handpalm. Sylvia had me verteld dat puzzelen paps geheugen zou helpen. En toch was ik vergeten er een voor hem te kopen.

Sylvia keek op van de puzzel en glimlachte. 'Je bent vroeg thuis.'

'Mmm-hmm.' Ik schopte mijn hakken uit. Ik wilde een douche. En een joggingbroek. En ijs. In die volgorde. Maar ik boog me voorover om paps slaap te kussen. 'Hé, pap. Waar heb je dit oude ding gevonden?' Er ging een steek door mijn hart toen ik de afbeelding op de voorkant zag: Belle en het Beest, die alleen in de balzaal dansten.

'Sylvia heeft hem gevonden toen ze Maggie zocht.'

Ik keek haar geschrokken aan.

Ze schudde haar hoofd. 'De foto van je mama.' Toen wees ze naar de muur achter me. 'Haar ook gevonden.'

Ik keek achter me en jawel, mijn moeder hing weer op haar plek aan de muur. 'Waar?'

Ze schoof een puzzelstukje naar pap. 'Onder zijn kussen.'

Een klein stukje van mijn hart brak af. Zelfs na meer dan twintig jaar miste hij haar nog zo erg.

'Klaar!' Pap klikte het laatste stukje op zijn plek.

'Dat is geweldig. Ik haal een andere voor je. Beloofd.' Ik zou desnoods in mijn lunchpauze naar een van die dure toeristenwinkels gaan om er een te kopen.

'Ach, deze is prima,' zei hij. 'Morgen ben ik het waarschijnlijk toch weer vergeten.'

Daar brak een nog groter stuk van mijn hart af. Nu had ik dat ijs echt nodig. Met chocoladesaus.

Sylvia had talloze dementiepatiënten verzorgd, maar ook haar gezicht betrok.

'Wilt u eerder naar huis gaan?' vroeg ik. 'Ik red me wel met hem nu ik thuis ben.'

'Als u het zeker weet?' Ze stond op uit haar stoel.

'Ik neem het vanaf hier wel over. Prettige avond.'

Ze pakte haar spullen en vertrok. Ik deed de deur op slot en leunde ertegenaan.

'Wat is er, Zonnestraaltje?'

'Mis? Niets.'

Hij wenkte me dichterbij, en ik ging naast hem zitten, zoals ik mijn hele leven al had gedaan.

'Ik ben dan misschien mijn verstand aan het verliezen, maar ik zie heus wel wanneer mijn Zonnestraaltje minder straalt. Er zit je iets dwars. Is het die jongen met de auto? Tanner?'

'Tyler.' Ik zakte onderuit in mijn stoel. Ik was weer veertien en vertelde hem over mijn eerste verliefdheid. Hij was nooit een hulp geweest met jongenszaken. Zijn relatie met mijn moeder was perfect geweest en hij wist niets van een gebroken hart.

Maar ik vertelde het hem. Ik vertelde hem over mijn verliefdheid op Cooper, de poging hem jaloers te maken met mijn vriend, en toen over de gevoelens die mijn vriend voor me ontwikkelde en die ik niet durfde te beantwoorden tot het te laat was. Hoe Tyler me had verteld dat hij meer verdiende.

'Waarom heb ik het zo verprutst?'

Zijn ogen waren helder toen hij zei: 'Ik denk dat ik je een onrealistisch beeld van relaties heb gegeven.'

'Nee, pap. Je hebt me laten zien hoe een relatie zou moeten zijn.' Ik begon de puzzel uit elkaar te halen, beginnend bij de golvende zoom van Belle's gouden baljurk.

Hij legde een hand op de mijne en stopte mijn drukke vingers.

'Toen ik je moeder ontmoette, was ik nog een jonge man. Jonger dan jij nu bent. Ik had een baan, geld om uit te geven, vrienden. We dronken biertjes na het werk. Deden misschien een beetje—' Hij maakte een rookgebaar met zijn duim en wijsvinger.

'Pap!' Dat wilde ik *echt* niet horen.

Hij grinnikte. 'Het laatste waar ik aan dacht, was een serieuze relatie met een meisje. En toen ontmoette ik Maggie. Ze was mooi en slim en grappig.'

Ik zuchtte. 'En je werd verliefd.'

'Nee.' Hij boog zijn hoofd. 'Ik maakte haar zwanger.'

'O, mijn God! Pap!'

'Maar ik deed wat juist was, en we zijn getrouwd.'

'En toen werden jullie verliefd.'

Hij neuriede. 'We waren partners die naar een gemeenschappelijk doel toewerkten. Jou opvoeden. En we waren zo gelukkig toen je werd geboren.' Hij pakte mijn hand weer vast. 'We hielden allebei heel veel van je.'

Ik wreef over mijn hangertje. 'Hielden jullie niet van elkaar?'

'Op een bepaalde manier wel. Niet zoals ze er in de sprookjesboeken over praten.' Hij brak een stukje van de puzzel af aan de andere hoek, de harige poot van het Beest. 'Ik wilde jou laten zien, misschien zelfs Maggie en mezelf, dat het mogelijk was. Ware liefde. Dus las ik je liefdesverhalen voor.'

'En die magische aanraking dan? Toen je haar de handdoek aanreikte bij het zwembad?'

'Ik wou dat het zo gegaan was. Ik heb altijd gewenst dat we zo verliefd waren geworden.'

Weer een stukje van mijn hart brak af.

'Heb je er spijt van? Heb je spijt van… mij?'

Hij keek op, zijn blauwe ogen voor een keer helder. 'Nee, nooit. Ik wou alleen dat je meer tijd met haar had gehad.'

Ik ook. Ik haalde de rest van de puzzel uit elkaar en strooide de stukjes in de doos. Toen ik weer opkeek, waren paps ogen troebel.

'Waar wilde ik ook alweer naartoe met dat verhaal?'

'Maakt niet uit, pap.' Ik wist waar hij naartoe wilde. Sam, die niet eens in liefde geïnteresseerd was, had het beste relatieadvies gegeven. Hoe graag ik ook las over lust op het eerste gezicht, liefde gebaseerd op vriendschap was de beste soort liefde.

Ik stond op en zette de puzzeldoos op de roze planken bij de achterdeur, zodat hij en Sylvia hem morgen weer konden maken. De telescoopkoffer trok mijn aandacht.

'Wil je vanavond sterrenkijken? Het is helder buiten.' Naar de sterren kijken zou ons allebei opvrolijken.

'Wat jij wilt, Maggie.'

Ik zuchtte en keek op de klok. Te vroeg om met het eten te beginnen. Mijn kokerrok sneed in mijn buik en mijn schouders deden pijn onder mijn bh-bandjes. Mijn joggingbroek riep me van boven.

'Wat dacht je van wat Studio Sport? Ik wed dat ze een vooruitblik op de voetbalwedstrijd hebben.'

'Oké.'

Ik leidde hem naar zijn stoel en zette de televisie aan. Hij leunde achterover en zijn ogen werden glazig. Misschien zou hij in slaap vallen.

Ik pakte mijn schoenen, rende naar boven en nam de tijd om me om te kleden, terwijl ik dacht aan de wanhopige kus met Tyler en zijn onverzettelijke houding daarna. Je zou denken dat ik na alle liefdesromans die ik had gelezen, na alle romantische komedies die ik had verslonden, zou weten hoe ik door het stof moest gaan. Maar ik had het verkloot. Had ik onze vriendschap, en de mogelijkheid tot meer, voorgoed verpest?

Zelfs mijn yogabroek en versleten sweatshirt schuurden en irriteerden mijn huid. Ik verdiende het ongemak na wat ik Tyler had aangedaan. Misschien, als ik hem een appje stuurde, zou hij langskomen en me een tweede kans geven om het goed te maken?

Net toen ik me omdraaide om naar beneden te gaan en met het eten te beginnen, klonk er gerinkel van buiten het raam. Had Tyler mijn gedachten gelezen en was hij met zijn spelcomputer gekomen? Met bonzend hart rende ik naar het raam en knielde op de vensterbank.

Mijn hart stond stil.

Pap lag uitgestrekt op de treden van de veranda. De telescoopkoffer lag onderaan de trap. Eén been lag in een onnatuurlijke hoek. Zijn hoofd rustte op de bovenste trede. De zonsondergang wierp een roze gloed over zijn gezicht, maar zijn ogen waren gesloten. Zijn lichaam was stil.

28

DE VOLGENDE UREN trokken voorbij in een waas van beelden en geluiden.

Rode en blauwe flitsen op de nieuwsgierige gezichten van onze buren. Het geloei van de sirene terwijl we te langzaam door de spits kropen. De geur van ontsmettingsmiddel en shock op de spoedeisende hulp, en vervolgens ontsmettingsmiddel en angst op de chirurgische afdeling. Het flikkeren van de felle tl-lampen op vierentachtig witte vinyl vloertegels. De harde plastic stoel, glad geworden door andere angstige, wachtende, doodsbange zenuwpezen. Opkijken bij elke beweging, hopend niet te worden geroepen en te horen te krijgen dat mijn wereld instortte.

Later hield het *piep, piep, piep* van de hartmonitor mijn zware oogleden open. Vanuit het relatieve comfort van de stijve vinyl stoel in paps ziekenhuiskamer, keek ik met halfopen ogen naar het rijzen en dalen van zijn borst. Eens per minuut controleerde ik zijn slappe, grauwe gezicht, maar ik vermeed het om naar de geschoren plek in zijn witte haar en het verband over de twaalf hechtingen in zijn hoofdhuid te kijken. Ik maakte me niet zo'n zorgen over zijn been – dat hadden we al eerder meegemaakt – maar ik smeekte zijn hart om te blijven kloppen en die monitor om te blijven piepen en pap om bij me te blijven en me niet in de steek te laten omdat ik egoïstisch en onvoorzichtig was geweest.

Ik krulde me op in de onvergeeflijke stoel, boog mijn vingers om zijn slappe hand en wachtte.

———

ZONLICHT DAT ROOD door mijn gesloten oogleden scheen, maakte me wakker. Ik ging rechtop zitten en knipperde met mijn ogen. Het gestage gepiep van de monitors bracht me terug naar waar ik was en wat er de avond ervoor was gebeurd. Paps borst rees en daalde, en zijn oogleden hadden een blauwige tint. Ik streek over zijn levenloze hand en putte troost uit de warmte ervan.

Ik stond op, rekte me uit en liep naar het raam. Buiten het ziekenhuis vergulddden de vroege ochtendstralen de daken in een zachtroze kleur. Auto's kropen over de snelweg, met de koplampen aan. Een witte BART-bus sukkelde voort op de carpoolstrook en herinnerde me eraan waar ik had moeten zijn.

Ik keerde het raam de rug toe en stuurde Jackson een paar appjes om hem te laten weten wat er aan de hand was. Ik stuurde nog een appje naar Ben met de vraag of hij een invaller kon zoeken om me de rest van de week te vervangen. De chirurg van gisteravond had me verteld dat ze pap een paar dagen wilden observeren. Ik keek naar het gips om zijn been. Hij had dezelfde gebroken, wat, denk ik, een geluk bij een ongeluk was. Zijn goede been zou hem ondersteunen tijdens de revalidatie.

Mijn ogen gleden naar zijn gezicht. In zijn slaap zag hij er jonger uit. Afgezien van zijn witte haar en de bleekheid van zijn huid, zag hij eruit als de vader die me had opgevoed, die mijn hand had vastgehouden tijdens al mijn vaccinaties, die kippen- soep voor me had gemaakt – uit blik natuurlijk – als ik ziek was, die mijn geschaafde knieën had verbonden als ik van mijn fiets was gevallen. We waren een mooi stel, zo alleen en gebroken als we waren.

Ik zou zijn goede been zijn zolang hij me nodig had.

————

HET GEPIEP VAN de monitors gaf me de neiging om mijn jeukende huid aan flarden te krabben.

Dat, of het gebrek aan cafeïne.

Elke keer als een van de verpleegsters voorstelde dat ik een pauze zou nemen, een wandeling zou maken, een kop koffie zou pakken, had ik geweigerd. Het was door mijn slordigheid, mijn onoplettendheid, dat dit had kunnen gebeuren. Waarom was ik boven blijven hangen? Waarom had ik Sylvia gezegd dat ze eerder weg mocht?

Waarom liet ik iedereen altijd in de steek?

Ik keek voor de honderdste keer die dag naar mijn telefoon. Ik had Tylers contactgegevens al op mijn scherm staan. Mijn vinger zweefde boven het teksticoontje. *Ik moet hem zeggen dat het me spijt.*

Maar wat dan? Stel dat hij antwoordde, wat zou ik dan zeggen?

Dat ik het wilde proberen? Hoe kon ik dat doen, nu pap meer zorg nodig had?

Hij verdiende meer. Meer dan ik nu kon geven.

Dat ik het dan niet wilde proberen, en hij vrij kon zijn.

Het icoontje werd wazig op mijn telefoon. Verdomde tranen. Ik knipperde ze weg en wreef de traan weg die over mijn wang rolde.

Ik moest sterk zijn. Voor pap. Geen afleiding.

Ik gooide mijn telefoon in mijn tas op de vensterbank. Buiten strekte de blauwe schaduw van het ziekenhuisgebouw zich uit over de snelweg beneden. Pap had de hele dag geslapen.

De deur zwaaide open en de stem van Jackson galmde de kamer in, waarmee hij eindelijk het gepiep overstemde.

'Hee Marlee, ben je hier?' Het op één na grootste boeket dat ik ooit had gezien – Coopers pioenrozen stonden nog steeds op de eerste plaats – kwam de kamer binnenlopen. Ik kon nog net Jacksons ogen en verwarde donkere haar boven de kleurrijke gerbera's zien uitsteken. Alicia, die achter hem liep, siste hem tot stilte.

Jackson zette de bloemen op het tafeltje tussen paps bed en het onbezette bed. Een bezorgde frons verdeelde zijn wenkbrauwen. 'Gaat het met je?'

In de hoop dat mijn mascara niet was uitgelopen, omhelsde ik hem en snoof zijn vertrouwde geur van zeep en leren stoelen op. 'Met mij gaat het goed. En de dokter zegt dat het goed met hem komt. Hoewel hij nog niet wakker is geworden.' Dat was mijn zorg. De vorige keer, nadat hij van de ladder was gevallen, was pap direct na de operatie wakker geworden.

Ik zou elke roman die ik bezat geven, alleen maar om zijn ogen open te zien knipperen.

Alicia kwam dichterbij en ik omhelsde mijn vriendin. De novemberkou hing nog aan haar jas, samen met de geur van Earl Grey-thee. Haar slanke handen drukten in mijn rug en ik leunde tegen haar aan.

'Wacht.' Ik trok me terug en keek Jackson boos aan. 'Jij kunt hier niet zijn! Je hebt de hele dag vergaderingen!'

Zijn gezicht brak in een zorgeloze glimlach. 'Dat is het mooie van de wispelturige oprichter zijn. Ik kan die vergaderingen afblazen en alles op Cooper afschuiven. Hij is laat opgebleven om de telefoontjes uit Amsterdam aan te nemen.'

Zelfs Cooper hielp me. Warmte verspreidde zich door me heen bij de herinnering dat ik niet alleen was.

Ik glimlachte terug naar Jackson. 'Ik had nooit gedacht dat ik dit zou zeggen, maar ik ben blij dat je je verantwoordelijkheden ontloopt.'

Hij masseerde mijn schouder, en er gleed weer wat spanning van me af. 'Hoewel ik me zorgen maak over—'

Alicia onderbrak hem. 'Het team redt zich wel een paar uur zonder jou. Zelfs met één iemand minder. Of twee. *Jij*, aan de andere kant,'– ze kneep in mijn andere schouder – 'hebt onze hulp nodig.'

Ik deed alsof ik met mijn ogen rolde om de tranen die

opwelden te verbergen. Ik draaide me naar het raam om ze weg te knipperen. 'Bedankt.'

Jackson zei: 'Wat je maar nodig hebt. Jij was er altijd voor mij, nu is het mijn beurt om jou te helpen.'

Dat zorgde er alleen maar voor dat de tranen sneller kwamen. Ik snoof en zei: 'Zou je in dat geval een kop koffie voor me willen halen?'

Alicia zei: 'En wat fruit en yoghurt. Ik wed dat je al een tijdje niets gegeten hebt.'

Sinds de lunch gisteren. Ik had mezelf niet toegestaan zoiets egoïstisch als honger te voelen.

Jackson klopte op mijn schouder. 'Ik ben zo terug.' Een paar seconden later viel de deur dicht.

Alicia liep naar paps bed. 'Hij heeft een goede kleur,' zei ze. 'Misschien wordt hij snel wakker.'

'Ik hoop het. Ik ben... ik maak me zorgen.'

Ze draaide zich naar me toe. 'Natuurlijk. Het is zwaar om een dierbare...'

'O!' Schuldgevoel doorstak me. Ze had haar zus een paar jaar eerder aan kanker verloren. Ze moest ziekenhuizen wel haten. 'Je hoeft niet bij me te blijven—'

'Natuurlijk wel, Marlee.' Ze streek over mijn arm. 'Dat is waar vrienden voor zijn.'

'Je maakt me weer aan het huilen.'

'Huilen mag. Proberen het in te houden, proberen het allemaal zelf te doen, dat mag niet. Laten we gaan zitten.' Ze deed een stap opzij zodat ik de stoel bij het bed kon nemen, en zakte zelf in de andere stoel, terwijl ze een hand over haar ronde buik liet gaan.

Ik liet me op het onvergeeflijke vinyl zakken en keek naar haar. 'Weet je, vlak voordat hij... hij viel, vertelde pap me dat hij en mijn moeder niet verliefd waren toen ze trouwden. Zij was zwanger.'

'O.' Alicia's voorhoofd fronste. 'Hoe voel je je daarbij?'

'Niet geweldig. Verbaasd. Ik dacht altijd dat ze een perfect huwelijk hadden, weet je?' Ik raakte mijn hanger aan.

'Mensen kunnen nog steeds van elkaar houden en niet perfect zijn,' zei ze. 'Jackson en ik houden heel veel van elkaar, en we hebben nog steeds ruzie.'

'Hoe wist je... hoe wist je dat Jackson de ware voor jou was?'

'Nou, zoals je weet, is hij niet perfect. En er waren een heleboel redenen waarom we niet samen zouden moeten zijn: we werkten samen, we woonden in verschillende steden, onze persoonlijkheden en levensstijlen stonden lijnrecht tegenover elkaar. Maar' – er verscheen een glimlach op haar gezicht – 'ik realiseerde me dat ik ongelukkig was als we niet samen waren. En gelukkig als we wel samen waren. Ik was een beter mens met hem. Hij voelde hetzelfde.'

Ik was nu absoluut ongelukkig. En het was niet alleen omdat pap gewond was en in het ziekenhuis lag.

Toen ik met Tyler danste op Alicia's bruiloft, was ik zo gelukkig geweest dat ik mijn dwaze verliefdheid op Cooper was vergeten.

Zittend op het grasveld buiten het Civic Center, de beste tamales van San Francisco etend, de ondergaande zon die onze huid verguldde, ons rozegoud maakte. We hadden die dag allebei gelachen. En hij had me zijn zakdoek gegeven toen ik tranen in mijn ogen kreeg bij *Hamilton*.

'Maggie?' Het schorre gefluister kwam van achter me. Ik draaide me om en keek naar pap. Zijn ooglid trilde. Ik knipperde hard om er zeker van te zijn dat het niet mijn eigen oog was dat trilde. Toen ik mijn ogen opende, keken zijn blauwgrijze ogen me aan. Zijn gezicht was nog bleek, maar de aanblik van hem, wakker, verlichtte de band die mijn longen samenkneep.

Ik schoof mijn handpalm onder de zijne om de slangetjes aan de achterkant te ontwijken. 'Ik ben zo blij dat je wakker bent.'

'Maggie.' Zijn ogen waren niet gefocust.

Hij kon me wat mij betreft Minnie Mouse noemen. 'Het is Marlee, pap.' Ik veegde een traan van mijn wang.

Zijn vingers trilden in mijn handpalm en ik greep ze vast. 'Ik ben blij dat ik je gevonden heb, Maggie. Ik heb je gemist.'

'Ik heb jou ook gemist.'

Zijn oogleden sloten zich. Maar hij was wakker geweest. Ik snoof.

Een zware arm kwam om mijn schouders en even dacht ik wild dat het Tyler was. Maar het was Jackson. Hij drukte een warme beker in mijn hand en ik klemde hem vast.

'Hij werd wakker. Dat is geweldig. Vanaf nu gaat het van een leien dakje,' zei hij.

Jackson was misschien een genie op het gebied van programmeren, maar helaas wist hij zo goed als niets van de ziekte van Alzheimer. Hij had er niet verder naast kunnen zitten.

29

'SYNERGY ANALYTICS. MET BEN LEVY-WALTERS.'

Oké, ik had het dus geen twee volle dagen volgehouden zonder naar kantoor te bellen. Pap deed een dutje, zoals hij het grootste deel van de ochtend had gedaan tussen de controles van de verpleging door. Ik dacht dat een gesprek met Ben zou voorkomen dat ik wegzakte in sombere gedachten en me zorgen maakte over wanneer pap beter genoeg zou zijn zodat we allebei naar huis konden.

Ik draaide me naar het raam om pap niet wakker te maken. 'Hé, Ben. Met Marlee.'

'Jezus, Marlee.' Hij blies een zucht uit die door mijn telefoon kraakte. 'Hoe heb je het gedaan?'

'Wat gedaan? Is alles in orde?'

'N... wacht. Waarom bel je mij? Hoe gaat het met je vader? Gaat het goed met jou?'

'Het gaat beter met hem. Hij is gisteren wakker geworden. Hij was niet bepaald helder, maar dat komt wel weer.' Als ik het maar vaak genoeg zei, zou het waar worden. Dat hield ik mezelf tenminste voor. 'Ik wilde gewoon even horen hoe het daar gaat.'

'Maak je geen zorgen over kantoor. Het gaat prima met ons.' Maar de gespannen ondertoon in zijn stem verraadde dat hij loog.

'Vertel het me maar. Misschien kan ik helpen.'

Nog een zucht. 'Het uitzendbureau heeft iemand gestuurd die echt verschrikkelijk was. Ik moest haar gisteren vervroegd naar huis sturen en vanmorgen met het bureau bellen. Ze hadden geen flauw idee wat we nodig hadden, of zelfs wat we doen. Hoe heb je ooit met hen kunnen werken?'

Mijn borst, die al beklemd was, snoerde zich nog verder samen. *Mijn schuld.* 'Heb je het kunnen oplossen?'

'De nieuwe, Angelique, is volkomen acceptabel. Maar ze is jou niet.'

Het beklemmende gevoel op mijn borst nam heel even af. Tot hij het volgende zei.

'Jij had het waarschijnlijk wel aangekund toen de directeur development hier opdook op zoek naar Jackson.'

O jee. 'Waarom had hij Jackson nodig?'

'Er is iets fout gegaan in de build van vanmorgen, en iedereen zoekt iemand om de schuld te geven. Niemand weet hoe het opgelost moet worden. En nu is de helft van de ontwikkelaars op jacht naar bugs en de andere helft zit te wachten tot het is opgelost. De directeur is *ziedend*. Net als Weston,' fluisterde hij.

Was die bug iets wat ik tijdens mijn ochtendcode-review had moeten opmerken? 'Waar is Jackson?' Ik kon me niet herinneren dat hij vandaag afspraken buiten de deur had.

'Niet hier. En hij neemt zijn telefoon niet op.'

Een korte steek van angst doorboorde me, tot ik me herinnerde dat het lang geleden was dat hij werk had gemist vanwege een kater, een Formule 1-race, of dat akkefietje in mijn tweede werk-week. Dat was de oude Jackson. De nieuwe Jackson, degene die een betere man was voor Alicia, verdween niet zomaar.

Springende Johannes Kepler. Hij was onderweg om pap en mij te bezoeken.

'Stuur me een e-mail met een beschrijving van het probleem. Ik zal ernaar kijken, zien wat ik kan doen.'

'Marlee, dat kun je niet doen.'

'Natuurlijk wel.' Gekrenkte trots maakte mijn stem te scherp.

'Ik heb een diploma in computerwetenschappen. Ik ben net zo gekwalificeerd als onze juniorprogrammeurs om het te proberen te repareren. Sterker nog—'

'Nee,' onderbrak Ben mijn tirade. 'Dat bedoelde ik niet. Ik bedoel alleen maar dat je je nu geen zorgen kunt maken over kantoor. Je vader is je prioriteit. Hij heeft honderd procent van je aandacht nodig nu hij gewond is.'

'Maar hij is...' Ik keek over mijn schouder. Paps ogen waren gesloten. 'Hij rust.'

'Dan moet jij dat ook doen. Hij zal een tijdje al je energie opslokken. Iedereen hier begrijpt dat.'

Ik trok mijn schouders in. Hij had gelijk. Ik kon niet alles doen. In ieder geval niet goed. Ik kon mijn werk niet doen terwijl pap hier was en mij nodig had om namens hem beslissingen te nemen, mijn steun nodig had. Iedereen op het werk, inclusief Jackson, was een gezonde volwassene. Zij konden voor zichzelf zorgen. Pap kon dat niet. Tenminste, nu niet.

'Bel naar beneden, naar... naar Tyler Young. Hij zal het oplossen.' Het was de eerste keer dat ik zijn naam zei sinds pap was gevallen. Ik was hem nog steeds een verontschuldiging verschuldigd.

'Dat zou hij doen als hij... laat maar. We missen je. Maar we redden ons wel.'

'Beloofd? Want ik kom terug. Beter dan ooit.' Net als pap. 'Laat de boel niet in de soep lopen zonder mij.'

'Ik weet het niet...' Er zat een vleugje humor in zijn stem. 'Als ik die directeur development nog een keer moet spreken, steek ik de boel misschien wel in de fik.'

'Bestel wat koekjes voor het team. Maar niets met noten. En als ik Jackson zie, zal ik hem vragen een prijs uit te loven voor degene die de bug vindt. Dat zou resultaten moeten opleveren.'

'Je bent de beste, Marlee. Neem alle tijd die je nodig hebt, oké?'

'Zal ik doen.'

Ze hadden me nodig. Maar op dit moment had pap me harder nodig. En ik kon niemand helpen als ik mezelf zou opbranden.

Er werd op de deur geklopt, vlak voordat Jackson binnenkwam met twee koppen koffie.

'Morgen,' zei hij opgewekt. 'Hoe is het met Will?'

Ik nam de beker aan die hij aanbood. 'Het gaat goed met hem.' Ik zou het blijven zeggen tot het waar was. 'Maar met jouw afdeling niet. Ik wil dat je je meteen weer omdraait en de puinhoop bij Synergy gaat opruimen.'

'Welke puinhoop?'

Ik wierp een blik op pap, die nog steeds sliep, en pakte toen Jacksons elleboog om hem naar de lift te begeleiden. Toen de deuren opengingen, zei ik: 'Je telefoon staat weer uit. En hoe dol ik ook op je ben, je kunt je tijd niet verdelen tussen kantoor en mij. Je kunt niet alles doen.'

Iets wat we allebei moesten leren.

Iets wat Tyler me had proberen te vertellen met zijn verhalen over zijn grootvader en de brochures van verpleeghuizen. Hij had ongelijk over het verpleeghuis, toch? Maar hij begreep wat ik doormaakte. En hij had heel Oakland doorkruist om instellingen voor geheugenzorg te bezoeken. Voor mij.

Terwijl ik terugliep naar paps kamer, haalde ik mijn telefoon uit mijn zak en opende ik Tylers contactkaart. Hij grijnsde naar me in het colbert en de stropdas die hij had gedragen op de bruiloft van Alicia. Ik had de foto vroeg op de avond gemaakt, voordat we hadden gedanst, voordat hij me had gekust. Ik had hem perfect gevonden, maar nu was er op de een of andere manier iets vreemds aan de foto.

Ik zocht in mijn foto's naar een andere foto van hem. Deze was goed. Hij droeg een T-shirt, zijn favoriete Galaga-shirt. Afgaande op de datum op de foto, had ik hem afgelopen voorjaar op een feestje van Synergy gemaakt. Zijn grijns was open, stralend.

Wacht.

Ik scrolde naar beneden naar de foto van de bruiloft. Vergeleken met de eerdere zag zijn glimlach er geforceerd uit. Was het alleen omdat hij een pak droeg, of was er meer aan de hand? Was het vanwege Operatie Droomprins?

Het was zijn idee geweest. Ik had het prima gevonden om gewoon als vrienden te gaan. Tyler was degene die het hele nepdate-gedoe had voorgesteld. Omdat hij wist dat ik Cooper wilde en hij... hij gaf genoeg om me om me te helpen krijgen wat ik wilde.

Hij gaf om me. Zelfs toen moet hij meer gewild hebben, maar omdat hij een beter mens was dan ik, had hij gedaan waarvan hij dacht dat ik het wilde. Voor mij. Totdat hij wakker was geschud en zich realiseerde dat hij meer verdiende. Meer dan mij.

In Jacksons kantoor had hij gezegd dat hij mijn onverdeelde aandacht nodig had. Kon ik hem die geven, tussen mijn verantwoordelijkheden op het werk en mijn vader?

Ik leunde tegen de muur naast paps deur en bedekte mijn gezicht. *Nu niet.*

Tyler verdiende meer. Dus ik moest een stap terug doen. Afstand nemen. Terugkeren naar wat veilig was, wat ik aankon: vriendschap.

Ik tikte een berichtje.

> Het spijt me. Onze vriendschap is belangrijk voor me. Wat kan ik doen om het weer goed te maken tussen ons?

Onze vriendschap. Konden we die nog redden na wat ik had gedaan, hoe ik hem had behandeld?

Ik verstuurde het bericht en wachtte tot er *Bezorgd* stond. En een paar minuten later tot er *Gelezen* stond. En toen vijf minuten... tien. Toen de verpleger langskwam, volgde ik hem paps kamer in.

De rest van de dag controleerde ik, telkens als pap sliep, mijn telefoon. Maar het bericht bleef daar, gelezen, zonder antwoord.

———

'HÉ, LUI.' Jackson wandelde vrijdagnamiddag de ziekenhuiskamer binnen. Het was een betere dag voor pap. Hij en ik waren aan het kaarten, en ik was aan het verliezen. Ik wist niet zeker of het mijn nervositeit over mijn aanstaande ontmoeting met de maatschappelijk werkster was, of paps warrige regelbuigende gedrag dat mijn stapel M&M's naar zijn papieren beker had verplaatst. Ik verwelkomde de pauze, maar—

'Waarom ben je niet op je werk?' Ik legde mijn kaarten neer en ging Jackson, die bij de deur bleef hangen, een knuffel geven.

'Ook leuk om jou te zien,' zei hij met een grijns. 'Nu Cooper weg is, was ik praktisch de laatste persoon op de zesde verdieping. Maar als je dit niet wilt'—hij hield een bekende rode koffiebeker omhoog—'dan drink ik hem wel op op de terugweg naar—'

'Nee. Geef maar hier.' Ik griste de beker uit zijn handen en snoof de nootachtige, karamelachtige geur op. 'Dank je. En bedankt voor je bezoek. Het betekent veel.' Ik probeerde mijn blik te vullen met alle oprechte genegenheid en waardering die ik voelde.

'Is alles in orde op kantoor?' vroeg ik. 'Heb je de bug gevonden?' Ben had geweigerd me iets te vertellen en hield vast aan zijn standpunt dat ik me moest concentreren op wat belangrijk was. En dat had ik gedaan. Maar ik wilde nog steeds weten wat er met mijn vrienden gebeurde. Vooral met Tyler.

'Ja. Het is verbazingwekkend hoe gemotiveerd mensen kunnen worden voor een fles whisky en eeuwige roem. Sam heeft hem gevonden.'

Sam? Ik zou mijn geld op Tyler hebben ingezet. En ik had half gehoopt dat Jackson zijn naam zou noemen, zodat ik iets over hem zou horen. De stilte begon me te kwellen. Ik kon de vijandigheid die van dat *Gelezen*-icoontje uitstraalde bijna voelen.

Met zachte stem zei Jackson: 'Ga even wandelen. Ga een vroeg diner halen. Of iets met chocola. Ik houd je vader wel in de gaten.'

Hij kende me goed. Ik fluisterde: 'Eigenlijk heb ik een afspraak met de maatschappelijk werkster. Ik zou over een halfuur terug moeten zijn?'

Hij knikte en slenterde naar pap toe. 'Hé, Will.' Hij schudde zijn hand. 'Jackson Jones. Ik ben Marlees—'

Pap onderbrak hem. 'Ik ken u. U bent haar baas. U rijdt in een raceauto, en Marlee moet altijd uw rotzooi opruimen.'

Jackson boog zijn hoofd. 'Dat ben ik. Mag ik het van haar overnemen?' Hij ging op de stoel zitten die ik had verlaten en pakte mijn kaarten op.

Dank je, vormde ik met mijn lippen.

Terwijl ik wegging, zei pap tegen Jackson: 'Marlee en ik speelden om snoep, maar jij speelt wel om geld, hè, John?'

O, jee.

In het kantoor van de maatschappelijk werkster begon ik te wensen dat ik in paps kamer was gebleven. Een pak slaag krijgen met kaarten was veel beter dan aan het kortste eind trekken in een discussie die ik wanhopig wilde winnen.

'Waarom zou ik thuis niet voor hem kunnen zorgen? Ik zorg al voor mijn vader sinds zijn blessure.' Ze hadden toen ook gezegd dat ik het niet kon. Maar ik had hem alle oefeningen laten doen die de fysiotherapeut had aanbevolen. Ik had hem in de pick-up gehesen om hem naar doktersbezoeken te brengen. En ik had ervoor gezorgd dat hij zijn medicijnen nam.

Haar ogen werden zacht met iets wat voor mijn smaak te veel op medelijden leek. 'De mentale gezondheid van uw vader is aanzienlijk verslechterd sinds zijn vorige ongeval. De verpleging heeft gemeld dat hij weerspannig is geweest.'

'Tegenover *hen.*' Ik probeerde de defensieve toon uit mijn stem te houden. 'Mijn vader zou zich nooit zo gedragen tegenover mij.'

Ze staarde me uitdagend aan. 'Niet?' Ongeloof maakte haar toon vlak. 'Hij is nooit moeilijk geweest tegenover u?'

'Natuurlijk niet.' Ik stak mijn kin vooruit.

Ze keek me recht in de ogen. 'Wat was hij aan het doen op de avond dat hij viel?'

Ik keek naar mijn handen, die de onderkant van mijn roze vest tot een touw draaiden. *Grote Galileo.* 'Hij was de telescoop naar buiten aan het brengen.'

'En als hij met u mee naar huis gaat, hoe gaat u hem er dan van weerhouden dat opnieuw te doen? Gaat u sloten met sleutels aan de binnenkant van uw deuren installeren? Hem elke minuut in de gaten houden? Wat als u moet overwerken?'

'We hebben een verpleegster voor overdag ingehuurd.'

Haar ogen waren warmbruin, en hoewel ze niet veel ouder was dan ik, vertelde haar uitdrukking me dat ik niet de eerste koppige dochter was die ze tegenkwam. 'Wat als u laat moet werken, of naar de supermarkt moet? Of vijf minuten voor uzelf nodig hebt?'

Elke vraag was een mes in mijn hart. Ik had pap in de steek gelaten toen ik precies die dingen had gedaan. Ze gingen hem van me afpakken. Ik knipperde hard met mijn ogen.

'We kunnen verschillende huiselijke instellingen aanbevelen waar hij zich op zijn gemak zal voelen en waar u hem kunt bezoeken wanneer u maar wilt. Elke dag als u dat wilt.' Ze pauzeerde tot ik mijn ogen van mijn schoot naar haar gezicht richtte. 'Ze hebben gespecialiseerde afdelingen voor geheugen-zorg. Ze weten hoe ze voor uw vader moeten zorgen. Ze hebben verrijkingsprogramma's om zijn lichaam en geest actief te houden.'

Beter dan die rafelige, oude *Belle en het Beest*-puzzel. Ik herin-nerde me de brochures die Tyler me had gebracht. Hij had me van hetzelfde proberen te overtuigen. 'Hij ligt dan toch niet de hele dag in bed? Hij wordt toch niet'—ik slikte—'vastgebonden?'

'Nee. Er zullen veilige plekken zijn waar hij kan wandelen. Tuinen. Kunstlessen. Muziek.'

'Het klinkt duur.' Ik beet op mijn lip.

'Het is niet goedkoop. Maar er zijn programma's om te helpen met de betaling.'

'En het is het beste voor mijn vader?'

'Dat is het.' Haar bruine ogen waren misschien zacht, maar haar vastberaden kaaklijn vertelde me dat ze hier niet van zou afwijken.

'Denk erover na,' zei ze. 'Ga wat instellingen bezoeken. Ik heb een lijst gemaakt.' Ze gaf me een printje en ik nam het aan. Ik vouwde het dubbel en stopte het in mijn achterzak.

Tranen prikten in mijn ogen, en ik knipperde ze weg. Ik had hulp nodig. Dat wist ik. Maar pap en ik hadden voor elkaar gezorgd sinds mijn moeder was overleden. Hoe kon ik hem nu loslaten, nu hij me het meest nodig had?

Buiten paps kamer haalde ik diep adem en veegde mijn zweterige handpalmen af aan mijn spijkerbroek. Ik duwde de deur open en liep naar binnen.

'Je bent terug,' zei Jackson te opgewekt terwijl hij opstond uit de stoel.

Pap stak zijn hand in de zak van zijn pyjama-overhemd en grijnsde naar me. 'Zonnestraaltje! Heb je een fijne wandeling gehad?'

'Ja, pap.' Ik beantwoordde zijn glimlach. 'Ik breng Jackson even naar de liften. Ben zo terug.'

Ik pakte Jacksons arm en liep terug de gang op. Terwijl we arm in arm naar de liftengroep wandelden, zei ik: 'De maatschappelijk werkster zegt dat hij naar een… naar een verpleeghuis moet.'

'Ah, Marlee. Dat spijt me.' Maar hij leek niet verrast.

'Ik heb nog een paar dagen vrij nodig om dingen te regelen. Ik zal ons huis moeten verkopen.'

'Neem alle tijd die je nodig hebt. Ben heeft een geweldige uitzendkracht gevonden. Ik vraag me af waarom jij altijd zo vervloekt was met die vreselijke types?'

'Gewoon pech, denk ik.' We stopten voor de liften. 'Bedankt voor je begrip. Ik kom zo snel mogelijk terug naar werk. Niet langer dan een week.'

'Mag ik je wat advies geven?'

Ik keek op in zijn chocoladebruine ogen. 'Vertel maar.'

'In de onsterfelijke woorden van Ferris Bueller: "Het leven gaat razendsnel. Als je niet af en toe stopt en om je heen kijkt, zou je het kunnen missen." Voor je vader zorgen is bewonderenswaardig. Maar je mag niet vergeten je eigen leven te leiden.'

'Bedankt.' Tyler had me hetzelfde proberen te vertellen. Ze hadden gelijk. Ik had een goede baan, en binnenkort zou ik een plek vinden om te wonen en de volgende fase van mijn leven beginnen. Hoewel sommige van mijn andere relaties een gigantische puinhoop waren, had ik goede vrienden. En ik kon pap nog steeds elke dag bezoeken en weten dat er goed voor hem werd gezorgd.

Toen de liftknop oplichtte, zei hij: 'Trouwens, er is iets dat ik je moet vertellen over je vader.'

Mijn hart sloeg op hol en mijn handpalmen werden klam. 'Wat dan?'

'Hij speelt vals met kaarten.'

30

IN DE ZOMERS dat hij geen lesgaf, werkte papa in de bouw en soms nam hij me mee naar zijn klussen. Ik was te klein om te helpen en zat op de gereedschapskist in de laadbak van zijn pick-up, las boeken en keek naar hem. Hij hees stapels houten balken op zijn schouder en droeg ze over de bouwplaats alsof ze niets wogen. Zelfs met een gereedschapsriem om en zeulend met een spijkerpistool, klom hij op de steigers, zo behendig als een acrobaat. Zijn spieren spanden zich als hij gietijzeren badkuipen op hun plek hees. En zes dagen na zijn val, gebroken been en al, waren er twee potige verpleegassistenten voor nodig om hem in een rolstoel te worstelen om hem naar de fysiotherapie te brengen. Hij heette niet voor niets Will.

Toen hij terugkwam, wachtte ik, klaar voor de strijd. De late middagzon wierp gouden stralen over zijn ziekenhuisbed. Zijn ogen stonden die dag scherper en hij had me maar een paar keer Maggie genoemd.

'Ik heb goed nieuws voor je.' De slangetjes waren weg, vervangen door geelgroene blauwe plekken en een verband, en ik hield zijn hand vast. 'Ze ontslaan je morgen.'

Zijn gezicht klaarde op. 'We gaan naar huis! Kan ik eindelijk weer fatsoenlijk eten. Maak je het gehaktbrood van je moeder?'

Ik beet op mijn lip om die niet te laten trillen en schraapte mijn keel. 'Je gaat niet naar huis, pap. Je gaat naar een nieuwe plek. Bayside Gardens. Ze gaan je daar helpen met de revalidatie van je been.'

Zijn gezicht betrok, maar toen knikte hij. 'Dan ga ik naar huis als mijn been beter is. De dokter zei zes of acht weken.'

Ik haalde diep adem. 'Ik verkoop het huis. Ik ga in een appartement wonen en jij blijft in Bayside. Permanent.' Ik kneep in zijn hand, hopend dat hij het zou begrijpen en me niet zou haten. 'Ze gaan daar beter voor je zorgen dan ik kan. Ze hebben kunstprogramma's en concerten. Bayside heeft zelfs een bibliotheek en een telescoop die je kunt gebruiken.'

'Je stopt me in een *tehuis?* Ik ben pas drieënvijftig!' Zijn gezicht werd vuurrood. Ik was blij dat ze de hartmonitor hadden verwijderd; hij zou een alarm hebben laten afgaan.

'Pap…' Ik legde mijn hand over de zijne, maar hij trok hem weg en sloeg zijn armen over elkaar. 'Pap, je hebt de ziekte van Alzheimer. Ik kan je thuis niet de zorg geven die je nodig hebt.'

'Met mij gaat het prima', zei hij. 'Iedereen vergeet weleens wat.'

Mijn borstkas kromp ineen. Misschien had *ik* die hartmonitor nodig. 'Vandaag gaat het prima, maar je hebt de laatste tijd een paar behoorlijk slechte dagen gehad. Je had een slechte dag toen je viel, en ik kon niet voor je zorgen. Ik ben bang dat je gezondheid achteruit zal gaan en ik moet ervoor zorgen dat je veilig bent.'

Hij keek naar het raam. 'Dat wil ik niet. Ik wil in mijn huis wonen en in mijn leunstoel zitten.'

Dat wilde ik ook. Meer dan wat dan ook. Maar ik was klaar met mezelf voorliegen, en ik zou zeker niet tegen papa liegen.

'Het spijt me. Ik wou dat het kon. Maar dit is het juiste voor jou. Voor ons allebei.'

Hij was een minuut stil. Toen, nog steeds van me afkijkend, zei hij: 'Ik ben moe. Ik ga nu slapen.'

De rillingen liepen over mijn huid. Ik stond op en dwong

mezelf om me nog een minuut sterk te houden. 'Oké. Ik zie je morgen.'

Hij zei niets, maar een traan glinsterde goud op zijn wang.

———

DE VOLGENDE MIDDAG begon ik ons leven in te pakken.

Papa en ik huilden allebei die ochtend toen ze hem de ambulance in rolden om naar Bayside Gardens te gaan. Hoewel hij bleef vragen waar ze hem naartoe brachten, herinnerde hij zich dat hij boos was over *iets* en dat het mijn schuld was.

Zijn tranen waren er van gefrustreerde woede. De mijne van vloeibaar schuldgevoel.

De verpleegsters zeiden me dat ik een paar dagen moest wachten met hem opzoeken, zodat hij kon wennen aan een routine. Omdat ik te veel van streek was om naar mijn werk te gaan, nam ik me voor om thuis productief te zijn.

De makelaar die ik had gesproken, stond praktisch te popelen om ons huis in de verkoop te zetten. De buurt naast ons was steeds meer gegentrificeerd geraakt en ze was ervan overtuigd dat onze wijk de volgende was. Ik had mijn ogen opengesperd bij de prijs die ze noemde. Goed geïnvesteerd zou dat het deel van papa's zorg dekken dat de financiële hulpprogramma's en zijn spaargeld niet dekten.

Dus pakte ik ons huis in. Ik was al klaar met de keuken; het grootste deel daarvan zou meegaan naar mijn nieuwe appartement vlak bij kantoor. Ik had het schuurtje opgeruimd, inclusief de kerstverlichting die hij nooit had kunnen ophangen.

Toen begon ik aan papa's kamer. Ik had zijn kleren en zijn favoriete foto's al naar Bayside Gardens gebracht. Maar er waren nog een hoop foto's van hem en mijn moeder over en elke foto was een steek in mijn hart. Ik wikkelde ze in krantenpapier en legde ze voorzichtig in een doos met de fotoalbums. Op een dag zou ik er misschien weer naar kunnen kijken.

Nog erger was de geheime verzameling spullen van mijn

moeder die ik in de hoek van zijn kast vond. De vijfentwintig jaar oude kleren en schoenen gingen in een zak voor de kringloopwinkel. Haar haarborstel, waar nog een paar goudbruine haren in zaten, ging de prullenbak in. We waren allebei te lang geobsedeerd geweest door mijn moeder; ik kon die herinneringen me niet laten tegenhouden in mijn nieuwe toekomst.

Een lokaal goed doel zou papa's slaapkamermeubilair komen ophalen, samen met zijn versleten leunstoel. Ik zou de mannen waarschijnlijk een briefje van vijftig moeten toeschuiven om hem mee te nemen. Ik kon me niet voorstellen dat zelfs de armen van Oakland hem zouden willen hebben.

Ik had gehoopt dat mijn kamer gemakkelijker voor me zou zijn dan de zijne.

Mijn boeken waren allemaal in een doos gegaan voor donatie aan een lokale alfabetiseringsgroep. Ik zwoer dat ik vanaf die dag realistischere verhalen zou lezen. Ik zou lid worden van Alicia's boekenclub die alleen maar ijzingwekkende domestic suspense en deprimerende familiedrama's las. Dat was het echte leven, niet de romantische, rooskleurige wereld van mijn vroegere favorieten.

Mijn oude poppen gingen ook naar het goede doel. Ik hoopte dat een klein meisje er net zo dol op zou zijn als ik. Ik stuurde een wens mee de doos in dat hun nieuwe eigenaar zou doen alsof de poppen Malala Yousafzai of zelfs Beyoncé waren en voor zichzelf zouden leven, en niet op zoek zouden zijn naar een prins om mee te trouwen.

Toen ik bij mijn juwelendoos kwam, maakte ik, voordat ik hem in de verhuiskrat zette, achter in mijn nek mijn ketting los. De hanger lag in mijn handpalm, de diamantsplinters schitterden in het lamplicht.

Ik zou haar leven niet leiden. Zij was vast komen te zitten in een huwelijk dat ze niet wilde.

Ik zou ook papa's leven niet leiden. Hij was weggekwijnd om een verloren liefde die nooit had bestaan.

Ik moest mijn eigen leven leiden.

Ik was klaar met sprookjes. Nooit meer dromen van een prins

op het witte paard. Ik hoefde niet gered te worden. Ik had een minnaar nodig die ook een vriend was. Iemand die me op mijn onzin zou aanspreken als ik weer eens in een romantische fantasie verzandde. Die me ondersteunde. Iemand die ook mijn steun nodig had.

Was ik maar niet zo blind geweest voor wat recht voor mijn neus lag, dan zou ik nu niet alleen zitten, terwijl ik door de herinneringen aan mijn eigen dwaze beslissingen en gemiste kansen spit.

Ik opende mijn juwelendoos en liet de hanger erin vallen. Ik had alles verpest en voor mij zou er geen 'en ze leefden nog lang en gelukkig' zijn.

TWEE DAGEN LATER, toen ik uit de lift stapte op de zesde verdieping, kon ik mezelf er bijna van overtuigen dat alles weer bij het oude was. Ik had mijn huis vol ingepakte dozen achtergelaten om de routine bij Synergy weer op te pakken.

Ik fronste naar mijn bureau. De uitzendkracht had mijn spullen verplaatst. Ik nam even de tijd om mijn pennenbeker terug op zijn plek op de hoek te schuiven en het dossierrek recht te zetten zodat ik er zonder te kijken bij kon. Ik gooide een roddelblad in de prullenbak voor oud papier onder mijn bureau. Toen de plek er weer uitzag zoals het hoorde, pakte ik mijn laptop uit en zette hem aan.

Cooper was terug in zijn kantoor. Zijn lage stem was het enige geluid in de vroege ochtendstilte op de zesde verdieping. Een maand geleden had ik hem in dat kantoor proberen te versieren, en hij had me afgewezen. Het voelde alsof een andere vrouw dat jaren geleden had gedaan.

Ik rechtte mijn rug, liep naar zijn deur en klopte op het kozijn.

'Marlee! Fijn dat je er weer bent. Hoe gaat het met je vader?', vroeg hij, en hij legde zijn telefoon met het scherm naar beneden op zijn bureau. 'Jackson zei dat het niet goed met hem ging.'

Ik gaf hem de korte versie, maar zijn gezicht vertrok nog steeds van bezorgdheid.

'Dat spijt me. Ik wist dat hij af en toe wat verward was, maar ik wist niet dat het zo erg was.'

'Hij is nu veilig. Dat is het belangrijkste.' Ik monsterde hem van zijn goudblonde haar tot zijn frisse, lavendelkleurige overhemd. 'Hoe gaat het met u? Hoe was Europa?'

'Prima. Hetzelfde.' Hij maakte een nonchalant gebaar met zijn hand.

Alleen Cooper Fallon kon terugkomen van twee weken in Londen en Parijs en zeggen dat het prima was. 'Oké. Nou, ik heb vast een berg werk op me wachten staan. Tot later.' Met een sukkelig zwaaitje draaide ik me om.

'Goed om je weer terug te hebben.'

Ik glimlachte, blij dat ons contact weer het normale niveau van ongemakkelijkheid had bereikt.

Tien minuten later kwam Ben binnenstappen en schudde zijn door de regen bespatte jas uit. Zijn mond stond strak in een gehaaste frons, maar hij stopte bij mijn bureau.

'Hé, Marlee, je bent terug!' Hij wierp een snelle blik op de deur van Cooper, maar toen ontspande zijn gezicht in een brede glimlach. 'Gaat het nu goed met je vader?'

Zoals bij iedereen behalve Jackson en Alicia, had ik hem alleen de basisinformatie over pa's ongeluk gegeven. 'Hij heeft zijn been gebroken. Hij herstelt in een verpleeghuis. Ik… hij… hij zal daar waarschijnlijk permanent blijven. Hij heeft alzheimer.' Ik moest nu de conditie van pa accepteren en de nieuwe realiteit die het me opdrong.

Zijn whiskybruine ogen waren vriendelijk, en er stonden bezorgde rimpels omheen. 'Het spijt me zo om dat te horen. Gaat het met jou?'

Mijn lip trilde, maar ik perste eruit: 'Dat komt wel weer.'

Hij reikte over het bureau en wreef over mijn arm. 'Laat me weten hoe ik kan helpen. Als je er klaar voor bent, gaan we wat drinken en praten. Oké?' Hij hield mijn blik vast totdat ik knikte.

Ik had nu meer tijd voor vrienden. Ik zou zeker op zijn aanbod ingaan.

Twintig minuten later kwam Jackson de afdeling op stuiven. Zonder een woord te zeggen, kwam hij achter mijn bureau staan en trok me overeind voor een knuffel. Zijn krachtige armen om me heen verzekerden me ervan dat alles mettertijd goed zou komen.

We lieten elkaar los, maar hij hield mijn handen vast. 'Hoe gaat het met je?'

'Het gaat wel, baas. Klaar om te werken.'

Hij schudde zijn hoofd. 'Nee, echt, Marlee. Zonder gekheid. Hoe gaat het met je?' Zijn blik hield de mijne vast.

'Het was… zwaar om pa daarheen te brengen. Ik heb hem nog niet gezien. De verpleegsters zeiden dat ik het een paar dagen moest geven.'

'Wil je dat ik met je meega? We kunnen vanavond gaan.'

'Ik ben van plan om na het werk te gaan, en ik waardeer uw aanbod, maar dit moet ik zelf doen.' Ik drukte zijn hand. 'U begrijpt het toch?'

Hij kneep terug. 'Ja, dat doe ik. Maar vertel me wat ik kan doen om te helpen.'

'Ik zou graag wat werk doen om mijn gedachten te verzetten.'

'Dan heb ik precies wat u nodig heeft. We zijn nog twee weken verwijderd van ons kerstfeest, en ik *heb* misschien een steekje laten vallen.'

Ik rolde met mijn ogen. Jackson bood altijd aan om te helpen met het jaarlijkse kerstfeest in het eerste weekend van december, maar zijn verantwoordelijkheden kwamen meestal op mij neer. De brokstukken van het bedrijfsfeest oprapen en ervoor zorgen dat het evenement vlekkeloos verliep, zou mijn gedachten afleiden van mijn eerste Thanksgiving buiten mijn ouderlijk huis. 'Natuurlijk help ik u.'

'Geweldig! We hebben een vergadering tijdens de lunch met de feestcommissie.'

'Maar dat staat niet in uw agenda,' protesteerde ik. 'U heeft een vergadering met...'

'U verzet die toch wel? O, en we hebben een lunch nodig.'

'Regel ik. Maar, Jackson, nu ik... nu dat...' Ik haalde diep en kalmerend adem. 'Aangezien ik niet meer naar huis hoef te haasten voor pa, zou ik graag wat programmeerwerk willen oppakken. Officieel.' Zijn glimlach bevroor op zijn gezicht, en ik ging haastig verder. 'Ik wil u blijven ondersteunen, maar ik wil ook aan een paar andere projecten werken.'

Zijn glimlach ontspande, maar niet volledig, alsof hij iets achterhield. 'Ik heb misschien iets voor u. Geef me een paar dagen om het uit te werken.' Zijn lippen waren samengeperst. 'Ik moet...'

De rinkelende telefoon op mijn bureau – zijn lijn – onderbrak hem. 'Dat is uw telefoontje van negen uur,' zei ik. 'U kunt maar beter naar binnen gaan.'

'Bedankt, Marlee, u bent de beste,' riep Jackson over zijn schouder terwijl hij zijn kantoor in jogde.

Even geloofde ik hem.

———

MIJN VOET WIEBELDE de hele vergadering van de feestcommissie. Stomme voet. Hij wilde geen tijd verspillen met het plannen van een feest dat me niet kon schelen en naar de vierde verdieping rennen.

Tyler en ik hadden al meer dan een week niet meer met elkaar gepraat of ge-sms't, en het werd tijd dat we gingen praten. Oké, het werd tijd dat ik door het stof ging. Alweer. Want mijn eerste poging daartoe was mislukt. Dit keer zou ik ervoor zorgen dat ik het ergens deed waar Cooper me niet kon vinden.

Zodra de vergadering voorbij was en Jackson veilig in zijn volgende conferencecall zat, zei ik tegen Ben: 'Ben zo terug.' Ik opende mijn bureaula en stak het kleine, zwarte plastic pistooltje in mijn zak. Ik had het smoesje niet nodig om met hem te praten;

we waren vrienden, en het had volkomen normaal moeten zijn om hem bij zijn bureau op te zoeken.

Het *had zo moeten* zijn. Maar hij was altijd naar mij toe gekomen.

Ik was een verschrikkelijke vriendin en een nog slechtere meer-dan-vriendin.

Met het excuus op zak, draafde ik de trap af. Toen ik de overloop van de vierde verdieping bereikte, trok ik mijn witte blouse recht waar die in mijn zwarte kokerrok gestopt was en streek mijn haar glad.

Ik duwde de deur open en kwam uit in de zee van werkplekken. Ze hadden lage scheidingswanden om samenwerking te stimuleren, en de ontwikkelaars hadden ze versierd om hun persoonlijkheid te weerspiegelen. Een gigantisch paar hoge sneakers hing aan een touwtje boven de dichtstbijzijnde. Een paar rijen verderop stond een glinsterende rij voetbaltrofeeën op een plank uitgestald. Ik keek richting de ramen waar de senior ontwikkelaars, waaronder Tyler, zaten en ging die kant op.

Maar Tylers werkplek klopte niet. Hij was leeggehaald, en het leek alsof het haastig was gebeurd. Hoewel het bureauoppervlak leeg was, waren er stofstrepen te zien waar stapels boeken of papieren misschien waren verplaatst, en er lagen een paar punaises verspreid. Het dockingstation was leeg, en de grote monitoren stonden uit.

De bovenste plank was kaal op wat stof en een poppetje van prinses Leia na, haar hand uitgestoken. Schone plekken in het stof omringden haar.

Was hij van cubicle verhuisd?

Ik draaide me om en zag Jacksons zus, Sam, in een kleine cubicle vlakbij. Ze staarde naar haar scherm, een ruisonderdrukkende koptelefoon die haar tengere gezichtskenmerken overschaduwde.

'Sam.' Toen ze niet antwoordde, liep ik naar haar cubicle en raakte zachtjes haar schouder aan. Ze sprong op.

Toen ze zag dat ik het was, grijnsde ze met die scheve grijns die me aan die van Jackson deed denken. Ze zette haar koptelefoon af. 'Marlee! Wat doe jij hier beneden? Ben je nu een programmeur? Ik wed dat je Tylers cubicle kunt krijgen.'

'Ik kwam hem zoeken. Weet jij waar hij naartoe is?'

'Tyler?'

Ik beet op mijn lip om te voorkomen dat ik iets zei wat mijn angst verraadde. 'Ja, Tyler.'

'Naar huis. Ergens in Texas. Austin, misschien? Of Dallas? Hij zei dat hij wat tijd met zijn familie wilde doorbrengen.'

Zijn familie? Die waren vervelend tegen hem, vooral Raleigh. Ik had hem aangemoedigd om met de feestdagen naar huis te gaan, maar hij was een week te vroeg.

'Hij heeft de afgelopen week op afstand gewerkt. Hij zei dat hij waarschijnlijk tot na Thanksgiving zou blijven. Maar als hij maar voor een paar weken naar huis ging, waarom heeft hij dan al zijn spullen meegenomen? Ik vraag me af of hij...' ze verlaagde haar stem, 'een andere baan zoekt. Hij had vorige week op een dag een colbertje bij zich. De dag dat hij vroeg wegging. Ik wilde er alleen niets over zeggen tegen Jackson. Het was niet echt mijn zaak.'

'O.'

'Gaat het wel? Je ziet bleek.'

'Het gaat prima. Bedankt.' Ik staarde naar prinses Leia. Wat wilde ze me vertellen?

'Het was raar dat hij al zijn speelgoed meenam.'

'Zijn speelgoed?' De paar keer dat ik hier beneden was geweest, had ik er niet op gelet. Ik had zeker niet de inhoud van zijn cubicle geïnventariseerd.

'Hij heeft een hele verzameling: Yoda, Obi-Wan, Darth Vader, Chewbacca, Lando Calrissian, Boba Fett, Jabba the Hutt. Hij heeft alleen Leia hier achtergelaten. Misschien omdat ze kapot is. Hij stond op het punt om Han Solo weg te gooien, maar Grant vroeg erom.' Ze wees naar een andere cubicle, en ik zag het actiefiguurtje tegen een vetplant in pot leunen.

Ik stak de gang over, haalde het kleine stukje plastic uit mijn zak en paste de blaster in Leia's hand. Ze droeg dezelfde witte jurk en gevlochten haar als ik met Halloween. Maar zelfs de kleine Leia zag er sterker uit, zelfverzekerder, met een heldere blik. Ze wist wat ze wilde, en ze ging ervoor. En ze was slim genoeg om de juiste dingen te willen.

'Hé, je hebt haar gemaakt. Ik zal hem e-mailen om het hem te laten weten. Of misschien moet jij hem e-mailen. Hij wil haar nu misschien wel terug.'

Mijn buik brandde alsof hij een schot van een blaster had gekregen. Nee, hij wilde haar niet terug. Dat was overduidelijk. Als hij dat had gewild, had ik niet van Sam hoeven horen dat hij weg was. Ik snoof.

'Hé, gaat het wel?'

'Prima. Mijn ogen tranen van het stof.' Ik hield mijn rug naar Sam gekeerd, maar mijn stem was hoog en gespannen.

'O. Oké. Ik heb geen tissues, maar er liggen er wel in de wc.'

'Bedankt.'

Ik pakte prinses Leia op. Ze had zowel Luke Skywalker als Han Solo gekust. Gelukkig had ze ontdekt dat zij en Luke beter als vrienden konden zijn voordat ze geliefden werden. De misselijkmakende factor dat hij eigenlijk haar broer was daargelaten, had ik altijd gedacht dat ze een fout had gemaakt. Han Solo hield niet echt van haar; niet op de manier die ze nodig had. Luke was degene die er altijd voor haar was, eerlijk en trouw.

Net als Tyler.

Totdat ik alles had verpest.

En nu was hij weg. Voor hoelang?

Mijn knieën knikten en ik greep de rugleuning van zijn stoel vast. *Ademhalen.* Marlee Rice, directieassistent van de medeoprichter, kon niet flippen midden in de kantoortuin.

Zelfs als mijn hart zojuist tot stof was verpulverd in mijn borst.

OP WEG NAAR de lobby sms'te ik Alicia. *Kun je praten?*

Mijn telefoon ging over zodra ik uit de lift stapte. 'Hé.'

'Hé,' zei Alicia. 'Ik had wel verwacht dat je zou willen praten, maar ik had niet gedacht dat je er zo snel achter zou komen.'

'Waar ik achter zou komen?' Ik duwde de deur naar de binnenplaats open, die koud, vochtig en verlaten was. Ik rilde.

'O. Niets.'

'Nee. Daar zijn we te lang vrienden voor. Wat weet jij?'

Ze was even stil. 'Je mag het aan niemand vertellen. Niemand weet het nog.'

'Niemand weet *wat*, Alicia? Is alles goed met Tyler?' Een klein waterdruppeltje landde op mijn wang. Het was niet echt regen; het leek meer alsof de mist vloeibaar begon te worden.

'Met hem gaat het goed. Hij heeft het naar zijn zin, heb ik gehoord. Jamila heeft hem gezien. Ze hebben elkaar ontmoet in Austin. Ik zou het niet weten, maar ze vroeg me om een referentie. Ze heeft hem een baan aangeboden, en hij heeft die geaccepteerd.'

'Hij heeft geaccepteerd? Bedoel je dat hij op Jamila's kantoor in San Francisco gaat werken?' Dat zou niet zo erg zijn. Hij zou niet elke dag naar mijn bureau komen, maar we zouden een paar dagen per week kunnen lunchen.

'Nee. De baan is in Austin. Ze opent daar een tweede kantoor.'

'Austin?' Het drong niet tot me door. Hij was nog geen jaar geleden uit Austin verhuisd. Hij had gezegd dat het zijn droom was om voor Jackson in San Francisco te werken.

'Het spijt me, schat. Ik weet zeker dat hij zal bellen om het je te vertellen. Ik hoor dat het een geweldige baan is. Directeursniveau, en hij is nog geen dertig. Jackson werkt aan een tegenbod, maar ik weet niet of Tyler dat zal aannemen. Hij moet een reden hebben gehad om Jamila om een baan te vragen.'

Mijn gezicht was nat, en ik kon niet zeggen of het regen, tranen of beide was.

'Marlee, gaat het?'

'Prima.'

'Je klinkt niet prima. Moet je je hoofd tussen je knieën doen?'

'Nee.' Maar staan werkte niet echt voor me. Ik hurkte neer,

daar op de binnenplaats, op mijn hakken en in mijn rok en zonder jas. Ik hoopte dat niemand me zag instorten.

'Praat met me. Anders kom ik naar je toe en laat ik je praten.'

Ik klemde mijn telefoon vast alsof hij me kon redden van de verdrinkingsdood. 'Voordat mijn vader viel, hebben Tyler en ik… Ik heb hem verteld wat ik voel. Maar hij geloofde me niet.'

'Wat heb je hem verteld?'

'Ik hou van hem, oké? Niet vriendschapsliefde zoals ik van jou hou. Liefde-liefde, zoals jij van Jackson houdt.'

Ze snoof luid naar adem. 'Je houdt van hem.'

'Maar hij… maar ik… Cooper was erbij en het was vreselijk. En toen kwam mijn vader in het ziekenhuis, en nu dit.'

'O.' Ze was een paar seconden stil. 'Je weet wat je moet doen, toch?'

'Ik moet hem bellen. Ik had het eerder moeten doen, maar ik…'

'Ik weet het. Je had veel aan je hoofd. Hij zal het begrijpen.'

HIJ BEGREEP HET NIET.

Tenminste, dat was de conclusie die ik moest trekken. Zeventien sms'jes en zes voicemails – waaronder een die ik achterliet na een paar glazen wijn te veel, waarin ik *misschien wel* 'I See the Light' uit *Tangled* zong – zonder een reactie was een vrij duidelijke boodschap.

Maar het duidelijkst was zijn antwoord van twee woorden aan het einde van mijn eenzijdige sms-gesprek.

TYLER

Ik kan het niet.

32

DOORDAT IK AAN het hoofd stond van het feestcomité, had ik het te druk om na te denken – grotendeels – en te druk voor zelfmedelijden. Meestal.

Me vragen om het feest te redden was een van Jacksons briljantere ideeën geweest. Niet dat ik dat aan hem zou toegeven.

Met alle telefoontjes die ik had gepleegd, het eten dat ik had geproefd, de locaties die ik had bezocht en de audities die ik had beluisterd, had ik geen tijd gehad om te kniezen over mijn eerste feestdag alleen in mijn nieuwe appartement zonder papa.

Maar ik heb Thanksgiving niet alleen doorgebracht. Bayside Gardens had de families van de bewoners voor een maaltijd uitgenodigd. En hoewel papa nog steeds niet tegen me praatte omdat ik het huis had verkocht, zijn geliefde leunstoel had weggegooid en hem in het verzorgingstehuis had gestopt, was hij een paar keer verward genoeg om vriendelijk te zijn. Hij noemde me Maggie en zei hoe aardig ik was om voor al zijn nieuwe vrienden te koken. Hij zag er gezond en goed doorvoed uit en daar was ik dankbaar voor.

Na de maaltijd kwamen Alicia en Jackson me ophalen en namen me mee naar hun huis voor het lange weekend, waar ik videogames speelde met Sam en Noah. Het was bijna net zo fijn als een eigen gezin hebben.

En de week tussen de feestdag en het kerstfeest had ik het absoluut te druk om aan Tyler te denken. Ik had hem al vijfentwintig dagen niet gezien – niet dat ik het bijhield – sinds hij Jacksons kantoor was uitgestormd. Ik had me niet elke keer dat ik me eenzaam of verdrietig voelde in Tylers trui opgerold, die niet eens meer echt naar hem rook. Dat zou pathetisch zijn geweest.

Wat ik dus wel was.

Dus had ik besloten er iets aan te doen. Mijn gesmeek had geen effect gehad en ik had ontdekt waarom: in romantische boeken wordt het door het stof gaan altijd voorafgegaan door een groots gebaar, uitgevoerd door het personage dat de ander het meest had misdaan. Dat was ik zeker. Ik moest Tyler bewijzen dat het me speet voordat hij mijn gesmeek zou accepteren. Je zou denken dat iemand die zoveel boeken had gelezen en zoveel romantische komedies had gezien als ik hier wel aan gedacht zou hebben. Maar ik had veel aan mijn hoofd gehad.

Ik had Jackson al om vrij gevraagd en was van plan om na kerst naar Texas te vliegen. Net als in *When Harry Met Sally* zou ik alles op tafel gooien en hem vertellen dat ik de rest van ons leven meer dan alleen zijn vriendin wilde zijn. Als – en ik wist dat het een grote *als* was na hoe ik hem had behandeld – hij me vergaf en me nog steeds wilde, zouden we op oudejaarsavond zoenen en dat zou ons voor altijd bezegelen.

Ja, ik wist dat Texas een grote staat was en dat ik hem eerst zou moeten vinden, maar ik was er niet vies van om Alicia voor verkenning in te zetten. Aan Jackson zou ik niets hebben; die was nog steeds kwaad op Tyler omdat hij officieel zijn ontslag had ingediend op de dag vóór het kerstfeest.

De avond van het feest streek ik de kreukels uit de uitlopende rok van mijn zwarte cocktailjurkje. *Helemaal niet nerveus*. Waarschijnlijk zou hij niet eens komen. Hoogstwaarschijnlijk zat hij nog in Texas. Maar een klein sprankje hoop brandde onder de gedrapeerde halslijn van mijn jurk.

Om mezelf af te leiden, overzag ik de tafels in de hoofdzaal van de partyboot die we hadden gehuurd voor het kerstfeest van het bedrijf. Zodra iedereen aan boord was, zouden we een paar uur door de baai varen terwijl de werknemers en hun gasten dineerden en dansten. Op de een of andere manier hadden het comité en ik het eruit laten zien alsof we het niet in slechts twee weken in elkaar hadden geflanst.

Wit linnen bedekte de tafels in de grote feestzaal. De verduisterde ramen weerspiegelden honderd tafelkaarsen. Vazen met witte rozen en takjes bloedrode bessen sierden elk oppervlak. Buffet-tafels strekten zich uit over het midden van de zaal, en weldra zouden ze vol staan met warm eten. De obers, met dienbladen vol hapjes en glazen wijn, liepen rond tussen de vroeg aangekomen gasten. Ik had te veel tijd besteed aan het plannen van het feest om honger te hebben naar de slaschuitjes, krabbeignets en kleine avocadotoastjes die ik zo zorgvuldig had geselecteerd. Het was niet omdat ik te nerveus was om te eten.

Nadat ik klaar was met het goedkeuren van de tafelindeling en het doornemen van het activiteitenprogramma, stapte ik het open dek op. Mijn maag keerde zich om als de golven onder ons. Misschien kwam het door de beweging van de boot, of misschien waren het de zenuwen over de mogelijkheid Tyler weer te zien. Aangezien we nog steeds aan de kade lagen, gokte ik op het laatste.

Alicia stapte van de loopplank, adembenemend in haar witte avondjurk. De met kralen bezette laag op het lijfje leidde de aandacht af van haar bolle buik, die in soepel vallende stof gedrapeerd was. Ze greep Jacksons mouw vast – zoals gewoonlijk zag hij er verrukkelijk uit in een smoking – en sleepte hem naar me toe. Jacksons zus Sam volgde hen. Ze droeg een zwarte trui over een zwarte broek. In het donker zou ze onzichtbaar zijn geweest, op haar bleke huid na.

'Marlee, alles ziet er prachtig uit!'

Ik legde de tablet met mijn checklist neer en omhelsde Alicia. *Jij* ziet er prachtig uit. Hoe voel je je vanavond?'

Ze omhelsde me stevig en fluisterde in mijn oor: 'Ik had vandaag mijn eerste Braxton-Hicks weeën. Maar ik hou het stil zodat Jackson niet in de stress schiet. Hij zou me mijn vluchttas laten pakken en oefenen met naar het ziekenhuis racen.'

Ik deed een stap achteruit en glunderde naar haar. 'Dat is geweldig!' Toen ik Jacksons bezorgde blik zag, ging ik verder: 'Geweldig dat je je zo goed voelt. Jackson, je ziet er zoals gewoonlijk fantastisch uit. Maar, laat me even...' Ik rommelde in mijn tas en haalde een kledingroller tevoorschijn. Ik hurkte neer en rolde het over de onderkant van zijn broekspijpen. 'Ik denk dat je wat liefde van Teigetje hebt gekregen voor je wegging.'

Hij bukte zich om de roller van me aan te nemen en fluisterde: 'Ik heb vanavond een verrassing voor je.' Hij knipoogde.

Een verrassing? Zou het Tyler zijn? Ik keek toe hoe Jackson de roller over zijn enkels haalde, in de hoop dat hij me zou inlichten.

Maar hij ging alleen maar rechtop staan en zei: 'Teigetje is een beetje nerveus over alle veranderingen voor de baby. Hij en ik hebben een band opgebouwd terwijl we wachtten tot Alicia klaar was.'

Sam voegde zich bij ons groepje. 'Hé, Marlee, ik heb je een tijdje niet gezien. Even voor de duidelijkheid, ik heb T gemaild...'

Jackson gooide een arm over Sams schouders, waardoor ze van schrik zweeg. 'Weet je nog wat we onderweg zeiden? We praten vanavond niet over die deserteur.'

Ik glimlachte zwakjes naar Jackson. Tylers naam noemen zou me er niet van weerhouden aan hem te denken. Al waardeerde ik de poging.

'Maar ik dacht dat ze...'

'Wat zien we er allemaal goed uit.'

Ik had Coopers nadering niet opgemerkt. Hij schudde Jacksons hand en toen die van Alicia. Hij stak een hand naar me uit en ik schudde die. Voor het eerst in drie jaar probeerde ik er geen knuffel van te maken of zijn hand te lang in de mijne te houden. Ik deed niet alsof er vonken waren. Al mijn vonken waren voor de enige persoon die vanavond in onze groep ontbrak.

De stem van de kapitein van het schip kraakte in mijn oortje. 'Mevrouw Rice, het is tijd om af te varen. Is iedereen aan boord?'

'Geef me een minuut om te bevestigen,' mompelde ik. Ik draaide me om en liep naar de loopplank, waar de partycoördinator met een soortgelijke tablet als de mijne stond.

'Heeft iedereen zich ingecheckt?' vroeg ik haar.

'Op één na,' ze scrolde nogmaals door de lijst, 'Tyler Young.'

Hij kwam niet. Ik aaide mijn ketting, een eenvoudige kristallen hanger. 'Laten we nog vijf minuten wachten, en dan kunt u de kapitein vertellen dat hij kan vertrekken.'

Ze schonk me een glimlach. 'Klinkt goed. Ga maar genieten.'

Ik probeerde haar een stralende glimlach te geven, maar mijn gezicht was te stijf. Ik borg mijn tablet op in mijn tas, deed mijn oortje uit en gaf het aan haar, samen met mijn tas. 'Dank je. Ik ga me onder de mensen mengen. Roep me als je iets nodig hebt.'

'Zal ik doen,' zei ze, één en al opgewekte efficiëntie.

Ik draaide me om en liep terug naar de felle lichten van het feest. Hoewel ik het wekenlang had gepland, van decoraties tot muziek tot eten, en ik bijna iedereen daar kende, klopte er iets niet. Dwalend door de groepjes Synergy-medewerkers en hun partners wisselde ik hier een paar woorden uit, schudde daar een hand, maar ik kon me in geen van de gesprekken die om me heen wervelden mengen. Tyler was bij dit soort dingen altijd aan mijn zijde gebleven, klaar om een maffe grap te maken, een snijdende opmerking glad te strijken.

Toen het dek deinde en ik op mijn glitterhakken wiebelde, klotste de teleurstelling in mijn buik. Hij was niet gekomen. Ik wenste dat ik overal was behalve vast op een boot, waar van me verwacht werd dat ik de komende vier uur plezier had en aardig was tegen iedereen. Ik had een drankje nodig.

Ik liep naar de eerste ober die ik zag en nam een flûte champagne van zijn dienblad. Ik had het net aan mijn lippen gezet toen ik een bekende baritonstem hoorde.

Jacksons stem schalde door de luidsprekers. 'Goedenavond, allemaal. Welkom op het jaarlijkse kerstfeest van Synergy.' Ik verstijfde. *Dit* was niet volgens het script. Cooper zou de speech geven. Wat deed Jackson?

Cooper moet hetzelfde hebben gedacht, want hij stond stijf aan de zijkant van het podium naar zijn vriend te kijken, zijn dikke wenkbrauwen in een verbaasde hoek.

Jackson ging verder, terwijl hij in de microfoon sprak die hij van de zanger van de band had gepakt. 'Maak je geen zorgen, we bewaren de speeches voor later op de avond, als jullie veel meer hebben gedronken.' Een groep programmeurs joelde.

'Maar ik wil graag iemand bedanken, iemand die de laatste tijd veel aan haar hoofd heeft gehad, maar die toch de tijd heeft genomen om dit fantastische feest te organiseren. Marlee, kom eens hier.'

Een blos brandde van de diepe halslijn van mijn jurk tot aan mijn haargrens. Ik wenste dat ik dichter bij een uitgang was zodat ik kon verdwijnen, maar handen reikten al naar me uit en trokken me naar het podium. Met tegenzin dwong ik mijn voeten richting Jackson, biddend dat mijn hoge hakken me niet zouden laten struikelen. Onderweg passeerde ik Alicia, die haar schouders ophaalde, net zo verward als ik.

Jackson verwelkomde me op het podium met een grijns en nog een knipoog. 'Drie weken geleden hadden we geen locatie, geen cateraar en geen muziek. Nogmaals hebben Marlee – en de rest van het feestcomité – het feest gered van mijn te overhaaste toezeggingen en ondermaatse prestaties.' Iedereen lachte, en de dronken ontwikkelaars joelden. Ik zou aan het eind van de avond wat taxi's moeten bellen.

Toen het applaus uitstierf, zei hij: 'Marlee, ik denk dat jij ons moet voorgaan in de eerste dans.' Hij greep Coopers arm. 'Met onze COO, Cooper Fallon.'

Nu trok het bloed uit mijn gezicht. Zes weken geleden zou ik in de zevende hemel zijn geweest. Die avond had ik liever mijn eigen arm afgebeten dan drie ongemakkelijke minuten met Cooper te dansen. Zijn geveinsde glimlach zei dat hij er hetzelfde over dacht.

'Laten we ze een beetje aanmoedigen,' bulderde Jackson door de microfoon. De feestgangers joelden en klapten, en de band zette "Almost Like Being in Love" in.

Ik rechtte mijn schouders en reikte naar Coopers hand. 'Laten we dit maar achter de rug brengen,' zei ik met een te stralende glimlach. Ik leidde hem van het podium af de dansvloer op en legde een hand op zijn schouder. De andere, die ik nog steeds met de zijne omklemde, tilde ik op tot bij mijn schouder. Tussen ons in had een persoon ter grootte van Sam in het luchtkussen gepast.

Cooper legde een houten hand licht op mijn ribben en leidde me in een stijve snelle pas. De andere gasten maakten ruimte om ons heen. Mr. Weston stond dicht bij het podium, zijn uitdrukking te leeg om te lezen. Onze dans zou niets doen om de nare geruchten te verdrijven die sinds het Halloweenfeest door het bedrijf waren gekropen. Onwetend straalde Jackson naar ons vanaf het podium als een trotse papa. Zucht.

'Nou, dit is ongemakkelijk...' begon ik.

Op hetzelfde moment zei Cooper: 'Marlee, ik...'

We stopten beiden met praten en toen lachten we. Zijn keiharde schouder ontspande onder mijn vingers. 'Ga jij maar eerst,' zei hij en hij draaide me in het rond. Terwijl ik terug in zijn armen draaide, herinnerde ik me het dansen op de bruiloft. Ik was toen met Tyler gekoppeld, maar ik had dit gewild. Waarom wilde ik altijd wat ik niet had?

Tylers dansen was vloeiend, leuk. Dansen met Cooper was als dansen met een marionet. Er was gewoon geen vergelijking mogelijk.

'Jackson bedoelt het goed. Ik weet zeker dat ik hem ooit zal vergeven. Ooit.' Ik trok een grimas. 'Ik... ik meende wat ik tegen je zei. Het spijt me dat ik de dingen tussen ons ongemakkelijk heb gemaakt. Ik hoop dat we goede vrienden kunnen zijn.'

Hij glimlachte naar me. 'Er is niets om te vergeven. Ik dans met een prachtige vrouw, een slimme vrouw die voor mij de op één na beste assistent ter wereld heeft gevonden.'

'Waar is Ben vanavond?' Tussen de voorbereidingen voor het feest en het zoeken naar Tyler had ik hem nog niet gezien.

De mondhoeken van Cooper trokken strak. 'Aan de bar. Hij heeft... laat maar.'

Ik stond met mijn rug naar de bar, dus ik kon niet zien waar hij het over had. Tegen de tijd dat hij me de goede richting op draaide, hadden zoveel koppels zich bij ons op de dansvloer gevoegd dat ik Ben niet kon vinden. Ik hoopte dat hij een leuke tijd had, met wie hij ook was.

'Hij verdient het om stoom af te blazen, weet je. Je bent niet de makkelijkste man om voor te werken.'

Coopers houding werd stijf. 'Ik heb hoge verwachtingen van iedereen...'

'Dat weet ik.' Ik aaide over zijn schouder. 'Wat ik recentelijk heb geleerd, is dat je niemand op een voetstuk kunt plaatsen. Zelfs jezelf niet.'

Hij wilde net iets zeggen toen het nummer eindigde. Hij sloot zijn mond, trok me in een knuffel en fluisterde in mijn oor: 'Dank je wel,' voordat hij me op mijn wang kuste.

Mijn vader zou mijn wang met meer passie hebben gekust. Coopers kus was een droge streling van lippen die ik wilde wegvegen. Toch had hij het goed bedoeld. Ik omhelsde hem kort terug en ademde zijn muntachtige geur in. 'Graag gedaan.'

De band zette nog een liedje in, en toen ik me omdraaide om de dansvloer te verlaten, blokkeerde Sam mijn pad. 'Ik weet dat ik niet over hem mag praten, maar Jackson danst met Alicia en hij kan ons niet horen.' Ze kwam dichterbij zodat ze niet over de muziek heen hoefde te schreeuwen. 'Tyler is hier. Maar toen Cooper je kuste, is hij die deur uitgerend.' Ze wees naar de dubbele deuren die naar het buitendek leidden.

'Hij is hier?' Ik kon haar niet goed gehoord hebben.

'Ik probeerde het je eerder te vertellen. Hij zei dat hij prinses Leia niet terug wilde, maar dat hij ons allemaal vanavond zou zien.'

Hij wilde prinses Leia niet terug. Nou, als dat me niet vertelde hoe hij zich voelde, wist ik het ook niet meer. Toch was hij hier. En dat betekende dat ik nog één kans had om het goed te maken tussen ons.

'Bedankt.' Ik duwde me door de menigte naar de uitgang en keek naar rechts, en toen naar links. Het maanlicht glinsterde even op het lichtbruine haar van een bekend figuur voordat hij om de bocht van de achtersteven verdween.

Ondanks mijn hakken met bandjes haastte ik me om hem in te halen voordat ik hem kwijtraakte. Alweer. Ik dankte Pythagoras en wie de sextant ook had uitgevonden dat we op een schip zaten zonder ontsnappingsmogelijkheid.

Ik liep om de bocht van de boot en vond niets dan lege dekstoelen. Met een gefrustreerde zucht klakte ik naar de voorkant van de boot. Toen ik het midden van het schip bereikte, leunde een eenzame figuur met zijn ellebogen op de reling, met zijn gezicht naar de door de maan beschenen golven. Dit keer was mijn zucht gevuld met alle opluchting die ik voelde om hem alleen aan te treffen, op mij wachtend. Hoopte ik.

'Tyler!' riep ik en draafde naar hem toe. Ik gleed tot stilstand op het met zeenevel bespoten hout. Hij wierp me een snelle blik toe, maar keek toen weer naar het water.

Dus zo ging het worden. Smeken zou nodig zijn. Ik was er klaar voor.

'Ik hoorde dat je naar huis was gegaan.'

'Mmm-hmm.'

'Is alles goed met je familie?'

'Ja.'

'Ik hoop dat je Raleigh hebt geslagen. Of hem op zijn minst op zijn kop hebt gegeven.'

Hij haalde zijn schouders op. 'Het was goed om ze te zien. Het was alweer een tijdje geleden.'

Ik probeerde te glimlachen, maar mijn lippen trilden. 'Dan ben ik blij dat je bent gegaan. Heb je een fijne Thanksgiving gehad?'

Nog steeds uitkijkend over de oceaan, zei hij: 'Ja.'

'Ik ben bij mijn vader langsgegaan in zijn nieuwe huis. Bayside

Gardens. Je probeerde me er een brochure voor te geven. Ik herinner me dat die bovenop de stapel lag voordat ik...' Ik rilde in de ijzige wind en sloeg mijn armen om me heen om de warmte vast te houden. 'Ik wou dat ik toen naar je had geluisterd. Ze hadden een lekkere maaltijd voor de families. Er was kalkoen.'

Dat leverde me een reactie op. Hij draaide zich naar me toe. 'Heb je je vader in een verzorgingstehuis gestopt?'

Ik kromp ineen bij de verwijtende toon in zijn stem, maar haalde toen mijn schouder op. 'Hij... hij is gevallen. Hij brak zijn been en moest revalideren. En...' Ik had dit aan niemand verteld, maar Tyler zou het begrijpen. 'En hij stootte zijn hoofd, en dat leek zijn toestand... erger te maken.' Ik wreef over mijn armen en staarde uit over de golven.

'Het spijt me,' zei hij. Bijna onwillig vroeg hij: 'Gaat het met je?'

Ik kon hem niet aankijken. 'Ik ben in een appartement getrokken. Ik verkoop het huis. Pap is boos op me. Vooral omdat ik zijn leunstoel heb weggegeven.' Ik lachte, maar er zat geen humor in.

Naast me greep hij de reling vast.

'Ik... ik heb je gemist, Tyler.' Ik reikte naar de mouw van zijn jas, maar verloor mijn moed en trok mijn hand terug zonder hem aan te raken. 'Ik had wel een vriend kunnen gebruiken.'

Tyler draaide zich naar me toe, zijn ogen gloeiend in het licht van de lichtslingers. 'Marlee, dat is precies wat je met je vrienden doet: je *gebruikt* ze. Je hebt me gebruikt om dichter bij Cooper te komen. En van wat ik daarbinnen zag, is het gelukt. Dus aangezien ik mijn doel heb gediend, ben ik er klaar mee om gebruikt te worden. Ik kan je vriend niet meer zijn.'

De pijn in zijn ogen deed me de das om. 'Nee, zo is het niet. We waren alleen maar aan het dansen.'

Hij tikte met zijn vingers op zijn dij, maar de rest van hem was stil.

'Jackson dwong ons. Cooper betekent niets voor me. Ik wil alleen...'

Maar Tyler liep van me weg, terug naar de muziek en de

mensen. Ik wierp me op hem af, wankelend op mijn stiletto's, totdat ik zijn mouw kon grijpen. Ik klampte me vast en zette mijn hakken in het dek, waardoor hij tot stilstand kwam.

'Ik wil hem niet. Ik wil jou.' Zo. Ik had het eindelijk gezegd. Maar hij was een obelisk, helemaal donker, koude steen, bevroren voor me.

'Zoals je me wilde na de bruiloft? Als een troostprijs als je je eerste keus niet kunt krijgen? Ik verdien beter dan dat.'

Zelfs in het maanlicht was zijn pijn duidelijk in de lijnen rond zijn ogen, in de gespannen stand van zijn mond. Wat kon ik doen om die pijn weg te nemen? Ik stak een hand uit naar zijn wang.

Hij deinsde achteruit en stormde weer op het feest af. Ik sprintte zo snel als mijn hakken het toelieten – Tyler en zijn verdomd lange benen – totdat ik hem inhaalde en mezelf voor hem posteerde.

'Ik ben het met je eens. Jij verdient... jij verdient alles. Er is geen twijfel over wie voor mij op de eerste plaats komt. Er is alleen jij. Ik hou van *jou*, Tyler. Alleen van jou.'

Nu had ik het gedaan: ik had alles op tafel gegooid. Als dit een romantische komedie was, zou hij me in zijn armen nemen en me vertellen dat hij ook van mij hield, net voordat hij me zou kussen.

'Je houdt van me?' Zijn gezicht was uitdrukkingsloos, geen kuiltje te bekennen.

'Ja.' Ik wiegde naar hem toe, klaar voor onze kus.

Tyler stond lang genoeg stil zodat wat ik had gezegd tussen ons kon landen, naar het dek kon afdrijven en in het hout kon trekken als gemorst bier. Zijn bril weerspiegelde de feestverlichting, ondoorzichtig.

'Ik heb even een minuutje nodig,' zei hij.

'Een... een minuutje?' Om wat te doen?

Hij hief een hand op, maar in plaats van een pluk haar achter mijn oor te steken of mijn wang te aaien, veegde hij mijn hand van zijn jasmouw en streek de stof glad. Toen stapte hij om me heen en marcheerde door de deur het licht en het lawaai van het feest in.

33

OP EEN BOOT vol vrolijke dronkaards was het moeilijk om een plekje voor mezelf te vinden. Nadat Tylers minuut was uitgelopen tot twee, toen drie, toen vijf, was ik weggeslopen en neergestreken op een verlaten bovendek met net genoeg ruimte voor een paar houten banken, blootgesteld aan de maan, de sterren en de wind.

Ik zat ineengedoken op een bankje met mijn voeten opgetrokken, mijn armen om mijn schenen geklemd en mijn kin op mijn knieën. Mijn haar, losgerukt uit zijn opgestoken knot, wapperde om mijn hoofd, behalve waar het aan de nattigheid op mijn gezicht plakte.

Geen wonder dat de boot zo makkelijk op korte termijn te reserveren was: het was in december ijskoud op het water. En nu zat ik vast. We waren pas anderhalf uur, misschien twee onderweg — met mijn telefoon beneden in mijn tas kon ik het niet zien — dus ik zat nog minstens twee uur vast op het schip. Rillend in de winterkou. Bewusteloos raken door onderkoeling zou in ieder geval een eind maken aan mijn privézelfmedelijdenfeestje.

Niet dat ik verlossing verdiende. Nee, door de manier waarop ik me de afgelopen drie maanden — nee, de afgelopen drie jaar — had gedragen, had ik elke ellendige minuut verdiend. Ik was niet bereid geweest om te zien wat echt was en nu had het lot, karma, of hoe je het ook wilt noemen, me op het matje geroepen.

Ik omhelsde mijn benen en huiverde. De snijdende wind sloeg tegen mijn wangen en zorgde ervoor dat mijn ogen traanden. Nee, ik was klaar met mezelf voor de gek houden: het waren tranen. Tranen van eenzaamheid en liefdesverdriet. Tyler zou naar Austin verhuizen en ik zou in mijn eenzame appartement achterblijven. *Misschien moet ik een kat nemen.* Nee, die zou me waarschijnlijk ook haten, net als Tigger. Zelfs een wezen met hersens ter grootte van een walnoot wist wel beter dan van mij te houden.

Op het bovendek kon ik in ieder geval de sterren zien. Ik richtte mijn blik op Orion. Hij had een meisje achtervolgd dat niet van hem hield, en haar boze vader had zijn ogen uitgestoken. Mijn eenzijdige verliefdheid op Cooper had me ervan weerhouden Tyler te zien, die misschien wel om me had gegeven. Ooit. Nu niet meer.

Ik zocht de hemel af, van Orion naar Perseus en Andromeda. Normaal gesproken vond ik troost in het zien van de geliefden, maar vanavond voelde hun geluk als een stomp in mijn maag. Niet elk meisje dat aan een rots geketend is, heeft een knappe held die haar van een monsteraanval redt. Nee, in het echte leven, als het meisje haar eigen boeien niet kon losmaken, werd ze door het monster te grazen genomen. En zelfs als ze erin slaagde te ontsnappen, was er geen garantie dat ze de relatie met de knappe held die op haar pad kwam niet zou verpesten.

Iets zwaars raakte de ladder achter me. Een seconde lang hoopte ik dat het gewoon een vrolijk beschonken feestganger was die ertegenaan was gevallen. Maar nee, het gebonk ging ritmisch door. Voetstappen. Er kwam iemand naar boven die me zou aantreffen met mascara en snot die over mijn gezicht liepen. Ik veegde onder mijn neus.

Boven de rand van het dek verscheen warrig haar, door de wind in de war gebracht. Nog een sport en het maanlicht weerkaatste op een bril.

Tyler.

Geweldig. Hij had mijn plekje ook uitgekozen om zich te verstoppen. Ik veronderstelde dat het groot genoeg was voor twee mensen om te mokken.

Ik schraapte mijn keel als waarschuwing. Hij zou vast omdraaien als hij zag wie de ruimte bezet hield. Maar dat deed hij niet; zijn schouders verschenen boven de rand. Hij was sterker dan ik, en dan bedoelde ik niet fysiek. Hij zou langs me heen kunnen lopen, wat hij moest doen om de andere kant van het bovendek te bereiken, waarschijnlijk zonder me ook maar een blik waardig te keuren. Meer hete tranen stegen op, klaar om mij te verraden als een pathetische sukkel die haar eigen hart niet had gekend en de liefde van deze man niet verdiende. Ik draaide me op de bank zodat mijn gezicht van de ladder af was gekeerd en veegde met trillende handpalmen over mijn wangen. Ik keek omhoog naar het zenit en vond het vertrouwde patroon van Vissen.

Tylers stevige lichaam nestelde zich naast me, dichtbij genoeg zodat ik zijn citrusachtige, buitenluchtgeur kon ruiken en de warmte die van hem afstraalde kon voelen. Ik weigerde naar hem te kijken; ik had nog genoeg ijdelheid over om niet te willen dat hij mijn rode, met mascara besmeurde ogen zag. Mijn tanden klapperden op elkaar.

'Heb je het koud?', vroeg hij.

Ik vertrouwde mijn stem niet om te spreken, maar ik knikte.

Hij verliet mijn zijde voor een paar seconden, en toen werd er iets zwaars en kriebeligs op mijn schouders gelegd. Lang niet zo heerlijk als het jasje dat hij me op de bruiloft had geleend, warm van zijn lichaam en doordrenkt met zijn geur. Maar het hield de wind tegen. Ik trok het strakker om me heen. Met mijn ogen nog steeds naar boven gericht, schraapte ik mijn keel en zei: 'Is dat een of andere truc die ze je in Texas leren? Dekens uit het niets toveren?'

'Nee', zei hij lachend. 'De banken hierboven hebben ze binnenin opgeborgen.'

Ik waagde een blik en ja hoor, er zat een scharnier op de zitting waar ik zat. Ik rolde mijn schouders en probeerde de spanning die het rillen in mijn lichaam had veroorzaakt, te verlichten.

'Waar kijken we naar?', vroeg hij.

Ik keek hem aan. Zijn blik was gefixeerd op de met sterren bezaaide hemel.

'Ik keek naar Vissen.' Ik wurmde een hand onder de deken vandaan om te wijzen. 'Dat grote vierkant is Pegasus. En dan daaronder, is er een kleine vijfhoek. Dat is de kop van een vis. Er zijn er twee, verbonden bij de staarten. Je kunt die reeks sterren naar beneden volgen naar die heldere — Alrescha, het is een dubbelster — en dan weer omhoog—'

Hij onderbrak me. 'Ik ken Vissen.'

Ik keek er opnieuw naar en het patroon viel op zijn plaats. 'Je tatoeage! Op je schouder.'

'Ja.' Hij was een minuut stil. 'Mijn zwemteam van de middelbare school liet allemaal tegelijk tatoeages zetten. Ik had zeker water in mijn hoofd, dus besloot ik mijn sterrenbeeld te nemen.'

'Echt? Ik ook. Ik ben van eenentwintig februari.'

'Vijftien maart.'

'Dus we zijn allebei dromers.'

'Romantici', zei hij.

We zaten een minuut lang in stilte. Onder de deken rilde ik.

Romanticus. De oude Marlee las romantische boeken en zag overal liefde. De nieuwe Marlee wist dat niet iedereen een happy end kreeg. Inclusief, blijkbaar, de nieuwe Marlee.

Ik schoof opzij om mijn gezicht van hem af te wenden. Ondertussen draaide mijn maag om en tolden mijn gedachten. Waarom zat hij naast me? Was dit vriendschap? Of had hij medelijden met me gekregen toen hij me hierboven half bevroren aantrof? Ik had zijn medelijden niet nodig. Ik had tenslotte nog wat trots, ondanks hoe ik me eerder had gedragen.

'Kijk, ik—', begon ik.

'Heb je—', zei hij tegelijkertijd.

Ik leunde met mijn hoofd op mijn knie en keek weer naar hem, alles behalve mijn ogen verborgen door de deken die mijn schouder bedekte. Het maanlicht verguldde de punten van zijn haar en de sterren weerkaatsten in zijn bril. Zijn witte overhemd glom onder zijn donkere colbert en das.

'Jij eerst', zei ik.

Hij tikte met zijn vinger tegen zijn knie en zei: 'Meende je het toen je zei dat je van me houdt?'

Ik weerstond de drang om de deken over mijn gezicht te trekken. Ik had het hardop gezegd. Er was geen ontkomen aan. 'Ja. Ik meende het. En ik hou nog steeds van je.'

Toen hij mijn rug tussen mijn schouderbladen aanraakte, trok ik me terug. 'En niet als vriendschappelijke liefde, zoals je van Alicia houdt?'

Het zou zo makkelijk zijn geweest om de uitweg te nemen die hij bood. Maar ik kon niet liegen tegen mijn vriend. 'Nou ja, dat ook. Maar ik bedoel romantische liefde. Ik-wil-je-bespringen-liefde. Ik-wil-nog-lang-en-gelukkig-met-je-leven-liefde. Ik was zelfs van plan een groots gebaar te maken om het je te laten zien en dan om vergeving te smeken.'

'Een groots gebaar?'

'Ik zou met Oud en Nieuw naar Texas gaan. Je opzoeken waar je ook zou zijn. Door het stof gaan als nooit tevoren. En je de oren van je kop zoenen als je me zou laten.'

'Marlee.' Hij leunde naar voren zodat zijn gezicht mijn uitzicht op de horizon blokkeerde. 'Luister naar me. Ik wil niets uit een sprookje of een romantisch boek. Geen witte paarden. Geen boomboxen. Niet door vliegvelden rennen. Geen liedjes. Geen verdomde droomprins. Ik wil wat echt is. Is dit echt?'

Ik rilde onder de deken. 'Bij de bevroren linkerbal van Lord Kelvin, denk je dat ik hierboven zou zitten snotteren' — ik veegde de tranen van mijn wang — 'en kou zou lijden als wat ik voelde niet echt was? Mijn hart werd uit mijn borst gerukt toen je wegging. En vanavond weer, beneden, toen je bij me wegliep. Ik huil al mijn make-up eraf omdat ik van je hou en o-omdat jij niet van mij houdt.'

Ik wreef mijn gezicht tegen mijn knieën om mijn lelijke,

huilende gezicht te verbergen. Ik haatte huilen en tussen mijn vader en Tyler had ik er de laatste tijd veel te veel van gedaan.

'Hé. Hé.' Hij wreef over mijn trillende schouders.

'Ik wil je medelijden niet. Je moet naar beneden g-gaan, naar het feest. Waar het warm is. Ga met Sam en de andere ontwikkelaars praten. Zeg a-a-afscheid.' Misschien zou mijn hart hierboven bevriezen en zou het niet zo'n pijn doen dat mijn vriend wegging.

'Ik wil niet bij hen zijn. Ik wil bij jou zijn. En ik ben warm genoeg voor ons beiden.' Hij schoof dichterbij en sloeg zijn armen om me heen.

'Wat?' Toen ik mijn hoofd ophief, zag ik dat ik een lichte make-upvlek op mijn zwarte rok had achtergelaten. *Geweldig.*

'Ik hou van je, Marlee. Sinds die dag op het feestje toen je onder het bier zat.'

'Maar je—' Hield hij van me? 'Je liep weg. Waarom zei je beneden niets?'

Hij trok zijn lippen in een wrange glimlach. 'Ik was zo boos die dag in Jacksons kantoor. Maar ik heb al je berichtjes gelezen en je voicemails beluisterd terwijl ik in Dallas was. Het liedje was trouwens een leuke toevoeging. Vanavond hoopte ik dat we konden praten. Persoonlijk. Maar toen zag ik je gezellig met Cooper en ik — ik kon het niet hebben. Ik wilde geen tweede keus zijn. Dat zal ik niet zijn.' Het sterrenlicht verlichtte de felle trek om zijn kaak.

Ik schudde mijn hoofd. 'Dat ben je niet. Nooit.'

'Toen je zei dat je van me hield' — de andere kant van zijn mond krulde nu omhoog — 'kon ik alleen maar denken dat ik Jackson moest vertellen dat ik niet wegging bij Synergy. Dat ik jou niet verliet.'

'Je… gaat niet weg?'

'Absoluut niet.' Zijn ogen fonkelden in het sterrenlicht. 'Het duurde langer dan ik had verwacht omdat ze me de promotie geven. En niet als manager. Als directeur.'

Zijn glimlach was aanstekelijk en de hoeken van mijn mond krulden omhoog.

Hij leunde naar me toe, zijn adem warm op mijn gekoelde huid. 'Mag ik je nu kussen, prinses?'

Ik wiegde naar hem toe en drukte mijn lippen op de zijne. Hij had gelijk. Hij was warm en zacht, alles wat ik niet was als een menselijke ijslolly hierboven op het winderige dek. Maar toen hij mijn wang met één hand omvatte en de andere onder de deken liet glijden om op mijn rug te rusten, begon ik te ontdooien.

'Ik heb begrepen dat huid-op-huidcontact de snelste manier is om een ander op te warmen.' Dat heb ik misschien in een of twee romantische boeken gelezen.

'Ik ben bereid het te proberen.' Hij fluisterde het in mijn oor, waardoor de haren in mijn nek overeind gingen staan.

Met trillende vingers maakte ik zijn das los en knoopte zijn overhemd open. Hij snoof hoorbaar naar adem toen ik mijn koude vingers tegen zijn warme borst drukte. 'Fuck, je bent ijskoud.'

'Je moet echt beginnen te geloven wat ik zeg als we dit willen laten werken.' Ik liet mijn ijskoude handen naar zijn rug glijden, waardoor hij huiverde.

'Huid-op-huidcontact, hè?' Zijn grijns was mijn enige waarschuwing voordat hij me van de bank in zijn schoot tilde. Mijn knieën aan weerszijden van zijn heupen, en hij trok de deken over ons allebei.

Terwijl ik op zijn dijen zat, raakte ik zijn lippen aan met de mijne. Het had raar moeten zijn, mijn vriend kussen, die met me had gelachen, die mijn tranen had gedroogd, die me elke dag aan mijn bureau was komen opzoeken om over niets te praten. Of misschien was het helemaal niet raar, verliefd zijn op mijn vriend. Om dat allemaal te hebben, plus zoenen.

Mijn rits gierde over mijn rug, en Tylers behendige vingers volgden. Mijn jurk zakte van mijn schouders en Tyler kuste mijn kaaklijn af naar mijn nek voordat hij met zijn hoofd onder de deken dook. 'Daar is ze.' Zijn hete adem stroomde over de bovenkant van mijn borsten. Een tinteling schoot tussen mijn benen door.

'Wat?'

'Je roze beha. Ik maakte me zorgen toen ik je in deze zwarte jurk zag. Het leek niet op jou.'

Het zou te melig zijn om hem te vertellen dat ik geen zin had om felle kleuren te dragen als hij er niet was. 'Het is e-een formeel evenement.' Woorden werden moeilijk toen hij langs de rand van het roze kant knabbelde.

'Je bent prachtig in alles wat je draagt. Maar ik kan niet wachten om deze jurk van je af te krijgen.'

'Hij is nu grotendeels uit.' Ik duwde mijn borst tegen zijn gezicht, wreef mijn pijnlijke kern tegen de voorkant van zijn broek en voelde een verstijving als antwoord. Ik liet mijn handen naar zijn riem zakken en zocht naar de gesp.

Hij verstijfde en legde een hand over de mijne. 'Niet hier, prinses. Er kan iemand naar boven komen.'

Ik boog me voorover om in zijn oor te fluisteren: 'Ik beloof dat ik stil zal zijn.' Ik kronkelde tegen de bobbel in zijn broek.

'Ik wil niet dat je stil bent. Ik wil dat je mijn naam uitschreeuwt als ik in je ben.'

Ik herinnerde me wat ik onder het laken had gezien de ochtend nadat ik naast hem had geslapen en beet op zijn oorlel. 'Ja, graag.' De Tyler in mijn nachtkastje kon niet tippen aan het echte werk.

Zijn stem was gespannen toen hij zei: 'En daarom kunnen we het hier niet doen.'

'Nee?' Ik knabbelde langs zijn nek naar zijn sleutelbeen, dat ik aflikte tot aan de holte aan de basis van zijn keel.

Hij slikte. 'Nee.' Maar hij hield me niet tegen toen ik tegen hem aanschuurde. Sinds de middelbare school had ik niet meer geprobeerd om met kleren aan klaar te komen. Maar het leek te werken. De wrijving tussen zijn pantalon en mijn slipje deed me naar adem snakken.

Toen ik zijn naam in zijn oor kreunde, tilde hij zijn heupen op en schuurde terug. Zijn vingers groeven zich in mijn billen terwijl ik zijn te korte haar vastgreep. Zijn adem was heet in mijn oor. 'Bijna daar?'

Ik slaakte een gefrustreerde kreun. De hoek was verkeerd. 'Ik heb—'

'Vertel me wat je nodig hebt, prinses.'

'Je vingers.'

Hij ademde uit alsof hij net een trap op was gerend. 'Op je clitoris of erin?'

'Mijn clitoris.'

Hij verplaatste een van zijn handen van mijn heup langs de beenopening van mijn slipje. Zijn duim gleed naar binnen en streek omhoog naar precies waar ik hem nodig had. Ik snakte naar adem. 'Dat is het.'

Er was niet veel voor nodig. Eén, twee, drie trillende bewegingen met de top van zijn duim en ik klemde mijn open mond op zijn nek om mijn kreet te smoren. Zijn duim stopte terwijl ik vanbinnen pulseerde en hij tilde zijn andere hand van mijn heup naar mijn rug en drukte me tegen zijn borst. Hij maakte sussende geluiden en wreef over mijn rug totdat ik rillend tegen hem aan zakte.

'Warm genoeg?' Hij kuste mijn slaap.

'Ja.' Mijn spieren waren los en loom, alsof ik net een massage had gehad. 'Heb jij…?'

'Oh, ah, nog niet.'

'Geef me nog een minuutje en ik zal—'

'Nee.' Hij pakte mijn hand vast, die naar het zuiden was gaan dwalen. 'Hoe graag ik ook wil dat je handen en je prachtige roze lippen op me zijn, ik wacht tot we alleen zijn. Ik word liever niet als directeur betrapt met jouw handen in mijn broek.'

Ik leunde achterover. 'Jouw hand zat in mijn broek.'

Hij bracht zijn hand naar zijn mond en stak zijn duim erin, die hij schoon zoog. 'Absoluut de moeite waard.'

Mijn ogen werden groot terwijl mijn gedachten afdwaalden naar beelden van hem die me schoon zoog. Ik leunde naar voren om in zijn oor te fluisteren: 'Ik zou het het risico waard maken.'

Hij rilde en ik betwijfelde of het door de wind kwam die de vlag boven ons deed wapperen. Maar zijn handen gingen naar mijn rug en ritsten mijn jurk dicht, en trokken die weer over mijn schouders. Hij leunde achterover tegen de reling en draaide me zodat mijn rug tegen zijn borst rustte. De deken bedekte ons allebei. 'Laten we voor nu gewoon van de vaartocht genieten.'

'Wil je terug naar beneden?' Hij zag er goed uit, al was hij een beetje bezweet en verkreukeld. Ik had hoogstwaarschijnlijk al mijn oogmake-up afgehuild en mijn lippenstift afgezoend. En ik durfde niet eens naar mijn jurk te kijken om de kreukels te zien. Maar als hij weer naar het feest wilde, mijn hand wilde vasthouden en die stomme dans met Cooper ongedaan wilde maken door de rest van de avond met mij te dansen, dan zou ik het doen.

'Nee. Ik heb alles wat ik nodig heb hier.'

En ik ook. In tegenstelling tot Andromeda wachtte deze prinses niet op een redding. Ze greep haar lot met beide handen vast en liet het nooit meer los.

'BESTE BEDRIJFSFEEST OOIT.' Tyler hield mijn hand vast toen we van de loopplank op de kade stapten. Ik had erop gestaan te wachten tot we hadden aangelegd en iedereen behalve het cateringpersoneel het schip had verlaten. Ik wilde niet dat mijn collega's me zagen nadat ik mijn uitgelopen mascara met een vochtig papiertje had afgeschrobd en mijn haar met mijn vingers had gekamd. Vergeet de beachy waves. Mijn haar was door de wind in de war en zat in de knoop alsof ik in een turbine had gezeten.

Herenigd met mijn telefoon beantwoordde ik Alicia's *waar-ben-je*-berichtjes en aanbiedingen voor een lift.

Ik keek op met een wrange glimlach. 'Bedankt. Ik heb het helemaal zelf gedaan terwijl jij het er goed van nam in Texas.'

Hij ontgrendelde de deur van zijn Mustang en opende die voor me. 'Het spijt me. Ik—'

Ik legde een vinger op zijn lippen om hem te stoppen. 'Het is belangrijk dat je je familie ziet. Ik ben blij dat je het gedaan hebt, en' — ik slikte — 'ik hoop dat het betekent dat je de rest van de feestdagen hier met mij kunt doorbrengen.'

Hij sloeg zijn armen om me heen en raakte mijn voorhoofd aan met het zijne. 'Ik wil zoveel mogelijk tijd met je doorbrengen. Vanaf nu.'

Ik kuste zijn lippen kort — het was ijskoud, en zelfs Tylers colbert hield me nu niet meer warm — en gleed zijn auto in. Hij sloot de deur achter me, stapte aan zijn kant in en startte de motor en de verwarming. Ik rilde toen er koude lucht uit de ventilatie-openingen blies.

'Wil je mijn nieuwe appartement zien? Het is hier niet ver vandaan.'

Hij pakte mijn koude hand vast en kuste mijn knokkels. 'Werkt de verwarming?'

'Ik denk dat we zelf genoeg warmte kunnen creëren', zei ik met mijn meest zwoele stem.

Hij trok zijn wenkbrauwen op.

'Te klef?'

Hij kuste het ijskoude puntje van mijn neus. 'Ik vind het heerlijk als je klef bent.' Daarna bracht hij zijn gezicht bij mijn oor en vertelde me precies hoe hij van plan was me op te warmen, met vieze woorden die ik mijn vriend nog nooit had horen gebruiken.

Ik had kunnen zweren dat die Mustang stoelverwarming had.

Na een korte rit deed ik de deur van mijn appartement van het slot. Met Tyler tegen mijn rug gedrukt, kon ik me niet herinneren of ik de afwas had gedaan of mijn pyjama in de wasmand had gegooid. Tot nu toe had alleen Alicia mijn appartement gezien. Zou hij het leuk vinden?

Ik stapte naar binnen en deed het licht aan. 'Dus, dit is—'

Een seconde later werd ik tegen de deur gedrukt. Hij greep mijn handen, drukte ze aan weerszijden van mijn hoofd en kuste me opnieuw, eerst langzaam en daarna opbouwend tot een dans van tongen en zacht bijtende lippen. Toen hij zijn mond van de mijne haalde om mijn hals te kussen, was ik verloren.

Nog nooit had iets zo goed gevoeld als zijn vingers in mijn haar, zijn lippen op mijn huid. Wie had ooit gedacht dat de achterkant van mijn nek, precies langs mijn haargrens, een erogene zone was? Twee mensen: Tyler en een naar seks snakkende Marlee, dat is wie. Hij verstrengelde zijn vingers daar en ik huiverde.

Ik tastte naar zijn borst. Hij had zijn stropdas afgedaan en opgerold in de zak van het jasje dat ik nog droeg gestopt. Terwijl ik op de tast de knopen van zijn overhemd losmaakte, vonden zijn lippen de mijne weer in een open, naar citrus smakende kus die ik harder nodig had dan adem. Zuurstof werd overschat. Alle belangrijke zenuwfuncties vonden plaats in mijn reptielenbrein.

Toen ik zijn hemd open kon trekken, kreunde ik in zijn mond.
'Wat?'
'Onderhemd,' gromde ik.
'Het was koud vanavond. Ik heb me erop gekleed. In tegenstelling tot jou in dat uitdagende jurkje.' Hij liet zijn overhemd op de grond vallen en trok het T-shirt over zijn hoofd. 'Ik moet toegeven dat ik stiekem hoopte dat ik je mijn jasje moest geven.' Hij pakte het en liet het van mijn schouders glijden.

Ik liet mijn handen over zijn blote borst glijden. Al die blote huid waar ik een glimp van had opgevangen de ochtend dat ik in zijn bed wakker werd, was nu van mij. Van mij om aan te raken. Van mij om te likken. (Ik likte.) Ik rustte met mijn wang tegen het midden van zijn borst, waar zijn hart klopte, sterk en gestaag, zij het een beetje snel. 'Ik hoopte alleen maar dat je terug zou komen voor het feest. Ik was zo bang—' Mijn stem brak. Ik was bang geweest dat hij me nooit meer zou willen zien. Dat hij niet naar mijn feest zou komen. Dat ik helemaal naar Texas zou gaan voor mijn grootse gebaar en dat hij me dan zou wegsturen.

'Marlee.' Hij leunde achterover en wachtte tot ik zijn blik beantwoordde. 'Ik was ook bang. Bang dat ik alles had verpest door te veel te vragen.'

Ik slikte. Het had hem zoveel moed gekost om te vragen wat

hij wilde, om iets te riskeren wat hem dierbaar was: onze vriend-schap. 'Nu hebben we alles.'

'We hebben alles.' Het kuiltje was terug, en het was aan mij om het te kussen. Dus dat deed ik.

'De slaapkamer is hierachter.' Ik verstrengelde mijn vingers met de zijne en leidde hem naar mijn nieuwe bed. De roze sprei en sierkussens waren weg. Nu had ik een eenvoudig wit dekbed. Ik had nog geen kleurenschema voor mijn nieuwe slaapkamer gekozen, dus het was kaal. Behalve—

'Is dat mijn trui?' Tyler reikte langs me heen om hem van zijn plek op het tweede kussen te pakken.

Ik haalde mijn schouders op. Ik kon het nu niet meer verber-gen. 'Ik heb je gemist.'

Hij legde de trui op mijn ladekast en draaide zich naar me toe. 'Je zult me nooit meer hoeven te missen.'

Mijn hart vertraagde bij zijn woorden, en warmte vulde me op alsof ik net een yogales had afgerond. Ik ging op het bed zitten en, zonder het oogcontact te verbreken, leunde ik achterover tot ik lag, met mijn benen over de rand hangend. 'Laat maar zien.'

Zijn hete blik daalde van mijn ogen naar mijn lichaam en nam elk deel van me in zich op. Een kloppend gevoel begon in mijn kruis, en ik drukte mijn dijen tegen elkaar om het te verlichten.

'Heb je iets nodig?' Ik had hem nog nooit zo horen grommen.

Mijn ogen werden groot en ik knikte. 'Condooms liggen in de la.' *Alsjeblieft, alsjeblieft, alsjeblieft, laat ze niet over de datum zijn.* Hoe lang geleden had ik die gekocht in een vlaag van hoop dat—nee. Ik zou hem niet in de slaapkamer tussen ons in laten komen. Vanavond waren het alleen Tyler en ik.

'Oh, het zal nog wel even duren voordat we er een nodig hebben.' Hij knielde op het tapijt en liet zijn vingers langzaam langs de binnenkant van mijn dijen omhoog glijden, mijn rokje opkruipend. 'Dat is, als je het goed vindt dat ik hier beneden ben?'

Ik kronkelde, wanhopig naar zijn aanraking. 'Uh-huh.' Woorden waren moeilijk.

Hij stond op en ik kreunde. 'Ik dacht dat je—'

Hij grinnikte. 'Oh, dat ga ik ook doen.' Hij pakte een van de kussens en stopte het onder mijn hoofd. Toen knielde hij weer tussen mijn knieën. 'Kijk maar.'

Oh. *Oh.*

Hij trok mijn slipje langs mijn benen naar beneden en uit voordat hij zachtjes mijn knieën verder uit elkaar duwde. Hij staarde naar mijn kruis en zijn tong schoot naar buiten om zijn onderlip te bevochtigen. 'Prachtig,' mompelde hij.

'Wat zeg je?' Ja, ik had hem de eerste keer gehoord, maar ik wilde het nog een keer horen. Droomt niet elke vrouw ervan een man te vinden die haar naakte lichaam prachtig vindt?

Hij grijnsde. 'Je kutje is schitterend, Marlee. Roze en gezwollen en druipend voor mij.'

Bij de tienduizend graden hete oppervlakte van de zon, ik was stapelgek op Tylers vieze praatjes.

'Je leek zo'n aardige jongen.'

Zijn hazelnootbruine ogen werden donker. 'Ik zal je eens aardig laten zien.' Er was een zuchtje hete lucht voordat zijn mond op me neerdaalde, zijn tong verkennend, zijn tanden schurend, zijn lippen verzachtend. Op het kussen gestut, keek ik hoe zijn gezicht tussen mijn dijen dook, met een geconcentreerde blik op zijn gezicht die ik maar een paar keer had opgevangen als ik hem had zien programmeren.

En hoewel hij goed was in programmeren, was hij nog beter in cunnilingus. Al snel drukte hij een vinger in mijn ingang, en ik boog mijn rug.

'Nog steeds goed?'

Zijn warme, behendige vinger en zijn getalenteerde tong waren zoveel beter dan mijn vibrator — zelfs De Tyler. 'Stop en ik sla je.'

'Misschien later.' Zijn glimlach was ondeugend.

Terwijl hij langzaam met zijn vinger in en uit bewoog, bewoog hij zijn tong omhoog. Ik greep de lakens vast in afwachting.

'Vind je dat lekker?'

Ik knikte, uitzinnig.

Hij cirkelde met het puntje van zijn tong om mijn clitoris. Toen hij eindelijk het gevoelige knopje aanraakte, overspoelde de eerste golf van genot me en ik schreeuwde het uit.

'Dat vind je inderdaad lekker.' Zijn stoppels schuurden tegen de binnenkant van mijn dij.

Terwijl hij cirkels met het puntje afwisselde met likjes met het platte deel van zijn tong, en zijn vingers in en uit bleef bewegen, klom ik hoger en hoger. Ik draaide mijn vingers nu in zijn haar en spoorde hem aan te blijven waar ik hem nodig had.

Mijn hijgende ademhaling veranderde in gekreun terwijl ik omhoog spiraalde om het orgasme te vangen dat net buiten bereik dobberde.

'Ik heb je, prinsesje.'

Zijn hand verstilde, in me gedrukt, en het orgasme ving me en schudde me in zijn tanden. Hij hield me erdoorheen vast, fluisterde sussende onzin in mijn huid terwijl elke spier in mij zich spande en ontspande en veelkleurige sterren achter mijn oogleden dansten. Toen ik mijn ogen openknipperde, was hij op zijn zij naast me komen liggen, een silhouet tegen de lamp achter hem. Hij steunde zijn hoofd op zijn hand en keek naar me terwijl mijn ademhaling vertraagde. Hij droeg nog steeds zijn bril en broek. Hij legde zijn andere arm over mijn middel.

Ik kon de glimlach in zijn stem horen toen hij zei: 'Naar dat gezicht zou ik de hele dag kunnen kijken.'

'Bedoel je mijn O-gezicht?' Ik draaide het naar het kussen.

Zijn hand verliet mijn zij en twee vingers duwden mijn kin omhoog zodat ik hem weer aankeek. Hij streek een haarlok van mijn voorhoofd. 'Gewoon je gezicht. O of anderszins.'

Zijn tederheid deed me vanbinnen smelten. Waarom had ik hem weggeduwd? Ik had deze man nu al keer op keer kunnen hebben, de man met de behendige vingers die zojuist de sterrenhemel om me heen had laten draaien.

Mijn inwendige spieren trokken weer samen, verlangend naar meer, verlangend om gevuld te worden met meer dan zijn vingers. Ik bewoog een hand naar de voorkant van zijn broek en voelde hem naar me toe spannen. Ik streek met een vinger langs zijn lengte. 'Wil je het nog eens zien?'

'God, ja.'

Ik rolde om boven hem te hangen, plantte een kus op zijn lippen die naar mij smaakte en daalde af langs zijn nek, pauzerend precies in het kuiltje bij zijn sleutelbeen, in het midden van zijn citrus- en cedergeur. Hij neuriede en sloot zijn ogen.

Aangemoedigd likte ik naar zijn tepel, die al rechtop stond, wachtend op mijn tanden om hem te strelen. Toen ik erin beet, kreunde hij.

Ik glimlachte in zijn huid en ging verder naar beneden, op mijn hurken om de heuvels van zijn buikspieren te strelen, één voor één. Mijn vingers gingen naar zijn riemgesp, terwijl ik het leer door het metaal duwde en met mijn tong een baan rond zijn navel trok.

Ik ging rechtop zitten, maakte zijn broek los en trok de rits naar beneden, voorzichtig om zijn gespannen erectie niet in de tanden te vangen. Dit was het. Ik ging zien hoe De Tyler zich verhield tot mijn Tyler. Ik kuste het spoor van haartjes net boven zijn tailleband voordat ik zijn onderbroek en broek uittrok. Met een zelfbeheersing die zelfs mij verraste, trok ik zijn sokken uit voordat ik mijn blik op zijn pik liet vallen.

Heilige *Gray's Anatomy*. De Tyler was monsterlijk. Om nog maar te zwijgen van paars. Tyler zelf, hoewel bescheidener, was prachtig: geaderd, blozend en o zo stijf. Ik streek met een vinger van de basis naar de eikel en over de opening, het vocht dat daar parelde uitsmerend. Hij was zijdezachter. Warmer. En hij sprong op onder mijn aanraking.

Ik reikte naar mijn rits, trok die naar beneden tot de jurk van mijn schouders viel en op de grond in een hoopje lag. Mijn beha voegde zich er een seconde later bij. Ik stond naakt voor mijn vriend en minnaar.

Zijn gezicht vertrok. 'Jezus, Marlee.'

'Wat?' Had hij zich voorgesteld – verwacht – dat ik er anders uit zou zien? Misschien had ik de jurk aan moeten houden.

'Nog beter dan ik me had voorgesteld,' zei hij ademloos.

Ik liep naar het nachtkastje en haalde een condoomverpakking uit het doosje naast het etui van De Tyler. Ik liet het op het bed vallen en knielde over zijn dijen. 'Had je je dit voorgesteld?'

'Alleen elke nacht. En in het weekend 's middags. En een of twee keer op kantoor. Telkens als je dat zwierige rokje draagt. Die waarvan ik nooit kan zeggen of hij wit of roze is.'

De hoek van mijn mond krulde op. 'Het is oesterroze. Ik heb me jou misschien ook wel voorgesteld.' Ooit zou ik hem over De Tyler vertellen. Misschien konden we allemaal wel eens samenspelen. Niet vanavond. Vanavond was alleen voor de zeer echte Tyler en mij.

Zijn pik spande naar me toe, gretig en glorieus. Ik sloeg mijn vingers eromheen en trok er experimenteel aan. En toen zelfverzekerder toen hij kreunde en zijn schacht verder verhardde in mijn hand. Ik keek op in zijn gezicht om te controleren of ik het deed zoals hij het lekker vond. Hij knipperde hard.

'Schat, stop of ik kom klaar in je hand.'

Dus ik deed het goed. 'Ik kwam klaar in jouw hand. En in je mond.' Ik boog voorover en likte hem van de wortel tot de punt. Maar voordat ik die handeling kon herhalen, wiegde hij mijn kin met zijn handpalm.

'Ik wil… ik wil de eerste keer in je klaarkomen. Is dat oké?'

Ik kuste de zijkant van zijn pik. 'Daar ben ik het helemaal mee eens. Eerste keer, tweede keer, derde keer. We hebben de hele nacht om creatief te worden.'

Zijn pik sprong op. Voordat ik hem nog een keer kon kussen, scheurde hij de verpakking open en rolde het condoom over zijn lengte. 'Het is aan jou, prinsesje.'

Hij bedoelde dat het één ding was dat hij me met zijn vingers en zijn tong aan een orgasme had geholpen. En dat we naakt bij elkaar waren, zelfs dat ik hem die paar intieme likjes had gegeven. Maar dit was anders. Onze lichamen samenvoegen was een stap voorbij vriendschap, zelfs voor vrienden die een beetje hadden aangeklooid.

Ik had hem mijn hart al gegeven. Ik zou hem mijn lichaam ook geven.

Op mijn knieën liep ik naar hem toe om zijn heupen te schrijden. Ik tilde mezelf op en leidde de tip naar mijn ingang. Hij keek me aan, die hazelnootbruine ogen donker en bedekt, terwijl ik langzaam op hem neerzonk. Ik was er klaar voor en nat, en ik had veel geoefend met De Tyler; toch nam ik mijn tijd terwijl ik me over hem liet zakken totdat mijn heupen de zijne raakten. We zuchtten allebei, compleet.

'Een seconde.' Ik wilde dit moment, deze herinnering vastleggen. Het in mijn hersenen etsen zodat ik het eruit kon halen en opnieuw kon proeven. Ik klemde me om de volheid en glimlachte bij zijn scherpe ademteug. Zou dit mijn laatste eerste keer zijn? Ik hoopte het. Ik had nooit gedacht dat Tyler een sprookjesprins was, maar ik wist nu dat hij perfect voor me was. Beter dan het sprookje.

Langzaam begon ik mijn heupen te wiegen. Hij bleef stil, liet mij de actie sturen. Hij legde zijn handen op de welving van mijn billen en kneep een beetje, ofwel om me te stabiliseren of om te voorkomen dat hij me met zijn handen zou verslinden. Ik streek met mijn vingers over zijn borstspieren naar zijn buikspieren. 'Is dit oké?'

'Zo goed.' Hij kneep zijn ogen dicht, maar ze vlogen een seconde later open alsof hij niets wilde missen. 'Concentreer jij je maar op jezelf. Met mij gaat het geweldig.'

Ik stopte met bewegen en sloeg mijn handen op mijn dijen. 'Nee.'

'Nee?' Hij knipperde de waas uit zijn ogen.

'Dat doen we niet. Je gaat je eigen genot, je eigen geluk, niet meer op de tweede plaats zetten. We zijn partners. We doen wat goed is voor ons allebei.'

Zijn speelse kuiltje verdween. 'Marlee.' Zijn stem brak op mijn naam. Hij liet zijn handen van mijn heupen naar mijn rug glijden en drong me omlaag op zijn borst, me omhelzend. Hij kuste mijn slaap. 'Niemand heeft ooit—' Hij slaakte een zucht.

'Ik weet het, schat. Maar het is tijd dat je beseft dat je meer verdient.'

Zijn armen, zijn lichaam, spanden zich om me heen. Het was net onder mijn wang, dus ik kuste zijn tatoeage.

Met één atletische bundeling van zijn spieren rolde hij ons om zodat ik op mijn rug lag en hij boven me hing, nog steeds in mij. 'Ik kan niet… ik kan niet zachtjes doen. Niet op dit moment.' Zijn ogen waren van donker naar wild gegaan.

De sensatie begon op de plek waar we verbonden waren en trilde helemaal tot aan de uiteinden van mijn haar dat over het bed was uitgespreid. 'Ik wil niet zachtjes. Ik wil alleen jou. Precies zoals je bent.'

Hij boog zich voorover om me te kussen, grondig en veeleisend als een hertog in een van mijn historische romans. Maar net als de heldin was ik pittig en ik kuste hem direct terug, met mijn eigen eisen.

Hij tilde zich op, keek naar mijn gezicht terwijl hij zich terugtrok en er weer in stootte. De tweede keer flitste er genot in me als een pulsar, ritmisch. Een paar stoten later werd ik vanbinnen warm en krulde ik me om hem heen. 'Stop niet.'

'Nooit, prinsesje.' Hij boog voorover en beet me precies waar mijn nek in mijn schouder overging. Toen rolde hij zijn heupen, borstelend tegen mijn gezwollen, gevoelige clitoris.

Ik explodeerde als een supernova. Ik spande elke spier aan, klauwde naar zijn gespannen billen en schreeuwde zijn naam. Hij stootte nog één keer in me en verstilde, een blik van gelukzaligheid bevroren op zijn gezicht. Maar in plaats van boven op me in elkaar te zakken, plantte hij een kus op mijn voorhoofd, nog een op het puntje van mijn neus, op mijn lippen, mijn kin. Hij bezaaide elk deel van mij dat hij kon bereiken met kusjes. 'Ik hou van je, Marlee.'

Ik giechelde toen hij me kietelde met een kus op mijn ribben. 'Dat zeg je alleen maar door al die endorfine.'

Hij stopte met kussen en duwde zich weer op. 'Nee. Ik hou van je. Met of zonder de endorfine.'

Ik glimlachte. 'We zullen zien.'

Hij trok zich terug, de condoom vastgrijpend. 'Ben zo terug.'

Een minuut later kwam hij terug, ruikend naar mijn bloemige handzeep. Hij tilde de dekens op en gleed naast me in bed. 'Ik hou nog steeds van je, Marlee.'

'Heb je nooit gehoord van de afterglow? Endorfine kan uren aanhouden.' Ik nestelde me naast hem en verstrengelde mijn benen met de zijne. 'De echte vraag is, hou je nog steeds van me als ik chagrijnig ben?'

'Zoals wanneer je ongesteld moet worden en je tegen iedereen snauwt, inclusief Jackson?'

'Wat?' Ik verplaatste mijn voeten terug naar mijn kant van het bed.

Zijn gelukzalige uitdrukking vervaagde. 'Oh, ik bedoel, dat heb ik totaal niet gemerkt. Maar als ik het had gemerkt, zou ik je chocola brengen en nog steeds van je houden.'

Ik rimpelde mijn neus. Tyler bracht me inderdaad vaak chocola vlak voordat ik ongesteld moest worden. Heilige Edwin Hubble.

Hij trok me dichterbij. 'Weet je nog die keer dat we bijna tegen de deadline aanzaten en de stroom in het gebouw uitviel?'

'Die bouwploeg verderop in de straat had per ongeluk de stroom afgesneden. En de internetverbinding.'

'De rest van ons zat maar naar onze schermen te staren, ons afvragend of de batterijen leeg zouden zijn voordat de stroom terugkwam, wetende dat we niet konden compileren zonder het netwerk. Maar jij niet. Jij belde de energiemaatschappij, de internetprovider. Je marcheerde naar beneden en zei dat we moesten doorwerken. Zelfs Jackson was bang voor je die dag. Je was als… onweer. Of een wraakzuchtige godin.'

Ik begroef mijn gezicht in zijn nek. 'Ik wist hoe belangrijk die deadline was. Sorry dat ik een kreng was.'

'Nee, liefje.' Hij haakte mijn been over het zijne en drukte me tegen zich aan. Hij was alweer half hard. 'Je was magnifiek.'

Ik rolde hem op zijn rug en ging schrijlings op hem zitten. 'Ik zal jou eens laten zien wat magnifiek is.'

We vreeën opnieuw, deze keer zachter. Daarna kropen we onder het dekbed, onze benen verstrengeld en mijn wang rustend op zijn borst, onze ademhaling synchroon en langzaam, mijn ledematen slap, alsof we twee vissen in de oceaan waren.

Tyler bracht mijn hand naar zijn lippen en kuste mijn duim. 'Ik kan niet geloven dat dit echt is,' fluisterde hij, alsof hij de betovering zou verbreken als hij luider sprak.

Ik kantelde mijn hoofd om op te kijken in zijn ogen, die in de duisternis in de schaduw lagen. 'Het is echt. Ik hou van je, Tyler. Ik wil dat je mijn plus-één bent op bruiloften. Ik wil dat je bij mijn bureau stopt en met me flirt elke keer dat je naar boven komt om Jackson te zien. Ik wil dat je naar boven komt alleen maar om mij te zien. Ik wil je hand vasthouden in de lift als we elke avond weggaan. Samen.'

Zijn glimlach, de speciale die hij voor mij bewaarde, glom in het maanlicht dat door het raam naar binnen viel, en zijn arm sloeg zich om me heen. 'Vrienden. En minnaars.'

'Minnaars. En vrienden.'

Het beste van beide.

EPILOOG

TYLER
ZES MAANDEN LATER

MARLEES GEZICHT WAS BLEEK, maar haar vierkante kin stak op die koppige manier naar voren waar ik zo van hield – zolang het tenminste niet tegen mij gericht was. We zaten in mijn auto, geparkeerd voor het verpleeghuis van haar vader. Ze had hem willen bezoeken voordat we naar Dallas vertrokken, maar ik wist dat ze het er moeilijk mee had. Sinds we bij elkaar waren – nu zes maanden – bezocht ze hem een paar keer per week, soms met mij, soms alleen.

Ik pakte haar hand vast. 'Klaar voor, prinses?'

Ze was al een prinses vanaf het eerste moment dat ik haar zag, gekleed in haar meisjesachtige roze werkkleding, terwijl ze de leidinggevenden aanstuurde alsof ze voor haar werkten. Toen we eindelijk wat kregen op de feestboot, was het eruit gefloept. Ze leek het niet erg te vinden. En nu ze mijn prinses was, zou ik alles doen wat ze van me vroeg: mijn jas over een modderpoel gooien, een hoge toren beklimmen, een draak verslaan, alles voor haar.

Ze draaide zich naar me toe. Zoals gewoonlijk stopte mijn hart bijna bij het zien van haar zachte, verdrietige bruine ogen. Ze schonk me een wankele glimlach en kneep terug. 'Klaar voor.'

We stapten uit mijn lage Mustang en troffen elkaar op de stoep voor de motorkap. Hand in hand liepen we samen naar binnen. Marlee kletste met de receptioniste en schreef ons in terwijl ik de lobby inspecteerde. Zoals gewoonlijk was het er schoon en licht, maar leeg. Er zat niemand op de bank of op de twee stoelen met rechte rugleuningen. Felgele zonnebloemen in een blauwe vaas fleurden de saaie kamer op. Net als mijn Marlee.

De receptioniste ontgrendelde de beveiligde deur en liep met ons mee. Aan de andere kant kwam een van de zorgcoördinatoren ons tegemoet. Ik herkende haar gezicht, maar kon me haar naam niet herinneren.

'Hoi, Liz.' Marlee wist het nog wel. Toen ze eindelijk had toegegeven dat haar vader meer zorg nodig had dan zij kon bieden, had ze een missie. Ze had haar onderzoek gedaan, de beste plek voor hem uitgekozen en hield elk aspect van zijn zorg in de gaten. Elke keer als ze op bezoek kwam, maakte ze een praatje met de verpleegkundigen.

'Hij heeft een goede dag vandaag,' zei Liz, waarmee ze de vraag beantwoordde die Marlee, naar ik wist, niet over haar lippen kon krijgen.

De spanning in haar schouders nam af.

Liz zei: 'We hebben deze week een nieuwe therapie met hem geprobeerd. Hij is daar nu. Willen jullie het zien?'

'Kan dat?' vroeg Marlee.

'Natuurlijk. Kom maar mee.'

Liz leidde ons door de instelling en toen, tot mijn verbazing, naar buiten door een andere beveiligde deur, via een overdekte loopbrug, naar een gebouw van golfplaten dat niet veel groter was dan een schuur. Ze opende de deur met een codeklavier.

Het interieur leek op de werkplaats van mijn vader thuis, maar dan minder hightech. Handgereedschap hing aan pinnen aan de muren, en in het midden van de kamer stonden drie houten werkbanken. TL-lampen hingen aan het plafond om elke werkplek te verlichten. De zoete geur van zaagsel vulde de lucht, en ondanks het zoemende stofafzuigsysteem dansten stofdeeltjes en kleine houtkrullen in de lichtstralen die door de hoge ramen naar binnen schenen.

Twee mannen stonden met hun rug naar ons toe aan de andere kant van de kamer voor een handmatige draaibank. De een was de potige verpleeghulp die we vaak bij Marlees vader zagen; de ander, die een stoelpoot op de draaibank draaide, was de man in kwestie.

Will Rice was de afgelopen maanden gestabiliseerd. Hij had nog steeds slechte dagen, zoals die keer dat hij was weggelopen en we hem bij het busstation hadden gevonden, maar hij had ook goede dagen, waarop hij Marlee herkende. Ik stelde mezelf altijd opnieuw voor, omdat ik er nooit van uitging dat hij zich iemand zou herinneren die hij sinds zijn ziekte had ontmoet; mijn ervaring met opa had me dat geleerd. Ik hoopte dat Will niet zo snel achteruit zou gaan als opa.

Liz klopte op Marlees arm en liet ons achter. Ik masseerde Marlees schouder waar die overging in haar nek, waar de spanning zich weer begon op te bouwen. Ik zou haar echter niet pushen. Dit moest ze op haar eigen voorwaarden doen.

Ze rolde haar schouders naar achteren en liep op Will af, die aan de draaibank werkte. Hij stond op zijn goede been en gebruikte het zwakkere voor het voetpedaal. Het schrapen van het mes op het hout overstemde het geluid van onze voetstappen.

'Pap?' Haar stem was te zacht om boven het geknars van de draaibank uit te komen. Ze schraapte haar keel en probeerde het opnieuw, luider. 'Pap.'

Will zette de machine stil en keek Marlee aan. Een glimlach spleet zijn gezicht, die zo op de hare leek.

'Zonnestraaltje!'

Ze stond met haar rug naar me toe, dus ik kon haar gezicht niet zien, maar haar houding ontspande. Ze strekte zich uit om hem te omhelzen, en zijn met zaagsel bedekte armen gingen om haar heen. Toen hij haar losliet, stonden er stoffige handafdrukken op de achterkant van haar roze shirt.

Ik kwam dichterbij en stak mijn hand uit. 'Mr. Rice, fijn u te zien. Tyler Young.'

'Ik herinner me jou, Tyler. Ik zie dat je goed voor mijn meid zorgt.'

Het was dus een goede dag. 'Ik doe mijn best, meneer. We zorgen voor elkaar.' In feite gingen we volgende maand samenwonen, maar dat ging ik Marlees vader *niet* vertellen. Stijf been of niet, hij was sterk.

'Laten we een stukje gaan wandelen,' zei hij.

De verpleeghulp gaf hem zijn wandelstok en we wandelden met z'n allen de zonneschijn in. De instelling lag op een heuvel, omringd door glooiende grasvelden. Een paar bewoners werkten in een nabijgelegen moestuin.

'Ik blijf hier wel even,' zei ik, wijzend naar een bankje. Ik wilde Marlee en haar vader wat tijd alleen geven op zijn goede dag.

Ze schonk me een stralende glimlach. 'We blijven niet lang. Ik weet dat we moeten gaan.'

'Neem zo lang als je nodig hebt. Ik zorg ervoor dat we op tijd op het vliegveld zijn.' Ik gaf haar een ondeugende glimlach. Wat had je aan een muscle car als je die spierballen niet af en toe kon laten rollen?

Met een laatste slepende blik wendde ze zich met haar vader van me af. Ze wandelden arm in arm, met de verpleeghulp die op discrete afstand volgde.

Ik liet me op het bankje zakken en kantelde mijn gezicht naar de zon. Hier in Oakland was minder mist, en ik genoot altijd van de heldere dagen als ik op bezoek was. Misschien konden we volgend jaar, als we genoeg geld hadden gespaard, een huis kopen aan deze kant van de baai, of misschien in een van de buitenwijken, weg van de stadslichten, waar we 's nachts de sterrenbeelden konden zien. Ik vond het geweldig als Marlee me de verhalen van de sterren vertelde.

Mijn telefoon pingde met een sms'je.

RALEIGH

Kom je vanavond nog?

Zorgen maken was ongewoon voor Raleigh, mijn overmoedige klootzak van een broer. Hij was de reden dat Marlee en ik later die dag naar Dallas gingen. Ik had haar aan haar belofte gehouden om mijn date te zijn op zijn bruiloft. Ik had zijn vrijgezellenfeest gemist – Marlees nieuwe programmeerproject had ons de hele week in San Francisco gehouden – maar ik had van mijn op een na oudste broer, Lincoln, gehoord dat het een knalfeest was geweest. We zouden er morgenavond zijn voor het repetitiediner.

Wacht, is dat dit weekend?

Na alle gein die Raleigh en mijn andere broers met me hadden uitgehaald, verdiende hij wel een kleine plaagstoot.

De puntjes verschenen terwijl hij typte, verdwenen toen en verschenen nog een paar keer. Ik had hem echt op de kast gejaagd.

Niet grappig

Serieus, alles OK?

Uit de groepsgesprekken met mijn broers en zus had ik het gevoel gekregen dat Raleigh koudwatervrees kreeg. Natuurlijk had hij het op Bella geprojecteerd om het te laten lijken alsof *zij* de nerveuze was. Maar ik wist dat dat niet waar kon zijn. Zoals al mijn broers was Raleigh de grote man op de campus geweest, zowel op de middelbare school als op de universiteit. Meisjes konden hem niet weerstaan. Ik kon me niet voorstellen dat Bella hem zou laten zitten.

Zorg gewoon dat je hier komt, dan komt alles goed.

Ik glimlachte. Ik zou een grap met hem moeten uithalen. Iets kleins, zoals opdagen met rode sokken of beweren dat mijn smoking zoek was, gewoon om hem nog wat meer te pesten. Hij maakte het me te makkelijk.

We zijn er vanavond laat. Ik kan niet wachten tot iedereen Marlee ontmoet.

Ik wist dat ze bijna net zoveel van haar zouden houden als ik. Ik stopte mijn telefoon in mijn zak, richtte mijn gezicht weer op de zon en sloot mijn ogen.

We waren gisteravond laat opgebleven om in te pakken. Ik had voor Marlee een handbagagekoffer vol met romantische paperbacks gekocht om een deel van de boeken die ze had weggegooid te vervangen. Zoals ik haar op het kerstfeest had verteld, waren we allebei romantici. En ik zou er alles aan doen om de romantiek in haar leven te houden.

We waren nog later opgebleven om de liefde te bedrijven. Uitgeput of niet, we konden niet van elkaar afblijven. Ik had nog nooit een vriendschap gehad die in liefde was veranderd. Maar intimiteit toevoegen aan de vriendschap met Marlee? Elke keer als we elkaar aanraakten, was pure magie.

Ik moet ingedommeld zijn, want het volgende wat ik wist, was dat Marlee in mijn schouder kneep. 'Kom op, grote vent. Een snelheidsovertreding zorgt er alleen maar voor dat we onze vlucht nog later halen.'

Ik opende mijn ogen en zag haar gezicht de zon blokkeren. De stralen waaierden uit haar donker-honingkleurige haar en lieten het schitteren. Geen wonder dat haar vader haar "Zonnestraaltje" noemde. Ik keek achter haar. Will en de verpleeghulp waren weg. Ik strekte mijn hand uit, alsof ik wilde dat ze me omhoogtrok, maar in plaats daarvan trok ik haar op mijn schoot. Ik wiegde haar wang en kuste haar roze lippen. Ze aaide de achterkant van mijn haar, dat nu kort was dankzij mijn pre-bruiloftskapsel, en ik draaide mijn vingers in haar lange, zijdeachtige lokken. Ik had haar daar op het bankje in de zonneschijn uren kunnen kussen.

Met tegenzin maakte ik me los en liet mijn voorhoofd tegen het hare rusten om op adem te komen. De laatste keer dat ik naar huis was gegaan naar Dallas, waren we bijna uit elkaar gegaan. Maar deze keer zou ze aan mijn zijde staan tijdens wat ongetwijfeld pandemonium zou worden, zoals alles waar mijn familie bij betrokken is, wat een van de redenen was dat ik drieduizend kilometer verderop woonde. Maar met Marlee aan mijn zijde zouden we er samen doorheen komen.

Ik plukte een lange grijze haar van haar shirt. 'Subha heeft weer in je la gezeten.'

Ze streek met haar lippen langs de mijne. 'Wat kan ik zeggen? Ze deelt mijn passie voor afgeprijsde merkkleding.'

Ik dacht dat Subha *mijn* passie voor Marlee deelde, maar ik ging niet in discussie. Het enige waar mijn kat – onze kat – meer van hield dan in haar lades nestelen, was op Marlee zelf zitten. De ochtend dat ze tegen haar jas aan was gekropen, was het begin van Subha's obsessie met haar geweest.

Ik duwde Marlee op haar voeten en stond toen op en haakte mijn hand in de hare. We liepen richting de parkeerplaats. 'Goed bezoek?'

Ze zuchtte. 'Ja. Hem hierheen verhuizen was de beste beslissing.'

'Niet de aller*beste* beslissing.' Ik kneep in haar hand. 'Dat was instemmen om mijn date te zijn op de bruiloft van Jay en Alicia.'

Ze grijnsde naar me op en sloeg haar arm om mijn middel. 'Je hebt gelijk. Kom op, bruiloftsdate.'

We slenterden het pad af, op weg naar weer een bruiloft samen. En op een dag, binnenkort, zou ik haar vragen mijn vrouw te worden, en *dat* zou de beste beslissing van ons leven zijn.

BONUS EPILOOG
OPERATIE LANG EN GELUKKIG

TYLER

HET LAMPLICHT VERGULDE de punten van Marlees haar in roségoud, passend bij haar slaaphemdje, terwijl ze de paperback vastklemde en zich in de kussens nestelde. Met een snelle blik op mij, uitgestrekt naast haar, sloeg ze de bladzijde om en las verder. ''De volgende ochtend...'

Ik legde een hand op die van haar op het boek. 'Vind je niet dat we hier moeten stoppen?'

'Maar ik wil weten of ze eindelijk gaan stoppen met doen alsof, nu ze de liefde hebben bedreven.' Ik kon de stripfiguur-hartjes praktisch in haar ogen zien.

'Maar,' zei ik – en dit was mijn absoluut favoriete onderdeel van onze romantische voorleessessies voor het slapengaan – 'je bent geil.' Ik liet een vinger over het midden van haar rijzende borstkas glijden, over haar buik, naar de tailleband van haar zijden slaapshortje. Ik pauzeerde en wachtte op haar knikje voordat ik mijn hand tussen haar benen legde. Vochtig, precies zoals ik had verwacht.

Langzaam stak ik een vinger in de beenopening en volgde de

lijn van haar schaamlippen. 'Wat vond je zo opwindend aan die scène?'

Ze liet de paperback op de lakens vallen en rolde met haar heupen. 'Tyler, ik heb je nodig. Ik wil nu niet praten.'

Ik kuste haar, een langzame glijding van mijn lippen tegen de hare. Ze greep de achterkant van mijn hoofd vast en hield me tegen zich aan, wanhoop in haar kus. Wauw. Ze was echt opgewonden. Meer dan met de lichte bondage die we hadden geprobeerd na een van haar BDSM-boeken, waarbij mijn handen met zijden linten aan de beddenposten waren gebonden. Ze had vooral genoten van de pak slaag die we hadden geprobeerd, maar geen van beiden waren we weg van de rijzweep die we hadden gekocht.

Ik tilde mijn hoofd op en ze kreunde uit protest. 'Je bent kletsnat. Wat vond je daar sexy aan? Waren het de twee piemels? De rijbroeken?' We waren een historische gay romance aan het lezen, en de auteur had de langzame opbouw geweldig gedaan. Zelfs ik had staan te popelen om bij de seksscène van vanavond te komen.

'Ik denk het niet. Ik denk dat ik aan één van jou genoeg heb.'

Ik ademde uit. Ik dacht ook niet dat ik dat wat vond. 'Was het omdat ze het doen in de biljartkamer terwijl het huisfeest gaande is, en er elk moment iemand binnen kan lopen?'

Haar ogen werden groot. 'Ze hadden de deur niet eens op slot gedaan. Ik was zo bang voor ze. En ook... opgewonden.' Ze beet op haar lip.

'Dus' – ik stak een vinger in haar en ze kreunde zachtjes – 'het is de seks in het openbaar. De angst om ontdekt te worden. Daarom werd je zo opgewonden op de boot.' Die avond op het Synergy-kerstfeest, bijna een jaar geleden, was ze na minder dan vijf minuten droogneuken op mijn hand klaargekomen. Het was de eerste keer dat ik haar had laten klaarkomen, en ik wist dat het snel was. Nu was ik een beetje teleurgesteld dat het niet alleen kwam door mijn superieure vingerkunsten.

'Iedereen had naar boven kunnen komen.' Ze maalde tegen mijn hand. 'Iedereen had me kunnen horen.'

Ik liet nog een vinger naar binnen glijden. 'Wilde je dat iemand ons zou betrappen?'

Haar oogleden schoten open en ze verstijfde. 'Nee. Dat zou vreselijk zijn. En gênant.'

'Oké.' Ik boog me voorover en kuste haar, lang en smachtend. 'Dus alleen de illusie van de mogelijkheid om betrapt te worden. Niet het daadwerkelijk betrapt worden. Dat is wat je opwindt.'

'Jij windt me op, Tyler. Einde verhaal.'

Ze had gelijk. We lazen die avond niets meer uit haar boek.

EEN PAAR WEKEN LATER, op oudejaarsavond, gingen we naar beneden in de drukke lift van het chique hotel in het centrum waar Coopers stichting een gala organiseerde. Normaal gesproken zouden we niet zijn gegaan. We verdienden allebei een redelijk salaris, vooral na onze promoties, maar we verdienden geen duizend-dollar-per-bord-gala geld. Synergy had een paar tafels gesponsord en ze hadden ons uitgenodigd om twee stoelen in te nemen.

'Je hebt die blik in je ogen,' fluisterde Marlee.

Ik boog me voorover en raakte haar oor met mijn lippen, zodat de man die ongemakkelijk tegen mijn andere kant gedrukt stond het niet zou horen. 'Welke blik?' Ik raakte het zakje in mijn broekzak aan.

'Die nerveuze-slash-opgewonden-slash-vastberaden blik die betekent dat we Operatie Boekenknal gaan doen.'

'Oh.' Shit. Ik was zo gefocust geweest op mijn andere plan dat ik dat helemaal vergeten was. Ik richtte me op, mijn gedachten draaiden op volle toeren. Met een paar aanpassingen zou ik het kunnen laten werken. Ik kon beide plannen laten werken. Ik keek naar haar en knipoogde. 'Je hebt me door.'

'Mij kun je niets wijsmaken. Ik ken je te goed.' Ze grijnsde, en ik wilde de krul in haar lippen likken.

Als we niet met een dozijn mensen in de lift gepropt hadden

gezeten, had ik op de noodstopknop gedrukt, haar tegen de muur gedrukt en Operatie Lang en Gelukkig, Deel B, daar ter plekke uitgevoerd. In plaats daarvan gaf ik haar de vurige blik waar ze altijd van ging rillen.

Ze rilde.

'Koud?' mompelde ik. 'Misschien wil je mijn jasje lenen.'

'Geen sprake van.' Ze leunde dichterbij en snoof aan me. 'Als ik dat doe, halen we het feest nooit.'

'Die hele party kan me gestolen worden,' gromde ik. Ik liet een vinger langs de laag uitgesneden rug van haar jurk glijden.

'Maar mij niet.' Een ondeugende twinkeling vonkte in haar bruine ogen. 'Ik wil je de hele avond tijdens het eten plagen tot je klaar bent om me over je schouder te gooien en me naar boven te dragen. Dan wil ik met je dansen, bruiloftsgigolo, en heet en bezweet worden. En *dan'* – ik had het al heet in mijn smoking – 'neem ik je mee naar boven en laat ik je zien hoeveel ik je waardeer.'

'Mij waarderen?' Ik liet mijn vinger plagerig lager zakken, binnen de stof van haar jurk. 'Is dat alles?'

Ze kuste mijn wang en fronste toen en veegde de lippenstift eraf. 'Je weet dat ik van je hou.'

'Ik weet het.' De liftdeuren gingen open en de mensen begonnen uit te stromen. Ik pakte haar hand en kuste haar vingertoppen. 'Ik weet het.'

We waren bij genoeg van dit soort evenementen geweest dat ik wel wist hoe het werkte. Eerst op de agenda stonden rondgaande hors d'oeuvres en netwerken. Ik stond daar, mijn hand op Marlees ontblote onderrug, en claimde haar ten overstaan van iedereen. Ze nestelde zich tegen mijn zijde en claimde mij op haar beurt.

Toen kwam de stormloop naar de tafels. Marlee had geluk, ze zat naast Alicia. Ik kreeg Westons date, een schitterende, harde vrouw van in de veertig met diamanten die van haar nek druppelden. Niet Westons diamanten; hij was niet met deze getrouwd. Nog niet.

Na een paar mislukte pogingen vonden we iets wat we

gemeen hadden: Mustangs. Ze had een vintage Boss 429 uit 1969, plus het 50-jarig jubileummodel. We spraken over paardenkracht, bochtenwerk en marktwaardering tijdens het voorgerecht en het hoofdgerecht.

Maar Marlee eiste mijn aandacht op toen het dessert werd geserveerd. Ze doopte haar lepel in de romige donkere chocolademousse en vanaf het moment dat het haar lippen raakte, was ze in de zevende hemel.

Ik keek gefascineerd toe hoe ze elk klein hapje opschepte en haar lippen om de lepel sloot, ervan genietend, en heimelijk de lepel in haar mond likte en streelde. Mijn smokingbroek werd ongemakkelijk strak, en ik wiebelde in mijn stoel om te proberen de spanning te verlichten.

Marlee fladderde met haar wimpers. 'Het is zo lekker. Proef eens.' En ze schepte wat uit mijn kommetje – niet het hare – en drukte het tegen mijn lippen. Ik opende mijn mond voor haar en liet de mousse op mijn tong smelten.

'Hé,你們兩個,' kwam Jacksons stem van ver weg naar me toe. 'Neem een kamer. Houd een beetje rekening met ons oude, getrouwde stellen.'

Ik liet de lepel los en Marlee legde hem naast haar schoteltje, met roze wangen.

'Oud?' Alicia trok een wenkbrauw op. 'En sinds wanneer heb jij je in het openbaar ingehouden?'

'Ingehouden?' Het tafelkleed verborg Jacksons hand, maar hij deed iets waardoor Alicia naar adem hapte. 'Wat is dat?'

'Dat' – Alicia tilde zijn hand op tafel en verstrengelde haar vingers met de zijne – 'is iets wat je toont terwijl Cooper zijn toespraak houdt.' Ze knikte naar het podium aan een kant van de zaal. Cooper schudde iemands hand naast het spreekgestoelte.

Ik leunde naar Marlee. 'Dat is ons teken.'

'Wat?' Ze keek verlangend naar haar onaangeroerde mousse – en de mijne – maar ik trok haar op en haastte haar naar de uitgang. De deuren sloten zich achter ons net toen Coopers stem door de geluidsinstallatie schalde.

Ik haastte me de hoek om, haar hand vasthoudend. Ik had me eerder op de hoogte gesteld van de indeling, terwijl zij in onze kamer boven douchte. We liepen langs de toiletten, een kleinere balzaal waar hiphop zo hard klonk dat de vloer trilde, en een paar vergaderzalen voordat we aankwamen bij de deur van de Duchess-vergaderzaal.

Ik deed heel opzichtig alsof ik de deur probeerde te openen, alsof ik echt iets verbodens deed, alsof ik de kamer niet weken geleden al had gereserveerd.

De list werkte. 'Wat ben je aan het doen?' fluisterde ze, ook al was de gang leeg.

'We hebben een beetje privacy nodig voor Operatie Lang en Gelukkig.'

'Wacht. Wat is dat? Is het zoiets als Operatie Boekenknal?'

'Een beetje.' Mijn hand trilde op de deurknop. Het was een stuk groter dan Operatie Boekenknal.

De kamer was zwak verlicht door de vlamloze kaarsen die ik eerder had neergezet. Ze omlijnden een stevige houten vergadertafel, die werd omgeven door een half dozijn zachte leren stoelen. Het raam aan de ene kant keek uit op de straat, waar gestage regen de feestvierders van oudejaarsavond natmaakte.

'Oh.' Marlee stopte net binnen de deur.

'Het is geen biljartkamer,' fluisterde ik in haar oor, 'maar denk je dat het volstaat?'

Haar ogen waren groot en donker toen ze zich naar me omdraaide. 'Hier?'

Ik deed de deur dicht. 'Het is als een huisfeest. Stel je voor dat het hotel een landhuis is.'

'Met een paar *duizend* gasten.'

'Stoort je dat? Of windt het je op?' Mijn stem was een lage brom.

'Opwindend,' piepte ze. 'Absoluut opwindend.'

'Zal ik de deur op slot doen, mylady? Of van het slot laten?'

'Doe hem maar op slot, alsjeblieft. Ik zou niet willen dat er iemand binnenstormt als jij mijn naam schreeuwt.' Ze maakte de knoop van mijn smokingjasje los en sloeg haar armen om mijn rug. Ze leunde dichterbij, inhaleerde bij mijn nek en tilde toen haar kin op, haar lippen aanbiedend for een kus.

Ik was geen idioot. Ik reikte naar achteren en drukte het duimslot op de klink in, en toen kuste ik haar de oren van het hoofd, moed halend uit de hapering in haar adem, haar dwalende handen, de warme glijding van haar tong.

Ze liet haar hand over de voorkant van mijn broek glijden en vond mijn pik, hard en naar haar verlangend. Ze tekende de omtrek na, waardoor mijn hersenen wazig werden. Even vergat ik waarom ik de kamer had gereserveerd, maar toen ze op haar knieën viel en de haakjes aan de voorkant van mijn broek losmaakte, herinnerde ik het me weer.

'Wacht.'

Ze stopte, met een hand nog steeds om mijn pik geklemd en de andere op mijn rits. 'Wachten?'

'Ga zitten. Ik wil praten.'

'Praten?' Ze knipperde naar me. 'We gaan hier toch niet echt vergaderen, hè?'

Ik liet een mondhoek opkrullen tot een glimlach. 'Ik zou het geen vergadering noemen, aangezien het alleen wij tweetjes zijn. Maar ik heb wel iets te zeggen.'

Ze beet op de binnenkant van haar lip, maar stond langzaam op. Ze liet zich in een van de stoelen zakken en verlaagde die tot haar hielen de vloer raakten. Ze trok haar korte, uitlopende rokje over haar knieën, de zijdeachtige stof kleefde aan haar huid.

Ik trok de naburige stoel dichter bij het raam en draaide hem om haar aan te kijken. Op het randje zittend, leunde ik naar haar toe. Het flikkeren van de kaarsen verlichtte haar sterke kaaklijn en wierp een gouden gloed over haar haar. Haar ogen fonkelden in de reflectie van de stadslichten buiten. Ik liet mijn ogen over haar gaan en prentte haar verschijning in mijn geheugen, zodat ik er ooit onze kleinkinderen over kon vertellen.

Toen ik het in mijn geheugen had opgeslagen naast het beeld van haar die haar hakken op het dek plantte en me vertelde dat ze van me hield terwijl het schip zachtjes onder ons deinde, sprak ik haar naam uit als een gebed. 'Marlee.'

'Ja, Tyler?' Ze strekte haar hand uit en draaide een lok van mijn haar van mijn voorhoofd. Ik drukte me tegen haar aanraking aan.

'Ik hou van je. Ik hou al van je sinds we elkaar bijna voor het eerst ontmoetten. Je bent mijn beste vriendin en de liefde van mijn leven.'

Ze streek met haar duim van mijn jukbeen naar mijn mondhoek. 'En jij bent mijn beste vriend. Mijn Ene Ware Liefde.' God, ze was zo'n romanticus. En dat vond ik geweldig aan haar.

'Wil je mijn beste vriendin zijn – en mehr – voor de rest van mijn leven?' Ik tastte in mijn zak naar het zakje. Waarom, in hemelsnaam, had ik het er niet uitgehaald voordat ik ging zitten? Tussen mijn erectie en de manier waarop mijn zakken bij mijn dijen kreukten, moest ik het ding eruit worstelen. Maar Marlee, mijn lieve Marlee, lachte niet. Ze wachtte, haar lippen gespreid.

Ik liet het zakje in mijn handpalm vallen, en de ring viel erin, fonkelend in het kaarslicht.

'Heilige Edwin Hubble!' Haar vingers trilden toen ze haar mond bedekte. 'Is dat...'

'Trouw met me, Marlee.' Ik gleed van de stoel op mijn knieën, plukte de ring uit mijn handpalm en hield hem haar voor. De flikkerende kaarsen glinsterden op de ruwweg stervormige zetting. Kleinere diamanten omringden de grotere centrale, waarbij de pootjes zo ontworpen waren dat het leek op een sterrenexplosie.

'Ja.' Haar blik ging van de ring naar mijn gezicht. 'Ja.'

Tussen mijn trillende vingers en de hare duurde het een paar pogingen om de ring aan haar vinger te krijgen. Toen hij eenmaal op zijn plek zat, hield ze hem omhoog zodat we hem allebei konden zien fonkelen in het kaarslicht. Toen boog ze zich voorover en kuste me, een zachte, eeuwige belofte.

Ik ademde uit.

Ik duwde dichterbij en ze opende haar knieën, die de zijkanten van mijn taille omsloten. Toen ik mijn hand op haar knie legde en plagerig aan de zoom van haar rokje voelde, veranderde onze kus van zoet naar verzengend. Ik had haar geclaimd met de ring. Dat was voor alle anderen. Voor mijn moeder die van Marlee hield, het enige lichtpuntje van Raleighs rampzalige niet-bruiloft afgelopen zomer. Voor elke vent op het gala eerder die de zwaai van Marlees heupen had gevolgd, die haar rondingen met hun ogen had nagetrokken. De ring betekende dat ze van mij was.

Maar deze claim, in de vergaderruimte waar de mogelijkheid bestond, hoe klein ook, dat iemand op de deur zou kloppen, was voor ons tweetjes.

Ze verslond me zoals ze eerder met de chocolademousse had gedaan. Ik proefde de zoetheid ervan op haar tong. Ze greep het haar aan de achterkant van mijn hoofd en trok me dichterbij. Met haar andere hand verfrommelde ze mijn smokingoverhemd, in een poging de knopen los te maken zonder te kijken.

Nee. Hoewel ik de deur op slot had gedaan, zou ik me hier niet uitkleden. Maar ik zou haar een voorproefje geven van wat we allebei wilden.

Zachtjes duwde ik haar rokje omhoog. Ik trok een lijn van haar knie omhoog naar haar...

'Fok, Marlee!' Ik trok me los van haar lippen en staarde naar haar ontblote kutje. 'Ben je commando gegaan?'

'Iedereen wordt een beetje wild op oudejaarsavond.' Ze haalde een schouder op, een ondeugende glinstering in haar oog.

Het was een spelletje en ik speelde het mee. 'Je probeerde iedereen op dat feest te flashen, hè?'

'Alleen jou. Ik hoopte op een beetje vingeren aan tafel.' Ze beet op haar lip.

'Naast de vrouw van je baas zitten?' Ik klikte met mijn tong naar haar. 'Stout meisje. Sta op.'

'Maar ik dacht...'

'Oh, maak je geen zorgen. Jij krijgt je deel wel.' Ik stond op en duwde haar achteruit tegen het raam van vloer tot plafond. Twee verdiepingen lager verborgen paraplu's de mensen voor het zicht. 'Ieder van hen hoeft alleen maar omhoog te kijken, en ze krijgen een show te zien.'

'Maar ze zullen niet...'

'Nee, schatje.' Ik liet het alfamasker vallen en grijnsde. 'Het is bar en boos daarbuiten. Niemand kijkt omhoog.'

'Oké,' fluisterde ze. 'Maar mijn deugd!' zei ze, luider.

'Daar zal niet veel van over zijn als ik klaar ben.' Ik liet me op mijn knieën vallen, duwde haar voeten verder uit elkaar en groef mijn hand onder haar rokje. Haar opwinding druppelde tussen haar dijen. Ze sloot haar ogen bij mijn aanraking.

'Ogen open,' zei ik. Ik duwde haar rokje omhoog en gaf haar binnenste dij een lange, langzame lik. Ze keek me aan, haar ogen vlamden op.

Ik likte langs de andere kant omhoog, en toen wijdde ik me aan haar kutje, mijn tong draaiend rond haar centrum. Ze greep mijn hoofd vast en hield me tegen zich aan. 'Ja, Tyler, ik...'

Haar stem brak toen ik naar haar clitoris likte. Ik liet mijn tong ertegen vibreren, zoals ze het lekker vond. Haar benen beefden, wat me waarschuwde dat ze al dichtbij was. Het leek erop dat het exhibitionistische aspect net zo'n opwinding veroorzaakte als de huisfeest-opstelling.

Ik duwde een vinger in haar en krulde hem omhoog naar het plekje dat haar gek maakte. Terwijl ik mijn tong over haar clitoris liet glijden, keek ik naar haar op. Ze greep mijn haar strakker vast. Haar ogen keken strak in de mijne, ze kreunde: 'Tyler, ik ga...'

Ze hoefde het niet af te maken. Ik wist dat ze klaarkwam. Ze spande zich aan om mijn vinger, en haar benen beefden om mijn schouders. Ik hield mijn tong stil, bedekte haar clitoris, en liet haar binnenste wanden mijn vinger op zijn plaats houden.

'Jumping Jocelyn Bell,' mompelde ze, haar stem zwak. Langzaam lieten haar vingers mijn haar los.

Ik hield haar stevig vast, mijn handen op haar heupen. 'Klaar om terug te gaan en met je ring te pronken?' Ik grijnsde naar haar. Ze had een paar minuten nodig om haar haar en make-up bij te werken, en ik zou mijn gezicht wassen en een manier bedenken om mijn erectie te kalmeren, zodat ik weer naar de balzaal kon.

'We zijn hier nog niet klaar, edelachtbare.'

Ik kneep mijn ogen samen. 'Jij bent de hertog in dit scenario. Ik ben slechts de tweede zoon van een...'

'Jij bent precies wie ik zeg dat je bent.' Haar grijns balanceerde op het randje van kwaadaardig. 'Ga nu in die stoel zitten, ik bedoel, die troon.'

'Hertogen hebben geen...'

'Zit,' beval ze.

Ik ging zitten en trok aan mijn broek om enige verlichting te krijgen van de strakke spanning.

'Maak je geen zorgen, schatje. Ik zorg voor je.' Ze knielde op het tapijt. Haar ring glinsterde terwijl ze mijn rits naar beneden trok. Zoete verlichting.

Ze trok aan mijn broek en ondergoed totdat ze mijn pik had bevrijd. Met al het voorspel, van de rit in de lift tot het geflirt aan tafel en haar opwinding die nog steeds mijn kin bedekte, was er al een druppeltje vocht aan het topje.

Ze grijnsde en likte het op.

Fok. Een tinteling begon in mijn ballen en liep door mijn benen helemaal naar mijn tenen die vastzaten in mijn glanzende veter-schoenen. 'Prinses, ik ga niet...'

Mijn keel kneep samen toen ze haar roze lippen om me heen sloot en me in haar mond zoog. Het was alles wat ik kon doen om de armleuningen van de stoel vast te grijpen en niet in haar mond te stoten. Ze legde een hand om de basis van mijn pik en liet haar andere hand met haar fonkelende ring rusten op de opgeschoven slip van mijn overhemd.

Ze trok haar wangen hol en zoog tot de druk mijn ogen deed uitpuilen. Langzaam tilde ze haar hoofd op, haar lippen glijdend langs mijn lengte tot ze me bijna losliet. Toen zoog ze me weer naar beneden.

Mijn zicht vernauwde zich tot ik de gebouwen buiten, de kaarsen of de tafel niet meer kon zien. Ik zag alleen Marlee, mijn verloofde met haar fonkelende ring. Haar roze lippen om mijn pik, haar voorhoofd gefronst in concentratie.

Haar tong krulde om mijn pik zoals hij om haar lepel was

gekruld, en die sensatie, samen met het beeld, deed me de fragiele grip op mijn controle verliezen. 'Marlee,' hijgde ik, terwijl ik in haar mond explodeerde.

Als een echte prinses hield ze vol tot ik klaar was. Ze slikte en veegde de hoeken van haar mond af met haar delicate vingers. Ze kwam omhoog en gaf me een kusje op mijn lippen. 'Nu ben ik klaar om terug te gaan en met mijn ring te pronken.'

Fok. Na dat orgasme was ik klaar voor een dutje. Maar we hadden nog een paar uur tot middernacht, en ik zou het kussen van mijn verloofde niet missen als we het nieuwe jaar inluidden.

Ik stopte mezelf in en stond op. 'Kom op. We maken ons toonbaar, en dan verleid ik je opnieuw met mijn dansmoves.'

Ze streek haar rok glad en tikte op mijn borst. 'Ik wist dat je het expres deed op de bruiloft van Jackson en Alicia.'

'Wat kan ik zeggen? Ik heb vier broers. Ik speel het gemeen.'

'Ik hou van alle gemene dingen die je doet.'

Mijn pik trilde. 'Weet je zeker dat je niet meteen naar boven wilt? We kunnen onze verloving morgen bij de brunch aankondigen.'

'En mijn beurt op de dansvloer met de beste danser in de zaal missen? Geen schijn van kans. Maar zodra we klaar zijn met "Auld Lang Syne", ben ik de jouwe.'

'En ik ben de jouwe.'

Hand in hand verlieten we de Duchess-kamer om het nieuwe jaar en onze nieuwe levens samen te vieren.

———

Hartelijk dank voor het lezen van *Doe Alsof met Mij!* Overweeg alsjeblieft een recensie te plaatsen bij je favoriete webwinkel of op Goodreads.

Het volgende boek in de serie, *Reis met Mij,* gaat over Jacksons nerdy zus, Sam. Het was niet haar bedoeling om op een boektournee te belanden waar ze haar door kunstmatige intelligentie geschreven roman probeert door te laten gaan für een op de ouderwetse manier geschreven roman. En ze was zeker niet van plan om te vallen für haar flanel-dragende, poëtische tourpartner. Tegenpolen trekken elkaar aan in deze roadtrip-romance. Lees verder für een sneak peek.

REIS MET MIJ, SYNERGY BOEK 3
HOOFDSTUK 1

SAM

NIET IEDEREEN ZOU haar hond een benefietlunch binnensmokkelen. Haar schattige, bijna nooit blaffende, absoluut — nou ja, meestal — niet-verharende hond.

Maar, tot de eindeloze teleurstelling van mijn moeder, ben ik niet iedereen.

Iedereen zou willen dat ze jouw voordelen hadden.

Iedereen zou moeten trouwen met iemand die in hun sociale kringen past. Daarmee bedoelde ze rijk.

Iedereen wil een Jones zijn.

Maar ze had in de afgelopen vijfentwintig jaar toch moeten beseffen dat ik een beetje... anders ben.

'Bilbo Baggins', siste ik, terwijl ik het witte tafelkleed van een grote ronde tafel optilde.

'Sam!'

Met een grimas liet ik het tafelkleed vallen en draaide me om naar mijn jongere zus. Ze keek op me neer vanaf haar torenhoge hakken, met één hand in haar zij en in de andere een roze cocktail die paste bij het babyroze van haar zijden jurk. Bij dit soort dingen leek het bij haar altijd moeiteloos te gaan. 'Wat ben je aan het doen?', fluisterde ze.

'Ehm, ik zoek een oorbel?'

Natalie keek me met toegeknepen ogen aan. 'Je draagt geen oorbellen.'

'O. Dan zoek ik er denk ik twee.'

'Parels. Je zou parels moeten dragen.' Ze nam me van top tot teen op en ik duwde mijn enorme, zwarte draagtas achter mijn rug. 'Dat pakje is zo van twee seizoenen geleden. Heeft moeder je geen nieuwe gestuurd?'

Ik staarde naar de ronde neus van mijn schoenen met lage hak, me herinnerend hoe ik het schreeuwerig roze monster in de donatiebox had laten vallen. Dit pakje was zo slecht nog niet. Ik had het gekocht toen ik nog geld had voor nieuwe kleren, en het was mijn lievelingskleur, zwart.

Natalie's stem was zachter dan ik haar in tijden had gehoord. 'Zeg haar de volgende keer wat je wilt hebben.'

'Wat ik wil, is hier niet zijn', mompelde ik.

'O, echt? Wat zou pap daarvan gevonden hebben?' Haar ogen kregen een onkarakteristieke glans voordat ze zich op haar glinsterende sandaal omdraaide en weg beende.

Pap? Ik maakte de fout om naar zijn foto op de banier bij de ingang van het museum te kijken. Hij zou het te druk hebben gehad met werk om naar een evenement als dit te komen, ook al was het naar hem vernoemd. Ik wreef over de plek op mijn borst die na veertien jaar nog steeds pijn deed.

Ik was er niet voor hem. Hoewel ik liever onderzoek had gedaan, met Bilbo Baggins op mijn bank had geknuffeld of opnieuw mijn blindedarm had laten verwijderen, was ik hier voor mijn moeder. Ze eiste dat haar familie perfect voor de dag kwam op de evenementen van de stichting.

En dat herinnerde me eraan dat ik Bilbo Baggins moest vinden voordat zij dat deed. Waar kon hij naartoe zijn gegaan? Hij was meestal niet verlegen. Hij zou zich niet onder een tafel verstoppen. In tegenstelling tot mij zou hij midden in de actie te vinden zijn, vrienden aan het maken. Ik draaide me in een cirkel en scande de ruimte.

Een lange buffettafel nam een kant van de museumruimte met hoge plafonds in beslag. Moeder haatte het idee van mensen die eten vasthielden, maar eettafels zouden niet tussen de grote sculpturen hebben gepast. Aan de andere kant van de kamer stonden kleinere tafels verspreid met hapjes. Misschien was hij gaan bedelen om een kippenvleugeltje. Niet dat moeder ooit vieze kippenvleugeltjes zou serveren, maar dat wist Bilbo Baggins niet.

Ik had net een stap in die richting gezet toen een zijdezachte maar stalen hand zich om mijn pols klemde. 'Samantha, *wat* is dat?'

Paniekerig keek ik de directe omgeving af. Had ze hem gezien?

Bleke vingers met french manicure plukten aan de band van mijn draagtas. 'Waarom heb je je schooltas niet bij de garderobe afgegeven?'

Ik draaide me langzaam om naar haar. 'Moeder, daar zitten mijn portemonnee en sleutels in.' En mijn hond ook, voordat hij zijn grootse ontsnapping had gemaakt.

Haar rode lippen krulden omlaag. 'Wat is er gebeurd met de tas die ik je voor je verjaardag heb gegeven?'

'Die paste niet bij mijn pakje.' Ik wuifde met mijn hand naar mijn zwarte broekpak en witte bloes. Ik zei er niet bij dat toen ik de gebloemde, fuchsia handtas op eBay had verkocht, de opbrengst de kosten dekte van Bilbo Baggins' jaarlijkse dierenarts-bezoek plus zijn hartwormmedicatie en allergiemedicijnen.

'Begin niet over dat pakje', mompelde ze, en veegde een pluisje van mijn schouder. 'En, waar is je date?'

'Mijn date?'

'Ja, weet je nog, ik zei toch dat William Winford je wilde ontmoeten.'

'U zei niet dat het een date was.'

Haar blauwe ogen, bleker dan de mijne, gleden naar mijn

kraag, die ze recht trok. 'Hij is zeer gerespecteerd. En briljant. Ik heb gehoord dat hij zijn trustfonds heeft verdrievoudigd.'

Laat haar niet over trustfondsen beginnen. 'In wat voor branche zit hij, drugsbaron? Wapenhandelaar?'

Haar mond vormde een geschokte, rode O. 'Samantha Renée Jones, je weet dat we niet met dat soort mensen omgaan.'

'Moeder, het was maar een grap—'

'Je kunt erop vertrouwen dat je familie je niet ten prooi laat vallen aan dat soort mensen.'

Mijn lippen vielen open. Ze zou hier toch niet over mijn afschuwelijke fout beginnen? Mijn hart ging tekeer.

'Samantha.' Ze legde een hand op mijn mouw. 'Je moet de mensen vertrouwen die van je houden. We helpen je een partner te vinden die voor je kan zorgen.'

'Ik kan voor mezelf zorgen.' Misschien maakte ik slechte keuzes wat mannen betreft, maar ik had niet nodig dat zij me aan een partner koppelde. Ik had een plan voor mijn leven. Ik sloeg mijn armen over elkaar. 'Het laatste wat ik nodig heb, is een partner.'

'Je hebt zekerheid nodig. Ik heb dat krot gezien waar je in woont. Dat is niet—'

'Moeder.' De grote hand van mijn oudste broer landde op de schouder van haar jasje.

'Ah. Jackson.' Haar stem werd helemaal zacht bij de naam van mijn broer, op een manier die ze nooit gebruikte als ze mijn naam zei.

Hij boog voorover om haar op haar wang te kussen, maar zijn scheve glimlach was helemaal voor mij bedoeld. 'Ik heb Sam even nodig.'

'Maar ik wilde haar aan William Winford voorstellen. Je weet wel, de *zakenbankier.*' Ze tuitte haar lippen naar me.

'Ze kan uw vent later wel ontmoeten. Ik heb iemand anders in gedachten.'

Ik kneep mijn ogen tot spleetjes. Mijn broer probeerde me niet te koppelen voor zijn eigen gewin of me als een of andere pion in zijn zakelijke spel te gebruiken. Maar hij liet niets blijken onder moeders blik.

'Goed dan. Ik zoek je later wel op, Samantha. Met William.' Ze beende weg, haar hakken kletterden op de houten vloer.

'Wat de hel, Jacks—'

'Je hebt toevallig niet die uit de kluiten gewassen rat die je een hond noemt, meegenomen, hè?' Hij tikte tegen mijn draagtas.

Ik hapte naar adem. 'Heb je hem gezien?'

'Bij de charcuterietafel.'

'O, nee.' Met Jackson vlak achter me haastte ik me naar de tafel vol schalen met vleeswaren en kazen. Ik hurkte neer en tilde het draperende kleed op, maar de ruimte onder de tafel was leeg. 'Hij is hier niet.'

'Sam, waarom zou je je hond meenemen naar moeders feestje?'

Ik stond op en klopte op mijn draagtas alsof Bilbo Baggins op magische wijze weer had kunnen verschijnen waar hij hoorde. Met mijn hond tegen mijn zij waren mijn handen gestopt met trillen en was mijn hartslag vertraagd van kolibriesnelheid naar die van een bang konijn. 'Ik weet het niet.' Maar ik kon het niet laten om naar de gigantische banier met het levensgrote gezicht van mijn vader te kijken.

Zijn glimlach zakte in. 'Ik haat het ook, Samwise. Maar mensen betalen grof geld om hier te komen en dure kaas te eten, en het geld gaat naar een goed doel.'

Paps lievelingsdoel, dat hoefde hij niet te zeggen.

'Ik weet het, maar—' De evenementen van de Jones Foundation waren het ergst. Mensen wilden over boeken praten, die ik niet meer las, of over pap, wat mijn hart deed pijnigen alsof hij nog maar een jaar weg was en niet meer dan de helft van mijn leven. 'Waarom kunnen ze niet gewoon een cheque uitschrijven en mij erbuiten laten?'

Hij haalde zijn schouders op. 'Of je het nu leuk vindt of niet, je bent een Jones.'

Ik kon niet aan mijn naam ontsnappen, niet hier in San Francisco. Maar ooit — over een jaar, als ik mijn proefschriftproject een nieuwe wending kon geven — zou ik kunnen uitbreken. Ik zou een onderzoeksprofessoraat vinden ergens ver weg in het midden van het land waar moeder niet naartoe zou gaan. South Dakota of Iowa of zelfs Arkansas. Het maakte me niet uit waar, zolang er maar geen designerboetieks of donateurs waren. Het enige wat ik nodig had, was een computerlab en een appartement dat groot genoeg was voor mij en—

'Bilbo Baggins', siste ik weer, zachtjes. Met zijn enorme oren had hij me moeten kunnen horen, zelfs onder de luidruchtige lunchgasten.

'Kijk, we splitsen ons op en zoeken. Jij neemt deze helft van de kamer, en ik kijk bij de buffettafel.'

'Wat als hij naar buiten is gerend?' Er waren vossen en haviken, misschien zelfs coyotes, in het omliggende park.

'Die hond zou je nooit verlaten, Samwise. Hij ging gewoon op zoek naar een snack. We vinden hem wel.'

De binnenkant van mijn neus prikte een beetje toen ik mijn hand uitstak en in Jacksons arm kneep. 'Bedankt.'

'Maak je geen zorgen. Dit is veel vermakelijker dan praten met stijve literaire types. Hé, weet je nog hoe we vroeger op kabouters jaagden in dat spel dat we samen hadden gemaakt?'

'Gnome Dome? Dat is jaren geleden.' Oeroud verleden. 'En Bilbo Baggins is een stuk lastiger dan de kabouters die we programmeerden.'

'Hij is behoorlijk voorspelbaar in de buurt van snacks.' Hij gaf me een knipoog voordat hij naar het buffet liep.

Ik draaide me weer om naar de hapjestafels. Hij moest daar ergens zijn, bedelend om een traktatie. Ik scande de vloer. Geen spoor van zijn zwarte vacht.

Een lach, vol en diep, trok mijn aandacht. Het was niet het beleefde gegniffel dat mensen gebruikten om hun meestal valse vermaak bij dit soort dingen te tonen. Het was puur en ongeremd. En luid. Ik keek op om te zien wie het sociale contract had geschonden.

Hij was groot en... en gloeide, alsof hij vanbinnen in brand stond. Zijn haar had dezelfde kleur als de lucht tijdens de bosbranden van vorige zomer, een diep roodbruin. Gouden sproeten bedekten zijn huid. Hij had het postuur van iemand die een van die sporten speelt waarbij je een bal op een veld draagt, breedgeschouderd en taps toelopend naar beneden. Iemand die er natuurlijker uit zou zien in een met bont gevoerde mantel en een bijl in zijn hand dan in een antracietgrijs pak met in zijn hand—

'Bilbo Baggins!' Ik kwam met een slip tot stilstand voor de Viking.

'Pardon?' Met één te grote, besproete hand knuffelde hij Bilbo Baggins dichter tegen zijn borst. Hij trof me met een paar blauwe ogen. Nee. Ze waren groen. Gouden spikkels verlichtten ze als vonken. Zijn wimpers waren rood. Was er een Noorse god van de vlam? Want deze vent was een vreugdevuur, behaaglijk warm maar ook knetterend van gevaar.

Ik keek naar links en rechts voordat ik dichterbij kwam. Zachter zei ik: 'Dat is mijn hond. Bilbo Baggins.'

'Dit kereltje, hier?' Hij keek omlaag in Bilbo Baggins' uitpuilende bruine ogen. Bilbo Baggins stak zijn roze tongetje uit om de gladgeschoren kin van de man te likken en wrong zich toen in zijn greep. 'Hij lijkt meer op Toto dan op een Hobbit.'

Ik kon niet één wenkbrauw optrekken zoals Natalie, maar ik trok ze allebei op. 'En maakt jou dat dan de Boze Heks van het Westen, die mijn hond ontvoert?' Filmreferenties, dat kon ik wel. Deze man leek meer op een linebacker dan een bibliothecaris; als we in het ondiepe bleven, hoefde ik mijn literaire onwetendheid niet te verraden.

Een glimlach spreidde zich als honing over zijn gezicht. 'Ontvoering? Meer als in bewaring nemen. Het lijkt erop dat Bilbo Baggins klaar was voor een queeste. Om wat opwinding in zijn saaie leventje te brengen.'

'Opwinding is overschat.' Mijn maag werd hol. Ik kon Bilbo Baggins' ogen niet eens aankijken. 'Ik weet dat ik hem niet had moeten meebrengen. Het is gewoon dat—' Ik klemde mijn lippen op elkaar. Ik kon deze vreemdeling niet vertellen dat ik mijn kleine hondje nodig had om de emoties af te weren die me hier bedreigden.

'Hé, hé.' Hij wachtte tot ik weer opkeek. 'Het is oké. Hij is nu veilig. Zie je? Ik heb hem.' Bilbo Baggins zuchtte en drukte zich tegen zijn borst.

Ik wou dat ik ook tegen hem aan had kunnen kruipen.

De man grinnikte. 'Zeker, er is genoeg ruimte voor jullie beiden.'

'Shit, dat zei ik hardop, hè?'

'"Geen erfenis is zo rijk als eerlijkheid."' Hij keek de kamer rond. 'Hoewel je dat niet zou zeggen van dit publiek.'

Ik hield mijn hoofd schuin. 'Dat klinkt als Benjamin Franklin.'

'Shakespeare, eigenlijk.'

'O.' Ondanks zijn uiterlijk, ondanks zijn oordeel over de aanwezigen op de inzamelingsactie, was hij een van de literaire types. 'Ik neem Bilbo Baggins nu terug.'

Zijn rode wenkbrauwen fronsten zich, maar hij strekte Bilbo Baggins naar me uit en mijn hond zwom met zijn kleine, pluizige pootjes zo mijn armen in. Ik knuffelde hem dicht tegen mijn borst. Te dicht, ontdekte ik toen hij een boer liet.

'Je hebt hem toevallig geen kaas gevoerd, hè?'

De Viking opende zijn andere hand en toonde me een verfrommeld servet met een enkel oranje blokje. 'Maar één of twee stukjes.'

Ik trok een grimas. 'Ik ga hem hier weghalen voordat hij sch— voordat hij maag-darmklachten krijgt, bedoel ik.' Ik rimpelde mijn neus. 'Hij kan niet tegen zuivel.'

'Sorry daarvoor. Hij leek het lekker te vinden.' Zijn stem was, net als zijn lach, laag en vol. Ik nam het Bilbo Baggins niet kwalijk dat hij naar hem toe was gerend. Verdorie, ik zou ook tegen deze man aankruipen terwijl hij me snacks voerde.

Een vleugje stinkende kaasgeur zweefde mijn neus binnen. Ik schepte Bilbo Baggins in mijn draagtas.

'Hij is wel dol op kaas, tot het moment dat zijn kleine darmen het begeven.' Was dat te veel informatie? Waarschijnlijk wel. Als ik nerveus was, was mijn mond ongeremder dan de darmen van Bilbo Baggins na het eten van Muenster.

Hij kromp ineen. 'Het spijt me echt.'

'Het is oké. Het geeft me een excuus om vroeg te vertrekken.' Maar mijn voeten bleven precies daar staan, voor de vriendelijke reus die mijn hond had gered.

'Ik ben Niall Flynn.' Hij stak zijn rechterhand uit.

'Samantha.' Mijn hand verdween in zijn veel grotere hand, zijn vingers waren zo lang dat ze de gevoelige huid van mijn pols raakten. Mijn hartslag versnelde en ik hapte naar adem.

Hij trok een grimas. 'Sorry. Ruwe handen.'

Het was waar. Eelt maakte zijn handpalm en elk van de vingers die de rug van mijn hand bedekten ruw. De meeste mannen bij dit soort dingen deden niets inspannenders dan met een muis klikken, en hun handen waren gladder dan de mijne. Niall moest een atleet zijn. De stichting werkte samen met een paar professionele sportlui.

'Het is oké. Ik— ik vind het fijn.' Ik keek naar de manier waarop de mouwen van zijn colbert over zijn biceps spanden. Mijn vriendin Marlee zou me zeggen ervoor te gaan. Flirten. Wat met hem drinken. Maar ik was geen Marlee. Ik moet in het computerlab hebben gezeten toen de lessen over haren zwiepen en koetjes en kalfjes werden gegeven. Op de conversatieschaal van luchtig gebabbel tot doodserieus, kwam ik over het algemeen uit op een elf — intens.

Toen ik me realiseerde dat hij nog steeds mijn hand vasthield, trok ik hem los. 'Nou, bedankt voor het redden van Bilbo Baggins van iemands hak.'

'Wacht.' Hij bestudeerde me, een langzame opname van mijn gezicht, zoals sommige mensen naar kunst kijken, niet zoals de mentale rekensom die de meeste mensen maken als ze naar een Jones kijken.

Ik knipperde met mijn ogen. 'Heb ik iets op mijn gezicht?'

Hij schudde zijn hoofd. 'Sorry, ik— ik was denk ik gewoon verbaasd om iemand zoals jij hier te vinden.'

'Iemand zoals ik?' Ik rimpelde mijn neus. 'Wat moet dat betekenen?' Wat had hij in onze tien minuten samen over me ontdekt?

'Iemand... echt. En toch niet. Het is alsof je in een boswezen zult veranderen als de zon ondergaat.' Zijn gezicht werd rood, zelfs de sproeten.

'Net als in *Ladyhawke?*'

'Ja, net als—'

'Niall! Daar ben je.' Een vrouw van ongeveer mijn lengte, met krullend donker haar en een goudbruine huid, greep Nialls mouw vast. Een salvo van klikken achter haar vertelde me dat ze een fotograaf had meegenomen. Ik kromp ineen en draaide mijn rug naar het geluid. 'Wat doe je hier verstopt? We moeten je onder de mensen brengen.'

'Ik was met Samantha aan het praten.' Hij stak zijn hand naar me uit. Geen haar op mijn hoofd dat ik me in zijn fotomoment liet trekken. Elke klik van de sluiter voegde toe aan het koude gewicht in mijn buik. Hoe had ik het weer zo mis kunnen hebben? Hij was geen zachtaardige reus. Hij was een of andere onbeduidende beroemdheid die hier was om geld te doneren voor publiciteit.

Of erger, hij was zoals Stephen, die me in zijn val lokte, wachtend om hem dicht te klappen. Op de een of andere manier had hij mij aan de familie Jones gekoppeld, ook al had ik hem mijn achternaam niet gegeven. Stom, belachelijk familieportret dat ze op een ezel zetten voor dit soort evenementen. Ik was tien met mijn steile, donkere haar in een zigzag scheiding, een glimlach met gesloten mond die mijn beugel verborg, en ogen die te groot waren voor mijn gezicht. Nu zat mijn haar in een lage paardenstaart en was de beugel weg, maar ik leek nog steeds op dat prepuberale kind dat te onwetend was om te weten dat ze op het punt stond haar vader te verliezen.

De blik van de vrouw richtte zich op mij, nog doordringender dan die van Niall was geweest. 'Wat is je achternaam, Samantha?'

'Gabi', zei Niall, 'ik heb nog een minuutje met Samantha nodig.' Ik hield meestal niet van mijn volledige naam, maar de manier waarop die met zijn lage stem naar buiten rolde, deed me rillen. Of misschien was dat een waarschuwingstrilling van Bilbo Baggins. Wat had Niall nog een minuut voor nodig? De hondenhaar van mijn pakje borstelen voor een foto? Ooit was ik bereid geweest een decoratie aan de arm van een man te zijn, lachend voor foto's die ik niet wilde. Nooit meer.

Ik hield mijn handpalmen voor mijn borst omhoog alsof ik ze allebei kon wegduwen. 'Het is goed. We zijn klaar. Leuk je ontmoet te hebben, Niall.' Ik liep richting de uitgang, Niall en zijn entourage achterlatend voor de charcuterietafel.

Toen we een grasveldje buiten het museum bereikten, sprong Bilbo Baggins uit mijn draagtas om zich te ontdoen van de kwaadaardige kaas, en staarde me aan alsof ik hem had verraden. 'Dat was je nieuwe vriend, Niall, die je heeft vergiftigd', zei ik terwijl ik de rotzooi opruimde. 'En hij was het totaal niet waard. Hij is net als Winford Weet-ik-veel. Wil me gebruiken als een ID-kaart om binnen te komen op rotfeestjes zoals dat.' Ik schudde met het plastic zakje hondenpoep. 'Ik ben niemands gouden ticket. Ik ga mijn doctoraat halen en hier weg. Begrepen?'

Bilbo Baggins hield zijn hoofd schuin.

'Ik weet het. Jij snapt het.' Ik gooide het zakje in de prullenbak en smeerde ontsmettingsgel over mijn handen.

Terwijl ik de riem aan zijn halsband klikte, trilde mijn telefoon in het buitenvakje van mijn draagtas. Het patroon van Dr. Martell. Hij respecteerde meestal mijn weekenden. Misschien was hij wat proefwerken vergeten die hij nagekeken moest hebben.

'Hallo, Dr. Martell.'

'Samantha. Ik dacht dat ik je voicemail zou krijgen. Had je vanmiddag niet een of ander feestje?'

'Ik— ik ben al klaar.' Ik leidde Bilbo Baggins naar een bankje en ging zitten, waarbij ik mijn hakken uitschopte.

'Goed. Goed.' Ik kon praktisch horen hoe zijn brein terugschakelde naar de onderzoeksmodus. Ik had de focus van mijn begeleider op wat belangrijk was altijd gewaardeerd.

'We moeten het over je onderzoek hebben. Maandagochtend om negen uur, in mijn kantoor.'

Mijn maag borrelde alsof ik ook de verkeerde kaas had gegeten. 'Ik weet dat het niet zo goed is gegaan, maar—'

'Maak je geen zorgen, Samantha. Het is een kans.'

De laatste kans die hij me had gegeven, had me in een doolhof gestort, en ik probeerde het project nog steeds weer op de juiste koers te krijgen. 'Een kans.'

'Je zult het geweldig vinden. Tot maandag.'

Er klonk geen vraag in zijn stem. Hij had niet alleen toezicht op mijn beurs, maar ook op mijn doctoraat. Zonder zijn handtekening op mijn proefschrift zou ik de Ph.D.-loze versie van Samantha Jones zijn, niet in staat om de onderzoekspositie te krijgen die ik nodig had om te ontsnappen. 'Oké', zei ik.

Hij had al opgehangen.

Ik liet de telefoon in mijn zak glijden. 'Laten we naar huis gaan, Bilbo Baggins.' Ik deed mijn schoenen weer aan en stond op. Ik liep langs de rij zwarte Mercedessen en Bentleys en Jacksons schreeuwerig gele Lamborghini en sjokte naar de dichtstbijzijnde bushalte.

———

Reis met Mij is in paperback verkrijgbaar bij je favoriete verkoper.

OVER DE AUTEUR

Michelle McCraw houdt van het lezen van romantische boeken en werken in de technologie. Op een dag besloot ze haar twee interesses te combineren, en nu schrijft ze pikante, nerdy hedendaagse romance die je misschien wel aan het lachen maakt. Haar boeken bevatten personages die zonder schaamte houden van wetenschap, techniek en technologie.

Als Amerikaanse auteur en geboren Texaan heeft Michelle sneeuw geschept tijdens sneeuwstormen in New England en is ze overgestapt op een sneeuwblazer in het Midwesten. Ze woont nu in Georgia, waar ze de sneeuw HELEMAAL NIET mist. Ze houdt van lezen, reizen, bourbon drinken en haar buitengewoon slecht opgevoede maar schattige hond verwennen. Ze is finaliste geweest in de RWA Vivian Contest, de Contemporary Romance Writers' Stiletto Contest en de Windy City Romance Writers' Four Seasons Contest.

facebook.com/MichelleMcCrawAuthor

instagram.com/MMOWriter

amazon.com/author/michellemccraw

goodreads.com/MichelleMcCraw

bookbub.com/authors/michelle-mccraw

BOEKEN VAN MICHELLE MCCRAW

Synergy Series

Werk met Mij

Doe Alsof met Mij

Reis met Mij

Baas me

Vergeet me Niet

Daag me Uit

40 and Fabulous

Fashion and Passion

Frenemies and Lovers

Books and Hookups

Conspiracies and Chemistry

Advances and Retreats

Marriage and Trouble

Sugar and Spice